Perto de você

Hannah Bonam-Young

Perto de você

Tradução: Gabriela Peres Gomes

GLOBOLIVROS

Texto fixado conforme as regras do Acordo Ortográfico da Língua Portuguesa
(Decreto Legislativo nº 54, de 1995)

Título original: *Next to You*

Editora responsável: Amanda Orlando
Editor-assistente: Rodrigo Ramos
Preparação: Mariana Donner
Revisão: Carolina Rodrigues e Lorrane Fortunato
Diagramação: Carolinne de Oliveira
Adaptação de capa: João Motta Jr.
Capa: Derek Walls
Ilustrações: Leni Kauffman
Imagem da lombada: © Bessyana / Shutterstock

1ª edição, 2025

CIP-BRASIL. CATALOGAÇÃO NA PUBLICAÇÃO
SINDICATO NACIONAL DOS EDITORES DE LIVROS, RJ

B686p

Bonam-Young, Hannah
Perto de você / Hannah Bonam-Young ; tradução Gabriela Peres Gomes. - 1. ed. — Rio de Janeiro : Globo Livros, 2025.
376 p.; 23 cm.

Tradução de: Next to you
ISBN: 978-65-5987-278-7

1. Romance canadense. I. Gomes, Gabriela Peres. II. Título.

25-97601.0 CDD: 819.13
CDU: 82-31(71)

Meri Gleice Rodrigues de Souza — Bibliotecária — CRB-7/6439

Direitos exclusivos de edição em língua portuguesa para o Brasil
adquiridos por Editora Globo S.A.
Rua Marquês de Pombal, 25 — 20230-240 — Rio de Janeiro — RJ
www.globolivros.com.br

Dedico este livro a todos nós, chorões. A todos que parecem sentir nada e tudo ao mesmo tempo. A quem tenta construir uma vida sem a necessidade constante de distração.

E à minha avó, Lorraine, por me ensinar que as melhores histórias não precisam de público.

NOTA DA AUTORA

"Aquele que sentiu a dor mais profunda é
o mais capaz de conhecer a felicidade suprema."
ALEXANDRE DUMAS, *O conde de Monte Cristo*

Perto de você é, acima de qualquer coisa, uma história sobre encontrar a felicidade após o luto. Por isso, por favor, esteja ciente de que esse é um tema constante ao longo do livro. Sei que pode ser difícil ler sobre o assunto quando já enfrentamos a morte de um ente querido, mas espero que estas páginas sirvam de alento, caso decida continuar com a leitura.

Avisos de conteúdo:

- Morte repentina de pai ou mãe.
- Acidente de carro fatal.
- Transtorno de estresse pós-traumático, sintomas e tratamentos de ansiedade, descrições de agorafobia.
- Diversas cenas de sexo descritivas.

PRÓLOGO

Uma hora até eu poder dar o fora daqui. Bem, talvez uma hora e uns quebrados, para não pegar tão mal assim. Afinal, meia-noite é a expectativa mínima em uma festa de Ano-Novo. Depois disso, estou livre para fazer o que me der na telha.

O apartamento de Chloe estremece com os graves de um aparelho de som que deveria ser chamado de "terror dos vizinhos". Seria o slogan perfeito. Se fechar os olhos, consigo até visualizar o design que eu faria para a campanha de marketing.

Não conheço a música da vez, e a playlist que montei esta manhã foi jogada para escanteio lá pelas dez da noite. Desde então, a televisão e os alto-falantes estão reproduzindo uma transmissão ao vivo de Nova York, com direito a DJ para animar a plateia. De repente, o sujeito diz que estamos prestes a entrar no melhor ano das nossas vidas.

"Arrã, conta outra."

Vou até o armarinho do banheiro de Chloe e Warren e afano dois grampos para afastar a franja do rosto. A tinta roxa está começando a desbotar na raiz, revelando o cabelo castanho-claro por baixo. Algumas semanas atrás, cancelei meu horário no salão pela terceira vez consecutiva. Sempre parecia um trabalhão ir até lá. Muito longe de casa, o único lugar onde quero estar nos últimos tempos.

Minha vontade é passar o resto da festa escondida no banheiro, mas consigo até imaginar a fila se formando do lado de fora. Os outros convidados devem achar que estou me cagando toda. Só se for de medo, meus caros.

Os livros de autoajuda me aconselhariam a analisar a situação. Chegar à raiz do problema. Mas não estou nem um pouco a fim. *Deixem o medo viver*, eu digo! É o que tem garantido a sobrevivência da espécie humana desde os primórdios. Os mais fortes sobrevivem, meu amor! Ok. Talvez eu esteja um tiquinho bêbada.

Saio aos tropeços do banheiro e dou de cara com um corredor inesperadamente vazio. Caramba, os amigos de Chloe e Warren sabem mesmo controlar a bexiga. Por falar nisso, desde quando eles conhecem tanta gente? Deve ter umas vinte pessoas amontoadas no apartamento que dividi com Chloe e Emily na época da faculdade.

A vida era tão mais simples. Minha única preocupação era estudar na segurança do meu quarto, saindo vez ou outra para comer alguma coisa e respirar ar puro. É esperado que universitários fiquem mais na deles. Eremitas. Fechados. Reclusos. Descrições feitas com carinho até se atingir certa idade. Ou conhecer certo terapeuta. Depois disso, passa a ser "agorafobia".

Agorafobia... Parece até um lugar imaginário saído de um filme da Disney, tipo *Genovia*.

— *Princesa* de Genovia — murmuro sozinha enquanto pego outro drinque de vodca na geladeira, o quinto da noite. Não que eu esteja contando.

— Oi? — diz uma voz suave e profunda quando fecho a porta.

Começo a seguir em direção à escada em espiral do loft, na esperança de me empoleirar longe dos convidados, como uma coruja enxerida.

— Bom, então tá — diz a mesma voz baixa atrás de mim, me atingindo em cheio.

Eu me viro para descobrir de onde vem.

Um cara conhecido. Bonito. Com certeza já o vi antes. Se não me engano, é amigo ou colega de trabalho do Warren. Nome comum... Steve. *Não*. John. *Nem pensar*. Kevin?

— Matt.

Ele aponta para si mesmo ao se apresentar, com uma expressão interrogativa e a sobrancelha arqueada. Tem um sorriso caloroso e acolhedor, como se risse de uma longa piada, mas não à custa dos outros. Seus olhos castanhos têm uma bondade que me tranquiliza logo de cara. A barba escura é cheia e um tanto desgrenhada, mas parece macia ao toque. O nariz é irregular, como se tivesse sido esculpido em pedra, e o cabelo é mais comprido do que o meu, preso em um coque desleixado no topo da cabeça.

E, *puta merda*, aqueles lábios. Queria me aconchegar neles com um bom livro.

— Eu sou a Lane.

Levanto a garrafa em saudação antes de me virar para a escadaria. Tropeço nos degraus, amparando a queda com a mão antes de cair sentada. O metal frio toca minha pele nua logo abaixo da calcinha, e sou invadida pelo medo de ter mostrado a bunda para a festa inteira. Trato de puxar a saia preta de lã para o meio das coxas e manter os joelhos bem fechados. Sinto a blusa nova pinicar meu pescoço, e preciso me controlar para não ajeitar a gola alta de segundo em segundo. Por mais que seja bonitinha, essa roupa não é nada propícia para acalmar os nervos.

— Sim, eu sei. A gente já se conhece, Lane... — responde Matt, todo sorridente ao tomar um gole de cerveja. Os lábios dele ficam ainda mais bonitos assim. — Está sozinha?

Ele fala como se fosse um adulto que acabou de encontrar uma criancinha perdida. "Cadê sua mãe, meu bem? Vem cá, eu te ajudo a procurar."

— Isso, vim sozinha — confirmo. — E você, Matthew?

Até parece que um cara com cabelo preto sedoso, lábios carnudos e corpo robusto assim não viria acompanhado. Qualquer pessoa ficaria caidinha por ele.

Matt deixa escapar uma risada.

— Pois é, eu também.

Vixe, então deve ser todo problemático. "Do jeitinho que você gosta", cantarola meu cérebro sabotador. "Fica quieto", retruco de volta. "Por que será que ele veio puxar papo comigo, então?"

— É impressão minha ou todo mundo nessa festa se conhece? — pergunto com um suspiro, observando as pessoas espalhadas pelo apartamento.

Matt bebe mais um gole da cerveja.

— E eu achando que você conhecia essa galera toda, já que é a melhor amiga da Chloe e tal.

— Sabe o que é, Matthew? Eu não sou muito de sair e socializar.

Tipo *nunca*.

— Introvertida? — pergunta ele, parado no último degrau, com a mão firme no corrimão.

Começo a roer a cutícula antes de me lembrar que tenho companhia e esse hábito não é nada atraente. Solto uma risada nervosa, segurando a bebida nas mãos.

— Pior que não. Sou uma extrovertida com ansiedade. Somos uma raça rara, mas não extinta.

Matt assente e estreita os olhos, deixando à mostra leves ruguinhas nos cantos.

— Puxa, achei que eu fosse o único. Nem imaginei que houvesse outros.

— É, bem, a gente gosta de se esconder.

Viro o restinho da vodca e me levanto para ir buscar mais uma.

— Sabe o que é ótimo? Água gelada — acrescenta Matt quando o contorno para alcançar a geladeira. — Já se hidratou hoje? — A voz dele é cautelosa, como se tentasse se aproximar de um gato de rua. — Posso pegar um copo para você?

Concordo, sorrindo de orelha a orelha ao admirar o cachinho solitário na sua testa bronzeada, curvado como um ponto de interrogação.

— Você trabalha ao ar livre, Matt?

— Na oficina com Warren.

Ele pega meu copo e o coloca no balcão, virando as costas para mim.

— Não entendo os ofícios da oficina.

Quando me espia por cima do ombro, parece ter achado graça do meu comentário, apesar de não rir. Reparo no esboço de sorriso nos seus lábios, na pergunta estampada no olhar.

— Só trabalho dentro da oficina, basicamente.

Com uma pinça, ele começa a servir cubos de gelo no copo antes de abrir a torneira. "Vai me dar água da torneira?" Minha mãe ficaria horrorizada.

— Mas você é tão bronzeado…

— É de nascença.

Matt me entrega a água e eu seguro o copo com as duas mãos, ciente de que uma só não vai dar conta no meu atual estado de embriaguez.

— Minha mãe é samoana — acrescenta ele.

"Toma, jumenta. Quem mandou fazer uma pergunta idiota dessas?"

— Tem canudo sobrando aí, barman? — pergunto depressa, na esperança de disfarçar a gafe.

Com um sorriso e um revirar de olhos brincalhão, ele pega um canudo e coloca na minha água.

— Obrigada, Matthew.

Faço uma leve mesura, tentando apanhar o canudo com a língua enquanto ele foge de mim pelo copo.

— É Mattheus.

Ele ri baixinho e coça a barba no rosto.

— Oi?

Dou as costas e sigo de volta para a escada.

— Você me chamou de Matthew algumas vezes, mas... Matt é apelido de Mattheus — explica ele, vindo logo atrás.

— Eita, desculpa.

Afundo no degrau, com cuidado para não derramar a água.

— Não esquenta com isso.

Ele aponta para o degrau abaixo do meu, com uma pergunta estampada nos seus profundos olhos cor de mel.

— Claro, pode sentar — respondo, com um floreio da mão.

— Lane é nome ou apelido?

Eu o vejo se acomodar ali, o corpo tão largo que mal cabe no degrau, quase pairando no meio da escada, com as costas equilibradas no corrimão.

— Meu nome é Elaine — conto. — Mas nunca combinou muito comigo. Talvez seja uma boa ideia tentar agora. Ano novo, vida nova.

Ajeito um par de óculos invisíveis no topo do nariz antes de continuar, com um sotaque pretensioso:

— Olá, eu sou Elaine... terceira. Prazer em conhecer o senhor.

Estendo a mão e Matt a aperta de leve, com os lábios pressionados entre os dentes. Uma gargalhada escapa dele sem aviso, profunda, estrondosa e chocante. Observo a forma como sua garganta estremece, como a boca se escancara com o riso. "Que gracinha."

— Hã, nossa... valeu — responde ele, com um sorrisinho satisfeito.

Pelo jeito, soltei o elogio em voz alta. Matt me observa e depois volta a esquadrinhar o apartamento, varrendo a multidão com os olhos. Ainda em busca do meu responsável, acho. Ele emana uma tranquilidade que não condiz com a energia pura que parece correr por suas veias. Não consegue manter nenhuma parte do corpo parada por muito tempo: ora balança o joelho, ora bate o pé. Mas o sorriso, que ainda não desvaneceu por completo, tem um efeito calmante. Dá vontade de engarrafar como um perfume. Borrifar algumas vezes por dia quando meu cérebro não quiser colaborar.

Continuo a olhar para ele, sem dizer nada. Nem chego a sorrir, acho. Apenas o encaro como se fosse uma obra de arte. Ainda assim, ele não demonstra o menor desconforto. Limita-se a espiar o ambiente, sem se demorar em nenhum lugar específico.

Tentar desviar os olhos de Matt é como nadar contra a correnteza. Para não ter que fazer isso, volto a puxar assunto.

— E aí, tem alguma resolução de ano novo?

Ele se vira lentamente para mim, com os ombros um pouco tensos. Desfoca o olhar por um instante, depois faz um gesto indiferente.

— Pior que não. Só quero que dê tudo certo lá no trabalho.

Ah, verdade! Matt é o amigo com quem Warren vai tocar a oficina depois da aposentadoria do chefe grandalhão, que deve acontecer em breve.

— Quando vocês dois vão assumir?

— Meu tio Ram se aposenta no final de janeiro, depois já é com a gente.

Ele pestaneja algumas vezes, com o maxilar trêmulo ao entornar a cerveja. Ou está nervoso por assumir o negócio da família, ou eu estou mais bêbada do que imaginava e interpretei tudo errado.

— Está preocupado?

— Um pouquinho — responde ele, com um sorriso fraco. — E você?

— Nossa, vivo preocupada.

Solto um suspiro, estremecendo os lábios.

— Não, eu queria saber se você tem alguma resolução? — esclarece ele em um tom honesto.

— Eu... hã... — gaguejo, sem saber por onde começar. — Bom, este ano não foi lá grandes coisas. Tem muita coisa para melhorar.

Matt franze os lábios, mas continua em silêncio, me esperando continuar.

— Primeiro, quero ser uma filha melhor — confesso sem rodeios, e não sei se conseguiria controlar a emoção que me distorce as feições, mesmo se estivesse sóbria. — Minha mãe parou de me pedir as coisas. Quero que ela volte a pedir.

— Que tipo de coisa? — pergunta ele.

— A instituição de caridade em que ela trabalha organiza um baile beneficente todo ano. Antes, era eu quem fazia as artes dos convites, cartazes e coisas do tipo. Agora ela começou a contratar gente de fora. Não quer me pedir.

Essa mudança aconteceu há uns oito meses, logo após um telefonema com minha irmã. Mencionei, só de passagem, que ia buscar meus remédios para ansiedade na farmácia. Desde então, mal tive notícias da minha mãe. Telefonemas, mensagens, pedidos e perguntas ficaram cada vez mais raros. Em vez disso, ela me envia caixas e mais caixas de produtos de autocuidado. Sais de banho relaxantes, óleos de lavanda, livros de autoajuda, cobertores ponderados, chás calmantes... já deu para entender. Como um esquema de pirâmide, mas para curar doenças mentais.

Matt assente, pensativo, e isso me serve de estímulo para continuar.

— Também quero ligar mais para minha irmã. Ela não é muito fã de conversar por mensagem, e só faz isso porque eu odeio falar no telefone, mas não é justo — continuo a explicar, coçando a nuca. Depois acrescento, quase um sussurro: — Tenho saudade dela.

— Ótima resolução, vou roubar — comenta ele.

— Você também tem uma irmã?

— Tenho cinco.

Ele afasta a garrafa vazia do rosto e me observa com um sorrisinho divertido.

— *Cinco*? — repito, boquiaberta. — Você tem *cinco* irmãs?

— E três irmãos — acrescenta ele, ainda achando graça.

Largo o copo com força na escada e ergo as mãos, levantando cinco dedos em uma mão e três na outra, depois mais um para incluir Matt.

— Vocês são em nove? — pergunto, com a voz tão aguda que mais parece um apito.

— Isso mesmo.

— Tadinha da sua mãe!

Dou risada, e ele também. Ainda bem! Fiquei com medo de ter sido mal-educada.

— Desse jeito, você não vai sair do telefone nunca — acrescento.

— Verdade, acho que vou ligar mais só para os meus pais então — reformula Matt. — O que também tem na sua lista?

— Quero levar meu trabalho mais a sério. Não sou… uma funcionária muito boa. Chego atrasada, falto mesmo quando não estou doente… — *Tecnicamente*. — Só faço o mínimo e olhe lá.

— Tenho certeza de que não é verdade.

— Ah, que fofo. Mas é, sim. Estou lá há mais de um ano, e a pessoa que treinei meses atrás acabou de ser promovida para ser minha supervisora. É uma empresa de tecnologia, então tem muitas oportunidades de crescimento… se a pessoa se esforçar.

Finjo subir uma escada e me estatelar lá de cima, e Matt me observa com um leve sorriso. Apesar de tudo, não sinto nem um pingo de vergonha. Culpa do álcool.

A televisão na sala de estar me chama a atenção quando o apresentador eleva a voz em meio aos aplausos da multidão.

— Faltam só dez minutos para a meia-noite, e que festa incrível…

Volto a me concentrar no copo de água, atenta aos movimentos dos cubos de gelo até meu cérebro ficar em silêncio.

— Tudo bem aí? — pergunta Matt, se inclinando para encontrar meu olhar.

— Quê? Ah, tudo.

Ofereço um sorriso fraco.

Ele se acomoda de novo e se põe a observar a outra ponta da sala, onde Chloe e Warren conversam com Emily e o namorado dela, Amos. Estão todos rindo, menos Warren, que meneia a cabeça e sorri para a borda da taça.

— Eles parecem bem felizes — comenta Matt, coçando a barba, distraído.

— É, parecem mesmo — concordo, incapaz de esconder a inveja que me arranha a garganta.

Não é que eu não esteja feliz por Chloe, pois estou. Ela merece o mundo. Um cara como Warren é tudo que eu poderia desejar para qualquer um dos meus amigos. Ele idolatra o chão que ela pisa e a deixa brilhar, sem querer roubar os holofotes. Emily também merece ser feliz. Apesar de só estarem juntos há alguns meses, ela e Amos formam um casal lindo. Estilosos, altos e igualmente impressionantes, chamam muita atenção por onde passam. Sei disso porque quase sempre estou logo atrás, segurando vela.

— Tenho três metas... — retoma Matt, desviando minha atenção dos nossos amigos. — Cuidar da oficina, ligar mais para os meus pais e encontrar alguém que olhe para mim daquele jeito.

E aponta com a garrafa para os pombinhos.

— Solteiro? — pergunto.

— Inveterado — responde ele, com um longo suspiro.

— Dezoito pontos — comento antes de triturar um cubo de gelo entre os dentes.

"Um péssimo hábito", diria minha mãe.

— Hã? Dezoito pontos?

— Inveterado deve valer uns dezoito pontos em uma partida de Scrabble — explico.

— Você é fã de Scrabble, Lane?

— Eu jogava bastante... com meu pai.

Um suspiro me escapa. Raramente falo sobre meu pai, e quando falo não é com pessoas com quem estou tentando flertar. Além de ser difícil, mal consigo tocar no assunto sem cair no choro.

— Nossa, me desculpe — diz Matt, com o olhar perdido no chão ao coçar a testa.

Pelo jeito, minha expressão entregou tudo.

— Tudo bem. Já faz muito tempo.

Três mil e quarenta e dois dias, para ser exata.

— Mesmo assim, me desculpe.

Os olhos dele buscam os meus.

Desvio o olhar depressa, tímida de repente.

— Vou lá pegar mais água — desconverso, sacudindo o único gelo no copo. — Quer alguma coisa?

— Deixa que eu pego.

Com meu copo em mãos, ele se dirige até a cozinha. Observo tudo de cima, e o vejo se espremer entre um pessoal reunido perto da bancada e jogar conversa fora enquanto enche nossos copos. Não consigo ouvir o que diz, mas ouço sua gargalhada quando passa por trás deles no caminho de volta.

Conforme ele se aproxima, dou uma conferida no celular. Faltam quatro minutos para a meia-noite.

— Obrigada.

Aceito o copo de água fresca.

— E aí, tem mais alguma coisa na sua lista? — pergunta ele, com o olhar mais suave ao encontrar o meu. — Ou já está comprometida com alguém?

Abafo uma risada.

— Bem, eu estava de rolo com uma menina, mas ela arranjou um *sugar daddy* e me largou. — "Pior que nem a julgo." — Mas sim, outro item na lista. E também quero ser uma amiga melhor.

— Como assim?

— Acho que eu deveria ajudar mais com os preparativos do casamento, sabe? Sinto que a Chloe não me pede nada porque... bem. Ela sabe que Emily vai dar conta sem mim.

Solto o ar de uma vez, com o peito estufado.

— Verdade, já, já é o casamento. Tinha até esquecido — comenta Matt, lançando um breve olhar para nossos amigos. — Eu também devia ajudar, não? O que padrinhos fazem?

Dou de ombros.

— Acho que você vai se sair bem até a semana do casamento.

— Hã, mesmo assim... vou colocar na lista.

Ele pigarreia e confere as horas várias vezes. Depois ergue o copo e brindamos juntos.

— Um brinde ao novo ano, com novas oportunidades, novas lições e... novos amigos.

Sorrio e também ergo o copo.

— Um brinde a ligar para a família e não morrer sozinhos.

— A assumir o controle e trabalhar direito — acrescenta ele, com a voz mais alta.

Chego mais perto e dou uma piscadinha.

— Um brinde a você, Mattheus.

— E a você, Elaine.

Matt retribui o brinde e uma onda de empolgação me faz pressionar o lábio inferior entre os dentes, contendo um sorriso alegre.

Nossos olhares se encontram em meio ao tilintar dos copos.

— Sabe, você também é uma gracinha — diz ele, estudando meu rosto por um instante. — Uma pena.

Em seguida, volta a se recostar no corrimão.

— Uma pena? — pergunto, com a voz hesitante.

Como assim, uma pena? Linda, mas problemática? Linda, mas não seu tipo? Linda, mas um caso perdido?

Matt congela na hora, como se tivesse dito besteira. Está com as sobrancelhas franzidas em confusão, e só então lembro de ter mencionado a *mulher* com quem me envolvi.

— Eu sou bisse...

Minha frase é interrompida quando todos os convidados começam a gritar a contagem regressiva. O caos domina o ambiente à nossa volta, mas nem presto atenção. Só me concentro em Matt. Ele está tão quieto. Firme. Com os olhos pousados em mim, ilegíveis.

— Nove, oito, sete... — gritam os outros.

— Gosto de homens e mulheres — reformulo, um pouco alto demais.

Sinto vontade de sumir com essa minha urgência em anunciar que ele ainda tem chances. Apesar de mais ninguém conseguir nos ouvir lá de cima, espio por cima do ombro, vermelha de vergonha.

— Ah — diz ele, prendendo minha atenção de volta.

Em seguida cobre a barba e a boca com mão, mas seu sorriso não me escapa. Ele arrasta a mão do queixo para a nuca e a massageia como se fosse um músculo dolorido, ainda sorrindo.

Sem conseguir me conter, retribuo com aquele sorriso tímido e inevitável de quando se tem a alegria de alguém refletida na nossa.

— Três — entoamos, em coro com a multidão.

Franzo o nariz, e Matt engole em seco, com a garganta trêmula.

— Dois.

O peito dele se enche do ar que me falta.

— Um.

A mão que ele estendeu sobre a coxa se contrai, e eu luto contra a vontade de a cobrir com a minha.

— Feliz ano novo! — exclamam todos, menos nós dois.

O cômodo explode em gritos e aplausos, e eu me viro na direção da barulheira repentina. Casais se beijam como lobos famintos enquanto uma chuva de confete cai lentamente do teto.

Quando me viro de volta, Matt me observa com atenção, os olhos semicerrados de um jeito curioso. Um pedaço de confete prateado flutua entre nós.

— Feliz ano novo, Lane — deseja ele, com um sorriso hesitante.

Parece decepcionado. Por algum motivo, não gosto disso. Em um segundo, decido mandar a cautela para as cucuias. Deixo o copo no degrau ao meu lado e envolvo o rosto dele com as mãos, apertando como já fiz tantas vezes com a bebezinha fofa de Chloe.

— Feliz ano novo.

E então eu o puxo para mim, e sinto seus lábios se abrirem em um sorriso quando pousam nos meus.

Uma palma firme envolve a lateral do meu rosto, e eu me inclino em direção ao toque. A mão dele está fria de segurar o copo, e sinto as pontas dos dedos ásperas resvalarem em meu couro cabeludo. Minhas mãos amolecem ao redor do seu rosto e, com o gesto, os lábios dele também suavizam. Eu tinha toda a razão. Dá mesmo para se perder naqueles lábios.

Alguns segundos se passam enquanto me entrego ao beijo mais doce da minha vida. O tempo desacelera, como se os confetes flutuassem à nossa volta em vez de cair, a gritaria transformada em um burburinho baixo e arrastado, "Auld Lang Syne" a se estender como um giro demorado de vinil.

E me afastar dos lábios de Matt parece um lembrete abrupto de que o mundo não está assim tão parado. A festa continua, ainda lotada de pessoas e de barulho, e já não é onde quero estar.

Ainda assim, quando nos encostamos ao corrimão, sinto o coração acelerado, a barriga tomada por um frio glacial como nunca. Distraída, passo o polegar pelo meu lábio inferior. Está trêmulo e cálido. Quando percebo o olhar de Matt, disfarço e uso a mesma mão para colocar o cabelo atrás da orelha. Ele faz menção de falar, mas estou à procura de uma fuga rápida, não de mais conversa.

Já estive com muita gente, já *beijei* muita gente, mas nunca me senti *tímida* depois do beijo. Como se uma parte de mim tivesse sido exposta assim que nossos lábios se separaram. E eu não gosto disso. Nem um pouco.

"Vamos para casa", exige minha ansiedade. "Só se for agora", respondo.

Então me levanto, de queixo erguido, e tento passar por ele sem tropeçar nos degraus.

— Já vai?

Matt me olha com ar de cãozinho abandonado e começa a se levantar. Uma pontada de culpa me invade, mas trato de engolir.

"Vocês ainda vão se ver por aí. Além do mais, não é boa ideia se envolver com o amigo dos seus amigos. Não é nada fácil dar um perdido em alguém que vai frequentar os mesmos lugares que você nos próximos anos."

— Ano novo, vida nova, Mattheus — respondo em tom brincalhão. Casual, leve, despreocupada. — Melhor começar de uma vez.

Ele concorda com um aceno e um sorriso educado, mascarado pela confusão.

— Ah, claro. Bem, boa sorte então.

Espio por cima do ombro, dando uma última olhada.

— Para você também.

"Adeus, lábios. Vou sentir saudade."

1

QUINZE MESES DEPOIS

Fui convidada para quatro ménages esta tarde, depois de míseras seis horas no aplicativo de relacionamento *lovebite*. Só pode ser um recorde. As pessoas leem "interessada em qualquer um" no meu perfil e interpretam como se fosse *todo mundo ao mesmo tempo*.

Na época da faculdade, a proposta teria me deixado tentada. A diferença é que, agora, os convites sempre vêm de *casais*. Um belo resumo da minha vida atualmente.

Emily e Amos ficaram noivos há pouco tempo, e Chloe e Warren se casaram no verão passado. Quando nós cinco saímos juntos, sou tratada feito criança, como se não passasse de um bebezinho doce e inocente ainda agarrado às tetas da vida. "Sua vez vai chegar", cantarolam eles alegremente entre uma bebida e outra, enquanto dão uvas uns aos outros. Tudo bem, essa última parte foi exagero, mas não fica muito longe.

Mas hoje, o dia em que baixei meu primeiro aplicativo de namoro depois de reconhecer o grande período de seca que venho enfrentando e a crise que veio a reboque, é meu aniversário de 27 anos. O fim dos meus vinte e poucos anos e o início de uma nova era de "plena idade adulta".

Portanto, nas palavras de Taylor Alison Swift, cá estou eu tentando... dar umazinha (versão da Taylor).

O computador apita com outra mensagem do meu chefe. Como estou na pausa para fumar, apenas ignoro.

Na verdade, eu nem fumo, mas por uma questão de igualdade tiro um intervalo de dez minutos de poucas em poucas horas, tal como meus colegas de trabalho.

Dessa vez, a pausa veio acompanhada de uma enxurrada de notificações, e ainda não consegui largar o celular. Além dos convites de ménage, recebi alguns comentários no Instagram, uma mensagem empolgada de Emily sobre minha festa de aniversário surpresa que não é surpresa, e um e-mail de Matt.

Isso mesmo, um e-mail. Até *obriguei* o rapaz a me mostrar a carteira de identidade, só para garantir que não era um senhorzinho muito conservado. Enfim... Ele basicamente só se comunica por e-mails. É até melhor assim, para ser sincera, já que ele é do tipo que digita as mensagens com um dedo só e assina cada uma delas. Desse jeito, pelo menos pode usar o computador do trabalho.

Em vez de abrir o e-mail, clico na notificação "deu match". Ah, sim, a morena bonita, Valerie. Vinte e nove anos, solteira, interessada em mulheres, geminiana. Seu perfil diz: "que seja eterno enquanto dure", o que me deixa na dúvida se é uma situação do tipo *Um amor para recordar* ou se ela é assim tão clichê.

Inspirada pela música com o nome dela, digito uma mensagem: "Para de me fazer de boba e vem aqui, Valerie!". Em seguida, pego meu café pelando e faço um brinde hipotético a Amy Winehouse. Tiro um *print* da tela e envio no grupo das amigas.

CHLOE: Pergunta se ela arranjou um bom advogado.

EMILY: Fala que você sente falta do cabelo ruivo dela!

Ah, como eu amo essas duas.

LANE: O que vocês vão usar hoje à noite? Preciso ir muito arrumada?

CHLOE: Ué, o que tem hoje à noite?

EMILY: Ela já sabe da festa.

CHLOE: Quê? Droga! Hum... acho que vou com aquele meu vestido amarelo.

Emily manda uma foto de um conjuntinho fúcsia de duas peças.

LANE: Ok, já vi que preciso me arrumar.

CHLOE: É seu aniversário, Lane.
Se quiser, todo mundo pode ir de pijama.

LANE: Hum, o que acha da ideia, Em?

Emily envia um GIF de alguém prestes a ter um siricutico.

LANE: Entendido. Vamos arrumadas.
Posso usar aquele macacão vintage, que tal?

CHLOE: Nossa! Eu amo esse!

LANE: Enfim, preciso voltar ao trabalho.
Até mais tarde, meninas.

Algumas horas depois, concluo o projeto da vez e envio o arquivo para meu supervisor. Criei o design da caixa da mais recente, mais robusta, mais resistente, mais extrema, mais fodona câmera subaquática de 360 graus, com alta definição e bateria de duração superior à minha vontade de viver. Encerro o expediente e começo meu cansativo trajeto para casa, que consiste em fechar o notebook e dar doze passos da mesa de jantar até o sofá.

— Que dia, hein, Simone?

Simone é a coelha que comprei para substituir Emily quando ela se mudou para a casa do noivo. Em um momento de vulnerabilidade, abri um site aleatório e lá estavam Simone e mais *três* irmãozinhos. Acho importante mencionar os outros coelhos para evidenciar meu autocontrole. Só comprei um, afinal!

— Sem querer ser chata, mas você ainda não me deu parabéns, sabe...

Endireito as costas no sofá, olhando para a mansão coelhística que me custou mais do que um mês de aluguel.

— Simone?

Merda. A porta da gaiola está aberta.

— Simone!

Vasculho os arredores, frenética. Apesar de sempre ter sido uma danadinha, ela não pode ter ido muito longe. Em geral, quando escapa, se esconde debaixo de um cobertor ou de uma pilha de roupa suja.

Meu celular toca, e eu atendo sem pensar.

— Alô? — digo, com a voz histérica.

— Oi? — responde minha irmã, obviamente confusa com meu desespero. — Está tudo bem aí?

— Tudo, desculpa... só achei que era outra pessoa.

— Quem?

— Simone.

— Sua coelha?

— Não, a Simone Biles! Claro que é minha coelha! Ela sumiu.

Ouço um suspiro suave acompanhado de um ruído, como se Liz tivesse trocado o telefone de orelha. Droga. Está irritada. Esqueci de ligar ontem. Ou hoje.

— Feliz aniversário, Lane — retruca com arrogância.

— Olha só! Você lembrou! — provoco, tentando aliviar o clima. — Feliz aniversário, Pudinho.

— Já pedi para não me chamar assim. Estamos velhas demais para isso. Ainda mais agora.

Pudinho foi ideia do meu pai, já que Liz não sabia falar "pudim" quando era criança. Um apelido bobo, mas que ficou.

— Nem me lembra da nossa idade, por favor.

Fico de pé e levanto um cobertor do chão. Nem sinal de Simone.

— Mamãe já ligou para você? — pergunta ela.

— Ligou bem cedinho antes do trabalho.

— Que bom.

Não achei muito legal minha irmã gêmea perguntar se nossa mãe me ligou para dar parabéns, só para garantir que não precisa se sentir culpada por ser a favorita e, sem dúvida, ter recebido o mesmo dinheirinho na sua conta bancária esta manhã. Olho para as portas dos quartos e do banheiro, todas fechadas. Simone deve estar por aqui, nesta sala. A não ser que ela consiga passar por frestas? Droga. Será que consegue?

— Coelhos também se espremem por espacinhos minúsculos, tipo gatos? — pergunto.

— Sei lá, não tenho gato — responde Liz, sem rodeios.

— Estou com medo de a Simone ter fugido por algum cano — explico.

— Caramba, espero que não. O síndico vai botar você para fora se o prédio começar a feder a coelho morto.

— Elizabeth!

— Ué, que foi? — reclama ela. — Nossa, foi mal...

— Minha coelha fugiu justo no meu aniversário — continuo, desabando na cadeira. — Nunca estive tão mal.

— Sério? Nunquinha mesmo? — retruca na lata. — Pensa bem.

— Ai, essa doeu — sussurro.

Liz não consegue se segurar. Sempre foi... ~~uma vaca~~ curta e grossa. Minha mãe dizia que éramos a personificação dos lados esquerdo e direito do cérebro. Enquanto ela é pragmática, lógica e desapegada, eu sou criativa, idealista e emotiva. Juntas, seríamos uma pessoa totalmente formada.

Nunca me conformei com a ideia de ser metade de alguma coisa. Meu cérebro parecia completo, mas diferente. O dela é parecido com o da minha mãe, e eu puxei mais ao meu pai. Eles dois formavam uma bela dupla quando se fundiam, por isso sei que a comparação da minha mãe era feita com carinho. Quando meu pai morreu, porém, a família ficou desigual. O lado direito se tornou mais solitário.

De uma hora para outra, as qualidades pelas quais me elogiavam — espontaneidade, imaginação, empatia — começaram a me fazer sentir estranha no seio familiar. Isso, somado ao meu desejo febril de fugir da mansão assombrada pelos meus próprios pensamentos, me levou a buscar uma faculdade de artes longe de casa. Quando cheguei aqui, encontrei pessoas criativas. Encontrei aceitação. Encontrei amigas.

E, agora que as duas encontraram suas caras-metades, de repente já não me sinto completa.

Por fim, veio Matt. O doce, lindo e gentil Matt, que passou de carinha bonito para perigo em potencial no breve espaço de um beijo na véspera de Ano-Novo.

Pelo jeito, aquela nossa primeira interação para valer, quando eu estava bêbada e ocupada em reclamar da vida e enumerar meus inúmeros fracassos, não causou uma impressão sexy o bastante para me garantir um encontro ou uma transa, apesar das minhas intenções.

Matt começou a me chamar de "garotinha" pouco depois do nosso beijo e até já me cumprimentou com um soquinho no punho, o gesto universal da *friend zone*. Chloe e Warren estão arrasados, considerando como torcem para ficarmos juntos, mas confesso que estou até aliviada.

Ele não é o tipo de cara para uma ficada só: ele praticamente tem "para namorar" colado na testa. Com sua disposição para cuidar dos outros, adquirida depois de anos ajudando a criar aquela quantidade absurda de irmãos, e seu típico físico de pai, deve estar pronto para conhecer a esposa e mãe de seus filhos. O oposto do rumo que minha vida está tomando. Por isso, é melhor ficar só na amizade — e somos ótimos amigos.

Semanas depois daquela fatídica festa de Ano-Novo, descobri que Matt cresceu na Ilha de Vancouver, quase totalmente alheio ao resto do mundo. Com isso, assumi a responsabilidade de apresentar a ele todas as referências de música, televisão, cinema e cultura pop perdidas ao longo dos anos.

Em geral, acontece assim: estou distraída no celular tarde da noite e de repente me lembro de alguma obra-prima cinematográfica, filmes antigos como *Bonequinha de luxo* e *Lizzie McGuire: Um sonho popstar*, então mando uma mensagem para Matt na hora. Ele concorda que a situação precisa ser resolvida e, com base no meu nível de intensidade, decidimos quando vamos comer pizza e ver o filme aqui em casa. Na maioria das vezes, já marcamos logo no dia seguinte.

Aí, usamos tigelas de salgadinhos, caixas de pizza ou até mesmo uma almofada para servir de barreira entre nós, porque não queremos repetir o toque de mãos acidental do ano passado. Depois do filme, ele vai embora em um horário respeitável.

— Lane? Ainda está aí? — chama Liz pelo telefone.

Ai, *droga*.

— Oi, estou! Desculpa, eu me distraí procurando a Simone. Hã... vai fazer alguma coisa para comemorar? — pergunto, continuando minha imitação de Hortelino Troca-Letras à caça do Pernalonga.

— Phillip vai me levar para jantar.

Elizabeth e Phillip: nunca perde a graça. Abafo uma risada, mas ela escapa como um bufo estrangulado do fundo da garganta.

— Pode parar — avisa Liz.

— Mas eu nem falei nada! — protesto.

— Essa sua obsessão com a família real britânica é muito esquisita.

— Perdão... majestade.

Abro um sorrisinho, depois afasto uma cadeira para espiar debaixo da mesa. *Qual é*, Simone? Você mora em uma mansão de dois andares! Para que fugir?

— Bom, já vou desligar. Amanhã eu te ligo.

— Podemos... conversar por mensagem? — pergunto com hesitação.

Mas, caramba, já estou de saco cheio dessa história de ligar todo santo dia. O que começou como uma resolução de ano novo se transformou em um baita tormento. Nunca discutimos nada importante, e na maior parte das vezes oscilamos entre conversa fiada e comentários passivo-agressivos sobre o estilo de vida uma da outra. Tenho saudade dela, claro, mas essas ligações são um porre. Podemos usar nosso tempo para coisas melhores em vez de tentar uma aproximação forçada, certo?

— Pode ser, só achei que seria melhor ligar para contar que estou noiva.

Largo a almofada que eu tinha acabado de pegar.

— Oi? — pergunto, incrédula. — Quem está o quê?

— Bem, hoje Phillip vai me levar para jantar no meu restaurante preferido. No mês passado ele perguntou o tamanho do meu anel, e mamãe me convidou para ir na manicure com ela esta semana.

Fico imóvel, ainda sem acreditar.

— Caramba... Parabéns adiantado?

— A gente deve se casar daqui a uns meses. Não vale a pena esperar muito. A festa vai ser na propriedade dos meus sogros, então o clima de fim de primavera seria ideal.

Ela está completamente calma, com a voz tranquila, enquanto fico boquiaberta.

— Daqui a uns meses? Liz, tem certeza? Vocês estão juntos há menos de um ano.

— Nove meses, tempo suficiente para gerar um humano do zero. Então acho que também serve para decidir me casar com um.

Ok, aí ela me pegou.

— Sim, verdade... Mas você não está gerando um humano, está?

— Ainda não.

Céus, minha mãe vai surtar. Um neto. Da família Hargreaves, ainda por cima. A única que ela considera mais rica, classuda e mais bem relacionada do que meus avós — a quem ainda tenta impressionar, apesar de estarem mortos e enterrados. E agora minha irmã vai se casar com o filho mais velho do clã. Não dá, eles são *mesmo* como a realeza.

— Tudo bem, então me liga amanhã — gaguejo.

— Pode deixar. Feliz aniversário, Lane.

— Feliz aniversário, Liz.

Ela tem razão. Já está velha demais para ser chamada de Pudinho. Nós *duas* estamos.

Desligo e encaro o celular até que, de repente, vejo algo se mover de canto de olho.

— Simone, sua ingratinha, volta já para sua gaiola!

Mergulho na direção dela e a agarro pela pata traseira em pleno ar. Depois de alguns momentos de luta, consigo segurá-la sem ferir ninguém.

— Eu devia ter escolhido sua irmã. Aposto que ela não faria uma palhaçada dessas.

Paro no meio do caminho, horrorizada.

— Não... isso foi cruel. Você é ótima. Sua irmã é *diferente*, mas não é melhor. Desculpa.

"Caramba. No fim, acabamos mesmo nos tornando nossas mães."

Com alguns afagos, coloco Simone na gaiola. Dou uma olhada no relógio. Tenho pouco menos de uma hora para me arrumar. Emily avisou que viria me buscar depois de pegar os outros, mas não sei quem vai. Chloe, Warren, Amos e Emily, claro, e talvez...

LANE: Quem foi convidado?

EMILY: Todo mundo.

LANE: Só para saber se vai caber no seu carro.

EMILY: Mudança de planos, Warren vai levar nós seis na minivan.

LANE: Ah, beleza!

EMILY: Então, sim, Matt também vai ;)

LANE: Eu nem perguntei, mas fico feliz!

Corro para tomar um banho.

Uma hora depois, termino de me maquiar enquanto repito em voz alta minhas afirmações positivas e tomo um comprimido de sertralina, receitado por um médico bonzinho no posto de saúde. Mantenho os comprimidos no nécessaire e as afirmações em um post-it no espelho.

"Sempre posso voltar para casa, mas sair é divertido."

"Estou segura onde quer que eu decida estar."

"Um ambiente que não consigo controlar é uma memória em construção."

Acrescentei um novo, só para esta noite, e nem cheguei a pôr no papel.

"Não vou flertar com Matt, por mais bêbada que fique. Mesmo que ele use aquela camisa cinza de botão. E faça aquela coisa de sacudir o pulso para ajeitar o relógio."

São lembretes necessários. Sei muito bem que nunca ia dar certo com Matt, por inúmeros motivos, mas sou viciada em flertar. Não posso ver um poste de luz piscando para mim que já vou logo dando em cima. Quando esses deslizes acontecem com Matt, porém, sempre me sinto constrangida depois. Como se tivesse corrido pelada na rua, sem ter sido desafiada por ninguém. Por isso, tento me controlar para não dar em cima dele... mas, *caramba*, como ele dificulta minha vida às vezes.

Fecho o zíper do macacão de veludo preto justinho e solto meu cabelo rosa-choque da borrachinha que usei como elástico. Dou uma ajeitada e fica com o caimento ótimo, a ponta mais comprida fazendo cócegas na minha clavícula. Ainda bem que ele acordou lindo hoje, porque já estou quase atrasada e não ia dar tempo de arrumar.

Tenho uma estatura pequena, e acabei aceitando as coisas como são. Adoro não precisar usar sutiã e poder comprar roupa em brechó, porque sempre serve, mas às vezes ainda machuca lembrar das palavras cruéis do pessoal da escola quando vejo minha falta de quadril, peito ou bunda.

Tábua, graveto, tripa seca, caveira... Não eram muito criativos, mas os rótulos ficaram.

Deve ser por isso que sempre prefiro usar roupas largas e escuras que escondem bem o corpo. Também deve explicar minha quantidade saudável de tatuagens espalhadas da cabeça aos pés e vistas quase exclusivamente por mim. Esta noite, porém, nada de recorrer a roupas folgadas. Esse macacão está fazendo *maravilhas* pela minha autoestima. Estou uma baita gostosa.

Meu celular toca com uma mensagem de Chloe para avisar que já chegaram. Dou uma última conferida no espelho e faço um sinal de positivo para meu reflexo.

"Você consegue", digo para mim mesma. "Vai ser uma noite incrível."

Aponto para meu reflexo com ar sério.

"E nada de flertar com Matt."

2

Emily é uma festeira nata e animada que só ela, mas também tem tendência a ser exagerada. Chloe passa essa mesma energia... quando *tem* energia. Por ter uma criança pequena em casa, trabalhar como autônoma e viver em um estado quase constante de agitação, ela é tão atenciosa quanto esquecida. Assim, talvez movidas por uma pitada de pena e muito entusiasmo, as duas organizaram uma festa *linda*. O salão do bar moderno e com iluminação discreta está repleto de enfeites prateados e roxos, arrematados por dois balões pretos gigantescos com a minha idade, quase do meu tamanho. O ambiente conta com paredes de pedra caiada de branco e um lustre de luz quente, e a enorme mesa de carvalho no centro cria uma atmosfera intimista e encantadora.

— *Aimeudeus!* — exclamo, provavelmente pela quadragésima vez, conforme admiro a decoração. — Ai, gente... — acrescento com voz chorosa, fazendo beicinho quando as lágrimas começam a brotar. — Estou me sentindo tão especial. Obrigada.

— Você é especial, Lane.

Chloe me abraça, apertando um pouco forte demais.

— Feliz aniversário, meu bem.

Emily se junta ao abraço e nos balança de um lado para o outro.

Warren, Amos e Matt encontram nosso salão privativo depois de terem estacionado o carro na rua e ido buscar a primeira rodada de bebidas. Warren entrega um coquetel rosa para Chloe, beija o rosto dela e logo saca o celular do bolso. Eu a vejo abrir um sorrisinho zombeteiro e murmurar algo sobre confiar na babá. Amos, por sua vez, agarra a bunda de Emily depois de lhe entregar o martíni. Ela o encara com um sorriso sedutor que me faz corar. Viro o rosto e avisto Matt parado diante da porta, com duas bebidas nas mãos.

— Aqui está seu… hã… sex on the beach.

Ele me estende o coquetel de frutas com um sorriso travesso.

— Ah, obrigada.

Só me permito dois segundos para apreciar o fato de ele ter vindo com a infame camisa cinza de botão.

— Feliz aniversário, garotinha.

Em seguida passa o braço ao redor das minhas costas e me dá um tapinha no ombro. Matt não é um cara particularmente alto, deve ter no máximo um metro e oitenta, eu diria. Comparado à minha altura quase inexistente, porém, parece um gigante. Tudo nele é *forte*. A estrutura robusta, os ombros largos, as mãos trabalhadoras com veias grossas que devem ser o sonho de qualquer enfermeira.

Tomo um gole do coquetel, que desce queimando. É mais forte do que eu esperava. Dou uma tossida.

— Nossa, é bem forte.

Faço uma careta para Matt.

— Deixa eu ver.

Ele pega o copo sem pensar duas vezes e dá um gole.

— Cacete… é forte mesmo — concorda. — Os caras adoram dizer que mulheres são fracas para bebida, mas eu adoraria ver um deles entornar três coquetéis desses aqui e depois voltar para casa em cima do salto.

— Demais — respondo, distraída, de olho na mancha que os lábios dele deixaram no copo, sobreposta à minha marquinha de batom.

Matt acompanha minha bebida com a dele, algo cor de mel em um copo pequeno.

— Vi outro filme que você recomendou ontem à noite — comenta.

— Sério? Qual?

Ele parece pensativo por um instante, depois enfia a mão no bolso de trás. Ainda segurando a bebida, tira um papelzinho da carteira.

— *Sociedade dos poetas mortos* — lê em voz alta, depois abaixa a folha. — Adorei. Provavelmente minha recomendação preferida até agora.

Arranco o papel da mão dele para espiar o que está escrito ali. Basta uma rápida olhada para entender tudo. Espremida no topo da página está uma lista de todos os filmes mencionados ou assistidos desde o início da nossa amizade. Da metade para baixo, há uma espécie de tabela, onde ele preencheu a data, o título, a nota, com direito a estrelinhas e tudo, e alguma cena ou citação favorita.

— Matt, você anotou tudo isso?

Estou à beira de perder o controle, com coraçõezinhos de desenho animado prestes a saltar dos meus olhos.

Com uma piscadinha, ele pega o papel de volta.

— Levo a lição de casa a sério. Até aprendi a usar o Spotify para ter todas as músicas no mesmo lugar.

Em seguida, dobra a folhinha com cuidado e guarda na carteira.

— Ah, eu também quero lição de casa — digo por impulso.

Nossa amizade parece muito desequilibrada de repente. Sugeri um monte de filmes e músicas, claro, mas não imaginei que ele quisesse *mesmo* conhecer *tudo*. Ainda mais sozinho, sem ter sido obrigado a ir na minha casa. São horas e horas de dedicação.

Matt guarda a carteira no bolso e cruza os braços diante do peito antes de ajeitar o relógio no pulso. "Fica pelado de uma vez, que tal?"

— Mas o que eu tenho a ensinar? — pergunta ele com uma risada, o rosto vincado por um sorriso.

— Como construir um motor — proponho, me apoiando na outra perna.

Ele assente e franze os lábios.

— Você *precisa* de um motor?

— Por enquanto não, mas nunca se sabe — respondo, e pisco para ele antes de me recompor. — Como cultivar um jardim? — sugiro, com um gesto amplo da mão.

— Lane, você nem tem sacada.

Ele balança a cabeça e espia o ambiente acolhedor por cima do meu ombro.

— Verdade — murmuro, pensativa, batucando o queixo com a mão.

— Que tal... livros? — pergunta ele, com a atenção voltada para mim. — Tolstói?

Finjo não ter entendido.

— Ué, mas *Toy Story* não é um filme?

Matt revira os olhos.

— Kafka?

— O espetinho?

Reprovo mentalmente a série de piadas bestas que acabei de fazer. Mesmo assim, Matt parece achar graça, com um sorriso cada vez mais escancarado e sincero.

— Enfim... vou adorar ler alguns dos seus favoritos — acrescento. — Nada mais justo. Por onde começo?

— Bom, quais você ainda não leu?

— Mais fácil perguntar quais eu já li... ou seja, nenhum. Hum, eu li a saga *Crepúsculo* na época da escola. Ah! E fanfics de *Crepúsculo*. Muitas delas. Lembro de uma em que a Bella fica menstruada e...

— Vou pensar direitinho e escolher alguns — interrompe Matt, e provavelmente foi melhor assim.

— Você não é muito fã de *Crepúsculo*? — provoco com ar brincalhão, olhando feio para ele.

— O quê? Não, o importante é ler. E isso me ajuda a entender seus gostos. Histórias góticas e dramáticas, talvez? Quem sabe alguns romances...

Estou prestes a perguntar sobre os livros quando sou interrompida por Emily, que me agarra pelo braço e bate o quadril contra o meu.

— Quer dividir a entradinha de brie? — convida ela, com as sobrancelhas arqueadas de forma sugestiva.

Concordo com um "nham".

— Chloe? — chamo em voz alta, captando sua atenção do outro lado do cômodo. — Tem Lactaid sobrando aí?

Sem hesitar, ela entrega o coquetel para Warren e começa a vasculhar a bolsa, de onde tira curativos com estampa de bichinho, duas cartelas de remédio, um termômetro infantil e um pacote de lencinhos umedecidos, empilhando cada item na mesa antes de enfim encontrar a coisa certa.

— Tenho! — exclama, e me atira a embalagem com uma precisão impressionante.

— Vou me entupir de queijo!

Engulo o comprimido e entorno o drinque para ajudar a descer, tossindo no processo. Depois, enlaço o braço de Emily e juntas vamos até o bar fazer o pedido.

Em algum momento entre o bolo de chocolate de sete camadas, a caminhada cambaleante até o karaokê no fim da rua e a apresentação impecável de Amos de "Somebody to Love", concluí que esta é a melhor noite da minha vida.

— Quem vai cantar agora? — grita Amos no microfone.

Ele está com o rosto todo coberto de suor, e usa a barra da camisa para enxugar a testa, revelando o abdômen definido que Emily descreveu *muito* bem. Ela se aproxima com um guardanapo e beija o namorado com doçura enquanto o ajuda a secar o rosto.

Lanço um olhar sugestivo para Warren, que parece determinado a afundar na cadeira até sumir por completo. O peito dele afunda com um suspiro, e sua expressão me diz que vai subir ao palco se eu pedir, mas praticamente me implora para não fazer isso.

Penso no *quanto* quero ouvir sua notória interpretação de "It's All Coming Back to Me Now", que Chloe descreveu como os melhores sete minutos da lua de mel deles, para grande desgosto de Warren.

Resolvo dar uma colher de chá para o cara e, em vez disso, volto minha atenção para Matt.

— Mattheus! — cantarolo, agitando as mãos ao lado do corpo.

Ele olha em volta com entusiasmo, como se estivesse em um concurso musical, e aponta para o próprio peito.

— Eu?

Aceno a cabeça como se eu fosse Simon Cowell prestes a mudar sua vida. Depois de se levantar, ele pega o microfone de Amos e pergunta:

— Qual é a música, aniversariante?

E sorri para mim, tão brilhante que chega a machucar a vista.

Percorro a lista de opções disponíveis no tablet, e logo percebo que quase todas são canções de amor. Ou, pelo menos, românticas. Hesito um pouco, dou mais uma olhada e me sinto à beira de um piripaque.

— A gosto do artista.

Entrego o tablet para ele. Nem vai conhecer a maioria mesmo.

Sem demora, Matt escolhe a música, deixa o tablet na mesa e tira o segundo microfone do suporte no palco.

— Vem cantar comigo.

E me estende o microfone assim que as primeiras notas de "Ain't No Mountain High Enough" começam a tocar.

"Deus, tenha piedade."

— *Listen, baby* — canta Matt para mim, me fazendo rodopiar pela mão.

Dou risada enquanto me deixo conduzir como um balão de gás hélio atado ao seu pulso.

Cantamos muito mal. Os dois. Matt não consegue alcançar uma nota sem perder o fôlego, e eu não conseguiria acertar o tom nem se minha vida dependesse disso. Mas acho que nunca me diverti tanto.

Com uma das mãos no microfone e a outra agarrada à minha, ele nos faz deslizar pelo palco e me puxa de um lado para o outro até eu rir a ponto de perder o fôlego. Matt não tira os olhos de mim durante toda a música, com um sorrisinho malicioso nos lábios.

Estou bêbada demais para não me deixar levar pelo momento e pelas sensações vertiginosas que me invadem o peito.

"Perigoso", murmura meu cérebro. "Aproveite a vida", retruco.

Fazemos uma mesura quando a canção termina, e vejo Chloe e Warren se entreolharem cheios de esperança. Faço cara feia para os dois e solto a mão de Matt na hora, esfregando a palma no tecido da roupa como se pudesse me livrar da memória em si.

— Duetos! — exclamo. — Vamos todos cantar em dupla!

Lanço a Warren um sorriso irônico só para dar o troco, depois lhe entrego o microfone e roubo seu lugar.

Fico toda encolhida no banco, tomando o restinho da bebida.

"Matt não é de ficar sem compromisso", trato de me lembrar. E, caramba, dormir com ele com certeza acabaria com a nossa amizade.

Mas eu quero. Estou bêbada e sou mulher o suficiente para admitir. Quero mesmo.

Meu coração está quase tão acelerado quanto as asas de um beija-flor, por isso tento pensar em qualquer outra coisa além de Matt pelado na minha cama.

"Cheiro de cabelo queimado, ruído de estática, pessoas com pombos de estimação, bafo de café."

Matt, aparentemente alheio e indiferente à nossa proximidade, afunda ao meu lado no banco quando Chloe vai se juntar ao marido no palco.

A música "You're the One That I Want" de *Grease* começa a tocar enquanto Chloe rodopia ao redor de Warren, fazendo uma imitação quase perfeita de Sandy. Meus próprios lábios se curvam ao ver o sorrisão de Warren, que logo se empenha no papel de Danny Zuko.

Sinto o olhar de Matt em mim, então decido quebrar o silêncio.

— Os dois são tão fofinhos que chega a dar raiva.

— Eu gosto — comenta ele, se ajeitando no banco.

— Claro que gosta. Não falta romance na sua vida. Mas eu sou amargurada.

Vez ou outra, faço esses comentários estúpidos sobre a vida amorosa de Matt, só para ver se ele me corrige. É a forma menos constrangedora de tocar no assunto, mas ele nunca se dá ao trabalho de responder. É muito irritante.

— Ainda não teve sorte nos aplicativos de namoro? — pergunta para mim.

— Hoje finalmente criei coragem e baixei um. Mas não deu muito certo.

— Não? — Ele se aproxima e apoia o braço no encosto do banco, com a mão a meros centímetros da minha nuca, me tirando do prumo. — Por quê?

— Hã, recebi *algumas* mensagens e tal — respondo, espiando seu pulso ali, tão perto, antes de me forçar a desviar o olhar.

— Qual é o problema, então?

— Quase todas são de casais querendo um ménage.

— Ah.

Matt coça a ponta do nariz, e uma mechinha de cabelo se solta do coque e cai sobre seu rosto. Resisto, com todas as minhas forças, a esticar a mão e enrolá-lo no meu dedo.

— Está saindo com alguém? — pergunto de forma corajosa… e inesperada.

Preciso beber uma água. Ou comer alguma coisa. Pão absorve o álcool do estômago, certo? Acho que já li isso em algum lugar.

Se não estivesse tão atenta a ele, talvez não tivesse visto sua expressão murchar. O olhar alegre suaviza e o sorriso se transforma em careta.

— Nada sério — responde, indiferente.

Como assim? Está passando o rodo? Ou não quer nada sério por agora? Ou será que…

— Por… opção?

"Cacete, qual é o meu problema?"

— Não sei muito bem. — Ele se recosta no banco, coçando o maxilar. — Se eu trabalhasse menos, talvez procurasse algo mais firme.

Depois esboça um sorriso, endireitando os ombros.

— Ah, você nem trabalha tanto assim. Até conseguiu vir para a festa.

Mostro o bar à nossa volta, como se ele não soubesse que não está na oficina, com os cotovelos enfiados dentro de um capô.

Chloe e Warren passam os microfones para Amos e Emily, e logo começa uma música que não reconheço, e mal consigo prestar atenção na letra.

Matt contrai os lábios e inclina a cabeça. Estreita os olhos e me encara até eu ficar inquieta no banco.

— O que foi? — pergunto, rindo de nervoso sob seu olhar.

— Fiz uma coisa para você — diz ele, com a voz baixa.

— De aniversário?

Isso quebra a tensão.

Matt umedece os lábios enquanto eles se abrem em um sorriso.

— Não, não, de Natal — responde com uma risada, que logo se transforma em um sorrisinho tímido. — Claro, de aniversário.

Depois se levanta ligeiramente do banco, enfia a mão no bolso de trás e tira um pequeno objeto de madeira.

— Toma.

Ao me entregar o presente, os dedos dele resvalam de leve no meu pulso.

Observo o objeto por um tempo antes de meus olhos traduzirem do que se trata, embora ainda tenha algumas dúvidas. Parece uma escultura de madeira simples no formato de uma boneca. Passo o polegar sobre a superfície macia, depois lanço um olhar para Matt.

Ele afasta a mão da boca para falar.

— Meu pai sempre fazia esses bonequinhos para mim e para meus irmãos. São chamadas de quitapesares, ou bonecas de preocupação. Ou talvez ele tenha inventado isso, não sei. — Ele coça a nuca, rindo baixinho. — Enfim, elas servem para preocupação. Ou para acabar com a preocupação, eu acho.

— Você fez isso para mim? — pergunto suavemente.

Ele concorda com um aceno.

— Esculpiu a madeira e tudo?

Outro aceno.

— Então, quando eu estiver ansiosa…

Minha voz vai morrendo aos poucos.

— Aí basta pegar a boneca e… bem, eu meio que brincava com a minha. Alisava a superfície com os dedos, apertava a madeira na palma da mão.

Sigo as instruções conforme ele explica.

— Ainda tem a sua?

— Tenho, deve estar em algum armário lá de casa.

— Esse presente é *tão* a sua cara — deixo escapar.

— Barato? Sem graça? Peculiar?

Matt cruza uma perna sobre o joelho inquieto, e eu encontro o olhar dele antes de responder:

— Não. Atencioso, cuidadoso, lindo.

A perna dele para de se mexer. Ele pisca algumas vezes, depois engole em seco com força.

— Bem, fico feliz que tenha gostado.

Guardo a bonequinha na bolsa.

— Obrigada. Eu amei, de verdade.

Quando Amos e Emily terminam de cantar e Chloe avisa que precisa ir embora para liberar a babá, decidimos dar a noite por encerrada.

O trajeto para casa transcorre de forma silenciosa e feliz, marcada por um coro de agradecimentos e despedidas amorosas quando desço do carro e subo as escadas do prédio. Arrasto os balões da festa atrás de mim e os deixo bem no meio da sala do meu apartamento vazio e silencioso.

As lágrimas vêm mais depressa do que eu esperava, embora não sejam uma surpresa. Sempre choro no meu aniversário. Todos os anos, desde que me lembro, pelo menos.

Sou chorona por natureza. Até tento esconder, agora que sou adulta e entendo que emoções fortes podem assustar os outros. Mas basta estar acima de sete ou abaixo de três na escala das emoções para começar a chorar. Às vezes, chego ao ápice da felicidade e ao fundo do poço ao mesmo tempo. Especialmente quando estou bêbeda, como suspeito estar nesse exato momento, conforme o cômodo gira à minha volta.

Pode ser uma série de coisas. O alívio de estar em casa misturado com a solidão depois de uma noite caótica de companhia constante. A gratidão e a culpa por tudo que outras pessoas não têm. A consciência de que mais um aniversário se passou sem receber um abraço do meu pai. A lembrança de que ele ainda estaria aqui se eu tivesse ficado em casa naquela noite.

Essa última pode me arrancar lágrimas mesmo nos melhores dias.

Tiro a roupa e entro no chuveiro quente, permitindo que a maquiagem seja lavada à medida que as últimas lágrimas se dissipam com o vapor.

Quando saio, me seco com a toalha, pego meu pijama mais confortável e me deito na cama. Todo o meu corpo ronrona de satisfação, como um gato aninhado no colo do dono. Sinto um calor na nuca, uma sensação densa e pesada nos ossos que me arrasta cada vez mais para o fundo. Quando a cama me abraça assim, quando meu corpo se funde tão naturalmente ao colchão, sei que vai ser um desafio levantar no dia seguinte.

A ansiedade surge de muitas formas, mas, na maioria das vezes, parece exaustão. Sou um carro elétrico a pilha. Pode até funcionar por um tempo, mas não é uma solução permanente.

"Você se divertiu", digo a mim mesma. "Pare de reclamar."

Tento me livrar da sensação e pego o celular. Curto todas as postagens dos meus amigos e os comentários da foto que tirei mais cedo: eu e os balões gigantes de 27 anos. Foi a primeira vez que cogitei esconder minha idade em um post de aniversário, mas os balões apareciam em todas as fotos tiradas antes de o álcool bater, então foi assim mesmo.

Na verdade, acho que o problema nem é a idade em si. Quase todos os meus amigos têm vinte e tantos anos, e de fora essa fase não me parece tão assustadora assim. Por outro lado, ter 27 anos, trabalhar com algo de que não gosto muito, passar mais de um ano sem sexo, viver em um apartamento péssimo e, basicamente, estar sem rumo na vida... é outra história. Parece vergonhoso.

Minha *vida* parece vergonhosa.

Sei bem o que meu pai diria. Não ter rumo significa não ter limitações. Odeia seu emprego? Aí está a oportunidade de arranjar algo melhor. Não gosta de onde vive? Basta ir embora. Está sem ninguém? Aprenda a gostar da sua própria companhia.

Estou presa no lugar e, no fundo, sei que só *eu* posso me tirar daqui. Mas sou tão resistente a mudanças. Requer esforço, energia, inovação... coisas que me faltam hoje em dia.

Por isso, em vez de tomar uma atitude, fico de bobeira no celular até atingir o entorpecimento ideal. Vejo vídeo após vídeo, todos encaixados em categorias distintas. Os engraçados de bichinho são os mais frequentes. As notícias e opiniões políticas aparecem vez ou outra, e normalmente só assisto até o fim por obrigação. Também vejo os de criadores de conteúdo de nichos variados.

Sigo um cara gostoso que só posta vídeos de culinária sem camisa, uma mulher que garimpa artigos para a casa e renova seus achados, uma dupla que sapateia com tanta sincronia que até acalma meu cérebro. Um vídeo específico acaba com minha maratona e me faz entrar em uma espiral de pesquisas na internet.

Dedico a hora seguinte a ver os vídeos de um casal que decidiu comprar, esvaziar, consertar, renovar e depois decorar um ônibus escolar convertido em motor-home. Quando dou por mim, já fui cativada pelas fotos do adorável ônibus amarelo e pela música alegre e animada.

É um mundo brilhante e colorido. É a chance de sair do aluguel, de se livrar dos senhorios. É a possibilidade de estar em movimento e, ainda assim, ter um lugar para voltar todas as noites. Um espaço concebido de acordo com suas próprias vontades.

Os dois parecem tão felizes.

Com uma rápida pesquisa no Google, entro em um site de leilões. Mais um clique e encontro o ônibus que, tenho certeza, o destino colocou no meu caminho.

27 MIL DÓLARES

Ônibus escolar com capacidade para 48 passageiros, ano 2013

- Baixa quilometragem
- Suspensões traseiras
- Doze metros de comprimento
- Perfeito para ser convertido em motor-home

Fale com Carl para mais informações. Corra antes que acabe!

Vinte e sete mil dólares, minha idade. Um sinal óbvio. Outro, menos óbvio: o ônibus é do mesmo ano em que meu pai morreu. Os cinquenta mil dólares que ele me deixou continuam intocados na poupança.

Meu pai teria adorado essa ideia. Teria insistido em fazer um test drive. Contaria piadas para minha mãe até aqueles lábios cansados e franzidos darem lugar a um sorriso e ela se conformar com ter uma filha vivendo sobre rodas.

Liz usou sua parte da herança para financiar pesquisas na universidade onde se formou, pois a vasta fortuna dos nossos pais já havia bancado seus estudos e ela dizia não precisar de muito mais, uma vez que tinha escolhido continuar perto de casa. Mas eu conheço nosso pai. Sempre o entendi melhor do que ela. Sei que ele separou esse dinheiro da nossa poupança de estudos porque queria que o usássemos para algo que nos trouxesse alegria. Algo pouco prático. Uma coisa divertida, feita só para nós. Como ele teria feito.

Assim, eu já não seria uma solteira de quase trinta anos em um apartamento vazio, deprimida e tendo apenas um coelho como companhia. Eu seria uma nômade aventureira, vivendo em uma casa adaptada às minhas próprias necessidades, experimentando um modo de vida mais simples... ainda com o coelho.

Envio um e-mail ao vendedor, Carl, quando o sol começa a raiar, e ele responde na hora. Sem perder tempo, trocamos números de telefone e recebo uma solicitação para uma chamada de vídeo. Mantenho a câmera desligada, pois ainda estou na cama. Uma vez concluída a negociação, faço um depósito com o valor da entrada. Ele me passa o endereço e depois desligamos. Carl, o vendedor sortudo. Eu, a feliz proprietária de um lindo ônibus amarelo de 48 passageiros.

Em seguida, pouco depois das seis, enfim vou dormir.

3

Acordo ao meio-dia com o som aterrorizante da campainha.

— Nããão — resmungo no travesseiro. — Por favor, me deixem em paz.

Minha cabeça dói tanto que chego a ver estrelas.

A campainha continua. Tem um assassino lá fora, só pode ser.

Vou até o interfone de olhos quase fechados, com as mãos estendidas para tatear o ar à minha frente.

— Que foi, inferno? — sibilo para o aparelho, com a testa apoiada na parede.

— Oi, sou eu — anuncia a voz alegre de Emily.

— Por quê? — rosno.

— Trouxe café, donuts e analgésico — responde ela com uma leve gargalhada.

— Pode entrar.

Aperto o botão para abrir a porta do átrio lá embaixo, destranco o apartamento e volto imediatamente para a cama.

Poucos minutos depois, Emily entra no meu quarto na ponta dos pés, com um sorriso suave no rosto.

— Oi — sussurra para mim.

Solto um grunhido em resposta.

— Como você está?

Ela se empoleira na beirada da cama.

— Hã... estou só o pó.

— Estica as mãos — ordena Emily.

Ofereço as palmas voltadas para cima. Ela coloca um copo de café descartável em uma e dois comprimidos na outra.

— Valeu, mãe.

Engulo os remédios.

— Nossa, nem a pau — rebate ela, achando graça. — Enfim, tenho uma pergunta para você.

— Sim, eu aceito ser sua dama de honra.

— Hum, não é isso. E você foi a da Chloe, então agora é a vez dela. Um dia, serei a sua.

Eu me endireito na cama e tomo um gole de café, deixando meus olhos se adaptarem ao ambiente.

— O que é, então?

— Por acaso você comprou um ônibus escolar ontem à noite?

Meu primeiro instinto é dizer não. Mas as lembranças começam a voltar aos poucos, então hesito em responder.

— Talvez... — *Ô se comprei.* — Depende... você veio aqui para me dar bronca?

Abro um dos olhos e dou uma espiada nela. Seu rosto está carregado de preocupação, o que faz minha postura arisca subir como bile pela garganta.

— É que... Simone foi uma coisa, mas comprar um ônibus por impulso?

Emily inclina a cabeça, com uma expressão carinhosa que me deixa na defensiva.

— Não foi por impulso... foi o destino. E não meta a Simone nessa história — acrescento, chego mais perto e sussurro: — Ela já não é muito sua fã.

— Lane, o que vai fazer com um ônibus escolar? Você nem tem carro.

Tomo outro gole, e já me sinto melhor com a combinação de analgésico e café.

— Não vou precisar dele agora. Comprei para reformar.

— Lane... — repete ela com mais severidade.

— Tem toda uma comunidade de pessoas envolvidas nessas coisas. A galera do motor-home. Vou fazer uns reparos e... — Faço uma pausa. — Espera, como você ficou sabendo do ônibus?

— Você mandou no grupo.

Emily morde o lábio, sem conseguir conter o sorriso brincalhão.

Pego o celular e leio as mensagens que já nem lembrava de ter mandado, todas entre três e seis da manhã.

LANE:

@WARRENDOVE como dá para saber se um motor é bom com base num vídeo?

@TODOS aimeudeus gente olha esse cachorrinho amigo dos guaxinins!!!!

(link para o vídeo)

@CHLOEDOVE desculpa se acordei vcs

@EMILYOWUSU tá acordada? De que cor vc pintaria um ônibus?

@AMOSLOPEZ oii, pode perguntar para Emily se tecido verde disfarça bem as manchas?

@TODOS comprei um ônibus, cambada!!!! Aceito sugestões de nomes, por favor, bjs obrigada.

Leio as mensagens e abaixo lentamente o celular.

— É, acho que já entendi — comento com um suspiro. — Em minha defesa... não pareço *tão* bêbada nas mensagens.

— Pior que teve bem menos erros de digitação do que o normal mesmo — concorda Emily.

— Acho que comprei um ônibus, Em. — Cubro a boca com as pontas dos dedos e deixo escapar uma gargalhada ensandecida. — Puta merda — murmuro, apertando o ossinho do nariz.

Por que não estou tão surtada com essa decisão? É a calmaria antes da tempestade, ou são meus instintos me dizendo que vai ficar tudo bem?

Vivo em um estado de pânico quase constante, então por que não me sinto assim agora?

Ela me dá uma palmadinha no joelho.

— É, pelo jeito comprou. E, sim, o tom certo de verde ajuda a disfarçar manchas.

— Beleza.

Aceno com a cabeça e pestanejo, com os olhos voltados para o colchão. Os pensamentos se aproximam aos poucos, ruidosos como uma multidão crescente. Tento dar sentido a todos eles — parcialmente animada, acima de tudo ansiosa, um tanto prática.

— Por acaso sabe se vou precisar de habilitação especial para dirigir um ônibus?

A risada de Emily escapa com força pelo nariz.

— Não faço ideia — responde, depois manobra pela cama e se acomoda ao meu lado. — Mas agora me mostra o tal do ônibus!

A cabeça dela repousa no meu ombro enquanto procuro as fotos do anúncio no celular.

Passamos algumas horas ali deitadas, ocupadas em pesquisar inspirações para o ônibus e elaborar um plano.

Confirmando suas próprias previsões, Liz me ligou durante a tarde para anunciar o noivado. O casamento foi marcado para dali a pouco mais de dois meses. Ela me convidou para ser madrinha, mas a dama de honra será a irmã do Phillip, porque mora mais perto (ou pelo menos é o que minha irmã diz).

Além disso, fez questão de frisar que devo confirmar presença o quanto antes caso queira levar um acompanhante. E depois avisou que deveria ser um homem, pois os pais do noivo são "bastante conservadores". Ou seja, uma ligação muito divertida.

Não falei nada sobre o ônibus. Nem saberia como contar a novidade. Foi uma decisão impulsiva, imprudente e todos os outros adjetivos que ela usaria para descrever sua irmã dez minutos mais nova, e eu ainda não estou pronta para julgamentos. Não apenas por não ter respostas prontas para as inevitáveis perguntas subsequentes, mas também porque gosto que seja apenas uma coisa minha — e um pouquinho do meu pai — por enquanto.

A ideia de pegar aquele ônibus trambolhão e transformar em um refúgio me traz uma sensação enorme de conforto, e não estou disposta a abrir mão dela.

Mas já sei para quem preciso ligar. Porque, pelo jeito, existe mesmo uma habilitação especial para conduzir veículos desse porte até que esteja registrado como automóvel particular. Matt atende no terceiro toque.

— Mattheus Tilo-Jones — diz.

— Elaine Marie Rothsford — respondo, sorrindo sozinha.

— Lane! — exclama ele com entusiasmo, depois dá um pigarro. — Enfim, que surpresa boa.

Nem tento controlar o rubor que sobe pelo meu pescoço.

— E aí, cara? — pergunto, e já reviro os olhos com minha escolha de palavras. — Tenho uma pergunta para fazer.

"Uma das boas."

— Manda bala.

— Só para contextualizar, eu comprei um ônibus.

Silêncio do outro lado da linha.

— Hã... — acrescento. — Vou dar um tempinho para você assimilar.

— A gente se viu há menos de 24 horas — gagueja Matt.

— Eu sei.

— Já tinha comprado o ônibus antes da festa? — pergunta ele com descrença.

— Não.

— E estava procurando um? Eu teria ido junto para aju...

— Não estava — interrompo.

— Hum, ok então. E como seria esse ônibus?

Se Matt não fosse tão avesso à tecnologia, já teria visto as inúmeras fotos no grupo de mensagens dos amigos.

— É um ônibus escolar bem amarelão. Capacidade para 48 passageiros, com baixa quilometragem e uma coisa chamada suspensão traseira. Ah, também me disseram que tem uma escotilha no teto.

— Certo.

Ouço o raspar de metal contra concreto, como um banco sendo arrastado. Se o cara até precisou se sentar para essa conversa, talvez seja melhor eu reavaliar algumas decisões de vida.

— Então, o que eu queria perguntar... — começo, hesitante. — Por acaso você tem habilitação para dirigir ônibus?

Sei que tem, porque perguntei a Warren primeiro e ele me sugeriu ligar para Matt.

— Tenho, sim... Precisa que eu estacione em algum lugar?

Dou uma risada fraca.

— Hum, na verdade, e fique à vontade para recusar... eu queria saber se você pode ir lá comigo buscar e depois levar para a oficina.

— Na minha oficina?

— É, Warren falou que não tinha problema. Mas se...

— Não, tudo bem. Claro que posso.

— Vou reformar o ônibus — conto, triunfante.

— Vai?

— Arrã.

— Sozinha?

— Por quê? É difícil? — respondo, e dou risada. — Calma, esqueci. Por acaso *Legalmente loira* estava na lista de filmes?

Matt também ri, e o som é pleno e profundo, mesmo através do telefone. Meu corpo reage com um sorriso que acende meu alerta de perigo. Ainda assim, não consigo evitar o calor reconfortante que me invade ao ouvir a risada dele. É como ganhar uma medalha de ouro, e Matt as distribui com frequência. Muito mais do que a maioria.

— Sim, eu assisti a esse. Gostei? — pergunta, com a voz mais aguda.

— Não, não gostou.

Matt suspira.

— Verdade, mas queria ter gostado. Aliás, tenho uma proposta. Já leu o e-mail que eu mandei ontem?

— Ai, droga, não li. Foi mal. Quer que eu leia agora?

Ele dá risada.

— Não precisa, eu conto.

— Beleza, o que era?

— Pensei em contratar você para reformular a identidade visual da oficina. Mas, em vez disso, talvez você possa dar essa mãozinha para gente, e eu ajudo a reformar o ônibus. Que tal? Uma mão lava a outra.

As ideias passam pela minha cabeça como um Rolodex.

— Não sabia que vocês estavam pensando em mudar a identidade visual.

— Pois é, já faz mais de um ano que Ram nos vendeu a oficina, e tem corrido tudo bem desde então, mas acho que está na hora de atrair uma clientela nova. Warren e eu queremos conquistar mais clientes, e aquela vibe assustadora de motoqueiros não é muito a nossa praia. Sobrou dinheiro no orçamento para renovar o site, as placas e a pintura. Se bobear, talvez dê até para encomendar ferramentas com o logotipo da oficina.

Já estou cheia de ideias.

— Adorei. Estou dentro.

— Maravilha, então.

— Ainda bem, assim não vou me sentir tão mal por toda a ajuda que vou acabar pedindo para vocês dois — confesso, tentando soar *fofa* em vez de *mimada*.

— Nem precisaria pedir.

— Eu sei.

Sorrio para o telefone.

Há um momento prolongado de silêncio antes de Matt perguntar:

— Conseguiu ir para a cama depois de tanto álcool? Ou não bateu bem?

Pelo jeito, eu parecia mais bêbada do que imaginava ontem à noite.

— O álcool eu não sei, mas sempre dizem que eu bato muito bem.

As palavras me escapam antes de eu conseguir pensar direito. Ainda está muito cedo para fazer piada sobre punheta.

Matt bufa.

— Caramba, direto da quinta série.

— Acho que foi por isso que comprei um ônibus escolar... Falando nele, preciso ir lá buscar nesse fim de semana. Está livre?

— Hum, estou. Acho que sim. Que dia?

Respiro fundo, tentando reunir a confiança necessária.

— Bem, são onze horas de carro... só na ida. Então, seria o fim de semana inteiro?

Estremeço assim que as palavras saem dos meus lábios.

— Ah, ok. Hã...

— Vou pagar pelo seu tempo! — interrompo. — E o hotel também. Duas camas, claro. Normalmente eu não pediria uma coisa dessas de última da hora, mas...

Matt corta a minha tentativa de bater o recorde de palavras faladas por segundo com um firme "tudo bem".

Faço uma pausa.

— Certo. Hum... Tudo bem. É, acho que vai ser divertido.

Tenho *quase* certeza de que isso foi um sim.

— Obrigada, Matt — agradeço, grudada ao telefone. — Não vai atrapalhar muito, né? Tem certeza?

— Não, tudo certo. Mas agora tenho que voltar ao trabalho, ok? Chegou cliente aqui.

— Claro, claro. Mais tarde a gente se fala. Obrigada de novo.

— Tchau, Lane... Ah, espera!

— Oi, o quê?

Volto a aproximar o celular do ouvido.

— Parabéns pelo ônibus!

Meu sorriso se abre lentamente, como uma flor desabrochando. Matt é a primeira pessoa a reconhecer a compra como algo digno de ser celebrado. Sei que só contei para poucas pessoas, mas mesmo assim a reação dele me deixa feliz.

— Obrigada, Matt.

— Até mais!

Ele desliga, e eu volto a pesquisar sobre ônibus e reformas automotivas.

4

Amos e Emily compraram uma casa antiga há cerca de oito meses. Na verdade, também foi assim que ficaram noivos. No dia em que pegaram as chaves, Amos deu a ela uma aliança em vez de um chaveiro. E era uma aliança e tanto. Um solitário de diamante com lapidação quadrada, uma pedra enorme e vistosa.

Elegante como Emily, e chamativo como ela.

Eu, Chloe, Warren e Matt visitamos o casal naquela mesma noite para tomar vinho e conhecer a casa antes de as obras começarem. Emily mostrou a aliança tão logo abriu a porta e, sinceramente, não me lembro se chegamos a conhecer o resto da casa depois disso.

O amor a deixou radiante. Sempre foi linda, mas agora sua pele parece mais sedosa, e os olhos mais brilhantes. A ideia deles é prolongar o noivado para dar prioridade às reformas, mas já sei que vai ser um casamento extravagante. Não de um jeito esnobe, como o da minha irmã provavelmente será, e sim uma festa pensada nos mínimos detalhes para agradar aos convidados. Os dois são extrovertidos, cheios de amigos e parentes, e adorados por todos. O evento será uma fusão alegre de duas culturas: as tradições ganesas de Emily e as raízes hondurenhas de Amos.

Como eles próprios se tornaram especialistas em reformas, e já que Amos tem uma caminhonete, perguntei se podiam me acompanhar na primeira rodada de compras na loja de materiais de construção. Só precisei de uma dúzia de sites, dezenas de vídeos e um punhado de e-mails trocados com Gayle, especialista em motor-home, para descobrir os aparatos necessários. A essa altura, já me sinto preparada o bastante para começar as compras.

Embora Gayle deva me odiar por ter perguntado a ela sobre controladores de carga solar em vez de simplesmente pesquisar no Google, ela me explicou que, com meu orçamento, posso me dar ao luxo de contratar alguém para os serviços maiores. Encanamento para o abastecimento de água, fiação e instalação de painéis solares, entre outros. Fiz algumas ligações e, *provisoriamente*, consegui agendar a maioria desses trabalhos com base na minha agenda e na disponibilidade de Matt.

Feito isso, só me resta desmontar os bancos, arrancar todos os revestimentos e o telhado, instalar isolamento, substituir as janelas, reformar o banheiro, forrar o teto com painéis de bétula, fazer móveis planejados para o cantinho de jantar que se transforma em cama de hóspedes, colocar azulejos no banheiro e no frontão da cozinha, instalar armários e bancadas, comprar eletrodomésticos, instalar o fogão a lenha, construir a cama, decorar tudo e me mudar.

Ah, e *aprender* a fazer tudo isso, claro. Com a ajuda de Matt... e talvez de Gayle, se ela voltar a responder minhas mensagens.

— Vamos precisar de dois carrinhos? — pergunta Emily, já empurrando o primeiro.

— Não sei — respondo. — A loja ajuda ou a gente carrega tudo?

— A gente carrega tudo — respondem os dois em coro, desanimados.

— Certo... Então é melhor pegar dois.

Com um dos carrinhos, Amos vai buscar a madeira para o teto e as estruturas na área de marcenaria. Emily e eu vamos direto para a parte divertida: os eletrodomésticos.

Com base nas minhas pesquisas e na *tentativa* de rascunhar um projeto, decidi comprar uma geladeira compacta com baixo consumo de energia, uma vez que vai ser movida por energia solar. Também encontramos uma pia quadradinha para ocupar menos espaço na bancada.

— Nossa, é bem mais divertido fazer isso com o dinheiro de outra pessoa — comenta Emily, toda feliz ao testar as torneiras de vários modelos de pia. — Quer dar uma olhada nos fogões?

De repente ela parece confusa, como se só agora se questionasse sobre a possibilidade de ter um fogão no meio do ônibus.

— Por enquanto, vou comprar um fogão de bancada com duas bocas e um forninho elétrico.

Emily assente, e juntas seguimos para o corredor de iluminação.

— O que vai fazer com as coisas que não couberem no ônibus?

Ela acende a luz de um espelhinho de maquiagem e começa a ajeitar a franja, rindo ao me ver fazer poses no reflexo.

— Vou alugar um galpão. Ainda não estou pronta para embarcar de vez no minimalismo, mas, se daqui a um ano não tiver ido lá uma única vez, provavelmente vou doar ou vender tudo.

Tem algumas coisas, porém, das quais eu jamais me livraria, como a coleção de vinis e álbuns de fotografias do meu pai.

— Não acredito no tanto de informações que você conseguiu reunir em questão de dias. — Emily me abraça antes de eu empurrar o carrinho pelo corredor. — Mandou muito bem.

Dou um suspiro alto.

— Obrigada. Preciso compensar a impulsividade de alguma forma, certo?

— Lane, você não precisa provar nada a ninguém.

— Ah, jura? — debocho. — Porque você e *todos* os outros fizeram algum comentário sarcástico sobre ter sido uma compra muito impulsiva. — "Todos, menos Matt", penso. — Suas preocupações foram devidamente registradas, e vou fazer questão de mostrar que estão errados.

— Devo pedir desculpas por ter sido insensível ou deixar a raiva crescer para alimentar sua determinação? — pergunta ela, sorrindo.

— Ah, nada de pedir desculpas. Estou determinada para caralh...

— Precisam de ajuda com alguma coisa? — oferece um senhor mais velho, de avental vermelho, surgindo atrás de nós.

Reprimo o sorriso e troco um olhar com Em, as duas cientes de que essa foi por pouco.

— Sim, por favor! Aqui vende banheiro seco?

— Claro, no corredor 42. Quer que eu acompanhe vocês?

O vendedor aponta com o polegar por cima do ombro.

— O senhor é entendido de banheiros portáteis?

— Por acaso sou, sim.

— Então pode acompanhar a gente, por favor. Obrigada.

Duas horas e mais de seis mil dólares depois, saímos da loja com apenas algumas sacolas com itens menores e a entrega do restante marcada para daqui a dez dias. Nem precisamos da caminhonete, afinal, mas foi bom contar com os conhecimentos de Amos sobre marcenaria.

— Querem sair para almoçar? — sugere ele, já no banco do carro. — Por minha conta.

Emily me lança um olhar esperançoso por cima do ombro.

— Rodízio de sushi?

— Sim! — exclamo. — Amos também gosta de sushi?

— Não muito, mas gosto de fazer minha esposa feliz.

Ele dá uma piscadinha.

— Esposa? — repete Emily, admirando a própria mão. — Estranho, não estou vendo uma aliança de casamento.

— O tempo não é linear. Vamos nos casar em breve, por isso já é minha esposa.

— Hum, não sei, não — provoca Emily, afagando os cachos do noivo. — Parece até que alguém aqui quer escapar de uma festona de casamento.

Vejo os dois trocarem um olhar sugestivo antes de Amos lhe dar um beijo no rosto. Fico feliz pelo casal, de verdade, mas uma parte de mim sempre parece se sentir profundamente solitária na presença deles ou de Chloe e Warren.

Até consigo esconder bem, acho. Com piadinhas dissimuladas e pigarros dignos de uma mãe anunciando sua presença antes de flagrar os adolescentes no meio de uma partida de verdade ou desafio. Mas dói.

São os momentos de piadas internas de casal das quais eu rio mesmo sem entender, com o coração apertado. Ou as vezes em que se aconchegam mais durante um filme, bem devagar, como se não conseguissem evitar tanta proximidade, e de repente me torno consciente da solidão do meu corpo, sem ninguém para esquentar.

Antes, eu me contentava com meras ficadas e casinhos sem compromisso. Nunca passei a noite ou sequer cogitei um futuro com as pessoas com quem me relacionei. Ao longo do último ano, porém, tem sido uma agitação quase constante. Um desejo oculto que não fui capaz de satisfazer, e nem me dei ao trabalho de tentar. Uma pessoa fora de alcance quando tudo de que precisamos é um abraço.

E eu odeio essa sensação.

Nunca busquei uma vida convencional. Namoro, casamento, filhos, envelhecer ao lado de *alguém*. Nunca esteve nos planos, não desde a morte do meu pai. Mas, nesses últimos meses, quando vejo meus amigos nas suas pequenas bolhas de amor vertiginoso, tenho a impressão de sempre ter desejado algo assim. Talvez tanto a ponto de rejeitar a ideia, só para facilitar a minha vida. Jogar a toalha antes da hora, me preparar para a inevitável solidão. Porque isso não pode acontecer. Não vou permitir.

Amos dá partida no carro e sou dominada por uma torrente de ansiedade. Preciso de ar. Quero respirar ar puro e ficar sozinha. Sair de perto dos dois, do lembrete constante da minha própria solidão.

— Eu, hã... — começo a dizer, hesitante. — Na verdade, acabei de lembrar que não vou poder almoçar com vocês. — Engulo em seco, girando os polegares. — Preciso terminar um trabalho antes da viagem com Matt amanhã.

Emily se vira para o banco de trás, toda amuada.

— Ah, tudo bem. Mas e se a gente comer rapidinho?

— Não dá mesmo, foi mal. — Sinto a garganta apertar com outra desculpa esfarrapada. — É um trabalho grande e deixei para a última hora. Sabe como eu sou, né? — acrescento, fazendo careta.

"A tonta da Lane não consegue fazer nada direito!"

Ela pousa a mão esquerda na perna de Amos, que apenas assente e vira na próxima curva à direita, em direção ao meu apartamento.

— Tudo bem... Fica para a próxima.

Felizmente, não preciso explicar o caminho de casa. Amos conhece bem o endereço, porque Emily também morava lá.

Sinto tanta saudade dela.

Tento me concentrar nos edifícios por onde passamos, disposta a ignorar o ritmo acelerado do meu coração, ou a forma como de repente consigo ouvir os batimentos por cima da música, do barulho da rua e da conversa do banco da frente. Uma camada fria de suor se insinua nas mãos e na testa, e eu as enxugo com a manga da blusa.

"Respira fundo, Lane." Inspira, prende e solta.

"É tão idiota", repreendo a mim mesma, "ficar nervosa assim com a felicidade de uma amiga. Tão egoísta."

Lambo os lábios e sinto o gosto salgado antes de me dar conta das lágrimas. Não. Aqui não. Não na frente deles. Já sou tratada como café com leite por ser a única solteira. Não preciso acrescentar *instabilidade emocional* a esse prêmio de consolação de empatia.

Estou tão frustrada comigo mesma que a raiva assume o papel de emoção principal, acabando com meu desfile de autopiedade e com as lágrimas derramadas sobre ele.

Quando finalmente chegamos ao meu prédio, eu me despeço dos dois com beijinhos na bochecha, uma tentativa brincalhona de esconder minha preocupação.

— Amo vocês! Tchau, até mais.

— Lane, suas compras.

Amos aponta por cima do ombro.

— Eu ajudo.

Emily começa a tirar o cinto antes que eu consiga protestar.

Vou até a traseira da caminhonete, e ela abre a caçamba para pegar as sacolas. Seguro a caixa de spray antiferrugem e fecho a tampa com a mão livre.

— Ei, deixa que eu levo.

Estico a mão para pegar as sacolas.

— Não, meu bem, está pesado. Eu ajudo a carregar.

— Imagina, não precisa.

Nego com a cabeça e torno a estender a mão.

Emily estuda meu rosto, depois deixa o olhar recair sobre minha mão. Com cuidado, enfia uma sacola no meu braço, depois outra.

— Tudo bem? — pergunta, com a voz suave.

E apesar de saber que não se refere ao peso das sacolas, respondo:

— Claro, estou ótima! Tenho treinado bastante, sabe.

E dou uma piscadinha.

Ela corre para abrir a porta do prédio para mim, e eu me despeço com um tchau gritado por cima do ombro enquanto atravesso o átrio.

Já dentro de casa, largo tudo de qualquer jeito no chão e desabo na cama. Sem nem pensar direito, eu me deixo levar pelas distrações passageiras do celular. Não vou sentir todas essas coisas. Não hoje. Talvez nunca. Não estou pronta para encarar o desafio, e amanhã é um grande dia.

5

Na manhã seguinte, paro em frente à casa de Matt pouco depois das sete. Nunca estive lá dentro, mas já o vi ir e vir pelo caminho estreito ao lado da antiga casa de tijolinhos que leva à entrada do porão onde ele vive.

Demonstrei curiosidade para conhecer a casa mais de uma vez, mas ele sempre recusou. Por um tempo, cheguei a pensar que ele poderia ser um serial killer, embora a hipótese tenha parecido cada vez mais absurda depois de conhecê-lo melhor. Talvez seja apenas muito bagunceiro. Ou talvez tenha uma coleção estranha e vergonhosa, como dentes ou bichinhos de pelúcia.

Mesmo se for o caso, a vontade permanece. Eu adoraria descobrir qual xampu ele usa para deixar os cachos tão brilhosos. E até daria uma xeretada na despensa para ver qual whey protein o deixa forte como um urso. Ah, e com certeza espiaria se o colchão está afundado em um dos lados, e qual deles pode precisar de companhia. Só por curiosidade e tal.

Matt aparece e entra na caminhonete imponente, daqueles modelos que sempre se vê por aí com adesivos ofensivos na lataria ou testículos falsos pendurados na caçamba. Ele dá uma boa olhada em volta, depois morde o lábio e assente como se tivesse acabado de ouvir uma piada.

— Bom dia, chefe. Belo carro.

— Só tinha esse trambolho aqui ou um conversível na locadora, e não sou muito fã da ideia de dirigir um carro com teto retrátil.

— Não?

— Não! Pensa bem, e se a capota estiver aberta e o carro sofrer um acidente e capotar? E aí, o que a gente faz? Senta e chora?

— Sai em grande estilo, acho.

Matt atira a mochila no banco de trás, depois passa o cinto sobre o peitoral largo e acrescenta:

— Então, ainda quer revezar na direção de três em três horas?

— Acho que minhas palavras exatas foram "cada um dirige pelo tempo de duração de *Titanic*", mas sim.

Dou uma conferida no ponto cego e começo nossa viagem de onze horas. E, de repente, a ideia já não parece tão assustadora assim.

— Claro, claro. Eu pesquisei. O filme tem três horas e quatorze minutos. Por favor, não bata o carro em um iceberg. Ou em qualquer outra coisa.

— Vou tentar evitar o mar aberto, mas não prometo nada.

Ele agarra a alça de segurança no teto e finge se preparar para o impacto.

— Só mais um *Titanic* — murmura sozinho quando raspo o pneu no meio-fio durante uma curva fechada.

— Ei! Eu dirijo bem.

— Somos amigos há um tempo, e eu nunca vi você no volante. Não me culpe por ser precavido.

— Foi só um arranhãozinho de nada no meio-fio.

— Sim, sim, e ele olhou feio para você — concorda Matt, pousando a mão no colo.

— Exatamente.

— Tem entrada para fone de ouvido nesse treco? — pergunta ele.

— Nesse treco? O console central?

Abro a tampa, revelando o cabo.

— É, isso aí mesmo.

Ele conecta o celular.

— Ai, que emoção! — exclamo. — Vou saber o que você gosta de ouvir!

Um zumbido suave enche o carro quando paro no sinal vermelho.

— *Jane Eyre*, de Charlotte Brontë. Capítulo Um — diz uma voz britânica suave nos alto-falantes.

— Um audiolivro? — pergunto, com a testa apoiada no volante. — Ainda está muito cedo para isso.

— Tudo bem, mas daria para ouvir o livro inteiro antes de a gente chegar ao hotel.

Penso nas muitas, muitas horas de filmes que Matt viu por sugestão minha, endireito as costas e abro um sorriso educado.

— É parecido com *Crepúsculo*?

— Bem, o nome do cara é Edward.

— Pode ser, então... Dá play aí.

Três horas e oito minutos depois, pegamos uma saída na estrada e chegamos a um estabelecimento com alguns restaurantes de fast-food, um posto de gasolina e, o mais importante, um banheiro.

— Não faça xixi na calça — ordeno para mim mesma enquanto estaciono a picape de qualquer jeito.

Matt pausa nosso livro, no qual estou surpreendentemente interessada, e jogo as chaves no colo dele antes de correr feito louca até o banheiro.

Quando saio de lá, avisto Matt na fila para o café. Apesar de ter percebido que o vi, ele acena para mim com um sorriso radiante.

— Muito obrigada, bom senhor — agradeço a ele, passando por baixo da cordinha da fila.

É a típica praça de alimentação de um centro comercial, provavelmente com a mesma decoração desde os anos 1980, e cheia de pessoas com um ar vagamente enjoado e irritado.

— Ei! — reclama um sujeito atrás de nós. — Não pode furar a fila.

Matt passa o braço ao redor do meu corpo e olha para trás com um sorriso que eu nunca tinha visto antes. É amigável, mas ao mesmo tempo... não? Sem dentes; peito estufado. Até que gostei.

— Ela está comigo.

"Ah, e como gostei."

Dou uma espiada hesitante no irritadinho. Está de camisa polo, calça cáqui e um relógio chamativo que só pode ser um Rolex. Conheço bem o tipo. Passei a vida toda rodeada de gente assim. Com o rei na barriga. Ele tem compromissos e obrigações importantes demais para nós, reles mortais, conseguirmos entender. Qualquer outro ser humano é uma pedra no sapato desse homem.

— Ah, perfeito — debocha o babaca. — Então podem ir *os dois* para o fim da fila.

— Eu cheguei aqui antes, camarada.

Matt me lança um olhar cúmplice de relance e não me solta até chegar nossa vez. Quando dou por mim, estou até torcendo para a fila avançar *um tiquinho* mais devagar.

— Bom dia, como vai? — pergunta ele para a atendente, esfregando as mãos.

A mulher endireita os ombros, sorrindo.

— Ah, nossa, estou bem. Obrigada por perguntar. E você, como está?

— Estou ótimo, obrigado. Pode trazer dois cafés grandes, por favor? Um com um toque de chantilly e o outro com leite de aveia e duas gotinhas de adoçante.

Depois passa os olhos pelo cardápio, e algo parece chamar sua atenção, pois logo acrescenta:

— E... será que também pode trazer duas fatias de bolo de banana, por favor, e... — Matt se vira para o ricaço idiota que nos acusou de furar a fila, aponta o cardápio com a cabeça e pergunta: — E o senhor, vai querer o quê?

O homem parece tão confuso quanto eu.

— Oi? — diz, desgrudando os olhos do celular.

— É por minha conta — garante Matt.

Ele olha para Matt, inseguro, e responde bem devagar:

— Hã, um café preto.

— E mais um café preto grande, por favor — acrescenta Matt, voltando-se para a atendente.

Ele paga as bebidas e as fatias de bolo antes de irmos até o fim do balcão esperar pelos pedidos. Olho em volta, atordoada, e vejo o babaca se aproximar para buscar seu café grátis, assentir para Matt e caminhar depressa em direção à saída.

— O que foi aquilo? — pergunto, cutucando seu braço.

— A manhã dele não parecia estar muito boa.

— Ou ele é assim mesmo — rebato.

— É, pode ser. Mesmo assim, não deve ser divertido ser ele.

Matt encolhe os ombros quando nosso pedido chega, e agradece à funcionária antes de avançarmos até uma mesa perto da janela.

— Foi muita gentileza sua. Eu jamais pensaria em fazer uma coisa dessas. "Mais uma razão para não sermos compatíveis."

— Meus pais sempre diziam para tratarmos as pessoas como se elas estivessem no pior dia da vida delas. Acho que isso ficou na minha memória.

— É um jeito meio deprimente de ver o mundo.

Ele toma um gole de café e contempla o assunto por um instante.

— Talvez seja. Mas também me ajuda a não esquentar a cabeça com essas besteiras.

— Nada te incomoda.

Sorrio para ele com ceticismo.

— Também não é bem assim — argumenta Matt, dando uma mordida no bolo.

— Ah, então o que incomoda? Quero saber o que te irrita.

Ele pousa a fatia no prato e limpa as migalhas das mãos.

— Hum... vamos ver. Para começar, não gosto quando as pessoas matam insetos na natureza. É a casa deles, sabe?

"Aimeudeus. Até as implicâncias dele são fofas."

— E me incomoda muito quando os clientes me acusam de cobrar caro demais na oficina. Sei que mecânicos têm essa fama, mas Warren e eu fazemos preços justos.

— Adorei, as duas são excelentes.

Concordo com a cabeça, com migalhas escapando pela boca.

— E você?

— Ah, você já deve saber as minhas. Não sou de esconder minha irritação.

— Tudo bem, mas pode me contar mesmo assim.

Estico a mão por cima da mesa e espano algumas migalhas da barba dele com o dorso da mão. O olhar recai sobre meus dedos antes de pousar no meu rosto, me fazendo recuar.

"Deixa de ser esquisita e fala alguma coisa!"

— Hã, ok. Bem, odeio quando as pessoas ficam paradas no topo da escada rolante em vez de sair logo. Tipo, anda rápido, sabe? Tem mais gente no mundo!

— Certo, então você não gosta quando as pessoas ignoram as necessidades das outras.

Matt devora o último naco de bolo enquanto eu confirmo com um aceno, depois limpa a nova leva de migalhas na barba.

— Isso, ou também quando você chama o elevador e, logo em seguida, chega outra pessoa e aperta o botão de novo. Eles acham que são o quê? Os deuses do elevador? Por acaso acreditam que isso vai fazer diferença? É só esperar um pouco, sabe.

Matt tenta esconder o sorriso, coçando o nariz com o punho.

— Achou muito bobo? — pergunto quando termino de comer.

— O quê? Não, é que... você fica tão irritada só de contar, e é divertido de ver.

— Não fico, não.

— Fica, sim. Está até vermelha.

— É a raiva me consumindo — gracejo.

Matt levanta as sobrancelhas.

— Dá para ver. Mas tem raiva de quê?

A pergunta me pega desprevenida.

— De nada — respondo, com uma risada mais ofegante do que eu pretendia. — Como assim?

— Quero saber o que te deixa brava de verdade. Não irritada.

De repente, a praça de alimentação parece minúscula, lotada de estranhos capazes de nos ouvir.

— Não sei. E você?

— Eu perguntei primeiro.

Matt beberica o café sem pressa, com ar de desafio.

— Tenho raiva de quem mexe no celular enquanto dirige — deixo escapar. — Ou de quem não toma cuidado atrás do volante.

— Ah, essa é boa.

Matt inclina o copo vazio sobre os lábios, bebendo até a última gota.

— E de pessoas como os sogros da minha irmã.

Levanto e começo a recolher o lixo da mesa.

— Como eles são?

Matt me acompanha até as lixeiras, depois abre a porta para mim. Espero ela se fechar atrás de nós antes de responder.

— Em público, gostam de se esconder atrás de palavras educadas e sorrisos afetados, mas na verdade são... desagradáveis.

Abro a porta do passageiro e me acomodo no banco. Matt não liga a caminhonete, e eu tomo isso como uma deixa para continuar.

— Falaram umas coisas para minha mãe e minha irmã que me chatearam, só isso.

— E o noivo da sua irmã?

— Ainda não o conheci, mas... estou preocupada. Sei que ele não defendeu Liz. E, um dia desses, ela comentou uma coisa sobre o casamento... sobre eu levar alguém.

Matt se endireita.

— Ah, o quê?

— Ela falou que, se eu fosse levar alguém, teria que ser um homem.

— Caramba, que merda. — O lábio inferior de Matt se franze e os ombros afundam. — Que chato isso.

— Sei que minha irmã não se importa com o fato de eu ser bi, e minha mãe também não, mas... doeu.

— Claro, eu imagino.

Ele pousa a mão no meu joelho, e a sensação de conforto me faz chorar.

— Ai, desculpa.

Enxugo o rosto na manga da blusa e nego com a cabeça.

— O quê? Não, Lane... foi uma situação horrível. Quando essas coisas acontecem, as pessoas choram. É normal.

Dou um aceno, enxugando as lágrimas. As palavras soam tão simples vindas dele. Uma reação natural, não um motivo para constrangimento.

Esboço um sorriso fraco.

— Verdade, você tem razão.

Matt dá partida no carro.

— Pronta para ir?

Aceno que sim, enxugando a última lágrima enquanto ele sai do estacionamento, ajeita o retrovisor e volta para a rodovia.

— Podemos continuar ouvindo *Jane Eyre*? — peço.

— Claro — responde ele, e faz menção de abrir o console central, mas para abruptamente. — Desculpa, eu não deveria fazer isso enquanto dirijo. Pode colocar para mim? A senha do celular é 4, 3, 2, 1.

Uma risada me escapa.

— Caramba, assim você vai ser hackeado.

Ele balança a cabeça.

— Warren falou que não podia ser 1, 2, 3, 4. Eu nem queria botar senha.

— Oi? Como assim? — pergunto, incrédula. — Aí todo mundo ia conseguir ver as fotos sacanas na sua galeria!

— As minhas o quê?

Matt começa a rir, deslizando as mãos pelo volante.

— Ah, você sabe... — Eu me remexo no banco, depois acrescento em tom provocante: — *Aquelas* fotos...

— Nunca tirei uma foto do meu pau se é isso que quer dizer.

Sinto vontade de gritar de alegria, confusão e empolgação com essa conversa. Parece até um flerte. Ou, pelo menos, algo bem próximo.

— Ah, qual é! Até parece!

Ele dá uma gargalhada tão sincera que o sorriso parece se escancarar de orelha a orelha.

— Eu juro! Lane, você já viu como eu sou com mensagens. Acha mesmo que eu mandaria uma foto pelado?

— Mas você está em todos os aplicativos de namoro — argumento.

— Vou repetir: Lane, você já viu como eu sou com mensagens. De onde tirou que uso esses aplicativos aí?

— Bem, é que...

De repente, percebo que não tenho a *menor* razão para suspeitar disso. Matt nunca confirmou nada.

— É que você me aconselhou a baixar também — concluo. — E você sempre tem um encontro marcado!

— Sim, só falei isso porque estava cansado de ouvir suas reclamações sobre não sair com ninguém.

— Justo.

— E eu arranjava minhas pretendentes à moda antiga.

"Arranjava? No passado?"

— Uma carta e um dote? — pergunto.

— Não, um pouco menos antiquado do que isso.

— Como então?

— Uma coisa esquisita chamada interação cara a cara, já ouviu falar? Eu ia a um bar, ou a um parque, ou... uma vez, cheguei até a arriscar um desses encontros arranjados em grupo.

— Não acredito. Não pode ser.

— Pois é — confirma ele, na defensiva. — E foi divertido.

— Não consigo imaginar pessoas fazendo isso de verdade.

— Bem, mas fazem.

Cruzo os braços com força.

— E você conheceu alguma mulher bonita por lá?

— Por que esse interesse repentino na minha vida amorosa, hein?

Matt se vira para mim e sorri, com um ar provocador que me desperta a necessidade imediata de dar um basta nessa conversa.

Reviro os olhos com exagero, na esperança de que ele possa ouvir, e retruco:

— Chega, vou dar play no livro.

6

A MÃO DE MATT está espalmada sobre meu joelho outra vez. Poderia jurar que eu estava de calça jeans quando saí de casa esta manhã, mas o vestidinho curto permite ver as inúmeras tatuagens nas minhas coxas. Os raios de sol atravessam o para-brisa enquanto Fleetwood Mac toca no rádio. Quando me viro para Matt, seus olhos estão cheios de calor, desejo e vontade. Ele se alterna entre observar a estrada e meus lábios, que sorriem para dar permissão. Em seguida, a mão dele desliza mais para cima, até os dedos roçarem a parte interna da minha coxa. O gesto me provoca um arrepio, me faz abrir ainda mais as pernas para ele. Assim que sua mão volta a explorar, uma buzina toca.

— O que foi isso? — grito.

— Um carro tentou ultrapassar outro — responde Matt, dando seta. — Pode voltar a dormir.

Olho em volta e me recomponho, limpando a baba do queixo. Dou uma conferida no relógio.

— Matt, são quase três da tarde.

— Caramba, quem diria?

— Você dirigiu mais do que um *Titanic*!

Ele se faz de desentendido.

— Está ligada que você fala dormindo, né?

— Não falo — rebato, envergonhada. Liz também me dizia isso. — Mas... hipoteticamente... se fosse verdade... o que eu falei?

Matt sorri sozinho.

— Não lembro.

Pelo jeito, ele é tão piedoso quanto cruel.

— Ah, ok. Então vamos fazer uma parada para comer alguma coisa, aí eu assumo o volante.

— Tem um lugar a uma hora daqui. Podemos continuar assim até lá? Aí já vamos estar quase no hotel.

Abro a rota no GPS. Mais quatro horas e quarenta minutos de viagem.

— Tem certeza? Você ainda vai dirigir o ônibus sozinho na volta.

Ele sorri.

— Tenho. Eu gosto de dirigir.

Volto a me ajeitar no banco e futrico as unhas por um segundo antes de olhar pela janela. O céu está feio mais adiante, cheio de nuvens cinzentas.

— Será que vai chover?

— Está com cara.

Concordo em silêncio.

— Está tudo bem? Você parece um pouco apreensiva.

— Não levo jeito como passageira.

"E tive um sonho erótico inapropriado com um amigo."

— Posso perguntar uma coisa? — retoma Matt, com a voz suave.

Volto minha atenção para ele.

— Claro, pode perguntar.

— Talvez… talvez não seja da minha conta.

— As melhores perguntas são assim.

— E se você não quiser responder…

Eu interrompo:

— Pode falar, Matt.

— Como seu pai morreu? — pergunta ele sem rodeios, como se precisasse expulsar as palavras à força.

— Ah… foi, hã, um acidente de carro.

As mãos dele ficam tensas ao redor do volante.

— É, imaginei quando você comentou sobre odiar motoristas imprudentes e não levar jeito como passageira.

— Ora, ora. Temos um Sherlock Holmes.

— *Ahá*, essa referência eu conheço.

Matt dá uma piscadinha, e o gesto ajuda a diminuir a tensão.

— Mas você só conhece por causa dos livros, não é? — pergunto, com a sobrancelha arqueada.

Ele vira a cabeça com tanto entusiasmo que, por um segundo, até se esquece da estrada.

— Calma, tem *filme* do Sherlock?

— E uma série. Muito famosa, aliás.

— Isso não estava na sua lista!

— *Muitas* coisas ficaram de fora da lista, Matt.

— Pois vamos acrescentar tudo — determina ele com toda a naturalidade. — Assim que a gente chegar ao hotel.

— Claro, tudo bem. A gente pode até ver no meu notebook.

Ele assente.

— Beleza, combinado.

Quando saímos da segunda parada na rodovia, a chuva está tão forte contra o para-brisa que nem conseguimos escutar o audiolivro. Por isso, decidimos só conversar. Não me importo muito em dirigir na chuva, mas estou feliz por ter a companhia de Matt. Seu jeito calmo de sempre começou a me contagiar.

— Ok... — cantarola ele. — Prefere virar vegetariana ou nunca mais comer verduras e legumes?

— Posso tomar suplemento?

— Pode.

— E fazer batidas?

— Só se não tiver nenhum vegetal.

— Então prefiro nunca mais comer verduras e legumes — respondo. — Não consigo abrir mão de frango frito.

— Boa.

Um relâmpago estrondeia ao longe, me fazendo pular no banco. Depois de me recompor, retomo:

— Hã, ok. Minha vez. Prefere ser invisível durante 24 horas ou poder voar durante uma hora?

— Voar. Sem sombra de dúvida.

— Ah, essa foi muito fácil. Deixa eu fazer outra. — Tamborilo os dedos no volante e aumento a intensidade dos limpadores de para-brisa. — Prefere ter a habilidade de controlar o clima pelo resto da vida *ou*...

— Essa.

— Calma, não terminei! Ou... poder escolher alguém para responder dez perguntas feitas por você com toda a honestidade, sem mentir?

Matt coça a barba.

— Uh, essa é boa.

— Viu? Falei para esperar.

— Ainda prefiro controlar o clima — decide com firmeza. — É minha vez?

— Hum, podemos brincar de outra coisa? Não estou conseguindo me distrair da chuva.

— Quer que eu dirija?

— Não, tudo bem.

— Ok, em vez de continuar com a brincadeira, vou fazer uma pergunta. Se pudesse convidar cinco pessoas para um jantar, vivas ou mortas, quais seriam?

— Só vale gente que existe? — pergunto.

— Ou pessoas reais ou personagens, não pode misturar.

Solto um suspiro.

— Tudo bem... Bom, o primeiro é meu pai, obviamente.

Matt concorda com a cabeça, mas continua a fitar os próprios pés.

— E como não daria para ressuscitar meu pai sem chamar as duas, escolheria minha mãe e minha irmã.

"Essa não. Lá vem. Emoções fortes. Sentimentos barulhentos. Constrangedores."

— Certo — diz Matt, com a voz embargada. — Então, faltam dois?

Com esforço, consigo responder:

— Isso.

Confiro o ponto cego e os retrovisores antes de parar no acostamento.

— Lane?

Matt se alterna entre olhar para mim e para o painel do carro, visivelmente apreensivo.

— Desculpa — digo com a respiração trêmula. — Só um segundo.

Sinto as lágrimas começarem a escorrer pelo rosto e fecho os olhos com força para conter o choro. Apoio a testa no volante.

— Não, eu que peço desculpa. Não deveria ter feito essa pergunta. Claro que você escolheria seu pai, e não precisa pensar nessas coisas justo agora. Sério, eu...

— Eu só... — interrompo, mas só consigo falar depois de respirar fundo. — Caramba, não acredito que eu chorei na sua frente *duas* vezes hoje. Que vergonha.

Matt segura minha mão e a puxa para perto até a envolver com as suas.

— Por favor, não fique com vergonha. Por favor. A culpa é minha.

Sou impelida a olhar para nossas mãos entrelaçadas, depois observo seu rosto.

— Achei... Bem, achei que seria melhor convidar Phillip também, o noivo da minha irmã. Porque ele nunca chegou a conhecer meu pai, sabe? E aí, se ele não for o cara certo, talvez Liz escute meu pai. — Afasto as lágrimas com a mão livre. — Depois pensei que também ia querer minha outra metade nesse jantar. Mas... A cadeira estava vazia, entende?

Matt suspira, com as costas curvadas. Depois pousa nossas mãos no colo e solta a minha.

— Posso ir? — pergunta, e olha para mim com ar pesaroso.

Respiro fundo.

— Ir?

Olho em volta, tentando encontrar um lenço ou qualquer outra coisa que não seja a manga da blusa.

— Ao seu jantar. Eu adoraria conhecer seu pai. — Os lábios dele se contorcem em um sorriso fraco. — Sei que não sou sua *cara-metade*, mas seria bom conhecer sua família.

Concordo com um aceno, e as lágrimas dão lugar a uma risada suave diante de tanta doçura.

— Tudo bem, combinado.

— Quer ficar aqui um pouquinho?

— Pode... pode dirigir agora? — pergunto.

— Claro que posso. Como você está?

Dou de ombros.

— Não sei bem.

Matt assente.

— É, foi um longo dia. Só mais uma hora de viagem.

Enxugo as últimas lágrimas.

— Pois é... Aliás, me desculpa por ter chorado tanto hoje. Não bastava ter pedido esse favor enorme, agora estou tratando você como meu terapeuta ou coisa assim.

Matt dá risada.

— Não está, e mesmo que estivesse, já estou acostumado.

Estreito os olhos, à espera de uma explicação.

— Eu sou o filho do meio de nove irmãos, Lane — diz ele de forma incisiva. — Sabe o que isso faz de mim?

Nego com a cabeça.

— Mediador. Conciliador. Se meus irmãos fossem a ONU, eu seria a Suíça.

A comparação me faz rir.

— E precisava resolver muitos mal-entendidos?

— Vamos trocar de lugar, aí eu conto.

Tiramos o cinto de segurança e abrimos as portas, fustigados pela chuva enquanto contornamos a caminhonete e voltamos para dentro em segurança.

Matt solta um grito animado ao bater a porta.

— A chuva me deu mais ânimo para continuar!

Ele consegue encontrar um raio de sol em qualquer tempestade.

O GPS recalcula a rota quando voltamos para a rodovia. Falta pouco menos de uma hora de viagem.

— Não lembro o quanto já contei sobre minha família, mas sempre tem algum detalhezinho a acrescentar. Por isso, faça o favor de ouvir tudo, mesmo que eu já tenha contado antes, e nada de interrupções.

Sorrio e apoio o rosto no banco, voltada para ele.

— Meus pais se conheceram em 1985, no Live Aid, um grande show organizado para arrecadar fundos para combater a fome na Etiópia.

— Eu sei o que é o Live Aid, Matt. Todo mundo sabe.

— O que eu falei sobre interromper, hein? — brinca ele. — Enfim, os dois se conheceram lá. Segundo meu pai, ele viu minha mãe nos ombros de outro cara e logo sentiu que ela deveria estar nos ombros dele. Muito romântico, como pode ver...

Em seguida, Matt descreve os membros da família, um por um. O pai, um canadense que estava em Londres a estudo, conheceu a mãe dele, vinda de Upolu. Em algum momento entre Bowie e U2, os dois se apaixonaram perdidamente. Fugiram para casar, se mudaram para o Canadá, compraram um terreno com o dinheiro da venda do apartamento londrino e estabeleceram uma vida lá.

Construíram um chalé modesto com as próprias mãos, com a ajuda da comunidade que os acolheu com tanto amor. Tiveram quatro filhos em seis anos, e Matt veio dois anos depois. A mãe sempre dizia que, por ser um bebê tão bonzinho, Matt os incentivou a ter ainda mais filhos. Por isso, construíram mais quartos e assim fizeram. Todas as crianças foram educadas em casa. As plantações e estufas na propriedade garantiam o sustento da família durante o ano todo, com o complemento de ovos e carne trocados com os vizinhos.

Parece uma vida celestial, idílica. Quase consigo sentir o cheiro da grama molhada quando Matt descreve as horas passadas ao lado da mãe para cuidar do jardim, assim como o frio na pele ao ouvir sobre os dias preguiçosos de inverno, quando se alternava entre ler e cortar lenha com o pai.

Não chegamos a falar dos mal-entendidos mediados, nem muita coisa sobre os irmãos, antes de estacionarmos diante do hotel que, devo dizer, parecia muito mais bonito nas fotos do site.

— Falei muito, né?

Matt afasta alguns cachos do rosto.

— Falou, mas eu quero ouvir mais.

— Ainda bem que temos a viagem de volta — comenta, espiando pelo para-brisa. — É aqui mesmo?

Mordo o lábio.

— É... Hã, acho que é.

— Parece bom — responde ele, de forma pouco convincente.

Pegamos as malas, as sobras do jantar e os lanchinhos comprados na estrada, depois entramos na recepção.

— Bem-vindos ao Morph Hotel, onde os hóspedes são nossa prioridade — anuncia um adolescente com ar de tédio atrás do balcão. — Vão fazer o check-in?

— Isso, só um segundo.

Desbloqueio o celular para encontrar o número da reserva.

— Por hora ou por noite?

Matt vira o rosto para esconder a risada.

— Hum, vai ser pernoite. A reserva está no nome de Elaine Rothsford.

O rapaz se anima, largando o próprio celular.

— Ah, foi você que fez a reserva. Ninguém nunca tinha feito uma aqui.

Faço careta, mas tento disfarçar com um sorriso ineficaz.

— Legal.

— Aqui está a chave — continua o jovem, e a desliza pelo balcão. — Coloquei vocês no melhor quarto, mas... bem, já vão descobrir.

"Ah, que bom. Parece fantástico." Lanço um olhar carregado de desculpas para Matt, que está ocupado em pegar uma gorjeta para o rapaz.

— Boa noite, obrigado.

Ele abre a porta para mim, e eu lidero o caminho em direção ao quarto, subindo uma escada de metal enferrujada do lado de fora.

— *Juro* que parecia melhor no site.

— Tudo bem, é uma aventura.

— Estava pintado de azul nas fotos. Isso aqui é azul?

— Fica difícil enxergar direito no escuro.

— Era o hotel mais próximo da oficina do Carl e da locadora de veículos, e aí me pareceu a melhor opção depois de tantas horas na estrada.

Paro diante do nosso quarto, com o número nove na porta.

— Lane, é só uma noite.

— Tudo bem.

Dou um aceno, com a mão dolorida de tanto forçar a chave.

Matt aponta para a porta.

— Não vai abrir?

— Vou... já, já.

— Deixa comigo.

Ele estica a mão e eu entrego a chave. Mas a fechadura não abre.

— Ué...

Quando ele bate no número nove com o dedo, a placa de metal gira.

— Ah, está sem o parafuso. Este é o quarto seis.

Passamos diante de mais algumas portas e, de fato, lá está o número nove. Dessa vez, a chave gira na fechadura e revela o quarto, escuro como breu.

— Cavalheiros primeiro.

Faço sinal para que ele vá na frente.

Matt alcança o interruptor, e as luzes piscam por um tempo até acender. Mas, no geral, o quarto não é tão ruim. Duas camas, ambas revestidas por lençóis brancos e cobertas florais em tons de amarelo e laranja. Carpete bege, alguns ganchos na parede, uma televisão antiga no aparador e uma mesinha de cabeceira entre as camas. A porta no canto deve levar ao banheiro, imagino, e vou conferir assim que tiver coragem de me mexer.

— Nossa, é bem melhor do que eu esperava! — Matt se joga com entusiasmo na cama, que range tão alto a ponto de ele se levantar para ver se não quebrou. — É, erro meu. Não vou repetir.

Continuo parada na soleira, sem querer entrar.

— E se a gente dormir na caminhonete?

— É só uma noite. Vai ficar tudo bem. Ah, e tem wi-fi! — acrescenta ele, apontando para a plaquinha na parede. — A gente pode ver *Sherlock*.

Aceno com a cabeça e enfim entro no quarto. A porta se feche atrás de mim, nos prendendo lá dentro.

7

Matt tomou coragem para entrar no banheiro, declarou que era "viável" e tomou uma ducha que, segundo ele, se alternava entre lava fervente e gelo derretido. Depois disso, optei por me lavar na pia com a ajuda de uma toalha e uma barra de sabão.

Estávamos acomodados na cama mais afastada da porta, determinados a ver *Sherlock*, mas a internet do hotel consegue ser mais devagar do que minha tia-avó Ethel, mesmo com seus dois joelhos ruins. Em vez disso, então, começamos a brincar de quantas manchas conseguíamos ver no quarto sem mexer o pescoço.

Uma parte de mim tem consciência de que estou ao lado de Matt em uma cama que, provavelmente, já foi usada para sexo. Logo começo a imaginar como seria usar o colchão para esse mesmo propósito *com Matt*, mas trato de afastar os pensamentos. Fui descrita como uma pessoa determinada durante a maior parte da vida, mas o universo foi cruel comigo e o fez usar calças cinza de moletom esta noite. Além do mais, correríamos o risco de pegar uma doença se transássemos nessa espelunca e, claro, poderíamos comprometer nossa amizade.

Para ser sincera, os últimos dezoito meses têm sido bem fracos para mim no quesito intimidade. O último homem com quem me relacionei, uns dois anos atrás, era péssimo na cama. Não conseguiria encontrar meu clitóris nem se estivesse estampado em um outdoor. Esfregava meu corpo como se fosse uma mancha de vinho tinto em um tapete branco e, quando fui embora, logo me mandou uma mensagem para avisar que ia voltar com a ex.

Se não afasto os pensamentos logo de cara, começo a imaginar que Matt deve mandar muito bem na cama. Ele é atencioso e dedicado por natureza, isso sem contar aqueles lábios. Gostei muito daquele nosso único beijo. Foi estranho, desajeitado e hesitante, mas *ótimo*.

Um forte estrondo de trovão sacode as paredes e faz as luzes piscarem.

— Hã, Lane?

— Sim?

— Não quero assustar você, mas... está vazando muita água pela janela e encharcando a cabeceira e o meu colchão.

Matt aponta para o que teria sido sua cama.

— Ah, que ótimo.

Caio para trás com um baque contra o colchão duro, e a estrutura da cama range.

— Bem, eu arrastei você para esse inferno — continuo —, então pode escolher o que prefere. Divide a cama comigo, ou eu posso dormir no chão.

— Eu durmo no chão.

— Não, nem pensar. Não é justo.

— Está bem, então vamos dividir.

Ele desaba ao meu lado e a cama quase desmorona.

Temos um ataque de riso tão forte que, por um momento, quase não vejo a goteira que começou no banheiro.

— Este aqui — diz Matt entre uma risada e outra — é o *melhor* quarto deles?

— E você ainda deu gorjeta para aquele garoto!

Chego a chorar de rir, e as lágrimas escorrem pelas minhas bochechas como a água da chuva na parede do quarto. Matt também começa a enxugar o rosto, e de repente a cama solta outro rangido alto. Tentamos nos equilibrar, preparados para um impacto que não chega.

— Não podemos dormir aqui, meu bem.

"Matt me chamou de meu bem."

— O que sugere, então?

— Deve ter outro hotel por aqui.

"Matt me chamou de meu bem."

— Pior que não tem. O mais próximo fica a uma hora daqui. Estamos no meio do nada.

Mordo o lábio de baixo.

"Matt me chamou de meu bem."

Eu deveria dizer alguma coisa, certo? É, vou fazer isso.

Matt se vira de lado e a cama desaba, e nossa pequena queda é amortecida pelo colchão. Outro trovão estala lá fora, e logo a energia cai. A única iluminação do quarto vem da tela do notebook e dos postes da rua.

Segue-se um momento de silêncio atordoado antes de nossas gargalhadas irromperem e se tornarem cada vez mais histéricas. Paro e respiro um pouco, quase sem ar.

— Matt?

— Sim?

Ele tosse, tentando controlar o riso.

— Por favor, me desculpa mesmo por tudo isso — digo, com a voz desanimada.

— Você não tem a habilidade de controlar o clima, tem?

— Hum, não.

— E não foi você quem construiu a cama, foi?

— Não, ela não faz muito o meu estilo.

— Resolvido, então. — Ele suspira uma última risada, depois se deita no colchão. — Olha só, está até mais confortável assim. Pelo menos parou de ranger.

Fecho o notebook, e a escuridão volta a engolfar o quarto. Depois o coloco no chão, deito na cama e sorrio para o teto, me sentindo mais corajosa no escuro.

— Você me chamou de "meu bem", sabia?

Quatro segundos de silêncio.

— É... Eu percebi, e achei que ia passar batido.

— Saiba que eu ainda vou tocar no assunto muitas vezes — provoco.

— Boa noite, Lane — responde ele secamente.

— Boa noite, *meu bem*.

Meus olhos se recusam a se fechar.

— Matt?

— Sim?

Ele boceja e suspira, encolhido no colchão feito um filhotinho crescido.

— Pode me contar mais histórias?

— Quer que eu deixe você entediada até cair no sono?

Solto um muxoxo.

— Não fico entediada. Gosto de ouvir. É bem… relaxante.

Ele se ajeita no colchão, depois limpa a garganta.

— Tudo bem, vou ser seu contador oficial de histórias de ninar. Prefere ouvir sobre a vez que meu irmão mais velho, Aaron, foi perseguido por um bando de patos, ou sobre quando minhas irmãs, Ruth e Tabitha, contrabandearam uma cabra para o quarto?

— As duas, por favor — murmuro, com o rosto apoiado na manga do casaco.

Quando acordo, a energia voltou, mas ainda está escuro e chuvoso lá fora. Percebo que estou esparramada em cima de Matt. O braço dele envolve minhas costas, me prendendo contra seu corpo como se eu fosse um cobertor ou seu bichinho de pelúcia favorito. Sinto seu hálito quente me soprar a testa, e o subir e descer do seu peito me leva a fechar os olhos novamente. Não luto contra o sono.

Na segunda vez que acordo, estou sendo devolvida ao colchão com delicadeza. Só me sinto decepcionada por um segundo antes de voltar a dormir.

Na terceira vez, sou despertada pelo alarme do celular, em um quarto já não iluminado pela luz do teto, e sim pelo sol através das persianas quebradas.

— Bom dia — grunhe Matt.

Depois, estica a mão sobre mim e desativa o alarme no meu celular.

— Oi, bom dia.

Bocejo e penteio o cabelo com os dedos.

— Sobrevivemos.

Estou com dor no pescoço e me sinto nojenta, mas *sobrevivemos* mesmo.

— Pois é — respondo. — Dormiu bem?

— Até que sim. Acordei e as luzes estavam acesas, então me levantei para apagar. Pelo jeito, a energia voltou de madrugada.

Solto como está, o cabelo de Matt passa dos ombros. Não está tão caótico quanto o meu, mas sem dúvida está um pouco bagunçado.

— Tenho um elástico de cabelo sobrando se quiser.

Mostro o braço para ele, onde uso os elásticos como pulseiras.

— Ah, maravilha. Valeu.

Sem demora, ele prende as mechas em um coque.

— Quero agradecer de novo... por me ajudar com isso. Aposto que você não achava que ia ser tão ruim assim.

— Imagina, sempre espero quedas de energia, tempestades e hotéis furrecas dignos de filmes de terror — brinca ele, com um leve sorriso. — Mas, sério, está tudo tranquilo.

— Tudo bem.

Mas não é verdade. Está longe de estar tudo bem.

— E a companhia não é de se jogar fora.

Matt me lança um sorriso sonolento, com os olhos ainda se adaptando à luminosidade.

"Céus, eu poderia me acostumar a acordar todos os dias com esse sorriso."

— Não? — pergunto, com uma careta. — Mesmo tendo que me aturar como cobertor?

Mordo o lábio e estreito os olhos, como se Matt fosse o sol da manhã a entrar pela janela. "Será que o deixei desconfortável?"

— Está de brincadeira? — indigna-se ele, como se fosse a coisa mais absurda que já ouviu. — Essa foi a melhor parte. Fiquei até com *raiva* das luzes por terem me obrigado a sair da cama.

Depois se levanta casualmente, como se não tivesse dito nada de importante. Como se meu coração não tivesse acabado de fazer um duplo twist carpado.

— Muita gente pagaria por esse serviço, sabe? — continua ele. — Como uma técnica de relaxamento terapêutica.

Em seguida, estica a mão para me ajudar a sair do colchão afundado.

Já de pé, dou uma olhada no estado da cama e levo as mãos ao rosto.

— Caramba. Essa aí foi com Deus.

Matt ri.

— Quando a gente voltar, podemos falar para a Chloe e o Warren que dormimos juntos e quebramos a cama.

Ele coloca as mãos na cintura enquanto avalia os danos.

— Não acredito! Eles também pegam no seu pé?

Minha voz sai aguda e exagerada, como se fosse uma suposição *absurda* da parte deles.

— Em relação a nós dois? — pergunta Matt, soltando o ar através dos lábios crispados. — Nossa, e como.

Por que fiquei tão feliz com a forma como ele disse "nós dois"? Devo estar grogue de sono, só pode.

— Sim, eles são uns malas.

Espio de relance para ver se ele concorda. Não porque eu queira que ele discorde, *claro*. Só por curiosidade e tal.

Matt encolhe os ombros, despreocupado, antes de começar a juntar suas coisas e enfiar tudo na mochila.

— Já venho — avisa.

Depois fecha a porta do banheiro para se trocar.

Enquanto recolho meus pertences, vou me dando um sermão.

"Não pense em Matt pelado lá dentro. Pare de pensar nisso. Ei, pare já com isso!"

Algo se mexe. Foge.

Um grito de gelar o sangue me escapa quando salto para a única cama ainda de pé. Rato! Rato! Rato!

— O *que foi?*

Matt sai correndo do banheiro, só de cueca.

— Não, não, não — choramingo. — Eca!

Abano os braços e as pernas e me seguro para não vomitar.

— Lane! O que aconteceu?

— Rato!

— Cadê?

— Fugiu!

— Para onde?

— Sei lá, para o inferno?

— Mostra onde ele estava — ordena Matt.

Aponto para o aparador na parede oposta à cabeceira encharcada.

— Parecia uma criança de tão grande, Matt.

Retraio os ombros, e meu corpo todo implora para se encolher de nojo. Apesar de tentar, Matt não consegue conter o sorriso.

— Já deve ter ido embora. Vou arrumar suas coisas e você me espera lá fora, pode ser?

— *Aimeudeus*, e se tiver outros lá fora me esperando?

— Como assim? Tipo uma gangue de ratos assassinos?

— É, vai saber?

— Será que eles têm um carro de fuga? O chefe também é um rato, ou os ratos são apenas os capangas?

— Eu te odeio!

— Olha como fala, mocinha. Assim, não vou te ajudar.

Ele põe a mão na cintura, inclinando o quadril.

— Desculpa! Por favor, me ajuda. Vou me comportar, eu juro. Só me tira daqui.

Matt recolhe minhas coisas, uma a uma, e as coloca com cuidado na mochila. Sinceramente, eu preferiria que ele jogasse tudo pela janela e me tirasse logo desse quarto infernal.

Acho que só não estou *tão* aterrorizada com o roedor que espreita nas sombras porque daqui consigo admirar as coxas de Matt, grossas como um tronco de árvore. O corpo dele é robusto da cabeça aos pés, macio nas partes certas e sólido em outros pontos onde o trabalho o tonificou. Estou um pouco obcecada pela largura do seu peito, a protuberância da sua barriga. Nem consigo mensurar o efeito provocado por aqueles ombros. Sei apenas que, de repente, tenho vontade de ir a um show com ele, só para me sentar ali. Reparo no volume na parte da frente da cueca preta, porque não estou morta nem nada, mas logo desvio o olhar para o teto. Não posso encarar *aquilo*.

— Já peguei tudo? — pergunta ele, com minha mochila na mão.

— Acho que sim.

"Não sei e não estou nem aí."

— Tudo bem, então eu vou abrir a porta e você corre lá para fora.

Nego com um aceno ferrenho.

— Nem pensar. O chão é lava. Território dos ratos. Vale da Morte.

— Lane, ele tem muito mais medo de você do que…

Interrompo na hora:

— Se o rato tem tanto medo de nós, por que decidiu andar por aí em plena luz do dia, hein? Como se fosse o dono do quarto? De jeito nenhum. Está na cara que ele não tem medo. E, por isso, é imprevisível.

Matt se aproxima de mim, balançando a cabeça.

— Tudo bem. Vem cá.

Ele segura a mochila com uma das mãos e estende o outro braço para mim. Eu me aconchego ali, no espaço entre o peito dele e o bíceps, depois enlaço sua cintura com as coxas.

Quando vejo, estou no colo de Matt. Como se fosse um bebê crescido… mas ainda está valendo. A curta distância entre a cama e a porta parece durar uma eternidade.

Eu me considero feminista. Nem sempre perfeita, mas me esforço. Neste momento, porém, eu deixaria este homem me levar para sua caverna e fazer o que bem entendesse comigo. Estaria disposta a me vestir como uma dona de casa dos anos 1950, preparar seu rocambole de carne preferido e me sentar à mesa diante de um prato vazio, satisfeita em ver sua alegria ao devorar a refeição. Penso nas possíveis complicações de parir seus bebês gigantes com meu quadril estreito e concluo que vale a pena.

— Pronto. Agora eu vou lá me trocar.

Ele abre a porta e me larga do lado de fora, depois me entrega a mochila e as chaves da caminhonete.

— Calma, espera. — "Como assim? Ele precisa se vestir, sua tarada." — Eu, hã… queria agradecer.

— Ah, de nada — responde ele, com uma risada confusa. — Não vou demorar. Cinco minutos, no máximo.

A porta se fecha e meu cérebro volta a funcionar, já livre da força magnética exercida pelo corpo seminu de Matt. Um conselho para mim mesma: não ir à praia com ele no verão. Vou acabar me afogando.

Quando ele volta, dessa vez vestido, devolvemos a chave na recepção. O rapaz nem quer saber da cama, das goteiras ou da infestação de ratos. Depois, deixamos a caminhonete na locadora mais próxima e seguimos a pé por alguns quarteirões até chegarmos na garagem de Carl. É basicamente composta por montes de sucata e veículos comerciais, com um ônibus enorme, lindo e amarelo estacionado bem no meio. Meu ônibus.

Matt me dá um empurrãozinho no ombro conforme nos aproximamos, ainda do lado de fora da cerca de arame.

— Lá está... Sua futura casa.

A súbita realidade de que eu realmente comprei um ônibus escolar me atinge em cheio, e parece até que fui atropelada por... bem... por um ônibus. Sinto a garganta apertar, as palmas das mãos suadas. Mas não consigo tirar o sorriso do rosto. Minha intuição diz que foi uma ótima ideia.

Tudo bem que ela já se enganou antes, mas não vem ao caso.

Damos a volta na cerca do pátio e chegamos ao trailer que serve de escritório. Carl está lá dentro, ao telefone. É um homem mais velho, provavelmente na casa dos sessenta, e está vestido como um cowboy.

— Preciso desligar. Tenho clientes.

Em seguida, encerra a ligação e abre bem os braços.

— Ah, você deve ser a Lane — diz ele, batendo palmas. — É um ônibus muito grande para uma mocinha tão pequena.

Matt dá um pigarro alto, e soa quase como um aviso.

"Como se responde a uma coisa dessas?"

— Hã, bem...Vai ser relativamente pequeno quando virar minha casa... sabe, se formos comparar.

Carl apenas escancara mais o sorriso, e tenho a impressão de que eu poderia ter dito quase qualquer coisa e sua expressão permaneceria a mesma. Nem está preocupado em me ouvir. Só quer vender.

— Claro, querida. Tem razão.

Matt cruza os braços, e eu quase me pergunto se comentários gentis com pitadas de misoginia também fazem parte da sua lista de implicâncias. Já estou acostumada, infelizmente, então mantenho o corpo relaxado, uma forma de mostrar a Matt que não há motivos para preocupação. Carl abre a gaveta da escrivaninha com um grunhido.

— Vou pegar os documentos do ônibus e, depois de algumas assinaturas, vai estar tudo pronto. Seu namorado vai acertar o restante do pagamento, imagino?

Com um suspiro, tiro um cheque da bolsa florida, que me parece adequada para o momento, e entrego ao vendedor. Nunca gastei tanto dinheiro na vida, e agora estou quase arrependida de ter sido justo com esse sujeito. Dou uma espiada em Matt, que assumiu uma postura convincente de guarda-costas enquanto olha feio para Carl.

— Eu vou pagar. Meu *namorado* só veio para dirigir o ônibus na viagem de volta.

Inclino a cabeça com ar de desafio.

O sorriso de Carl se torna mais sincero, acompanhado de um longo suspiro.

— Ufa, fico feliz em ouvir isso.

Mal tenho tempo de abrir a boca antes de Matt perguntar, em tom severo:

— Por quê?

— O que disse, rapaz?

Carl abre um envelope de papel pardo e começa a folhear os documentos com indiferença.

— Por que ficou tão contente ao saber que eu vou dirigir?

Matt sorri como um predador. Essa visão me provoca coisas, me deixa estranhamente... *excitada*.

"Isso, defenda a minha honra, valente cavaleiro!"

Carl sustenta o olhar de Matt, sem dúvida percebendo a frustração no seu tom.

— Não quis dizer nada com isso, filho.

— Tudo bem, então.

Matt assente, os braços flexionados sobre o peitoral largo deixando à mostra os músculos salientes.

"Aimeudeus."

— Onde é que eu assino? — pergunto.

E logo me acomodo na cadeira mais próxima, abrindo bem as pernas na tentativa de exercer dominância.

Depois de alguns minutos constrangedores, Carl faz questão de me entregar as chaves e lançar um olhar demorado para Matt, como se dissesse:

"vamos deixar a coitadinha aproveitar esse momento". O queixo de Matt treme, e eu luto contra a vontade de gargalhar.

— Cuide bem dela, filho! — despede-se o vendedor quando saímos pela porta lateral em direção ao pátio de veículos.

— Ele está falando de mim ou do ônibus? — pergunto, descontente.

— Foda-se esse sujeitinho — resmunga Matt.

— Ah, Mattzinho — digo com uma vozinha afetada de bebê. — Mas ele tem razão! Minhas mãozinhas não foram feitas para dirigir aquele ônibus grandão!

Levanto dois pulsos moles.

— Por tudo que há de mais sagrado, nunca mais faça isso. Por favor.

Matt parece enojado, mesmo quando se esforça para conter o riso.

Conforme nos aproximamos do ônibus, a luz refletida na lataria confere um tom amarelado a tudo que nos cerca.

— Uau.

Admiro aquela estrutura colossal e sinto o coração palpitar. Está aqui. É incrível, real, enorme e todinho meu.

— Será que vai dar para ouvir *Jane Eyre* nesse trambolho? — pergunto.

— Fico feliz que essa tenha sido sua primeira preocupação — responde Matt, e então abre a porta e faz sinal para eu entrar. — Primeiro as damas.

8

FELIZMENTE, o ônibus tem um sistema de áudio integrado. Antes de voltarmos à vida da *pobre* e *obscura* Jane, porém, eu tinha algo importante a fazer.

— "Com a gente? Nem pensar!" — grita um coro de crianças através dos alto-falantes.

Dançamos pelo corredor entre os bancos ao som da música tema de *O ônibus mágico*. Matt nunca deve ter visto o desenho, e ainda assim participa da diversão. Dá tudo de si, apesar dos passos de dança desajeitados. Estamos ambos sem fôlego quando paramos, e agora o ônibus parece ter sido devidamente batizado.

— Lily Tomlin foi a voz original da sra. Frizzle, sabia? — comento, ainda ofegante.

— Hã? Quem são essas?

Matt inspeciona os botões e interruptores do painel, e eu espreito por cima do seu ombro, da fileira de trás, como uma colegial atrevida. Uh, aqui seria um lugar excelente para encenar o fetiche de aluna-professor e... "Não. Cérebro mau."

— O que você está fazendo aí?

Apoio o queixo no ombro dele.

Matt vira o rosto na minha direção, olho no olho, e eu recuo. Isso, sim, não é do meu feitio.

— Só quero ver se ela está pronta para cair na estrada — explica, sorrindo para mim. — Ou ele. Ou elu. Já escolheu o nome?

— Não... ainda não. Vou pensar.

Olho ao redor em busca de inspiração, mas nada vem.

Matt liga a ignição, e o motor ruge. Caramba, essa coisa é barulhenta.

— Muito bem, pessoal, quero ver todo mundo sentadinho aí atrás! — grito para o grupo imaginário de crianças nos bancos. — Pode ir, motorista.

Dou-lhe uma palmadinha no ombro.

Matt ri e ajeita o retrovisor. Depois nos conduz para fora do pátio enquanto Carl nos acena do portão. É isso. Meu ônibus está indo para casa.

— "É como se eu tivesse um cordão do lado esquerdo do corpo, atado com firmeza a um cordão semelhante no seu. E caso a senhorita partisse, caso fosse embora daqui, receio que o tal cordão se romperia. Tenho a sensação de que eu começaria a sangrar por dentro. Quanto a sua pessoa... creio que me esqueceria."

O narrador britânico do livro deixa a voz mais baixa e rouca durante as falas do protagonista masculino de *Jane Eyre*, Edward Rochester.

Aperto com força o botão de pausar.

Matt toma um susto e me lança um olhar preocupado do banco do motorista.

— Preciso de um minuto para digerir — explico.

Ele solta um suspiro.

— Certo, eu entendo.

Encolho os joelhos junto ao peito, depois apoio o queixo ali.

— Imagine só amar tanto uma pessoa a ponto de achar que vai literalmente *morrer* se ela te deixar. É de uma beleza trágica sem igual.

— E, ainda assim, acreditar que a tal pessoa esqueceria tudo e seguiria em frente... — concorda Matt, trocando de faixa. — Chega a doer.

— Mas ele deve saber que Jane também o ama, certo? Ou acredita *mesmo* que ela o esqueceria?

— É difícil saber. Talvez a questão não seja o fato de ser ou não ser amado — teoriza Matt —, mas a suspeita de que o amor de Jane não é tão forte quanto o dele.

— Obrigada por ter escolhido este livro. Estou adorando, sério.

Ele sorri para mim pelo retrovisor.

— Que bom, fico feliz — responde, depois ri baixinho. — Mas saiba que agora a coisa vai começar a ficar meio esquisita.

Pouso o dedo sobre o botão de play.

— Melhor ainda.

Avançamos por mais duas horas na estrada, e o final do audiolivro coincide quase perfeitamente com a parada para o almoço.

Matt coloca o ônibus em ponto morto e desliga o motor.

— Bem, isso foi *Jane Eyre*.

— Vou comprar o livro físico — comento, já com o site aberto. — Como um troféu para a minha estante.

Matt se levanta, alonga os braços e estala os dedos.

— Dirigir esse treco é divertido, mas balança muito. Parece até que estou em uma montanha-russa.

— Queria poder revezar com você — digo enquanto descemos do ônibus. — Me desculpa.

— Não ligo de dirigir o caminho todo. Sério mesmo.

Ele passa o braço ao redor do meu ombro e me puxa para junto de si. Às vezes, muito raramente, tenho a sensação de que Matt busca meu toque de propósito. Como se o corpo dele também implorasse para estar mais perto do meu.

— O almoço é por minha conta — digo sorrindo.

Paramos a uma boa distância da porta e aguardamos enquanto uma família sai do restaurante. Sorrio para Matt, e nossos olhares se cruzam. O braço dele no meu ombro, os sorrisos combinando, os corpos quase colados… É familiar e ao mesmo tempo novo. Reconfortante e ao mesmo tempo intenso.

Sinto meu sorriso desvanecer quando a expressão dele adquire um ar contemplativo. A porta se fecha mais adiante, um lembrete de que deixamos o momento durar mais do que o necessário. Matt recolhe o braço com delicadeza, e eu abro a porta com um floreio.

— Pode ir na frente, meu bom senhor — digo com um sotaque bobo.

Ele faz uma mesura ao passar por mim.

— Agradecido.

Pedimos uma pizza média para dividir e cenouras e aipo à parte, porque Matt encasquetou que não me viu comer um mísero legume durante toda a viagem… ou na vida.

— Comida de coelho — resmungo, dando uma mordida.

— Por falar nisso, onde a Simone ficou nesses dias?

Ele limpa a barba com um guardanapo.

Mordo mais um pedaço e respondo de boca cheia.

— Ah, ela ficou na casa da Chloe e do Warren. Willow é maluca por ela.

— Quantas fotos a Chloe te mandou?

Abro um sorriso.

— Da Willow com a Simone? Umas cem… Em defesa dela, é muito fofo ver crianças brincando com coelhinhos.

Matt assente com um sorriso caloroso quando pego o celular e mostro meu novo papel de parede: uma foto das duas.

— Sou tão apaixonada por essa garotinha — comento.

Ele pega outra fatia de pizza e a dobra ao meio antes de levar à boca.

— Acha que vai ter um desses algum dia? — pergunta com um sorriso travesso.

— Um filho?

Ele faz que sim, ainda mastigando.

— Todo mundo acha que vou querer um monte só porque tenho muitos irmãos. Para ser sincero, não tenho tanta certeza. E você?

— Hum, sei lá. Nunca pensei muito no assunto, para falar a verdade. E vou morrer sozinha mesmo, então que diferença faz?

Abro um sorriso exagerado, mostrando todos os dentes como uma criança.

Matt revira os olhos.

— Lane.

Aponto para meu corpo e faço uma careta ao perceber que sujei a blusa de molho.

— Mas é sério. Ninguém vai querer *tudo* isso aqui. Que dirá uma versão em miniatura — argumento, em tom de deboche. — Nem consigo imaginar.

Além do mais, filhos quase sempre vêm de um relacionamento sério. E eu não sou muito disso.

— Alguém vai tentar te transformar em mãe de família, pode esperar.

Solto uma gargalhada.

— Cara, já falei, ninguém quer saber de mim. Baixei todos os aplicativos de namoro e até agora nada. Zero. Nadica de nada.

Matt meneia a cabeça.

— Deixa eu ver.

— Os aplicativos?

— Seu perfil.

Penso em recusar, mas a curiosidade leva a melhor.

— Tudo bem.

Desbloqueio o celular, abro um dos aplicativos e deslizo o aparelho pelo tampo da mesa.

— Pode julgar à vontade. Eu aguento.

Matt limpa os dedos e pega o celular. Arqueia uma das sobrancelhas conforme rola a tela e lê tudo com atenção. Solta um arzinho pelo nariz como se quisesse rir, depois coloca o aparelho virado para baixo na mesa.

— E aí? — pergunto. — Tem salvação?

— Assim, é bem a sua cara.

Ele morde o lábio, e a barba se dobra disfarçando o sorriso.

— Minha nossa, o que isso quer dizer?

— Seus comentários são todos ótimos, engraçados. E você está linda nas fotos, obviamente — diz, e torna a pegar o celular. — Principalmente nessa aqui.

E vira a tela para me mostrar. É uma foto tirada no casamento da Chloe e do Warren em Barcelona. Nela, estou voltando para a praia, ainda vestida de dama de honra, depois de termos corrido juntos para o mar. Quase não a incluí no meu perfil por causa da expressão maluca de tanto rir, mas ver a recordação me arranca um sorriso.

— Mas eu apagaria essa outra.

Ele mostra a primeira foto do perfil, a mais importante para alguém determinar se vai deslizar o dedo para a direita ou para a esquerda.

— Ué, por quê? Tem até um leve decote!

Tento ver a imagem com outros olhos. Sob a perspectiva de Matt. A selfie foi tirada de cima. Estou com os lábios projetados para fora e um olhar de peixe morto. Pareço sexy, mas mortal. Nem perto da garota que alguém gostaria de levar para conhecer os pais e os oito irmãos.

O motivo de isso me passar pela cabeça está além da minha compreensão. Estou em busca de sexo, não de ser apresentada à família de alguém.

— A foto está ótima. Mas passa um ar de…

— De vagabunda?

Matt arregala os olhos.

— *Não*.

— Pode falar "vagabunda", não tem problema. Estamos empoderando a palavra.

— Não posso, e não é isso. Você só não parece… feliz.

— E se eu não for feliz, Matt?

As palavras saem da minha boca como uma piada, mas não são entendidas assim.

Matt fica parado e me estuda com sinceridade, mas sem qualquer vestígio de pena. Perceber esse detalhe me traz uma estranha sensação de conforto.

— Bem, nesse caso, nós temos um problema maior do que simplesmente arranjar alguém para você.

Ele esboça um sorriso fraco.

— Nós? — pergunto.

— Ah, sim. Agora estou envolvido nessa história.

Sorrio e fecho os olhos para reproduzir o som dele ao dizer "nós", e logo sinto a necessidade de criar uma distância por meio de brincadeiras e provocações.

Aponto para a pizza na mesa.

— Bom, isso aqui foi quase um treino. Esse fim de semana foi praticamente um encontro de casal. Até dormimos juntos.

Agito as sobrancelhas com ar sugestivo.

Matt ri e balança a cabeça.

— Não, nem chegou perto de ser um encontro.

"Caramba. Na cara não para não estragar o enterro."

Ele olha para mim e se inclina sobre a mesa.

— Você saberia se isso fosse um encontro.

Meu corpo todo fica tenso, e já nem sei se lembro como respirar. Uma risadinha nervosa e ofegante me escapa.

Pigarreio.

— Bem, então me mostra… — Endireito os ombros em desafio, depois baixo a voz para um tom sensual e acrescento: — Como seria um encontro com Mattheus Tilo-Jones?

Cruzo as pernas inquietas debaixo da mesa.

Os olhos de Matt percorrem meu rosto e toda a extensão do meu corpo visível sobre o tampo da mesa.

— Para começar, você não estaria tão longe.

Ele se levanta e caminha até as costas da minha cadeira, depois a tira do chão sem esforço e me coloca ao seu lado, na outra ponta da mesa. Em seguida retoma seu assento e engole em seco quando seu olhar recai sobre meus lábios.

— Depois eu diria como você está linda hoje.

Seu olhar confiante me atravessa, e eu decido entrar na brincadeira.

— Ah, claro. Mas só se eu tivesse me arrumado para o encontro, em vez de estar com as mesmas roupas de ontem depois de acordar em um hotel infestado de ratos.

— Não. Eu disse que está linda *hoje* — insiste ele com seriedade, fazendo minha garganta apertar. — Depois eu perguntaria por que você não está feliz, e provavelmente estragaria o clima.

Ele relaxa na cadeira, mas eu ainda não consigo.

— Verdade — concordo baixinho. — Acho que poderia estragar mesmo.

— Foi por isso… Foi por isso que comprou o ônibus? Para se sentir mais feliz?

Cruzo os braços diante do peito.

— Sim, mais ou menos. Acho que eu queria descobrir como vai ser minha vida daqui para a frente, sabe?

Matt pende a cabeça para o lado, esperando que eu continue.

— Quando era mais nova, eu imaginava que já teria uma visão mais clara da minha vida a essa altura — explico, dando de ombros. — O ônibus é uma tentativa desesperada de achar uma luz no fim do túnel, acho. Se decidir levar a vida de outro modo, pode ser que eu encontre meu propósito.

— Por que acha que precisa de um propósito para viver?

— Não preciso? — pergunto com uma risada tola. — Às vezes tenho a impressão de que eu vivo no improviso enquanto todos os outros seguem um roteiro pronto.

Matt pousa a mão no meu joelho.

— Meus pais sempre me ensinaram que a vida é o que acontece entre as obrigações e os deveres do dia a dia. Quais são os seus?

— Ganhar dinheiro para pagar as contas?

— Tudo bem, e o que você faz quando não está ocupada com isso?

— Quase nada.

— Pelo jeito, você precisa de um hobby.

Dou um empurrãozinho no ombro de Matt, e ele ri.

— Ou de um relacionamento — acrescento, sabendo que não é a resposta certa.

— Não precisa de mais ninguém, Lane. Já tem tudo de que precisa bem aí.

A mão dele se afasta da minha perna, e eu luto contra a vontade de protestar.

— E quanto a você? — pergunto.

— O que tem eu?

Matt começa a limpar a mesa.

— O que você quer da vida?

Ele parece pensativo, com o olhar vagando de um lado para o outro.

— Quero o que tenho agora, e talvez alguém com quem compartilhar. Tenho vontade de me casar um dia. Pode me chamar de antiquado, mas é importante para mim.

A última parte foi dita com hesitação.

— Mas?

— Mas tem que ser na hora certa.

Depois ele encolhe um ombro, com os lábios franzidos como se a resposta estivesse em aberto.

— Ainda não está pronto? — pergunto.

Ele me dá um sorriso educado, um sinal de que o interrogatório acabou.

— Venha, vamos voltar para a estrada.

9

A UMA HORA DE CASA, meu celular toca.

— Posso atender? É minha irmã.

— Claro.

Matt estica o braço para desligar a música.

— Oi, Liz. Tudo bem por aí?

— Tudo e você? Não me atendeu ontem à noite.

— Ah, foi mal. Eu estava dirigindo e esqueci de ligar de volta.

— Dirigindo? Finalmente arranjou um carro?

— Hã... não. Era alugado.

— Foi viajar?

— Não, fui só buscar um negócio aqui pertinho — desconverso.

Matt deixa escapar uma risadinha.

"Intrometido."

Mostro o dedo do meio para ele no retrovisor.

— Na verdade, Liz, tenho uma novidade muito legal para contar. — Engulo em seco. — Eu...

— Peraí, o Phillip está me ligando. Ele fica bem chateado quando não atendo.

— Ah, tudo bem. Prefere que eu... — A linha fica muda. — Ligue mais tarde? — sussurro, pousando o celular no colo. — É, pelo jeito não.

Bloqueio a tela.

— Ela teve que desligar?

— Parece que sim.

Matt dá seta para pegar uma saída na estrada, depois olha para mim pelo retrovisor.

— Vocês são muito próximas?

— Hum?

— Você e sua irmã?

Cruzo os braços diante do corpo.

— Mais ou menos, acho? Somos gêmeas, né, por isso…

— Meus irmãos mais novos, Ian e Ruth, também são gêmeos.

— Sério?

— Os dois brigavam feito cão e gato durante a infância.

Matt alonga o pescoço, sem tirar os olhos da estrada.

— Bom, eles tinham outros irmãos para escolher.

Ele dá risada.

— Verdade, tinham mesmo.

Cutuco uma casquinha no cotovelo. Sou próxima de Liz? De verdade?

— Para ser sincera, não somos muito chegadas — admito, com o olhar fixo em um parafuso enferrujado no chão. — Quando éramos crianças, meu pai lia uma historinha de ninar para cada uma, não podia ser a mesma.

Sorrio com a lembrança. Ele passava horas me contando aventuras de piratas e cavaleiros.

Consigo ver com tanta nitidez. Meu pai afastando dos olhos o cabelo preto — que ele insistia em cortar sozinho e às vezes isso acabava o obrigando a raspar —, antes de se lançar para a frente como um espadachim. A covinha no queixo quando entoava os gritos de guerra, os movimentos frenéticos para comemorar a vitória dos mocinhos da história.

— Liz sempre escolhia livros sobre pessoas reais ou acontecimentos importantes… — retomo, abanando a cabeça. — Ela queria saber tudo. Sempre admirei isso nela. Minha irmã nasceu com uma fome insaciável de entender o mundo. Passava horas entretida com pecinhas de Lego, tentando descobrir como construir estruturas sólidas com elas. E devia ter, tipo, uns cinco anos.

Respiro fundo pelo nariz, mordendo o lábio.

— Acho que eu a coloquei em um pedestal. Apesar de ser só dez minutos mais velha, ela sempre pareceu estar anos à minha frente. Em todos os sentidos. Só tirava dez, e eu não passava de oito. O cabelo dela era comprido e sedoso, e o meu sempre foi cheio de ondas rebeldes.

De forma quase involuntária, enrolo uma das mechas no dedo.

— Liz sempre foi perfeita. E, apesar de me amar, sei que ela não me *entende*.

— Acha que isso a incomoda? — questiona Matt. Eu o encaro com uma expressão confusa, sem entender a pergunta. — Bem, você falou que ela sempre quis entender tudo, certo? Ela gosta de saber, de descobrir as coisas? Acha que ela se sente frustrada por não conseguir entender a própria irmã?

Respiro fundo outra vez, de olhos arregalados.

— Talvez — respondo, esfregando os lábios. — Nunca tinha pensado por esse lado.

— Aposto que ela se sente assim em relação a você. Se bobear, também tem inveja.

Essa ideia quase me arranca uma risada.

— Até parece. Como eu disse, ela é...

— Ninguém é perfeito, Lane — declara Matt com firmeza.

"Você é", meus lábios imploram para responder. Mas eu resisto.

— Como irmão mais velho, irmão do meio e irmão mais novo...

— Já entendi, você é a voz do povo — provoco, abanando o ar.

— Ela com certeza tem inveja.

Solto uma risada debochada.

— Ela vai se casar em breve. Duvido que tenha tempo para sentir inveja.

— Mas você não sente muita confiança no cara, não é?

— Ainda não o conheci. Só tenho um pressentimento.

Na verdade, eu o conheço *de nome* há anos. Da mesma forma que se sabe pequenos detalhes da vida de um vizinho ou de uma celebridade qualquer. Afinal, meus avós e os pais dele frequentam os mesmos círculos.

— Intuição de gêmeos, já vi com meus irmãos.

— É, espero estar enganada. Vai saber? Talvez ele seja um cara legal. — Olho pela janela. — Ainda preciso encontrar alguém para me acompanhar no casamento. E, pelo jeito, tenho que fazer umas mudanças drásticas no meu perfil dos aplicativos de namoro se...

— Você deveria me levar — comenta Matt, quando nossos olhares se encontram no retrovisor. — Aposto que os pais conservadores do noivo iam *adorar* ver você chegando com um cara gigante de pele marrom e cabelo mais comprido que o seu.

Rio de nervoso. Nós? Em outra viagem a dois? Para um evento que hipoteticamente deveria ser romântico? Será que ele quer me matar do coração? E, acima de tudo, por que eu quero tanto ir com ele?

— Não posso pedir uma coisa dessas.

— Por que não? Eu adoro casamentos.

— Matt, você não pode me fazer tantos favores assim. E seu trabalho, como fica? E sua...

— Quando vai entender que eu gosto de estar com você?

A voz de Matt parece mais séria do que o normal, como se tentasse encerrar uma discussão antes mesmo de começar.

— Essa viagem não é um favor — acrescenta ele. — E o casamento também não seria.

Abro a boca para protestar, mas ele me impede com um olhar de advertência pelo retrovisor. Está com a sobrancelha arqueada e uma expressão séria, como se me convidasse a desafiar sua determinação.

— Quer mesmo ir? — pergunto baixinho, com a voz quase inaudível sobre os roncos do motor.

— Quero.

Matt sorri até seus olhos se tornarem meias-luas, e eu me obrigo a desviar o rosto para não me perder nas linhas finas que os cercam.

— Bem, então vou comprar sua passagem de avião.

— Nossa, é longe assim? Onde vai ser?

Solto uma risadinha incrédula.

— Ué, como assim? A gente já conversou sobre isso.

— Lane, você nunca fala da sua família — diz Matt sem rodeios. Sinto meu estômago afundar. — Desculpa, não quis parecer...

— Vancouver — interrompo, depois repito alto o bastante para ele ouvir: — Vai ser em Vancouver.

— Olha só, então quer dizer que contei um montão de histórias sobre minha infância por lá e você nunca mencionou esse detalhe? Será que eu não calo a boca?

Matt ri, meneando a cabeça enquanto muda de faixa.

— Um certo alguém me disse para não interromper! — argumento. — Além disso, você tem histórias. Eu tenho lembranças. São coisas diferentes.

A diferença talvez não esteja apenas na infância de cada um, e sim na habilidade natural de Matt de encontrar a alegria em tudo. Minhas lembranças, mesmo as felizes, estão tingidas pela perda do meu pai. Como é possível olhar para o passado com carinho quando se deseja ter mais possibilidades à sua espera no futuro?

— Quando vai ser? — pergunta Matt.

— Daqui a uns dois meses. A festa principal vai ser um brunch no domingo... mas também vai rolar um jantar mais íntimo na noite anterior.

— Beleza, entendi. Acha que poderíamos ir uns dias antes? Para visitar minha família também?

— Ah, claro. Falei que vou arcar com as passagens, mas pode ir quando for melhor para você.

— Não, eu quero saber se... você quer ir junto?

— Oi? — pergunto, e desvio o olhar da janela para ele.

— Nada mais justo. Você me mostra a sua, e eu te mostro a minha. — O corpo de Matt estremece. — Caramba, isso soou meio errado. Deixa eu reformular.

Começo rir até ficar sem ar.

— Oferta cancelada — resmunga Matt.

— Não! Vou adorar conhecer a sua família. Algum dos seus irmãos ainda mora por lá?

Ele sorri.

— Os três mais novos e meu irmão mais velho. Todos os outros estão espalhados pelo mundo.

— Ah, como eles são?

Eu me aconchego no banco, pronta para ouvir mais uma história. De repente, meu celular começa a vibrar.

— É minha irmã.

— Fala para ela que eu mandei oi — pede Matt quando atendo.

— Alô?

— Nossa, desculpa — diz Liz, ofegante. — Tive que atender naquela hora, e depois me atrasei um pouco para a academia.

— Começou a treinar?

— Sim, por quê?

— Bem eficaz.

— É, preciso entrar no meu vestido de noiva.

Sinto vontade de *vomitar* com essa frase.

— Roupas são feitas para caber na gente, Liz. Não o contrário.

— Para você é fácil falar. Sempre foi magra.

Certo, mas...

— E o Phillip, como vai?

Escuto um ruído do outro lado da linha, como se ela tentasse recuperar o fôlego.

— Ah, sim... ele está ótimo.

— Entendi — respondo, hesitante. — Que bom.

— Afinal, o que você queria me contar? — pergunta ela.

Dá para ouvir os grunhidos entre as palavras, então ela deve estar levantando peso na academia ou algo assim. Não me parece o melhor momento para compartilhar minha grandiosa e amarela notícia.

— Eu, hum, arranjei um acompanhante! Para o seu casamento.

— Sério? Foi por isso que eu liguei. Quem é?

— Matt.

— Aquele cara que você beijou no réveillon uns anos atrás? O mecânico? Aquele que você...

— Isso, o próprio — interrompo depressa. — Ele mandou oi!

— Nossa, ele está me ouvindo agora?

Ela deixa escapar uma risadinha quase infantil, e isso me aquece o coração.

— Não, não se preocupe.

— Mas é oficial ou vai ser uma coisa entre amigos?

Olho para Matt no retrovisor. Está com os lábios curvados para dentro da boca e uma expressão concentrada enquanto balança a cabeça no ritmo da música suave que toca no rádio. Algumas mechas se soltaram do coque e pendem encaracoladas na nuca. Os dedos tamborilam a lateral do volante, descompassados, e eu sinto um sorriso se espalhar pelo meu rosto. A sensação no meu peito é semelhante a um abraço muito apertado. Reconfortante, mas também um pouco dolorosa. É uma dor familiar que sempre aparece quando estou perto dele, mas se tornou ainda mais intensa nesse fim de semana. E tenho medo de descobrir o significado por trás dela.

— Não sei — respondo com sinceridade.

Em seguida, desligo para deixar Liz voltar ao treino. Sei, no entanto, que estou completamente ferrada.

10

Tenho uma reunião com Matt e Warren esta manhã para discutir ideias sobre a reformulação da oficina. Felizmente, como sou contratada para projetos fechados na empresa, posso recusar os próximos serviços e tirar férias quando bem entender. Por isso, pretendo usar os próximos dois meses para me dedicar exclusivamente ao ônibus e à identidade visual da oficina. Como cheguei cedo para o compromisso, espero quietinha do lado de fora do alambrado, aproveitando o ar fresco da manhã.

Não vejo o ônibus desde nosso retorno, quatro dias atrás. Minha ansiedade aumentou e assim permaneceu durante dois dias inteiros depois de voltar para casa. Passei quase dezoito horas na cama antes de criar coragem o suficiente para me aventurar ao banheiro. Acabei subestimando a dificuldade de me afastar do conforto da rotina por um final de semana inteiro, e no fim essa mudança cobrou seu preço.

É uma faca de dois gumes ser capaz de esquecer a ansiedade debilitante que pode tão facilmente me tirar dos eixos. Quanto mais tempo passa desde que comecei a tomar a medicação, mais me esqueço como era difícil antes. Aí, dias como esse aparecem de surpresa como um lembrete da necessidade de me esforçar para garantir que nunca mais voltarei a ser como era.

Palavras de afirmação, remédios, caminhadas diárias e higiene básica. Nada que devesse dar trabalho, mas para mim dá.

Hoje, me sinto razoável. E isso dá para o gasto.

Olho para o celular ao receber uma mensagem da minha irmã. Liz me enviou três vestidos pelo correio, com previsão de entrega para hoje. Preciso definir uma ordem de preferência entre as opções, para que ela possa reunir a opinião das três madrinhas e tomar uma decisão justa sobre qual vai ser o escolhido. Também tenho instruções rígidas para mandar ajustar o vestido na costureira o quanto antes.

Eu me ofereci para criar o design dos convites, do mapa de assentos ou de qualquer outra coisa, e ela disse que ia ver e me avisava. Ou seja, não vai rolar. É impossível essas coisas não estarem definidas a essa altura, faltando menos de dois meses para o casamento.

O carro preto de Warren aparece na entrada da oficina com uma série de buzinas educadas. Em seguida, ele desce para abrir o portão e sorri para mim.

— Bom dia.

— Oi, bom dia!

Espio o interior do carro e vejo Luke, irmão mais novo de Warren, no banco do passageiro. Não o via desde o Natal, quando passou um tempinho com a família entre uma viagem e outra. Assim que se formou no ensino médio e fez dezoito anos, Luke saiu de casa para conhecer o mundo, para grande tristeza do irmão mais velho.

— Ei! O que está fazendo aqui? — sinalizo para ele, com um sorriso largo no rosto.

Emily e eu fizemos aulas de língua de sinais no penúltimo verão, em parte porque não queríamos mais depender dos nossos amigos para traduzir nossas conversas com Luke, e também um pouco porque podemos aproveitar isso para falar mal de estranhos em bares lotados, como Chloe e Warren fazem.

— Oi, Lane — responde ele, depois aponta para o irmão, com um ar fraternal e brincalhão. — Warren me implorou para vir passar uma semana em casa. Acho que ele queria ter certeza de que não vendi meus órgãos para pagar hospedagem e alimentação.

Luke se posiciona atrás do volante.

Warren finge olhar feio para o irmão e mantém o portão aberto enquanto Luke conduz o carro até o pátio.

— Nossa, ele cresceu muito — comento com Warren conforme andamos em direção à oficina. — Já virou *adulto*.

Ele coça a nuca.

— Nem me fala. Estou até assustado.

— Está tudo bem com ele? — pergunto, e tento tranquilizar meu amigo. — Pelo que vi, está ótimo.

Warren assente, esboçando um sorriso.

— Acho que está. Ele parece feliz.

— Mas você morre de saudade e adoraria que ele estivesse infeliz para voltar logo para casa — teorizo, em tom de brincadeira.

A risada de Warren logo se transforma em um suspiro.

— Na verdade, ele decidiu ir para a Universidade de Barcelona... vai morar com os pais da Chloe no outono.

— Caramba...

— Pois é.

— Você está bem?

— Se meu irmão está bem, eu também estou.

Em seguida, ele começa a andar de costas e me observa com um sorrisinho malicioso. *Lá vem.*

— Então... Fiquei sabendo que você e Matt tiveram um fim de semana e tanto.

— Fizemos uma viagem muito agradável e muito *platônica*, nada mais.

Arqueio as sobrancelhas com ar de desafio.

— Curioso, não foi o que me disseram... — cantarola ele, voltando a caminhar ao meu lado.

— Ah, jura? E o que te disseram?

Reviro os olhos, tentando não soar muito afobada para descobrir.

— Que Matt acordou embaixo de você em uma cama quebrada.

Começo a rir. Dita desse modo, a verdade não parece tão inocente assim. Balanço a cabeça em reprovação.

— Não sei por que Matt foi inventar de contar essas coisas. Só serve para incentivar essa sua necessidade incessante de bancar o casamenteiro com Chloe.

Dou um tapinha no braço dele enquanto digita o código para abrir a porta da oficina e aciona o painel de interruptores.

As luzes se acendem e a oficina vibra com o som de ventiladores e máquinas que começam a pegar no tranco.

— Pois é, hein? Por que será que Matt ia querer que a gente tentasse juntar vocês dois? Que dúvida...

A voz dele transborda sarcasmo.

— Não sei se entendi suas insinuações.

Warren vai até o outro lado da oficina e, a um toque do botão, a porta do hangar começa a se abrir com um zumbido alto.

— Fica esperta, Lane. Esse seu blefe já não cola tanto depois da escapadinha de vocês no fim de semana.

— Ah, vai te catar.

Olho para a mesa mais próxima, pego uma luva de solda e jogo na cara dele conforme se aproxima.

Warren apanha a luva no ar e atira de volta na minha direção. Não consigo me esquivar, e ela bate no meu ombro antes de cair no chão.

— Também fiquei sabendo que ele vai com você no casamento da sua irmã.

Vejo sua sobrancelha se arquear com malícia.

— Acho que ele só se ofereceu por pena — respondo com uma risada, mas logo se transforma em lamento. — Sou tão patética assim?

— Sem comentários. Mas acho *mesmo* que vocês dois deveriam tirar as coisas a limpo.

— Já falei. Nunca vai rolar nada entre a gente. Não tem nada para resolver.

Ele cruza os braços.

— Você ainda não explicou *por que* não vai rolar.

— Porque somos amigos.

— Chloe é minha amiga — rebate Warren mais do que depressa.

— Sim, eu sei, mas vocês dois mal eram amigos quando tudo começou. A amizade do Matt é importante para mim. E eu quero que nosso grupo continue unido. Já pensou se a gente começa a namorar, dá tudo errado e passamos a nos odiar? Aí vocês teriam que tomar as dores de um dos dois. — Solto um suspiro e abro meu melhor sorriso de piedade. — Você só tem um amigo, Warren. Não quero me meter entre vocês.

Ele sorri com o comentário.

— Bom, nesse caso, a gente dividiria a guarda e ficaria com você nos sábados e domingos, e Matt teria os dias da semana.

Reviro os olhos.

— Muito engraçadinho.

— E se... — continua ele, com as mãos erguidas. — Só uma ideia maluca e tal... Mas e se *não* desse errado?

Sinto o estômago afundar. Começo a mexer os pés, inquieta. Olho para os sapatos e raspo a sola no piso de cimento.

Não. Das duas, uma: ou o relacionamento acaba e nossos amigos não podem mais sair com os dois juntos, o que seria uma droga. Nesse caso, já não terei a presença tranquilizadora de Matt na minha vida, e ele deixaria de ver filmes bons. Algum dia, Chloe me ligaria para contar, com toda a delicadeza, que Matt está noivo. Todos os nossos amigos iriam ao casamento, mas eu não seria convidada.

A segunda alternativa é pior. O relacionamento dá certo. Muito certo. Ele gosta da minha mania de mastigar de boca aberta, apesar de ser nojento, e eu penteio o cabelo dele todas as noites antes de dormir. Ficamos loucamente, profundamente apaixonados. E nos casamos. Talvez até tenhamos filhos.

Aí, um dia, talvez só daqui a muito tempo, mas certamente um dia, eu o perco. E a sensação é de também perder o chão. Afundo em uma existência na qual sou forçada a viver sem a pessoa que fazia a vida valer a pena. Minhas coisas favoritas são arruinadas, porque também eram as preferidas dele. Nunca mais voltarei aos restaurantes onde tanto gostava de ir jantar. Serei vista por todos como a pessoa que foi abandonada, uma tragédia ambulante.

Como poderia me abrir a essas possibilidades? Isso não faria de mim uma idiota? Posso ser muitas coisas, mas espero que idiota não seja uma delas.

— Vai acontecer — murmuro. — De um jeito ou de outro.

— Tem tanta certeza assim?

O tom sincero de Warren desperta minha atenção. Ele suspira, com os olhos estreitos pousados em mim.

— Acha que vai ser... — volta a falar, passando a mão na cabeça. — Igual ao que aconteceu com seus pais? As únicas opções são decepção ou morte?

Dou de ombros. A questão se torna mórbida quando colocada dessa forma.

— Eu entendo — diz Warren sem rodeios. — De verdade.

Sei que ele entende. Afinal, perdeu a mãe. Em circunstâncias diferentes e quando era muito mais novo, mas perda é perda.

— Não sei se...

Minha voz vai morrendo aos poucos.

— Se consegue encarar isso de novo — termina Warren por mim, coçando o queixo.

Dou um suspiro, lutando contra as lágrimas.

— Como você superou? O medo de perder as pessoas amadas?

Warren solta o ar com força.

— Quer saber a verdade? — pergunta.

Concordo com um aceno desesperado.

— Não superei. Ainda morro de medo. Talvez até mais do que antes. Às vezes, sinto a necessidade de ver Willow dormir, como se ela fosse desaparecer a qualquer momento. Fiquei desesperado quando Chloe foi visitar os pais sozinha. Li todas as coisas possíveis sobre o tipo de avião em que ela estava... Enchi minha cabeça de preocupação, criei os piores cenários imagináveis.

Solto uma risada triste.

— Ah, que ótimo.

— Tratar o assunto na terapia ajuda — aconselha Warren.

— É, não sei se quero mexer nesse vespeiro na frente de um completo desconhecido.

— Pelo jeito, já mexeu.

Ele faz uma careta de brincadeira, depois atravessa o cômodo e se apoia no pilar de cimento ao meu lado.

— Tem uma frase que eu gosto muito sobre o processo de luto. O sofrimento representa todo o nosso amor por aqueles que partiram, acumulado a ponto de doer.

Ele pousa a mão no meu ombro com um gesto rígido, o braço estendido diante do corpo.

— Precisa encontrar um destino para todo esse amor acumulado, Lane, ou vai continuar doendo.

Depois, recolhe a mão e a enfia no bolso.

Começo a aplaudir como se Warren tivesse acabado de recitar uma poesia.

— Caramba! Quem diria? Não é só um rostinho bonito.

Ele me dá uma piscadinha.

— Olha, talvez Matt não seja *a* pessoa certa. Mas ele parece ser uma possibilidade real para você. E, se isso te *assusta*, na minha experiência, significa que existem problemas que você precisa resolver. Coisas boas não devem ser assustadoras.

— Preciso pagar pela consulta, senhor terapeuta?

Warren levanta as mãos.

— É pegar ou largar.

— Então, hipoteticamente, *se* eu gostasse mesmo de Matt e conseguisse resolver esses tais problemas... ele estaria interessado?

— Matt nunca me confessou o que sente por você com todas as letras, e, mesmo que tivesse feito, eu provavelmente nem te contaria.

Ele chuta um pouco do cascalho vindo do exterior da oficina, depois endireita a postura.

— Mas se eu tivesse que chutar? — continua, e finge pesar as duas possibilidades nas palmas das mãos. — Diria que ele está só esperando seu sinal.

Penso no que Matt disse no domingo, quando paramos para jantar. "Mas tem que ser na hora certa." Será que estava se referindo a mim?

O som repentino de pneus esmagando cascalho nos avisa sobre a chegada de Matt. Warren acena para o amigo antes de acrescentar:

— Ah, e, se puder fazer o favor de resolver isso logo, quero ganhar a aposta contra Chloe.

— Ela apostou que eu não vou ficar com Matt?

Não escondo a ofensa no meu tom e logo me arrependo ao ver o sorrisinho irônico nos lábios de Warren.

— Ninguém apostou contra o relacionamento. Mas a Chloe acha que vai demorar mais um ano até os dois manés aí caírem na real.

Por mais que sejam um bando de idiotas, eu amo muito meus amigos.

— E aí, gente? — cumprimenta Matt da porta.

Em seguida pendura a mochila e a jaqueta de couro na parede. Está com uma calça jeans de lavagem escura e uma camisa cinza de manga comprida bem justa nos braços.

— Bom dia — diz ele, passando o braço ao redor do meu ombro. — E aí, cara?

Depois inclina o queixo na direção de Warren, cuja boca praticamente treme com o esforço de segurar a língua.

— Quer dar uma olhada na oficina? — pergunta Warren para mim.

Concordo com um aceno brusco, e ele aponta por cima do ombro.

— Mas primeiro vamos tomar um café. Tenho a sensação de que vai ser um longo dia.

E balança a cabeça, alternando o olhar entre nós dois.

Matt continua com o mesmo sorriso sereno e despreocupado desde que chegou. Dou uma palmadinha nas costas dele quando nos soltamos do abraço e começamos a seguir Warren até a salinha de descanso.

Passada uma hora, voltamos ao escritório principal, que ainda não abriu para os clientes. É o único cômodo com escrivaninha, e eu preciso de um lugar para apoiar o notebook e mostrar algumas ideias para o projeto. Luke está esparramado em três das cadeiras da salinha de espera, com um livro no colo.

— Antes de começar, gosto sempre de deixar claro que são apenas sugestões, não o conceito pronto. Se nenhuma delas se aproximar do que vocês tinham em mente, não tem o menor problema. Vejam essas opções como um ponto de partida.

Abro o primeiro esboço, todo feito em tons variados de azul, verde e cinza que combinam entre si, arrematado pela fonte principal e a secundária. Warren e Matt cruzam os braços e assentem em *perfeita* sincronia, concentrados na tela. Abro as outras duas opções, e as expressões deles não revelam muito.

— Então, entre as três, qual está mais próxima do que imaginavam? — pergunto.

Os dois se entreolham, depois Warren dá de ombros.

— Hã, as três são ótimas... Então, qualquer uma.

— Ah, que bom. São só esboços, não esqueçam. De qual gostam mais?

Warren faz sinal para Matt opinar.

— Eu, hum... gostei da segunda?

— A que tem azul-escuro — esclarece Warren.

Abro o arquivo.

— Beleza. Vai ser nessa paleta de cores, então?

Os dois assentem.

— Certo, tudo bem, mas e a fonte?

— É... legível — arrisca Warren.

— Isso, e tem um... formato legal? — Matt diz e aponta para a tela.

Engulo a risada e olho para os dois. Matt coça a barba, e Warren tira fiapos da blusa.

— Ok, então eu pego esse esboço aqui e mando bala até ficar pronto, é isso?

Warren me faz um sinal de positivo com o polegar.

— Isso, pode mandar bala. Vai fundo. Só queremos que fique convidativo. De resto, confiamos no seu trabalho.

Liberdade criativa total? Já adorei.

— Deixa comigo.

Os dois começam a contornar a escrivaninha para ir embora.

— Espera! — chamo.

— Hum, oi?

Warren espia por cima do ombro, depois lança um olhar confuso para Matt.

— Precisam escolher o nome.

Os dois trocam olhares, sem saber o que fazer. Matt encolhe os ombros, depois enfia as mãos nos bolsos da calça jeans.

— Warren e Matt's Auto? — sugere.

— W.M. Motors? — pergunta Warren, como se quisesse *minha* aprovação.

Fico hesitante.

— Hã...

— Ah, nossa, gostei desse — diz Matt, com um aceno empolgado. — W.M. Motors.

— Hum, ok... Então está definido.

Matt estende a mão para dar um soquinho no punho de Warren.

— A gente manda muito bem nesse lance de design.

— Vou para casa começar a trabalhar no projeto. Aí aviso vocês como está indo.

Fecho o notebook e o guardo na mochila.

— Opa, chegou um cliente. Até mais, Lane!

Warren derruba os pés de Luke da cadeira e faz sinal para que o irmão o siga até a garagem, onde uma minivan vermelha acabou de estacionar.

Enquanto ajeito as alças da mochila nos ombros, Matt sorri para mim.

— Oi.

Solto uma risadinha suave pelo nariz.

— Ah, oi.

— Tudo bem?

Faço beicinho e projeto os lábios para cima.

— Até que sim. E você?

Ele me observa por um instante, com ar pensativo.

— Tudo certo. As coisas andam muito quietas.

— Aqui na oficina?

— Não, sem você.

Sinto meu rosto corar.

— É, sou bem tagarela mesmo.

— Quer dar tchau para o seu ônibus antes de ir embora? — sugere ele, tirando uma das mãos do bolso para apontar para o pátio lá fora.

Abro um sorriso de orelha a orelha. Era exatamente o que eu queria, mas provavelmente não teria pedido. A ideia era começar a restauração na sexta-feira à tarde, e eu estava triste por passar tantos dias sem ver meu ônibus.

— Quero, por favor.

11

Tenho me dedicado ao projeto desde a reunião, mas só apareci na oficina hoje. Combinei de me encontrar com Warren, Luke e Matt lá. Como o expediente termina mais cedo às sextas-feiras, os três concordaram em ficar até mais tarde e me ajudar a arrancar os bancos do ônibus.

Trouxe meu novo par de botas cor-de-rosa com ponta de aço e comprei um macacão cinza para combinar com os dos rapazes. Nunca me senti tão descolada. Quer dizer, até Matt prender um cinto de ferramentas ao redor da minha cintura.

A fivela precisou ser ajustada ao redor do meu quadril, bem apertada para não cair. Cada puxão me levava para mais perto dele, cada ajuste me fazia sentir o toque tentador dos seus dedos na minha pele. Quando ele enfim terminou, eu estava tão atordoada que precisei beber uma garrafa inteira de água antes de me sentir apta a trabalhar.

Matt me explicou qual chave soquete utilizar em cada parafuso, e logo botamos as mãos na massa. Warren e eu ficamos encarregados de arrancar porcas e parafusos, Matt levou os bancos para fora do ônibus e cuidou das fileiras de trás, enquanto Luke lixava as reentrâncias do piso.

Já tínhamos arrancado e descartado mais da metade dos bancos na caçamba alugada quando Chloe e Willow apareceram com pizza e cerveja para o jantar. Comemos sentados no chão do ônibus enquanto Willow se divertia com o volante e os botões do painel.

— Acho que eu aguento mais umas duas horas. E vocês? — sinaliza Warren para todos nós e ao mesmo tempo pronuncia a frase em voz alta.

— Podemos parar por hoje — sinalizo de volta para eles. — Não quero atrapalhar a noite de vocês, ainda mais em plena sexta-feira.

— Por mim, não tem problema — responde Luke, e dá de ombros.

— É, acho que a gente consegue terminar o lado esquerdo ainda hoje — sinaliza Matt.

Graças aos ensinamentos graduais de Warren, Matt está aprendendo língua de sinais, e seu esforço está valendo a pena.

— Ah, tudo bem, então. Obrigada — respondo.

Aceito a mão oferecida por Matt para me ajudar a ficar de pé. Ao me levantar, tropeço em um parafuso solto e caio direto no peito dele. Aquele peitoral robusto, largo e *sexy*. Demoro um instante a mais para me afastar, e acabo deixando o clima estranho… de novo.

Pigarreio e recuo alguns passos.

— De volta ao trabalho, rapazes! — exclamo com um sotaque afetado.

Uma coisa *bem* normal de se fazer, claro.

Quase três horas depois, Warren e eu comemoramos com um "toca aqui" enquanto enxugamos o suor da testa com os braços opostos. Matt ergue o banco sem esforço e o carrega para fora, e Luke termina de lixar as duas últimas vigas do piso antes de me fazer um joinha com as mãos.

— Obrigada, Luke — sinalizo para ele.

Ele sorri com doçura e, por um momento, o garoto de dezesseis anos que conheci está de volta. Dou um tapinha nas costas de Warren enquanto Luke se levanta para guardar as ferramentas.

— Seu irmão é o cara.

Warren assente e abre um sorriso orgulhoso contagiante.

— Pior que é mesmo.

Matt se acomoda no fundo do ônibus, onde as portas duplas estão abertas. Ergue os ombros, depois os tensiona ao soltar uma grande lufada de ar. Suas costas estão empapadas de suor, e as mechas desprendidas do coque grudaram no pescoço.

— A gente já vai nessa — avisa Warren, me dando uma palmadinha no ombro. — Juízo, hein?

Aponta para mim antes de passar o braço ao redor de Luke e sair do ônibus. Viro a cabeça e vejo Matt esfregar a mão suja na testa. Essa visão não deveria me deixar excitada, certo? É meio nojento. Ele está sujo. *Imundo*.

Engulo em seco audivelmente.

— Vou indo — digo com uma vozinha aguda.

Matt me espia por cima do ombro e abre um sorriso radiante que me invade, espalhando uma sensação cálida por todo o meu peito.

— Ah, tudo bem. Acho que vou ficar mais um pouquinho para ver as estrelas.

Ele aponta para o céu, como se eu não soubesse onde elas ficam. Mas, quando espicho o pescoço para admirar a vista, entendo que sua intenção foi mostrar como as estrelas estão lindas esta noite, brilhantes contra o céu de um tom profundo de púrpura.

— Nossa — sussurro, me acomodando ao seu lado no chão.

Os pés dele balançam para fora do ônibus, mas eu fico de pernas cruzadas na beiradinha. Matt me passa uma cerveja aberta do isopor e brindamos sem tirar os olhos do céu.

— Está mais calor que o normal para essa época do ano — começo a perguntar, quebrando o silêncio —, ou só agora descobri o cansaço do trabalho manual e meu corpo decidiu se rebelar?

— Não é só com você. Esses macacões parecem uma sauna.

— Desse jeito, até parece que somos dois fugitivos da prisão que fizeram um ônibus escolar de refém, não acha?

Aponto para os nossos trajes idênticos.

Matt dá risada, com os lábios curvados em um sorriso divertido.

— Não, acho que parecemos dois mecânicos consertando um ônibus.

Dou um empurrãozinho brincalhão no ombro dele.

— Obrigada pela ajuda hoje.

— Eu que agradeço por ajudar com a identidade visual da oficina. Nós adoramos todas as prévias até agora.

— Sério? Não acharam muito… delicadinho?

— A ideia é deixar a oficina mais convidativa a todos os clientes, certo? — comenta Matt, com um dar de ombros. — Eu gostei. Warren também. Acho que vai ajudar nesse quesito.

Concordo em silêncio, voltando a admirar o céu noturno.

Matt suspira com ar nostálgico.

— Quando eu era criança, minha mãe adorava contar histórias sobre as estrelas. Era como se as aventuras narradas por ela repintassem o céu. Agora nunca me sinto igual ao olhar para esses pontinhos brilhantes.

— Que tipo de histórias? — pergunto.

— Na maioria, eram lendas passadas de geração em geração. Os primeiros samoanos eram navegantes e usavam as estrelas como guia. Ou seja, ela contava muitas histórias de monstros marinhos — recorda Matt, com uma risada. — O nome da minha mãe, Fetu, significa estrela.

— Fetu... Que nome lindo.

Alongo o pescoço de um lado para o outro, uma tentativa de aliviar a dor deixada por um dia árduo de trabalho.

— Meu pai era irlandês — comento. — Só nos contava histórias da Grande Fome e nos ensinava canções de bar.

Matt solta uma risada abafada.

— Parece bem divertido, na verdade — diz, e inclina a cabeça para admirar as estrelas. — Pode me contar mais sobre ele? Talvez não agora... mas um dia?

Encolho os joelhos junto ao peito e os envolvo com os braços.

— Tudo bem... eu ia gostar. — Dou um pigarro e observo a lua. — O nome dele era Dominic, mas todo mundo só o chamava de Nick ou Nicky.

Sorrio ao ser inundada por uma enxurrada das lembranças que sempre tento manter afastadas.

— Ele era músico. Adorava tocar violão e piano, mas a voz sempre foi a coisa mais marcante para mim. Era tão *linda*. Daquele tipo comovente, sabe?

Engulo em seco e me viro para Matt, que está atento a cada palavra minha.

— Meu pai tinha muitos irmãos, igual a você, mas não eram muito próximos. Ele tinha só dezoito anos quando se mudou para cá e foi trabalhar em uma estação de esqui. Por acaso, o lugar pertencia à família da minha mãe, que estava sempre por lá.

Preciso conter o sorriso que ameaça dominar minhas feições.

— Segundo minha mãe, ele era um rapaz desleixado, magricela e engraçado, a quem ela nem dava muita bola. A família dela passava todos os fins de semana por lá durante a temporada de esqui. Minha mãe estava prestes a sair de casa para a faculdade, ambiciosa e motivada que só. Pretendia seguir os passos do pai e do avô e entrar no mundo dos negócios, e levava a vida muito a sério. Meu pai, porém, não levava nada a sério. Ele a fazia rir.

Respiro fundo e fecho os olhos. Minha mente volta às bodas de casamento dos meus pais, quando eles nos contaram essa história. Minha mãe tapou a boca dele com a mão quando estava prestes a contar as partes mais íntimas, em que ele a convenceu a sair escondida do chalé certa noite. Minha mãe ria sem parar enquanto o obrigava a ficar quieto e revirava os olhos conforme se recostava na cadeira.

Os dois eram *tão* felizes juntos.

— A temporada de esqui acabou, e ele perdeu o emprego, mas não conseguia ficar longe da minha mãe. Dizia que ela o fazia pensar no farol da sua terra natal, aquele que guiava os pescadores perdidos no mar. Sem ela, só havia escuridão. Por isso, passou a dizer que minha mãe era sua luz guia. Já sem emprego, meu pai voltou para a Irlanda, determinado a ganhar dinheiro suficiente na pesca com os irmãos para pedir a mão dela em casamento. Então, um dia, sem mais nem menos, recebeu uma carta. Minha mãe estava noiva.

Matt dá um suspiro ofegante, e eu começo a rir.

— Pois é, acredita? — pergunto, tentando conter as lágrimas. — Mas meu pai nem quis saber e entrou no primeiro avião. No fim das contas, não passava de invenção da minha mãe. Ela queria saber como meu pai reagiria à notícia. Meu avô não ficou nada satisfeito com o namoro dos dois, mas minha mãe insistiu que não precisava do dinheiro de mais ninguém, pois já tinha o suficiente. Ela só precisava de alguém disposto a fazer tudo para estar ao lado dela.

Matt leva a mão ao peito.

— Lane, essa deve ser a história mais bonita que eu já ouvi.

— É, eu sei... — sussurro, enxugando uma única lágrima. — Mas olha só como terminou.

Matt se vira para me encarar, com as costas apoiadas na porta aberta.

— Você deve sentir muita saudade dele, né?

— Todos os dias.

— Quantos anos você tinha quando ele morreu?

— Dezessete.

Matt faz as contas, e seus ombros afundam.

— *Ah*.

Meu corpo todo estremece.

— Vai fazer dez anos neste verão.

Por alguns momentos, o silêncio recai entre nós. Grilos cricrilam ao longe, e os ruídos da estrada se tornam mais altos sem nossas vozes para os encobrir. Ficamos sentados, deixando que o passado se prolongue por mais um instante. Como se tivéssemos todo o tempo do mundo.

— Um brinde a Dominic — propõe Matt, levantando a garrafa. — Por ser um bom homem e criar uma filha incrível.

Engulo a vontade de chorar e ergo a cerveja para brindar com a dele.

— Aos nossos pais, às suas estrelas e luzes guias — acrescento antes de brindarmos outra vez.

Entorno o restinho da cerveja e acerto a garrafa na caçamba com uma mira surpreendente. Livre da distração da bebida, minha súbita descida à vulnerabilidade faz meu estômago revirar como uma máquina de lavar roupa. Decido dar a noite por encerrada.

— É melhor eu ir para casa.

— Quer carona? — oferece Matt.

Nego com a cabeça. Em seguida, desço do ônibus e jogo as chaves na direção dele.

— Não, obrigada. Quero andar um pouco. Pode trancar para mim antes de ir?

Matt segura as chaves no punho apertado.

— Claro. Boa noite, Lane.

— Boa noite.

Dou um breve sorriso antes de desaparecer pela lateral do ônibus e pedir um carro de aplicativo no fim da rua, fora de vista.

12

NAS ÚLTIMAS DUAS SEMANAS, Warren adquiriu o hábito de atirar coisas em mim quando me distraio e encaro Matt por tempo demais. Começou com uma embalagem vazia de chiclete bem no meio da testa e evoluiu para lápis ou bolinhas de papel. Por sorte, essa semana me ofereceu uma trégua dessa proximidade incessante.

Hoje veio o técnico para instalar os quatro painéis solares e os sistemas internos no ônibus. Ontem, foi a instalação do depósito de água e, anteontem, da tubulação de gás. Se nada sair do planejado, o ônibus deve ficar pronto antes do casamento da minha irmã, daqui a quatro semanas.

Com base nas minhas longas horas de pesquisa e nas buscas incessantes em fóruns da internet, sei que fui muito sortuda por ter amigos dispostos a me ajudar, mas também por ser capaz de contratar profissionais qualificados para as etapas mais complexas. Ter dinheiro para acelerar o processo e deixar o ônibus do jeitinho que eu quero me dá a sensação de estar perto do meu pai outra vez, sendo mimada por ele como de costume.

Depois de mais um dia de trabalho, acomodada em uma cadeira dobrável no pátio da oficina conforme os técnicos entram e saem do ônibus, tiro as fotografias do progresso de hoje e me preparo para ir embora.

— Já vai? — pergunta Matt.

Ele está parado atrás de mim, com as mãos nos bolsos e a testa suja de graxa.

— Sim, já acabaram por hoje. Agora temos energia solar!

Ele olha para o teto do ônibus, protegendo os olhos do sol.

— Olha só esses danadinhos — comenta, abrindo um sorriso. — Está avançando tão rápido. Logo, logo você vai ter que começar a mudança.

— Antes preciso encontrar um lugar para estacionar.

— Bom, pode deixar aqui se quiser. Gosto de ter você por perto.

Ele sorri e me envolve com o braço, fechando a mão lambrecada de graxa para não sujar meu ombro. Começamos a caminhar na direção da oficina para buscar minhas coisas, uma rotina já familiar ao final dos meus dias de trabalho por aqui.

— Ainda não estão de saco cheio de mim? — pergunto.

— O quê? Claro que não.

Matt assovia para o interior da oficina quando passamos pela porta aberta da garagem, depois chama:

— Ei, War!

Warren sai de baixo de um caminhão, endireita a postura e nos observa por cima do ombro.

— Já instalaram a energia solar!

Matt aponta para o ônibus lá fora.

— Opa, maravilha. Mandaram bem.

Warren faz um sinal de positivo antes de voltar ao trabalho.

Matt assente, pensativo, como se tivesse acabado de se lembrar de alguma coisa, e acrescenta para mim:

— Agora que já temos painéis solares e baterias, posso colocar a serra de esquadria lá dentro e começar a fazer os encaixes.

— Ah! Eu sempre quis usar uma dessas.

— Só tenho uma rotação de pneus marcada para amanhã cedo. Quer tirar um tempinho do design da oficina e me ajudar com a marcenaria do banheiro?

Pego minha bolsa nos ganchos na parede da recepção.

— Claro, vou adorar! — exclamo, depois faço uma pausa para admirar Matt. — Aliás, obrigada de novo por toda a sua ajuda. Sou muito grata, de verdade.

— Imagina. Estou sempre às ordens.

E eu sei que é verdade. A ajuda de Matt é sempre sincera.

— Ah, e não esqueça de descansar, hein? — aconselho. — Faça alguma coisa para se divertir.

Parei de vez com as noites de cinema lá em casa. Não apenas por acreditar que Matt já deve estar cansado de me ver todo dia no trabalho, mas também por ter começado a sentir certa dificuldade em me imaginar sentada tão longe dele no sofá, como era nosso costume. Na verdade, tenho imaginado cenas bem diferentes naquele sofazinho, algo de que não me orgulho.

— Devo seguir seu exemplo, é isso? — provoca ele. — Finalmente arranjou um hobby?

— Ainda não, mas, pensando bem... — respondo, com um olhar sugestivo. — Sim, siga meu exemplo. — Cutuco o peitoral dele e rodopio no lugar. — Porque *eu* tenho um *encontro* hoje à noite. E espero que seja *muito* divertido.

Matt assente devagar.

— Um encontro? — repete, como se eu tivesse me expressado mal.

— Sim?

"É tão inacreditável assim?"

— Com quem?

Ele cruza os braços.

Ah. Também cruzo os braços e empino o queixo.

— Com um carinha que conheci em um desses aplicativos.

— Bom, espero que você pelo menos saiba o nome dele.

Apesar do ar brincalhão, a voz dele permanece baixa e concentrada.

— Eu sei. O nome dele é Jake.

— Entendi, e Jake é...?

Isso é ciúme, certo? Ou só preocupação? Deve ser difícil se livrar dos hábitos de irmão mais velho superprotetor. Ou talvez...

— Gostoso? — respondo, dando de ombros. — O perfil dele era engraçadinho e a gente deu match. Não tem fotos caçando ou pescando, nem seminu na balada ou segurando maços de dinheiro.

Matt meneia a cabeça e pousa as mãos na cintura.

— Nossa, o nível dos homens está nas profundezas do inferno. Aliás, quem marca o primeiro encontro na quarta-feira?

— Todo mundo, ué. Quarta é o dia oficial do primeiro encontro. Quinta é para o segundo encontro, e sexta é para o terceiro.

Abro a porta da recepção para esperar lá fora.

— E sábado? — pergunta Matt.

— É quando o pessoal comprometido sai, acho.

— Imagino que você tenha, tipo… um plano de segurança? Ligar para Chloe ou Emily se acontecer alguma coisa e tal?

Caramba, verdade. Faz tempo que não me relaciono com homens.

— Hã… tenho? — minto.

Matt revira os olhos.

— Pode me mandar mensagem se precisar de socorro.

— Também não é para tanto. O cara parece tranquilo.

— Ótimo, mas me mande uma mensagem mesmo assim — rebate ele, passando a mão no cabelo.

Está nervoso. E irritado?

— Por quê? — pergunto, quase em um sussurro.

"Por favor, me fala o motivo", imploro com os olhos. "Peça para eu ficar aqui."

Um carro de aplicativo estaciona e dá uma leve buzinada. O motorista abre a janela, com pressa.

— Lane? — chama.

— Isso, só um segundo!

Aceno por cima do ombro, estudando a expressão severa de Matt.

— Espero que se divirta, Lane.

Ele abre a porta e volta para dentro da oficina.

"Ótimo. Vou me divertir mesmo."

Depois de vinte minutos plantada no bar esportivo onde marcamos o encontro, começo a suspeitar que levei um bolo. O lugar foi sugestão de Jake, um tesouro escondido na cidade, nas palavras dele. Eu nunca tinha ouvido falar, e logo entendo o motivo. É um bar sujo com mais televisões do que luzes. Tudo parece grudento e lotado.

Está rolando algum evento esportivo. Torcedores vestidos com camisas azuis ou vermelhas estão espalhados pelo cômodo, gritando em intervalos que me parecem ser totalmente aleatórios. Sei que conseguiria identificar o esporte se desse uma boa olhada na televisão, pois não sou uma completa idiota, mas tem muita gente na frente. Mesmo assim, eu me junto ao coro de gritos e vaias dos meus novos amigos.

Uma cantoria começa do outro lado do bar, e eu colaboro com aplausos animados enquanto tento encaixar o canudinho do drinque na boca. Se Jake não chegar antes do último gole, vou embora.

Escrevo e apago uma dezena de mensagens para perguntar se o encontro ainda está de pé, quando de repente olho para a porta e o vejo entrar, vestindo uma camisa azul. Somos do time azul, pelo jeito. Jake é magro e loiro como nas fotos, mas sinto uma pontada de decepção, como se ele não fosse quem eu esperava. Ele não está sorrindo.

"Matt sempre sorri", minha voz interior decide comentar. "Cala a boca", retruco.

Jake vem direto para nossa mesa.

— Oi, foi mal. Meu amigo ficou trancado fora de casa e eu tive que voltar correndo com a chave reserva.

— Claro, sem problemas.

Já de pé, eu o cumprimento com um breve abraço antes de nos acomodarmos nas banquetas da mesinha alta bem afastada do bar, que foi um grande achado.

Ele aponta para minha bebida.

— Quer mais uma? Vou lá buscar uma cerve...

A multidão irrompe em aplausos ruidosos, e Jake se levanta para espreitar por cima do mar de cabeças.

— Porra, mas que merda de... — sibila, desabando de volta na banqueta. — Foi mal, é um jogo importante.

Apenas franzo os lábios e aceno com a cabeça.

Jake aponta para o bar.

— Ah, maravilha. Liberaram dois lugares no balcão. Vem, vamos.

Em seguida corre até lá, e por pouco não perde o lugar para outro casal, que o encara com irritação. Jake salta para a banqueta e apoia a mão na outra para guardar o lugar para mim. "Que cavalheiro."

— Vou querer a cerveja light mais barata que tiver aí, e para ela vai ser...?

Ele olha para mim.

— Só uma Coca, por favor.

Dou um sorriso educado e me acomodo com delicadeza na banqueta pegajosa do balcão.

— Nossa, é uma bomba de açúcar — reage Jake, alternando o olhar entre mim e a bartender. — Vai tomar isso mesmo, tem certeza?

Pisco algumas vezes, como se não pudesse acreditar no que via... ou *ouvia*.

— Sim, tenho certeza.

Forço um sorriso, mas qualquer outra mulher nos arredores perceberia, pelo meu olhar, que minha vontade mesmo era entornar a lata inteira de refrigerante naquele cabelinho lambido dele.

Jake encolhe os ombros.

— Tudo bem, você que sabe.

"Sei mesmo, Jake." Eu o encaro, incrédula, enquanto ele volta a olhar para a televisão, do outro lado do bar.

— Então, o que você faz da vi... — começo a perguntar, mas sou interrompida por um coro de vaias.

— Cartão vermelho? Por isso? — berra Jake. — Só pode estar de brincadeira, hein, juiz?

Engulo meu orgulho e tento outra vez:

— Mas, e aí, o que você faz da vida?

— Trabalho na empresa do meu pai.

Ele ainda está de costas para mim. Apenas inclina o queixo para me responder, sem desgrudar os olhos da televisão.

— Fazendo o quê?

— Ah, de tudo um pouco.

Jake olha para mim, talvez pela primeira vez na noite, e pousa o olhar diretamente no meu decote. Foi para isso que escolhi a blusa e o sutiã com bojo antes de vir para cá, claro, mas de repente já não quero os olhos dele ali. Quando ele volta a atenção para o jogo, faço uma careta para a bartender e coloco uma nota de cinco dólares no balcão. A mulher me dá uma piscadinha ao pegar o dinheiro.

— Vou dar um pulo no banheiro — aviso em alto e bom som para os dois ouvirem.

— Puta merda! Boa, time! — berra Jake, e se levanta de forma tão abrupta que o banco cai para trás. Consigo desviar, e ele enfim se vira para mim. — Ah, beleza, eu guardo seu lugar.

Rangendo os dentes, abro caminho por entre a multidão para alcançar o banheiro inevitavelmente nojento que me aguarda. Fecho a tampa da privada e me sento ali, pegando o celular. Quando estou prestes a abrir o aplicativo de transporte, vejo que Warren me enviou uma mensagem. Deve ter sido a primeira vez na *história*.

Clico na notificação e vejo uma imagem das câmeras de segurança da oficina. Nela, a figura de Matt aparece borrada ao longe, como aqueles supostos retratos do Pé Grande compartilhados na internet. Nas mãos, segura algumas ripas de madeira que comprei para o ônibus.

WARREN: Pelo jeito alguém resolveu fazer hora extra. Achei que você ia gostar de saber.

LANE: Ele é sempre assim?

WARREN: Comigo, não. Mas ele não quer me levar para a cama, né?

LANE: Nossa, você beija minha melhor amiga com essa boca suja?

Abro as informações de contato de Matt e aperto o botão de chamar. Ele atende no terceiro toque.

— Está tudo bem? — pergunta com urgência na voz, me pegando desprevenida. — Lane?

— Oi, desculpa. Tudo bem, sim — gaguejo. — Ok, estou em segurança, mas não estou bem. O cara é péssimo. Pode vir me buscar?

De fundo, ouço uma porta se fechar.

— Posso, claro. Onde você está?

— Em uma bodega na esquina da Fourth com a Longview. Tem estacionamento nos fundos.

— Aquele bar com a bola de futebol gigante no telhado? — pergunta Matt.

Escuto o ronco do motor do outro lado da linha. Caramba, ele não perde tempo.

Aperto o ossinho do nariz.

— O próprio... Só por isso eu já devia ter percebido que não ia prestar.

Consigo *ouvir* o sorrisinho debochado dele.

— Poxa, não entendi. Esse lugar é *tão* sua cara.

— Ah, sim. Virei uma daquelas pessoas que usam camisa de time. Do azul, no caso.

— Qual esporte?

— Um com cartões vermelhos e torcedores barulhentos.

Matt ri apenas uma vez.

— Tudo bem, chego em menos de cinco minutos. Prefere que eu entre ou espere no estacionamento?

— No estacionamento, sem dúvida.

Ele resmunga.

— Mas aí não tem graça.

— Mattheus — repreendo.

— Está bem, está bem. Já, já eu chego. Antes de ir embora, fala para o cara aí que o Maple Leafs não presta.

— Pode deixar.

Desligo e enrolo um pouco no banheiro antes de voltar ao bar, tentando sincronizar a chegada de Matt com a minha saída.

Jake está me esperando na mesa alta de antes, com uma porção dupla de nachos. Acena a cabeça ao me ver, então sair de fininho não é mais uma opção.

Apoio o corpo na banqueta, mas não me sento.

— Oi... Então, acho que já vou embora. Não sou muito fã de esportes e...

Gritos animados irrompem da multidão. Um dos times marcou um gol ou um *touchdown* ou sei lá o quê. Parece demorar *séculos* até os torcedores se acalmarem e eu poder continuar.

— E é muito barulhento aqui, então nem dá para a gente conversar direito.

Coloco a bolsa no ombro.

— Espera, você vai embora? — pergunta ele, descrente. — Mas eu acabei de pedir uma porção de nachos.

Em seguida balança a cabeça e empurra a parte interna da bochecha com a língua.

— Palhaçada — resmunga baixinho.

— Olha, eu nem pedi para você comprar nachos, então...

— É muita falta de educação.

— Oi? Isso é falta de educação? — repito, de olhos arregalados. — Eu? *Eu* fui mal-educada? — pergunto, cruzando os braços. — Você chegou vinte minutos atrasado. Nem mandou mensagem para avisar. Não fez uma única pergunta sobre mim, nem respondeu direito quando tentei puxar assunto. Depois, ainda teve a pachorra de reclamar da minha escolha de bebida e passou mais tempo vidrado na televisão do que olhando para mim. Ah, tirando os momentos em que ficou encarando meu decote.

Ele apenas nega com a cabeça, aparentemente sem palavras.

— Aproveite o jogo, *Jake*.

Cuspo o nome com raiva e me viro de supetão, quase esbarrando em Matt.

— Está tudo bem? — pergunta ele, olhando para Jake. Depois segura meu cotovelo, dobrado ao lado do corpo. — Você não atendeu o telefone, então fiquei preocupado.

— Tudo ótimo.

Dou um tapinha no ombro dele, um pedido silencioso para dar as costas e me levar embora.

— Esse aí é seu namorado? — questiona Jake, dando risada. — Tem que ser muito *vadia* mesmo para fazer o namorado vir te buscar em um encontro com outro cara, hein?

— De que merda você a chamou?

Os ombros de Matt se curvam para a frente quando ele passa por mim e agarra uma das banquetas.

Eu me coloco entre os dois e estou prestes a soltar os cachorros para cima de Jake, mas me detenho segundos antes de começar a xingar a torto e a direito.

Em vez disso, enfio a mão na bolsa e tiro uma nota de dez, que coloco com um baque na mesa.

— Os nachos são por minha conta. Espero que você seja *muito* feliz.

Não consigo esconder o desdém evidente no meu tom, mas pelo menos as palavras foram gentis.

Arrasto Matt para o estacionamento como um cão teimoso na coleira. Uma vez lá fora, leva um minuto para meus olhos se ajustarem ao luar, depois de ficar sob as luzes fluorescentes horrendas do bar. Matt está completamente imóvel, com as mãos fechadas em punhos ao lado do corpo.

— Eu consegui — sussurro.

Ele se vira para mim e sua expressão abranda. Parece mais curiosa do que assassina, como estava há pouco.

— Precisamos nos comportar como se todo mundo estivesse enfrentando o pior dia da sua vida, certo?

As mãos dele relaxam, assim como os ombros, ao assentir.

— Ah, assim está melhor — comento, sorrindo. — Essa história de ser a pessoa madura e superior do conflito é ótima.

Sorrio para Matt.

— Eu queria mesmo era ser superior e jogar aquele sujeito de um lugar bem alto. De cima de uma ponte, talvez — retruca ele, com uma voz estranhamente descontraída.

Encolho os ombros.

— Não vale a pena perder tempo com isso. Mas... — começo a dizer, de braços cruzados e sobrancelha arqueada. — O que você estava fazendo na oficina depois do expediente, hein?

— Como é que você...?

— Warren — respondemos em coro.

Matt coça a nuca antes de enfiar a mão no bolso da calça jeans.

— Eu queria fazer surpresa... mas preciso voltar para lá depois de levar você para casa. Saí com pressa e deixei tudo como estava.

— Vou com você — sugiro conforme andamos em direção ao carro. — Para garantir que *nós dois* vamos voltar para casa.

Em seguida partimos juntos pela estrada, deixando a bola de futebol gigante para trás.

Quando chegamos na oficina, fico aliviada ao perceber que Matt teve o cuidado de trancar todas as portas importantes antes de sair às pressas ao meu resgate. Ele abre o portão e entra no pátio. Dali, avisto uma escadinha apoiada na lateral do ônibus e algumas lâmpadas acesas lá dentro.

Já mais perto, reparo também nas latas de tinta espalhadas.

— Minha ideia era preparar tudo agora à noite e voltar amanhã cedinho para pintar.

Fico de queixo caído ao ver o tom azul-celeste salpicado na tampa das latas.

— Mas... eu não comprei tinta — digo baixinho. — Não coube no orçamento.

— Não, mas contou para Chloe sobre a cor que queria, e todos nos juntamos para comprar.

Essa não. Olhos marejados. Nariz pinicando. Lábios trêmulos.

— Vocês não precisavam ter feito isso.

— Chloe falou que estava te devendo pelas horas como babá, a passagem de avião para o casamento deles em Barcelona e as obrigações de dama de honra. Acho que a Emily foi mais incentivada a ajudar para se livrar logo do tom amarelo do ônibus. E eu conheço um pessoal especializado em funilaria, então nem foi tão caro assim.

— Mas... — volto a dizer, balançando a cabeça. — Não posso aceitar uma coisa dessas. Mesmo assim deve ter sido muito caro e...

— A gente sabe como esse ônibus é especial para você, Lane. E queríamos fazer parte disso.

Meus olhos se enchem de lágrimas de gratidão, e dessa vez não luto contra elas.

— Obrigada. Obrigada.

Estendo os braços na direção dele e o puxo para um abraço.

— Meu ônibus vai ser azul — murmuro no seu ombro.

Matt respira fundo, com o rosto afundado no meu cabelo, como se tentasse sentir meu cheiro. Isso é novo. Ao contrário do frio que se instala na minha barriga.

Ele é o primeiro a se afastar.

— Preciso só arrumar as coisas primeiro, e depois podemos ir embora — avisa quando nos soltamos do abraço. — Ou podemos... começar a pintar? Se não estiver muito cansada?

— Sim, por favor! Só preciso arranjar outra roupa. Ah, vamos pedir pizza? Não comi nada antes de ir para o encontro.

— Pizza e pintura. Perfeito.

— Doce aliteração — digo e volto a admirar o ônibus e as latas de tinta. — Estou tão empolgada!

Matt sorri para os próprios pés, depois para o ônibus. Por fim, sorri para mim. Sem a menor pressa. Seus olhos transbordam calor, suavidade e alguma coisa que anseia por ser revelada.

13

Matt pediu a pizza enquanto eu trocava de roupa no escritório. Ele me emprestou a camiseta reserva que deixava no carro, para ser usada por baixo do macacão no lugar da minha blusa. Como ficou enorme em mim, quase um vestido, decido abrir mão do macacão e a colocar por cima da bermuda de ciclismo que eu já usava por baixo da saia. O cheiro dele está impregnado no tecido. Nunca vou devolver, coberta de tinta azul ou não.

Termino de cobrir as luzes e os detalhes de metal com fita crepe enquanto Matt aplica uma camada de primer no teto. Por sugestão dele, vamos pintar o teto do ônibus de branco para refletir o calor, e acho que a combinação dos dois tons vai ficar ótima. Preparamos a parte de trás e o lado esquerdo antes de a pizza chegar e arrumamos os materiais de pintura. Depois, levamos algumas lonas e uma lanterna para dentro e montamos uma espécie de piquenique.

— Matt? — chamo, admirando a estrutura de madeira novinha em folha no banheiro. — Ainda não voltou para casa hoje?

— Eu… me empolguei um pouco.

Dou um empurrãozinho no seu ombro.

— Alguém me disse para arranjar um hobby, sabe.

— Bom, eu leio e te ajudo com o ônibus — rebate com uma risada, me lançando um olhar travesso ao pegar mais uma fatia. — Esses são os meus hobbies.

— Isso quer dizer que agora eu também tenho um hobby, então? O ônibus?

Dou uma mordida na pizza.

— Não. Para você não vale. Afinal, vai ser sua casa.

— Está bem, e o design para a oficina? — pergunto de boca cheia.

— Também não. Foi uma troca de favores pelo ônibus, que é uma necessidade básica.

— Argh, que seja — retruco, limpando as migalhas das mãos. — Vou pensar em alguma coisa.

Matt mastiga devagar e me encara, e um sorriso de canto se forma nos lábios dele.

— O que foi? — pergunto, estreitando os olhos.

— Bem, pode começar a se interessar por esportes.

Dou risada.

— Vai te catar, de jeito nenhum — respondo, com um calafrio fingido. — Nossa, *com certeza* não.

Ele chupa um pouco de molho do dedo, e eu sinto meu peito revirar. Pisco algumas vezes para me recompor.

— Ficou mais aconchegante aqui agora, com as ripas por cima.

Uso isso como desculpa para desviar o olhar, mas a força gravitacional de Matt é forte, e, quando ele não responde acabo olhando de volta.

Ele está ocupado em admirar o teto, com a cabeça para trás e seu lindo pescoço em plena exibição. Fico com vontade de lamber toda a extensão da sua garganta.

— Gostei da madeira de bétula. Foi uma boa escolha.

— Arrã — concordo.

"Caramba, sua esquisita. O cara está falando da decoração e você aí pensando em lamber o pescoço dele."

— Que pena que seu encontro foi uma porcaria.

Matt dá outra mordida na pizza, suspirando de satisfação com o sabor.

Dou de ombros.

— Pelo menos está divertido aqui.

— Então, quem vai ser agora?

Devo ter entendido errado. Com certeza perguntou *o que* vai ser agora, não *quem*.

— Oi? — murmuro, com a boca cheia.

— Não deu certo com Jake, então quem vai ser agora? — pergunta ele, com toda a naturalidade, entre uma mordida e outra.

Engulo o nó na garganta enquanto ele engole o pedaço de pizza. Solto uma risada fraca.

— Eu não tenho uma lista. Só dei match com *três* pessoas até agora.

Matt projeta o lábio inferior e assente, depois inclina para trás, apoiando-se nas mãos.

— Ah, claro.

— Por quê? — pergunto.

As palavras pareciam inofensivas até saírem dos meus lábios. Agora, parecem um desafio.

Matt sorri como se entendesse. Depois pende a cabeça para o lado e estreita os olhos para me encarar.

— Por quê? — repete, como se nunca tivesse escutado a pergunta na vida.

Dou um pigarro alto. Posso sentir o suor frio gotejar na minha testa.

— Por que você... se importa com isso? — digo.

Matt abre aquele sorriso predatório que só vi uma vez, quando ele queria arrancar a cabeça de Carl. Está zangado? Comigo? Não, isso não faz sentido. Só deve estar... fingindo, acho. Enquanto todo mundo tem sorrisos fingidos, ensaiados e educados, Matt nunca precisou de um. Por isso, seu sorriso forçado é um pouco assustador.

Ou talvez ele me veja como uma presa. *Talvez*.

Sinto a pulsação acelerada no meu pescoço como se tudo, incluindo minha pele, de repente estivesse apertado demais.

— Por nada.

Ele dá de ombros e inclina mais a cabeça. Está brincando comigo e pega outra fatia de pizza como se nada de estranho tivesse acontecido entre nós.

Tudo bem. Duas pessoas podem jogar esse jogo.

— É uma pena que não tenha dado certo com ele — comento e dou um suspiro triste, desviando o olhar para a pizza. — Já faz *tanto* tempo... sabe? — acrescento, fingindo timidez.

O canto do lábio dele se contrai de leve.

— É mesmo?

— É, sim. Além do mais, o cara nem precisaria me impressionar. Só tinha que ser legal o suficiente para me dar vontade de ir para casa com ele, entende?

Enfio um pepperoni na boca, e Matt me observa com atenção.

— Porque já faz *tanto* tempo.

— Exato, praticamente *qualquer um* serviria a essa altura.

Congelo sob seu olhar confiante, e sinto minha própria confiança diminuir.

— Qualquer um — repete Matt, lambendo os lábios.

"Quando foi que comecei a me inclinar na direção dele?"

— Qualquer um — respondo, ajeitando a postura.

Matt bate palmas apenas uma vez, me assustando.

— Bom, é melhor a gente voltar ao trabalho. A noite é uma criança.

Depois ele se levanta e estende a mão para me ajudar a ficar de pé.

Quem eu tentei enganar? Matt não tem o menor interesse em fazer *aquilo* comigo. Nem estava com ciúmes de mim. Só deixei o tesão afetar meu discernimento.

Agarro o antebraço dele a contragosto enquanto ele me puxa para cima. E depois... não me solta. Continuamos parados no meio do ônibus, com seu aperto firme ao redor do meu pulso e nenhum outro som além do meu coração acelerado martelando nos ouvidos.

— Ou... — Matt começa a dizer, só um pouquinho mais perto, e mesmo assim meus lábios se abrem. — Podemos parar por aqui e eu te levo para casa?

Devo ter entendido errado. De novo. Só pode ser.

— Mas antes a gente teria que arrumar tudo.

Olho para os lábios dele e não consigo evitar lamber os meus.

— Hum. — Matt assente devagar. — Teríamos mesmo.

— E trancar a oficina — continuo, e ele me puxa ainda mais para perto.

"Talvez eu não tenha entendido tão errado assim."

Em seguida ele inclina o rosto, com o queixo na minha mandíbula, e inala profundamente. *De novo*.

— Passou perfume para ele hoje?

— Passei perfume para mim — corrijo, ofegante.

— Eu gostei.

— Gostou?

— Muito.

Matt encosta o nariz no meu queixo, e eu chego a revirar os olhos de prazer.

— Você está dando em cima de mim? — pergunto, *acho* que em voz alta.

Uma risada breve e suave me surpreende.

— Há mais de um ano. Que bom que notou.

Ele me beija logo abaixo da orelha.

— Não deveria.

— Tudo bem, então me diz para parar.

Em seguida, ele beija meu rosto.

— Como assim? — pergunto, concentrada demais em Matt para falar direito.

— Quero que me fale por que eu devo parar.

Ele passa o braço ao redor das minhas costas, pressionando meu corpo ao dele.

— Porque você é meu amigo — respondo com pouca convicção.

— Isso não precisa mudar.

A barba dele roça meu maxilar, e eu luto contra a vontade de implorar por mais.

— Porque eu não estou interessada em nada além de sexo — continuo, com os olhos fechados enquanto seu hálito quente percorre minha bochecha.

— Por mim tudo bem.

Ele beija a pele logo abaixo da linha dos cílios.

— Mas pode complicar as coisas.

Agora comecei a discutir por diversão, não para ganhar. Quero ouvir seus motivos, sua defesa. Quero saber que ele me quer.

— Achei que poderia ser *qualquer um* — argumenta ele, com uma leve ironia.

Um pensamento rompe a espessa névoa da indulgência.

— Por que agora? — pergunto. — Por que agora e não na nossa viagem? Por que agora e não antes?

Ele se afasta de leve, só um pouco, mas é o suficiente para que eu possa ver o desespero no seu olhar. A visão me choca.

E me *empolga*.

— Não sei se já reparou, mas temos uma dinâmica em que você me pede uma coisa, e eu resolvo na hora. — Matt lambe os lábios, e meus olhos insistem em se fechar e ceder mais uma vez. — Precisa que eu atravesse o país com você? — Ele beija meu rosto, depois vai mais para baixo. — Feito. Precisa da minha ajuda para reformar o ônibus? — Beija meu queixo, e se move para a esquerda. — Feito. Precisa de carona para casa depois de um encontro ruim? — Beija a outra bochecha. — Feito.

Dou um suspiro ofegante quando a mão dele envolve meu queixo e o levanta para me fazer encontrar seu olhar. Sinto seus dedos ásperos no meu cabelo.

— Precisa de alguém que tome conta de você na cama? — pergunta, e então beija meus lábios, tão breve e provocante que logo me arrependo de não ter correspondido. — Feito. Não precisa ser complicado.

— Eu não quero que ninguém saiba — balbucio. — Eles... não iam entender.

— Feito.

— E eu falei sério sobre não querer nada além disso. Você não pode se apaixonar por...

— Pode parar de falar, por favor? — pede ele meio segundo antes de me calar com um beijo.

Quando nossos lábios se encontram de novo, não me contenho. Minhas mãos buscam seu cabelo e seus ombros com uma necessidade urgente. Meses e meses de desejo secreto vertem dos meus lábios para os dele.

Matt estica os braços e me pega no colo, enganchando minhas pernas ao redor da sua cintura.

Se eu soubesse, se eu sequer *suspeitasse* que seria tão bom assim, já teríamos feito isso há muito tempo. Os beijos de Matt são como faíscas, rápidos e oscilantes, mas eu quero mais. Passo a língua pelo seu lábio como um fósforo e ele se acende, ardendo para mim.

Com a mão espalmada nas minhas costas, Matt me mantém pressionada contra ele conforme eu deixo a minha mão explorar seu corpo. Encontro seus bíceps e aperto, tateio toda a extensão do peitoral e memorizo cada centímetro, arranho seu couro cabeludo enquanto agarro seu cabelo com força.

Ele pragueja baixinho quando eu mordisco seu lábio.

— Caramba, Lane, você vai me devorar vivo.

Sua risada confusa e atordoada é a coisa mais sexy que já ouvi.

— Algum problema? — pergunto, puxando o lábio dele entre os dentes.

— Não. Pode acabar comigo se for preciso.

Depois me prensa contra a parede e afasta minha cabeça do seu pescoço, onde tento deixar marcas.

— Mas eu gostaria de fazer uma coisa antes de ser destruído.

Ele olha para minha bermuda com firmeza, depois volta a fitar meu rosto através dos cílios grossos.

— Posso tirar sua roupa? — pergunta, com as pontas dos dedos já roçando a bainha da minha bermuda.

Concordo, ofegante.

Se eu não estivesse sentindo na pele, acharia que é impossível ficar tão excitada. Quase tenho vergonha do que Matt vai encontrar quando me tocar.

Ele se vira para o lado, apenas o suficiente para soltar minhas pernas da sua cintura. Pouso os pés no chão, vacilante, enquanto ele se ajoelha diante de mim. Estou com a parte superior das costas apoiada na parede do ônibus, me fornecendo o equilíbrio que de outra forma me faltaria.

Depois de me ajudar a tirar a bermuda, Matt agarra minha panturrilha, me impedindo de voltar a pôr o pé no chão. Começa a massagear a pele e dá beijos delicados na lateral do meu joelho antes de posicioná-lo sobre o próprio ombro. Faz o mesmo com a outra perna, ainda ajoelhado, e pressiona a parte inferior do meu corpo contra a parede, com a cabeça entre minhas coxas.

— Cacete... — eu o ouço dizer enquanto apoia o nariz na minha calcinha fina de algodão, toda encharcada. — Isso é tudo por minha causa?

— Arrã — respondo.

Em seguida ele lambe toda a tira de tecido entre minhas pernas e deixa escapar um "caralho, Lane" rouco dos lábios.

A frase basta para me desencadear um arrepio, enchendo todo o meu corpo com uma necessidade gananciosa e incessante. Mais do que necessidade, na verdade. Uma fome voraz.

Com a boca inclinada, Matt morde o tecido da calcinha. Suspiro, ofegante, e agarro a camisa dele com força, sentindo que vou explodir de desejo. Estou desesperada, e ele sabe disso, então para que fingir?

— Por favor — imploro, rebolando o quadril.

Ele abocanha a calcinha e puxa o tecido para o lado até me deixar completamente exposta.

— Perfeita — sussurra com sinceridade, logo antes de me devorar como se também estivesse faminto.

Quase de imediato, começo a ofegar e me contorcer, puxando o cabelo dele com tanta força que talvez o arranque pela raiz.

— Tão reativa...

Ele me lambe bem no meio, me acalmando.

— Por favor... não pare.

— Quando alguém oferece ajuda, Lane, você não pode decidir como deve ser feito. É falta de educação. — Depois chupa meu clitóris a ponto de doer, me fazendo sibilar. — Vou demorar o tempo que for preciso.

— Matt, por favor.

— Você não é muito boa em aceitar elogios, sabia? — comenta ele, deslizando a língua. — Olha para mim.

Quando obedeço, é uma força chocante e inebriante que me recebe.

Matt, *o meu doce e amigável Matt*, ávido entre minhas coxas. Com a barba molhada e reluzente do prazer que já me deu.

Está tão lindo ali que me dá vontade de tirar uma foto.

— Vou fazer você gozar na minha boca hoje, mas da próxima vez que fizermos isso...

Abro a boca para protestar, e ele levanta a sobrancelha em sinal de aviso.

— *Da próxima vez* que fizermos isso, vou pedir para você se elogiar enquanto sente prazer. Talvez até te coloque na frente de um espelho. Você é perfeita, *manamea*. E eu não vou apressar a perfeição. Entendeu?

Estou sem palavras, ofegante, dominada por uma sensação que só posso descrever como carnal. Nunca senti algo parecido. A maioria dos caras nem quer saber de falar durante o sexo, que dirá me fazer *gozar* só com palavras. Eu deveria saber que Matt seria diferente.

— Por favor — imploro.

— Por favor o quê?

Ele lambe a parte interna da minha coxa, enrolando a língua.

— Por favor, Matt.

— Não chame meu nome, Lane. Só me diga o que fazer. Você queria qualquer um, certo? Então pode me usar.

— Quero sua língua.

— Melhor assim — provoca ele.

Matt começa a massagear meu quadril com uma das mãos, esfregando o polegar sob a bainha da blusa.

Não sei o que ele quer, e não aguento mais.

— Por favor... — gemo. — Só me fala o que preciso dizer.

— O que você quer? — pergunta ele, impaciente.

— Quero que me faça gozar, Matt. Com força.

— Feito — responde ele, mergulhando em mim.

Eu me contorço toda contra sua boca, puxando o cabelo dele com tanto desespero a ponto de machucar. Mas não consigo me conter.

Aperto as coxas contra as orelhas dele, tão forte que talvez deixe marcas em nós dois. Mas, quando o orgasmo é engatilhado como um revólver, meu corpo derrete e desmorona ao redor de Matt. Suas mãos fortes me agarram e me estabilizam, me mantendo de pé.

Quando me sinto forte o bastante para sustentar minha própria cabeça, olho para o teto e tento recuperar o fôlego. Uma risada de descrença me escapa enquanto uma gota de suor escorre pela lateral do meu rosto.

Matt. Mattheus Tilo-Jones. Meu amigo, Matt. É o *melhor* que já tive.

14

MATT ME AJUDA A VESTIR A ROUPA e me faz sentar no banco do motorista antes de começar a arrumar tudo. Avança depressa pelo ônibus, recolhendo a tinta e os materiais de pintura, depois limpa as sobras de pizza e leva o lixo para fora. Alguns minutos depois, o lugar está imaculado como se nunca tivéssemos entrado aqui. Como se *nada* tivesse acontecido.

Mordo o lábio e tento empurrar todo o nervosismo para os pés, que se agitam inquietos na borda do banco. Como agir agora? Volto a falar com ele sobre filmes? Continuamos a trabalhar juntos no ônibus? Vamos repetir a dose? E ir além? Dou uma olhada no relógio do celular. Mal passa das onze. Nem parece possível, porque tenho a impressão de que já faz dias desde aquele fiasco de encontro.

— Está pronta para ir? — pergunta Matt da porta.

Concordo com um aceno e o sigo sem dizer nada. Quando entramos no carro, minha mente implora para ele ligar o rádio. Mas ele não liga.

Avançamos em um silêncio doloroso até o estacionamento do meu prédio. Começo a me remexer no banco, inquieta.

— Fala comigo — pede Matt, desligando o motor.

— Sobre o quê? — pergunto.

Ele balança a cabeça.

— Sobre o que se passa aí dentro — explica, dando uma batidinha na minha têmpora. — Por acaso está surtando?

"Se eu estou surtando? Precisa perguntar?"

— Hum, óbvio! — respondo, incrédula. — Nós acabamos de... *você* me... e eu...

Ele me interrompe:

— Está arrependida?

Considero a pergunta por um instante, mas a resposta é óbvia. Foi bom. *Muito bom*.

— Não.

Matt esboça um sorriso.

— Ótimo, então zero arrependimentos. Mas você gostou?

— Gostei.

Começo a rir. Achei que isso fosse óbvio, considerando como gritei o nome dele e encharquei sua barba.

— Eu também — responde. — Então, qual é o problema?

Solto um resmungo.

— Sei lá... Acho que ainda tenho medo de estragar nossa amizade.

— Bom, acredito que podemos evitar isso, mas vamos ter que conversar — declara, depois me lança um olhar demorado. — Não só entrar em pânico e se isolar.

— Certo — murmuro. — E, além disso, sinto que estou um pouco insegura.

Matt se endireita no banco, com o cenho franzido. Os lábios carnudos se curvam para baixo em preocupação.

— Eu não quero... — Respiro fundo. — Não quero me sentir como se fosse mais um favor seu. Como a reforma do ônibus ou as caronas para casa. Quero que seja algo bom para nós dois. Caso contrário, vou me sentir ridícula.

As narinas dele se dilatam à medida que o sorriso desponta nos lábios, já trêmulos com o esforço de não começar a rir.

— Matt... — choramingo.

— Não, não, eu entendi. — A risada dele escapa. — Se você quiser retribuir o favor, acho que não me importo — acrescenta, mordendo o lábio. — Se for *necessário*, claro.

— Eu te odeio.

— Hum, não foi isso que você me disse meia hora atrás — murmura de volta.

Bato no peito dele com as costas da mão, e ele a segura e entrelaça os dedos nos meus. Sinto minha pulsação acelerada contra a sua.

— Escuta, Lane — volta a dizer, beijando nossas mãos entrelaçadas antes de se virar para mim. — Sei que você não quer nada sério. Mas... precisa saber de uma coisa. Espero essa chance com você há muito tempo. E, se isso é tudo que você pode me oferecer, eu aceito.

— Deve ser complicado.

Olho para Matt, e um turbilhão de emoções se estende entre nós. É revigorante ser desejada assim, e assustador saber o quanto. Quase chego a preferir ter acreditado que essa vontade só partia de mim.

Ele sorri.

— É, acho que sim. Mas pode deixar que eu me preocupo com isso.

— Não sei se me sinto confortável com essa história. Se os seus sentimentos estão em jogo, acho que...

Matt suspira.

— Tudo bem, entendi. É só me dizer.

— Não!

Olho para o teto e afasto minha mão da dele, passando os dedos pelo cabelo.

— Não, não seja tão bonzinho e compreensivo — continuo. — Assim vou achar que estou mesmo sendo egoísta.

— Por que isso seria tão ruim? — questiona Matt, com uma risada confusa.

— Ser egoísta? — repito, incrédula. — Não me preocupar com os sentimentos do meu amigo?

— Está *na cara* que você se preocupa. Até mais do que eu.

— Certo, mas...

— Tente ser egoísta. Só um pouquinho. Só comigo.

Matt me agarra pela nuca e me puxa para perto, por cima do console central, antes de acrescentar com a voz mortalmente baixa:

— Eu quero que seja assim.

— Por quê? — sussurro de volta.

Mas, para ser bem sincera, está sendo difícil me importar com os motivos por trás dessa decisão. O aperto dele na minha nuca acabou com meu bom senso.

— Porque eu quero — declara Matt, como se fosse simples assim.

Dou um aceno.

— Ok. Tudo bem.

Esfrego a ponta do nariz no rosto dele, me enroscando no seu pescoço.

— Posso subir? — pergunta Matt baixinho, aproximando os lábios dos meus.

Meu sorriso encontra sua boca.

— Sim, por favor.

Planto um beijo casto e delicado ali.

— Gosto de te beijar — confesso, e dou outro selinho.

— Eu também.

Com delicadeza, Matt começa a roçar os lábios nos meus, depois me beija do maxilar até o pescoço. Reviro os olhos com o toque, e percebo que preciso de mais uma garantia antes de ter os sentidos ainda mais dominados pelo prazer.

— Tem certeza? Tem certeza absoluta de que quer continuar, sem compromissos?

Só preciso de mais uma confirmação. Mais uma, e então acho que vou me sentir bem.

— Hum... — cantarola Matt contra a minha garganta. — Na verdade, não. — Dá uma mordida, me arrancando um suspiro. — Acho que não quero isso de jeito nenhum.

Em seguida pega minha mão e a coloca no seu colo, me mostrando *exatamente* o quanto me quer.

Ofego de surpresa. Minha mão se contrai de forma involuntária, ansiando pelo toque.

— Então vamos dar um jeito nisso.

Dou um beijo nele, deslizando a língua por seu lábio superior.

— Hum, eu vou adorar.

Matt retribui o beijo, e nossas bocas se chocam e se entregam uma para a outra. Essa nunca foi minha parte preferida do sexo, mas os beijos de Matt são verdadeiras preliminares. Uma prévia do que está por vir, um vislumbre dos movimentos que o corpo dele fará contra o meu. Ele presta muita atenção a cada som, a cada suspiro e gemido meu, como se tentasse aperfeiçoar sua arte.

Quando as mãos dele encontram o cós da minha bermuda, eu arregalo os olhos e dou uma conferida no estacionamento à nossa volta.

— Mattheus — sussurro. — Estamos em um lugar público.

— Viu alguém? — pergunta ele, ofegando baixinho junto ao meu ouvido.

Não volto a olhar lá fora.

— Não.

— *Então* — diz ele, alongando a palavra —, abra as pernas.

— Achei que a gente ia subir para acertar o placar.

Reclino a cabeça no encosto do banco quando ele começa a beijar meu pescoço.

— Achei que a gente tinha combinado que você seria egoísta.

Ele enfia a mão na minha calcinha e eu agarro seu pulso por instinto. Com a testa pressionada logo acima da minha orelha, ele se inclina sobre o banco e pergunta:

— Ali?

— Um pouquinho mais para a esquerda.

— Aqui?

Aceno com a cabeça, deixando escapar um gemido.

— Assim?

Outro aceno, com a respiração ofegante.

— Desse jeitinho?

— Isso — grito.

Matt se ajeita no banco, sem afastar os lábios do meu corpo.

— Abra os olhos. Olhe para mim.

Obedeço e vejo seu lindo rosto iluminado pelo luar. Mantemos contato visual enquanto ele me aproxima do clímax, e é uma experiência chocantemente erótica ver a determinação no seu olhar.

— Você é maravilhosa — sussurra ele com fervor.

— Matt, você…

Os movimentos da língua dele se tornam mais vigorosos assim que abro a boca para falar, me forçando a cerrar os dentes com um gemido agudo.

— Não, fique quietinha e escute.

Seguro a maçaneta da porta, desesperada para me agarrar em algo conforme meu corpo se contorce e se contrai sem parar.

— Você é maravilhosa, Lane. Faz mais de um ano que eu sonho com isso. Com meu nome nos seus lábios, com meus dedos na sua pele, com a minha boca na sua. Está com medo, eu entendo. Mas não quer mais que isso?

Nego com a cabeça, mesmo quando estou prestes a me entregar ao que parece ser um orgasmo devastador.

Matt lambe os lábios.

— É, isso é o que vamos ver — diz, capturando meus lábios em um beijo antes de deslizar dois dedos para dentro de mim.

Eu me desmancho por inteiro, rangendo os dentes com a intensidade do prazer que me domina da cabeça aos pés.

Matt só para quando eu começo a dar tapinhas no seu pulso, com a respiração ofegante e entrecortada. Só então ele tira a mão, e usa a outra para virar meu rosto na sua direção. Através das pálpebras caídas, eu o vejo levar os dois dedos à boca e chupar.

— Acho que nunca vou me cansar do seu gosto.

Desabo de volta no encosto do banco, me deixando levar pelo êxtase.

Antes mesmo de eu parar de tremer, Matt sai do carro e abre a porta para mim. Em seguida, pega meu corpo inerte e me leva no colo até o hall de entrada do prédio.

Espero, do fundo do coração, que nenhum dos vizinhos me veja, porque vão pensar que estou de porre em plena quarta-feira à noite.

Mas eu me sinto tão segura no colo dele. Tão *bem*.

Matt deve ser um especialista em sexo. Um *sexpert*, se preferir. Certa vez, li em algum lugar que eram necessárias dez mil horas de prática para se tornar especialista em um assunto. Deve ser humanamente impossível acumular tantas horas transadas assim, a não ser para profissionais do ramo. Mas, no mínimo, Matt deve ser PhD em sexo ou algo do gênero. Tem um trocadilho com pau por aqui em algum lugar, mas estou cansada demais para encontrar. Ah... espera. PhD, Pau Harmônico Delicioso. Pronto, estava na ponta da língua.

— Chaves? — pergunta Matt contra a minha têmpora.

— Estão embaixo do capacho, Matt. Mete a mão aí e pega. — Dou uma risadinha. — *Matt, mete* a mão aí.

— Caramba — responde ele, se abaixando para levantar o capacho e pegar as chaves. — Por favor, não vá me dizer que você deixa as chaves aqui todos os dias.

"Atenção: novo fetiche desbloqueado. Pessoas que conseguem me carregar no colo e se ajoelhar no chão ao mesmo tempo."

— Está bem, se é isso que você quer ouvir... — digo secamente. — Não, eu não guardo as chaves aí.

— Lane.

Escuto a repreensão na sua voz ao dizer meu nome.

— Pode me colocar no chão se vai ficar todo mal-humorado assim — murmuro.

— Não, eu já tenho planos para você.

Ele destranca a porta e guarda as chaves no bolso.

— Como agora eu sou egoísta, já vou logo avisando que não vamos fazer mais nada esta noite. Estou um caco. Parece até que eu acabei de correr uma maratona.

— Não era *esse* tipo de plano, mas fico feliz em saber.

Ele dá uma piscadinha para mim, depois entra de ré pela porta e me acomoda no sofá.

Simone aparece na área aberta do cercadinho, investigando a interrupção repentina dos seus afazeres, seja lá quais forem. Gosto de imaginar que ela segue uma longa rotina de autocuidado antes de se deitar, e agora está zangada por termos atrapalhado seu momentinho de beleza.

— Boa noite, Simone — cumprimenta Matt.

Ele passa direto pela gaiola e segue em direção ao banheiro. Deixo meus olhos se fecharem por um instante antes de ouvir o som de água corrente.

— Vai tomar banho? — pergunto alto o bastante para ele ouvir.

— Cadê suas coisas de banho?

— Hã, embaixo da pia.

Por acaso ele vai preparar um banho para mim? Como se eu fosse uma criancinha vitoriana doente? Saio do sofá e vou até o banheiro, provando que ainda tenho certas capacidades durante o êxtase pós-orgasmo.

— Ei, Matt.

Sobressaltado com minha aparição repentina, ele bate a cabeça com tudo na parte de baixo da pia.

— Cacete, que susto.

— O que você está aprontando aí?

— Ahá.

Ele encontra um dos frasquinhos de sais de banho enviados pela minha mãe nos pacotes de autocuidado.

— Vai tomar banho de banheira? — pergunto.

— Bem, não cabem duas pessoas lá dentro. Então, não.

— Não cabe nem *uma* se a pessoa em questão for *você*.

Corro o olhar entre ele e a banheira minúscula.

Matt se acomoda na beirada e abre as torneiras, ajustando a temperatura. Depois me oferece um sorriso doce, o suficiente para me encher de timidez.

— Não sei se estou gostando dessa história — aviso, contrariando a vermelhidão que se espalha pelo meu pescoço.

— Como assim?

— Disso tudo — explico, e aponto para a banheira. — Parece algo que um *namorado* faria.

— Palavras suas, não minhas.

Matt se levanta e se aproxima de mim, parando a uma distância respeitável.

Dou uma cutucada no peitoral dele.

— A gente deveria conversar sobre o que você disse lá no carro.

Matt ergue as mãos, fingindo inocência.

— Só me deixei levar pelo momento, nada mais.

Com ar ressabiado, passo direto por ele antes de tirar a camisa e a bermuda e afundar na água morna com aroma de lavanda, gemendo de satisfação.

Matt umedece os lábios e arregala os olhos como se tentasse absorver todo o meu corpo de uma só vez.

— Por que você usa roupas, hein? — pergunta para mim, passando a mão pelo cabelo. — Deveria ser crime.

Reprimo um sorrisinho alegre, pois é mais seguro me esquivar.

— Crime mesmo é andar por aí pelada, cara.

— Não me chama de *cara*, faz favor.

— Você me chama de garotinha. É bem pior!

— Combinado. Chega de apelidos bobos — determina ele, depois encontra um isqueiro e acende uma vela aos meus pés. — Mas, só para constar, o "garotinha" era para ser uma coisa charmosa, meio Frank Sinatra.

— *Com certeza* não foi isso que pareceu — rebato, e aponto para a vela. — Ah, e chega dessas palhaçadas de namorado. Adorei o banho, mas não vai se repetir.

— Não preciso ser seu namorado para querer cuidar de você, Lane.

Ele se ajoelha na lateral da banheira e, com toda a facilidade, prende meu cabelo em um coque frouxo bem no topo da cabeça. Combina com o dele, e isso me agrada.

Afundo ainda mais na água. Céus, está tão bom. Por acaso é crime querer ser mimada? Só um pouquinho?

— Tudo bem, mas não pode partir só de você.

— O que tem em mente? — pergunta Matt, sentado na tampa fechada do vaso.

— Hum, para começar, quero lavar, escovar e trançar seu cabelo.

— Tem tara por cabelo, é isso? — provoca ele.

— Talvez eu tenha — respondo na lata, depois sussurro: — Pelo *seu*.

— Sem problemas, vou adorar meu dia de princesa.

Ele cruza as pernas, com ar brincalhão.

Conforme o observo no ambiente cada vez mais vulnerável e íntimo, começo a me perguntar por que me sinto tão livre, tão confortável. Era para ser estranho. E *é* estranho. Mas por que tenho a sensação de que já fizemos isso centenas de vezes?

— Se alguém tivesse me falado, doze horas atrás, que você estaria aqui me vendo tomar banho depois de ter feito *aquilo* comigo no meio do carro, eu teria...

Minha voz vai morrendo aos poucos.

— Você teria...? — incentiva ele.

— Hum, eu não teria ficado completamente chocada, acho. Surpresa, sim. Mas não chocada.

Matt ri.

— Não ficaria chocada? Engraçado, por que será? A resposta deve estar na ponta da minha língua.

Ele pressiona os lábios.

— Por acaso você acabou de fazer uma piada sobre sexo?

— Quem, eu? — pergunta, fingindo estar ofendido. — Mas que mente suja, hein?

— Eu te odeio.

— Você sempre diz isso. Será que está em negação?

"Quieto. Quietinho."

— Fica quieto — retruco, jogando água nele. — Quero aproveitar meu banho.

Matt repara em uma manchinha de molho na camisa.

— Tem máquina de lavar aqui?

— Arrã, fica no armário da frente.

— Por acaso você não teria uma camiseta masculina GG sobrando, né?

— Devo ter. Pode procurar lá nas gavetas do meu marido. Não se preocupe, ele foi viajar a trabalho.

Sorrio com frieza.

— Hum, então acho que vou ter que dormir sem camisa mesmo.

Ele começa a se despir.

— Não, senhor! — rebato e me endireito de supetão, e a superfície da água me faz cócegas logo abaixo dos seios. — Você não vai dormir aqui.

Ele deixa escapar uma risada incrédula, depois me vê sentada na banheira e encara meus peitos uma, duas, *três* vezes. "Caramba! Bom trabalho, meninos."

— Não está falando sério, está? — pergunta, finalmente concentrado.

— Isso é *definitivamente* contra as regras.

— O quê? As regras de quem? — insiste ele. — Minhas é que não são.

Em seguida, Matt tira a cueca, e *uau*.

Afundo na banheira até parecer um jacaré à espreita no pântano, só com dois olhinhos famintos de fora.

Ele acha graça da minha reação ao seu corpo nu, e a garganta dele tremula com uma risada. Depois penteia a barba para baixo, ergue os braços e dá uma voltinha para me deixar apreciar a vista. *Puta merda*, o corpo dele. Chega a *doer* de tão lindo. Fico com inveja das curvas.

Apesar de não ser particularmente musculoso, tem uma estrutura larga e forte. Eu já tinha visto a maior parte graças ao incidente com o rato no hotel, quando ele me carregou no colo só de cueca. A surpresa é o pau dele, do qual já virei fã. Uma *grande* fã. *Grande*. Mesmo. Acho que deu para entender.

A estrela da noite, porém, é a bunda dele. Minha nossa. Nem tenho palavras para explicar. Só sei que vou dar uma bela mordida assim que puder. Deviam fazer um molde dela e expor em alguma galeria de arte, com a seguinte plaquinha: "Bunda mais linda do mundo, pertencente a Mattheus Tilo-Jones, descoberta por Elaine Rothsford na véspera de sua morte".

— E agora, posso dormir aqui? — pergunta ele, só para me provocar.

Volto à superfície para recuperar o fôlego.

— Uma jogada inteligente, devo admitir — concedo, lambendo os beiços. — Você sabia *muito bem* o que estava fazendo.

— Posso me vestir se você quiser...

Matt se curva para recolher as roupas do chão, com a bunda empinada.

Estico a mão e dou um tapão nela, arrancando uma gargalhada dele.

— Só por esta noite — continuo, alcançando a tampa para esvaziar a banheira — pode ficar aqui.

— Calma, você está falando comigo ou com minha bunda?

— Fica quieto e me dá logo a toalha.

Ele a segura com as duas mãos e me envolve em um abraço gigante quando me levanto, ajeitando a toalha nas minhas costas.

Quando agarra minha mão para me ajudar a sair da banheira, aviso:

— Sei me virar sozinha, sabia? Só para algumas coisas, mas *sei*.

— Sim, estou ciente, mas talvez assim você me queira por perto.

E me oferece um sorrisinho malicioso, lambendo os dentes da frente.

Olho feio para ele enquanto passa por mim, liga o chuveiro e puxa a cortina antes de entrar. Assim que pisa no boxe, começa a cantarolar baixinho.

Escovo os dentes ao som da sua versão de "Bennie and the Jets" e solto uma risadinha depois de cuspir a pasta na pia. Não sei se estou vermelha por suas tentativas ridículas de acertar a letra da música ou pela vergonha de estar tão feliz com sua presença.

De repente, Matt grita "Bennie!" em um falsete agudo, e tenho certeza de que os vizinhos vão achar que um gato acabou de ser atropelado na rua.

Faço sinal para ele ficar quieto e aproveito para dar uma espiada pela cortina do boxe. É a coisa mais erótica que já vi. Matt molhado e ensaboado. O cabelo escuro encharcado, o corpo nu tão… ao meu alcance. Simples assim. Como se fosse a coisa mais natural do mundo.

— Pois não? — pergunta ele, deslizando a língua entre os lábios.

"Essa é uma péssima ideia", alerta meu cérebro. "Vai dar tudo errado."

"Como você sabe?", rebato. "Matt me disse para ser egoísta. Vamos tentar."

— Nada, não. Vou para a cama.

Dou meia-volta e começo a dar no pé.

— Beleza, te encontro lá.

— Para *dormir* — esclareço por cima do ombro.

Faço o edredom de escudo e me deito na outra ponta da cama, de costas, e só adormeço muito depois de ele ter caído no sono. Horas mais tarde, acordo muito cedo com o despertador alheio, estirada sobre o corpo de Matt como uma estrela-do-mar grudada no vidro do aquário.

15

— Pode me deixar ali que eu vou a pé. Assim, a gente não chega junto.

Aponto para o posto de gasolina a alguns metros da oficina.

— Ou podemos simplesmente dizer que eu fui buscar você, sabe? Isso se o Warren já estiver aí.

Reviro os olhos.

— Por que você teria ido me buscar em casa, hein?

— Acho que você está sendo um pouquinho paranoica.

Mesmo assim, ele encosta o carro no posto.

— Ok, vejo você daqui a dez minutos — digo.

— *Dez* minutos?

Matt dá risada, trancando a porta para impedir minha fuga.

— É, ué. Vou dar um tempinho ali no banco.

— Você perdeu a cabeça, só pode — comenta, sorrindo. — Colegas de trabalho sempre chegam juntos. Não tem nada de suspeito nisso.

— Pode até ser, mas ainda nem deu a hora. Então ia ser esquisito os *dois* chegarem mais cedo.

— Mesmo que você esteja a pé e eu de carro?

Ele solta um longo suspiro, ainda inconformado.

— Vejo você em dez minutos.

Destravo a porta, mas ele é mais rápido.

— Ou, em vez de chegarmos cedo — começa a dizer, cheio de segundas intenções —, podemos estacionar ali e dar uns beijos.

Chego mais perto, ainda com a mão na porta, e dou um sorriso atrevido. Assim que os lábios dele tocam os meus, destranco e abro a porta de uma tacada só, depois saio depressa e a fecho com um baque. Matt vai embora com um sorriso no rosto, balançando a cabeça.

E como tenho dez minutos à toa, decido ligar para Liz. Apesar de ser muito cedo, sei que ela está acordada porque já postou uma foto de parabéns para Phillip no Instagram. Pelo jeito, ele faz 45 anos hoje.

Embora eu estivesse ciente da diferença de idade, não fazia ideia de que era tão grande assim. Sei que ambos são adultos e só se conheceram quando minha irmã já tinha 26, mas acrescento mais essa à minha longa lista de preocupações com esse relacionamento. Ele já foi casado antes? Se não, por quê? As mulheres da idade dele não o toleram? Céus, quem me dera poder ter uma conversa franca com minha irmã.

— Bom dia — digo alegremente ao telefone.

— Oi — sussurra Liz de volta.

Meu estômago afunda.

— O que aconteceu?

— Hã? — pergunta ela, e afasta o celular para dar um pigarro. — Nada. Por quê?

— Você sempre diz a mesma coisa quando atende. Acho legal, me conforta.

— Desculpa, acho que ainda estou acordando.

— Ah, tudo bem.

— Mas *você* parece diferente. Mais animada do que o normal...

— Estou indo a pé para o trabalho.

— Ué, mas você não trabalha de casa?

— Ah, pois é. Esqueci de contar. Comecei um projeto novo!

"Ela é sua irmã, desembucha de uma vez."

— Comprei um ônibus e vou transformar em motor-home! — acrescento.

Silêncio.

— Liz?

— É pegadinha, né? — pergunta ela, mas seu tom deixa claro que sabe a verdade.

— Não, é sério.

Prendo a respiração.

Ela ri apenas uma vez, uma risadinha sarcástica e cheia de falsidade. Quase a consigo ouvir revirar os olhos.

— Isso é ridículo.

— Bem, já está quase pronto e é muito legal, na verdade. Estou bem orgulhosa do resultado. Acho que você podia ser um pouquinho mais compreensiva.

— *Quase* pronto? E depois, como vai ser? — Ela torna a rir, e é como uma facada direto no estômago. — Não vai *mesmo* morar em um ônibus... né?

— Por que não?

— Qual o próximo passo, ir para um estacionamento de trailers?

— Talvez seja! Vou precisar de um lugar para estacionar mesmo. — Respiro fundo. — Olha só, Liz, não precisa entender minha decisão, mas no mínimo você podia ser menos babaca.

— Uau — resmunga ela. — Parabéns. Muito madura. Sabe, Lane, se queria tanto virar sem-teto, era só morar na rua. Não precisava jogar dinheiro no lixo.

Eu sabia que minha irmã não ia entender. Mas ela que se lasque por odiar o ônibus e estragar meu bom humor. A raiva fervilha dentro de mim, como água em asfalto quente.

— Ah, sim, madura é *você* — debocho. — Deve ser por isso que arranjou um namorado centenário. Mas, vem cá, me conta uma coisa: a pipa do vovô não sobe mais, ou você decidiu se guardar para o casamento, como as mulheres faziam na época dele?

— Que tal *você* fechar as pernas um pouquinho, hein? Um ônibus não é um lugar adequado para criar um bebê.

Ah, claro. Bem a cara dela acreditar que ainda sou a mesma garota a quem todos na escola chamavam de Lane Rodada. Nunca dei a mínima, mas Liz morria de vergonha. Não passavam de um bando de idiotas, e não reclamavam quando eram eles se aproveitando dessa fama no banco de trás do meu carro.

— Aposto que Phillip está doidinho para te engravidar logo, ou já vai estar no asilo quando seus filhos nascerem.

— Vê se cresce, Lane.

— Vira gente, Liz.

Nenhuma de nós desliga. Deveríamos, mas não desligamos.

Droga.

Suspiro e aperto o ossinho do nariz. Se Liz quisesse encerrar a conversa, já teria desligado. Mas ela *nunca* dá o braço a torcer. Nas nossas inúmeras brigas ao longo dos anos, nunca foi a primeira a se desculpar. Eu não suporto o silêncio, mas ela é imune.

— Você… você recebeu meu e-mail ontem? — pergunto baixinho.

Ela solta um zumbido do fundo da garganta.

— Sobre os vestidos?

— Isso.

— Sim, vou escolher o que você gostou mais.

— Ah, legal… Vou mandar para a costureira, então.

Cerro os dentes de trás.

— As outras madrinhas gostaram mais do segundo.

— É?

— Mas você é minha irmã — declara ela com ênfase. — Então…

— Olha só, um comentário *quase* simpático.

— Não força a barra.

— Será que vem um pedido de desculpas aí? — pergunto, sabendo que nunca vai acontecer.

Um suspiro pesado do outro lado da linha.

— Sim, desculpa.

"Misericórdia, vai chover."

— É só que… planejar o casamento está sendo bem diferente do que eu imaginava. Ontem eu tive um dia tão esquisito e… tenho a impressão de que nós duas estamos em momentos muito diferentes da vida. Acho que eu queria ter um pouquinho da sua… liberdade.

— Porque você se acha adulta, e eu não?

— Porque você vive livremente, e eu sigo o curso natural das coisas.

— Mas eu quero seguir o curso natural das coisas — respondo, incerta. — Ou pelo menos quero ter essa vontade.

Ela deixa escapar uma risada.

— Se fôssemos gêmeas idênticas, poderíamos trocar de vida uma com a outra.

"Até parece que eu me casaria com Phillip", penso, mas não digo em voz alta. A briga foi resolvida... por enquanto.

— Ninguém mandou você ser mais alta — brinco. — Ah, eu também quero pedir desculpas. Phillip nem é *tão* velho assim.

— Pior que é, sim. — Ela ri baixinho. — Mas eu gosto.

— Claro que gosta, nós somos carentes de figuras paternas — comento, presunçosa.

— Eca, que nojo. Não fala uma coisa dessas.

— Mas é sério. Ontem à noite me deram um banho e eu senti coisas que nunca tinha sentido antes.

Liz resmunga.

— Chega, eu não quero detalhes da sua vida sexual!

"Ok, como quiser." Dou uma olhada no relógio e percebo que me atrasei.

— Tenho que ir, Liz. Amo você.

— Também te amo, Lane. Vai me ligar amanhã?

— Sim, pode deixar.

Com um último tchau, ela desliga.

Warren descobriu. Não sei como, mas descobriu. Então logo, logo Chloe vai ficar sabendo e a notícia vai se espalhar. Teria sido mais discreto anunciar a novidade no jornal.

— Por que raios você olha tanto lá para fora, hein? — pergunta Matt, espiando por cima do ombro enquanto passamos a segunda demão de tinta. — Estou começando a ficar assustado.

— Warren não para de olhar para a gente... e sorrir.

— E daí?

— Como assim *e daí*? Warren *nunca* sorri.

— Talvez ele tenha gostado da cor nova do ônibus.

— Ou talvez ele saiba que está prestes a ganhar uma aposta contra a Chloe.

Dou outra espiada em Warren. Ainda está limpando as ferramentas, sem tirar os olhos de nós.

— Aposta? Como assim?

— Ele não te contou? — pergunto, e Matt nega com a cabeça, parecendo confuso. — Os dois apostaram quanto tempo ia demorar para a gente ficar junto. Warren disse que seria este ano, e Chloe acha que só no próximo.

— Mas que filhos da mãe...

— Ei, são nossos melhores amigos, não esqueça.

— Amos e Em também estão metidos nessa história? — quer saber Matt.

— Emily se fez de sonsa quando perguntei.

— Entendi... e você não quer contar para ninguém?

— Claro que não.

Se nossos amigos descobrirem, não vai mais ser uma coisa só nossa. Se não ficar só entre nós dois, não vai ser um assunto particular. Se não for particular, vai estar sujeito a opiniões. E eu não estou interessada nelas. Porque conheço bem meus amigos. Vão encarar a novidade como o início de uma grande história de amor, e não apenas uma série de ficadas sem compromisso e *muito* intensas.

— Então para de dar bandeira — aconselha Matt, despreocupado. — Finja que nada aconteceu.

— Como? Como alguém pode agir normalmente depois de fazer...

Fecho a boca antes de completar com *o melhor sexo da sua vida*? Porque nem chegamos a transar para valer. Matt não teve um único orgasmo, enquanto eu tive vários. Será esse o teto de vidro de que tanto ouvi falar? Será que atirei a primeira pedra?

A língua de Matt desliza pelos lábios.

— Depois de fazer o quê?

Ele me encara, chegando mais perto. Espio por cima do ombro e, felizmente, não vejo nem sinal de Warren.

— Pode parar com isso.

Lanço um olhar rápido para ele, depois volto a pintar a lateral do ônibus.

Ainda mais perto, ele sussurra no meu ouvido:

— Depois do melhor sexo da sua vida? Era isso que ia dizer?

— Não. Bem o contrário, na verdade — respondo, fazendo beicinho. — Depois de uma decepção tão grande. Nem sequer digna daquela aposta.

Matt joga o pincel na lona mais próxima.

— Ah, é?

Solto um gritinho quando ele se lança na minha direção, depois passo por baixo dos seus braços para escapar. Ele me persegue até o outro lado do ônibus e me agarra com tudo, me puxando para junto do peito.

— O pior? — pergunta com a voz rouca no meu ouvido.

— Simplesmente terrível.

Dou risada, tentando me desvencilhar do seu aperto.

— Então você finge *muito* bem.

Matt mordisca o lóbulo da minha orelha antes de me soltar.

— Fiz teatro na época da escola — comento, toda orgulhosa. — O professor dizia que eu levava jeito para a coisa.

Ele revira os olhos.

— Vem, dona encrenca. Vamos voltar ao trabalho.

— Na verdade, acho que vou aproveitar e fazer a pausa do almoço. — Pela lateral do ônibus, espio para ver se fomos vistos. — Você fica aqui...

— Sim, sim. Ninguém vai desconfiar de nada. — Ele começa a me enxotar com as mãos, recuando bem devagar. — Viu? Não estou nem perto de você.

Uso o dedo do meio para soprar um beijo na sua direção, e ele faz de conta que o apanhou no ar e o guardou no bolso.

Quando chego à salinha de descanso, vejo Warren devorando um sanduíche e uma xícara de café. Aceno por educação e vou buscar minha marmita na geladeira, depois afundo em uma cadeira de frente para ele.

— Oi.

— E aí? — Warren responde, sem desgrudar os olhos do celular.

— Como está seu dia? Tudo bem?

— Bem, sim. E o seu? — pergunta de boca cheia.

— Sim, sim... tudo ok.

Dou uma garfada na salada de macarrão.

— E sua noite, como foi?

Engasgo com a comida.

— Hum, por quê?

Ele estreita os olhos para mim.

— Chloe comentou que você saiu com um cara, não foi?

— Ah, *sim*. Verdade, saí mesmo! — "Por que estou gritando?" — Foi ótimo.

— Foi, é? — questiona, com um sorrisinho convencido. — Hum, que interessante.

E volta a olhar para o celular.

Warren já descobriu. E sabe que eu percebi. Mas como vou descobrir o *quanto* ele sabe, até *onde* ele sabe?

— Interessante? — pergunto.

Ele vira o celular para mim. A tela exibe um vídeo borrado da câmera de segurança da oficina, acelerado em seis vezes. Mostra o momento da pintura, a entrada no ônibus, depois alguns movimentos vagos e sombrios, mas nada explícito... graças aos céus. Em seguida, Matt desce do ônibus para buscar os materiais de limpeza. Warren não viu nada de importante. Fico até mais relaxada na cadeira.

— Ah, puxa, esqueci minha parte preferida. Espera aí. — Ele pausa o vídeo, volta um pouquinho e reproduz de novo na velocidade normal.

Com o rosto em chamas, vejo Matt sair do ônibus depois do *ocorrido* e começar a arrumar tudo. Assim que pisa lá fora, ele dá uma voltinha e comemora como se tivesse marcado um gol. Apesar de estar morta de vergonha, não tem como não rir dessa demonstração adorável de felicidade. Como ele consegue passar de "vou te comer na frente do espelho" para uma dancinha de comemoração tão besta?

— Isso não prova nada.

Empurro o celular de volta para Warren como se estivesse no meio de um interrogatório.

— Não sei se Chloe vai concordar.

Ele me encara com ar de desafio.

— Nós não... não estamos juntos — explico porcamente. — É só um lance sem compromisso.

— Ah, sim, parece mesmo a dancinha de um homem interessado em algo *casual*.

Faço careta.

— O que rolou depois da nossa conversa? — quer saber Warren, suspirando.

— Eu e Matt chegamos a um acordo.

Dou outra garfada no meu almoço.

— Arranjou um terapeuta especializado em luto?

— Era essa a tarefa? Perdi essa parte — respondo com indiferença.

Não estou nem aí. *Obviamente* não me importo nadinha com a opinião dele ou de mais ninguém. Arrã, claro.

— Então seu medo de relacionamentos foi embora da noite para o dia?

"Puta merda. Será que não dá para almoçar em paz nessa joça?"

Olho feio para ele.

— Não. E não tem relacionamento nenhum.

— E seu medo de estragar a amizade, como está?

Fecho a cara.

— Como já disse, eu e Matt chegamos a um acordo. Somos adultos.

Warren finge bater com a testa na mesa.

— Além do mais, existem vários tipos de relacionamento. Podemos ser bons amigos e ajudar com as... necessidades um do outro.

Warren me estuda por um instante.

— Certo. Mas vocês podem ficar com outras pessoas? Ou são exclusivos?

— Não? Talvez? — "Merda, já discutimos isso?" — Sim.

— E é... indefinido?

Balanço o dedo para ele.

— Já vi aonde você quer chegar, mas...

Warren me interrompe:

— *E* vão continuar saindo juntos como amigos.

— Chega, já entendi.

— Vocês estão namorando, Lane.

— Não estamos, não — rebato com firmeza.

Warren balança a cabeça, rindo.

— Toma cuidado, ok?

— Eu sou uma mulher adulta, Warren — declaro, de cara feia. — Não me venha com paternalismo.

Ele se inclina para trás na cadeira.

— Tudo bem, foi mal. Você tem razão.

Comemos o resto do almoço em silêncio. Quando Warren se levanta para ir embora, eu o alcanço na porta.

— Ei, quero ver de novo as imagens da câmera de segurança.

Com um olhar divertido, ele abre o aplicativo no celular e me entrega. Tiro um *print* da tela com os seis ângulos diferentes da câmera e compartilho com meu contato.

— Sério isso? — pergunto com a voz fria como gelo.

— Isso o quê?

Ele solta uma risadinha.

— Meu contato está salvo como *Mané* no seu celular.

— Deve ter sido o corretor, claro. Só muda a primeira letra.

— Você é ridículo — resmungo, terminando de enviar a foto.

— Por que tenho a impressão de que você vai usar isso para saber os melhores esconderijos para dar uns pegas?

— Porque é isso mesmo.

Abro um sorrisinho diabólico, mas ele logo desaparece quando vejo a tela de bloqueio do celular: a linda esposa de Warren, minha melhor amiga.

— Deixa que eu conto para a Chloe, está bem? Quero que ela fique sabendo por mim.

— Dois dias... não consigo guardar segredo da minha esposa por mais tempo que isso.

— Uma semana — contraponho.

— Está bem, mas só se você contar na minha frente.

E, assim, fazemos um trato.

16

Depois de uma longa tarde de pintura, encontro Matt ocupado em fechar a oficina, já vazia.

— Oi… Pode me dar uma carona?

— Tem certeza? Não vão desconfiar? — implica ele, passando o braço ao redor do meu ombro.

Dou um suspiro exagerado.

— Pois é, eu tinha razão. Warren descobriu.

— Oi? Como assim? — Matt se detém e me obriga a olhar para ele. — Eu juro que não contei.

Sorrio para aliviar seu desespero.

— Ele viu nas câmeras de segurança.

Matt arregala os olhos, boquiaberto.

— Puta merda.

— Não, *calma*. Warren não viu nada. As imagens estão borradas, e as câmeras não pegam a parte de dentro do ônibus.

Ele solta o ar.

— Caramba, quase infartei.

Em sincronia, tomamos o caminho da recepção.

— Espera. Então como Warren descobriu?

Dou risada, olhando para ele.

— Por causa da sua dancinha.

Sem dizer uma palavra, Matt afasta o braço dos meus ombros e começa a andar na direção oposta, atravessando o estacionamento.

— Ei, aonde você vai? — pergunto.

— Procurar um buraco para me enfiar. — Ele começa a chutar o cascalho, entrando de cabeça na brincadeira. — Foi bom enquanto durou, mas agora serei obrigado a morrer.

— Eu achei uma gracinha!

Vou até lá, agarro o braço dele com as mãos e começo a arrastá-lo na direção do escritório para buscarmos nossas coisas.

— Perdi toda a pose de cara legal e descolado.

— Ah, meu caro, somos amigos há tempo demais para eu te achar descolado.

— É, acho que eu não ia conseguir bancar essa farsa por muito tempo.

Ele abre a porta para nós e, depois de pegarmos tudo, voltamos para o carro.

— Quem precisa disso? — pergunto, com a cabeça inclinada. — Você é engraçado, bonito e deve ser bom de cama, então...

— Devo ser? — repete ele, inconformado, levando a mão ao peito enquanto me acomodo no banco. — *Devo ser?* — torna a repetir, dando partida no carro.

— Só prestou atenção nessa parte, sério?

— Devo ser? — pergunta outra vez, com a voz aguda.

Reviro os olhos.

— Tudo bem, que seja. Você é um deus do sexo, Matt. Está feliz agora? Mas, tecnicamente, ainda não fomos para a *cama*...

— Isso é fácil de resolver — argumenta ele, com um sorriso malicioso.

— Ah, é?

— Tem planos para esta noite?

Abaixo o olhar para o meu colo, sorrindo.

— Não. E você?

— Minha ideia era deixar você em casa e voltar para dar uma última demão de tinta no ônibus... — Ele estende a palma da mão sobre minha perna, com os dedos cravados no interior da coxa. — Mas, se quiser fazer outra coisa, estou livre.

— Beleza.

Coloco o cinto, e Matt permanece imóvel, sem tirar o carro do estacionamento.

— Está tudo bem?

— Sim, por quê?

— Bem, hoje de manhã você estava bem decidida sobre não deixar ninguém descobrir sobre... nós dois.

Passei boa parte da tarde com isso na cabeça enquanto pintava, e ainda não concluí como me sinto em relação a essa história. Por um lado, vou sentir falta de conversar sobre minha vida sexual com meus amigos. Por outro, posso ser obrigada a aturar mais comentários irritantes como os que Warren expressou tão livremente. Mas por que devo me importar com a opinião deles? Seus objetivos de vida — casar, ter filhos e envelhecer ao lado da pessoa amada — são diferentes dos meus. Então, por que minha felicidade deveria seguir os mesmos moldes?

— Nada precisa mudar, não acha? Se nossos amigos estão tão preocupados com a nossa vida sexual, problema deles. Nós dois temos um acordo. E, para a gente, funciona.

Minha autoconfiança vai pelo ralo quando vejo os lábios de Matt se curvarem para baixo.

— Não acha? Ainda está tudo bem por você? — pergunto, soando mais desesperada do que gostaria.

— Claro que sim. Nada mudou — responde ele, enfim saindo com o carro. — Na verdade... acho que quando chegarmos na sua casa, podemos firmar esse acordo para valer — acrescenta com uma seriedade um tanto exagerada.

E eu concordo com um simples "ok".

No instante em que a porta da frente se fecha, Matt me pressiona contra o batente. Passo o trinco de qualquer jeito e deixo as chaves caírem no chão.

Em seguida ele me pega no colo, passando minhas pernas ao redor da sua cintura. Sustenta meu peso com uma das mãos espalmada nas minhas costas, enquanto a outra me agarra com força pela nuca. Seus dedos desfazem meu coque e, sem pensar, também solto o dele. Quando finalmente chegamos ao quarto, ele se livra dos sapatos e me joga na cama.

— Tira — ordena.

E aponta para minhas roupas enquanto arranca a camisa por cima da cabeça. Em vez de obedecer, fico admirando a forma como se despe, todo afobado, como se não tivesse tempo a perder. A cena faz com que eu me sinta desejada. Viva. Já tinha esquecido como são os primeiros estágios do desejo. Quando tudo parece elétrico, excitante e desesperado. É uma sensação viciante.

Matt me lança um olhar de censura conforme se aproxima.

— Tudo bem, como quiser.

E logo escuto o som de algo sendo rasgado.

— Por acaso você acabou de...?

Olho para minha camisa esfarrapada, ainda nas mãos dele. Foi rasgada ao meio, transformada em uma camisa de botões sem os botões.

— Ei, eu adorava essa blusa, seu otário! — reclamo.

— Pedi com jeitinho primeiro.

— Não pediu, *não*.

Ele começa a puxar o zíper da minha calça jeans, resmungando baixinho.

— Rá, não tem como rasgar essa, bobão.

Uma sobrancelha levantada é meu único aviso antes de ele agarrar as laterais do meu quadril com força e me virar de costas.

— Ei, me larga!

Mas está na cara que não falei sério. Estou praticamente implorando para essa dinâmica continuar. Matt arranca minha calça com um puxão, e eu preciso me agarrar aos lençóis para não ir junto.

Com as mãos enormes, ele começa a alisar as laterais da minha bunda. Tento ficar de quatro para me arrastar pelo colchão, mas ele me puxa pelos tornozelos.

— Nada de fugir — diz, rindo.

— Ah, faça-me o favor — reclamo. — Não tem nada para ver aí. Sou uma tábua.

Ele me dá um tapa na bunda, não para servir de alerta, e sim como uma forma de me deixar caladinha. Ardeu um pouco e me atordoou, mas eu gostei. Se bobear, até amei. Espio por cima do ombro, boquiaberta, e finjo estar chocada.

— Como ousa?

Matt me encara.

— Quero deixar uma coisa bem clara. Você é minha amiga, e eu não gosto que falem mal dos meus amigos. Por isso, saiba que não vou deixar barato.

Uma leve risada me escapa pelo nariz, tão excitada que chego a rir de vergonha.

— Fique à vontade — respondo, e empino ainda mais a bunda.

— Tenho outras coisas em mente.

Ele me vira de barriga para cima e se acomoda entre as minhas pernas até estarmos frente a frente, com seu corpo colado ao meu. As mechas do cabelo dele caem, cobrindo nós dois. Estico a mão e as prendo atrás das orelhas para ver melhor seu rosto lindo, depois o puxo para mais perto da minha boca.

Dessa vez, ao contrário de todos os nossos beijos até agora, não temos a menor pressa.

Um beijo lento e arrastado como o marulho das ondas. Movimentos lânguidos transformando dois corpos em um só. Suspiro de prazer contra os lábios dele, com a alegria vertiginosa de uma adolescente.

— Você beija muito bem — sussurro.

— Estava pensando a mesma coisa sobre você.

Matt mordisca meu queixo e começa a descer devagar pelo pescoço. Meu corpo todo se arrepia com o roçar dos lábios dele, tão suaves que quase me fazem cócegas.

Quando faz uma pausa para respirar, eu o puxo pelo cabelo e sussurro "Quero você" contra sua boca.

A língua dele desliza entre meus lábios.

— Quero tanto você — repito, quase em um suspiro.

Matt respira como quisesse levar minhas palavras para o fundo da alma.

Estico a mão entre nossos corpos colados, tentando me livrar da calcinha.

— Deixa que eu tiro — diz ele. A frase sai como um pedido antes de começar a beijar meu torso.

— Se rasgar mais uma pecinha de roupa que seja, eu boto tudo de volta — ameaço, olhando para o teto enquanto ele beija cada uma das minhas costelas. — E ainda visto um casaco por cima.

— Você adorou que eu sei.

Solto um gritinho quando ele morde meu quadril.

— Ei, vai ter troco — resmungo, aos risos.

Matt me observa com ar de desafio, depois diz:

— É um favor que você me faz.

Em seguida começa a tirar minha calcinha, e eu dobro as pernas para ajudar, com os pés apoiados no seu peito.

— Se eu quisesse, poderia te chutar para fora da cama agora mesmo — provoco, pressionando ainda mais os pés.

— Quero ver conseguir.

Ele agarra meus tornozelos e começa a massagear a pele, desde os calcanhares até as panturrilhas, com movimentos lentos e delicados. Deixa uma trilha de beijos em uma das pernas antes de repetir na outra, e por fim pousa meus pés sobre o colchão. O sacana me desarmou com toques suaves. Rapaz esperto. Um adversário digno.

Continuo deitada ali, entregue a uma letargia irritante, enquanto Matt tateia a calça jeans na beira da cama em busca da camisinha.

Ouço o barulho da embalagem sendo rasgada, seguido por um suspiro de prazer quando ele a coloca.

Em vez de partir para os finalmentes, como achei que faria, Matt beija a tatuagem de mariposa logo acima do meu joelho. Mal consigo raciocinar conforme os lábios dele exploram as tatuagens espalhadas por todo o meu corpo.

Nunca me senti tão desejada. Matt dá a mesma atenção a cada pedacinho meu, demonstra sua admiração com os olhos, as mãos e a língua, como se não pudesse acreditar que sou mesmo real. Como se eu pudesse desaparecer caso ele não me tocasse, me contemplasse.

Sinto vontade de perguntar por que ele gosta tanto do meu corpo — ou de *mim*, por sinal —, mas parece uma armadilha criada pelo meu próprio cérebro. Para mim, não para ele.

Acaricio as mechas soltas, massageando seu couro cabeludo e penteando os fios entre os meus dedos enquanto ele se demora na exploração do meu corpo.

— Amo tanto sua pele — sussurra, com o rosto apoiado na minha barriga. — É tão macia.

— Desse jeito você vai me matar — choramingo, arqueando o quadril na esperança de que a gravidade o traga até mim.

— Quero te provar outra vez. Posso?

Ele pousa o queixo na minha virilha, avançando com delicadeza.

— Posso fazer em você primeiro? — pergunto.

— Quer decidir na sorte?

Sem tirar os olhos de mim, ele começa a lamber meu ventre. O ar me falta de repente, atordoada demais para a simples tarefa de encher e esvaziar os pulmões.

— É a primeira vez que preciso pedir para um cara *não* me chupar — sussurro, e adoraria que fosse brincadeira.

— São todos um bando de idiotas, então. — Ele beija o ossinho da minha virilha, e eu desabo na cama em permissão silenciosa. — Porque você tem o paraíso entre as pernas.

Sem demora, a língua dele encontra meu clitóris com uma precisão impressionante, enquanto os lábios chupam ao redor.

Ofego de surpresa e inclino a cabeça para trás, com as costas arqueadas no colchão.

Agarro o cabelo dele como se fosse uma coleira, mas serve mais como uma âncora para me manter presa ao corpo.

Matt sussurra contra mim, arrancando um gemido longo e gutural da minha garganta.

E depois repete.

"Mas que filho da mãe."

— Isso!

Grito de satisfação quando ele desliza um dedo para dentro de mim e encontra o pontinho exato. Começo a me perguntar, entre ondas cada vez mais intensas de prazer, se é assim que o sexo sempre deveria ser.

Matt não precisa de um guia ou um manual de instruções, que eu teria fornecido de bom grado a qualquer um disposto a aceitar. Ele conhece meu corpo de forma intuitiva. Parece observar minhas reações e seguir a partir daí.

Talvez essa seja a vantagem de se envolver com um amigo. Existem riscos, claro, mas eles já nos conhecem bem.

Solto um gemido quando Matt se afasta e posiciona o corpo sobre o meu. Estico as mãos e agarro suas curvas, lambendo os lábios quando ele desliza para dentro de mim.

— *Caralho* — sussurramos ao mesmo tempo.

— Ok, acho que eu deveria ter feito você gozar primeiro — comenta Matt, com a testa apoiada no meu ombro. — Está gostoso demais assim.

— Quero ficar por cima. — Eu o beijo apenas uma vez. — Posso?

Ele assente, sorrindo contra meus lábios enquanto nos faz rolar na cama.

Assim que me adapto ao novo ângulo, tão profundo, começo a rebolar no colo dele. Sinto o corpo todo tensionar com uma onda ligeira de prazer, um sinal do que está por vir.

Matt me observa com os olhos quase cerrados, escurecidos de pura luxúria. Seus lábios murmuram louvores e orações de agradecimento, alternando entre inglês e samoano, e me chama pela mesma palavra que usou na nossa primeira vez. *Manamea*.

Demorei um tempo para encontrar na internet o significado naquela noite, porque tive que soletrar foneticamente.

Manamea significa pessoa favorita, amada, querida, amor, amante.

Uma palavra abrangente. Perfeita para nós dois.

Mais um gemido me escapa com a proximidade do orgasmo, desesperada para sentir o prazer.

— Você rebola tão gostoso, Lane — geme Matt. — Cacete… olha só para você.

Ele alisa as laterais do meu corpo como se tentasse moldar argila, com os polegares enganchados nos ossos proeminentes do meu quadril enquanto os outros dedos me envolvem pela lombar. Os movimentos dele começam a espelhar os meus, e o atrito da nossa junção me preenche de um jeito fantástico.

Dou um suspiro ofegante quando ele dá uma arremetida e atinge o ponto certo, bem lá no fundo.

Mais uma arremetida. E outra. E mais uma. Todas elas me arrancam suspiros, pontuados por gemidos ainda mais altos.

— Continua... por favor. Isso... estou quase lá!

Matt se endireita na cama com uma voracidade febril. Sua boca se enterra no meu pescoço como se quisesse tirar sangue, as mãos me agarram com força enquanto me levanta e me deixa cair sobre seu colo com movimentos frenéticos. O orgasmo me alcança quase de imediato, levando embora meus sentidos enquanto sinto o corpo dele tensionar e estremecer dentro de mim.

Gozamos juntos, trêmulos e ofegantes, com os dentes se chocando na euforia dos nossos beijos.

— Foi maravilhoso — sussurro, com a testa apoiada na dele, sentindo seu suor se misturar ao meu. — A gente deveria ter feito isso meses atrás.

Matt se esforça para recuperar o fôlego, sinal de um trabalho bem-feito.

— A espera provavelmente ajudou — argumenta ele, beijando meu rosto. — Mas você é ainda melhor na realidade do que nas minhas fantasias pecaminosas.

Saio do colo dele e me deito ao seu lado no colchão, e ele logo me cobre com um lençol.

— Pecaminosas? — pergunto.

— Amigos não deveriam fantasiar com os outros amigos pelados, sabe? Mas você também já sonhou comigo, então...

— Rá, até parece.

Ajeito o lençol e me deito de costas.

— Você fala enquanto dorme, esqueceu?

Sinto o rosto corar e fecho os olhos com força.

— Ah, droga, vai ter que me contar o que eu falei.

Matt desaparece no banheiro e volta com um sorriso arrogante.

— Alguma coisa sobre eu enfiar a mão por baixo do seu vestido — conta, achando graça. — Ah, Matt — começa a imitar, com uma vozinha feminina. — Não pare.

— Eu te odeio.

— Se não parar de dizer isso, vou acabar desenvolvendo um apego bizarro por essa frase.

Matt dá risada, desabando ao meu lado na cama.

Passo a perna por cima dele e aninho a cabeça em seu peito. Respiro fundo, sentindo seu cheiro reconfortante, amadeirado e salgado como a brisa do oceano.

— Até que você é legalzinho, acho.

Ele agarra minha bunda.

— É, e você dá para o gasto.

17

— E ESSA AQUI?

Matt aponta para a tatuagem de uma rodela de laranja perto do meu cotovelo. Nas últimas horas, depois de ter ido buscar água e comida para nós, ele tem perguntado sobre cada uma das minhas tatuagens, o que rendeu várias conversas divertidas, mas completamente sem sentido. Até agora, a lista de assuntos memoráveis incluiu dicas para cuidar de coelhos, os vilões mais gatos da Disney (só dos filmes que ele viu) e os animais que seríamos na próxima reencarnação (se é que isso existe).

Escolhi ser um coelho que pertenceria a Matt, seguindo meu excelente tutorial, e ele escolheu virar uma lontra, porque toque físico é sua linguagem do amor e, pelo jeito, essa espécie adora um bom grude.

Isso levou a uma discussão sobre as linguagens do amor. Descobri que a minha talvez seja receber presentes, e acabei me sentindo um pouco egoísta. Matt, porém, insistiu que essa opção era tão válida quanta as outras.

Depois, tivemos uma breve conversa sobre antigos relacionamentos. Matt namorou por quase um ano com uma colega do curso técnico de mecânica. Ao ouvir isso, já logo imaginei a Megan Fox em *Transformers* e fiquei terrivelmente enciumada, mas Matt comentou que nunca sentiu grandes coisas pela garota. Sei que ele jamais admitiria em voz alta, mas tenho a sensação de que se deixou envolver nessa relação porque era tímido demais para ferir os sentimentos dela.

— Essa aí eu só fiz porque achei bonitinha.

Dou uma batidinha no polegar dele, acariciando de leve a tatuagem de laranja.

Matt suspira, fazendo beicinho como se fosse criança.

— Desculpa, a maioria das respostas vai ser assim.

— Não, não. É bonitinha mesmo. Todas são. Acho que eu só queria uns segredos ou significados mais profundos. Ter algum vislumbre do que acontece aí dentro.

— Bem, quase ninguém sabe do coraçãozinho na minha bunda.

— Gostei muito dessa.

— E esta aqui — continuo, apontando para a minha coxa — tem um significado especial.

Ele traça a tatuagem do farol com os dedos, bem de leve, como se tivesse medo de que pudesse apagar o desenho.

— Luz guia?

— Isso, luz guia — respondo.

Não me surpreende que ele tenha se lembrado da história dos meus pais. Matt sempre foi atencioso, mas a confirmação vinda por meio dessas duas palavrinhas me enche de uma sensação cálida de conforto.

— *Adorei* essa — diz ele, traçando um círculo ao redor.

— Sério?

— Claro. São todas lindas. Sabe quantas são?

— Umas trinta, acho. São todas lindas? Até a do fantasminha?

— Principalmente a do fantasminha. Tem uma pegada meio livro gótico.

— Já pensou em fazer uma?

— Tatuagens são bem comuns na cultura samoana, então já cogitei fazer uma, sim. Os irmãos e o pai da minha mãe tinham a mesma tatuagem no antebraço, uma marca tribal. Já tive muita vontade de fazer essa.

"Tinham."

— Tinham? — pergunto com delicadeza.

— Quando minha mãe estava com dezenove anos, a casa dela pegou fogo. Ela tinha saído com uma amiga na hora, mas o resto da família não sobreviveu.

Eu me endireito na cama, de olhos arregalados.

— A família inteira? Todo mundo?

Matt também se senta.

— Todo mundo, menos minha avó. Ela estava na Inglaterra para fazer um tratamento experimental para um tipo raro de câncer.

— Puta merda.

Matt assente, depois coça a barba.

— Minha mãe é a pessoa mais forte que eu conheço.

— Não quero me intrometer, mas... o que ela fez depois do incêndio?

— Foi morar com minha avó. Como ela estava muito debilitada para voltar para casa, minha mãe a acompanhou até o fim. Depois de ela falecer, minha mãe decidiu viajar pela Inglaterra por algumas semanas antes de regressar à ilha. No seu último dia em Londres, foi ao show e conheceu meu pai.

Meu coração afunda no peito. Como a mãe dele teve a presença de espírito de se lançar em uma aventura romântica com um completo desconhecido? O coração dela devia estar em frangalhos. O destino foi cruel.

— Ela nunca escondeu essa tragédia de nós. Muita gente deve achar que ela não deveria ter contado. Sei que outras famílias não falam sobre a morte e essas coisas sérias até mais tarde, mas... ela sempre falou.

Matt abre um leve sorriso, cheio de sutileza e dor. Uma mistura de gratidão e sofrimento.

— Minha mãe não se preocupava de não entendermos a história ou ficarmos com medo. A intenção dela era compartilhar como se sentia. Mostrar tudo o que havia enfrentado. E também contar a história da nossa família, a nossa história.

Aceno a cabeça, pensativa, antes de Matt continuar.

— Ela sempre gostou de ler, acho que foi daí que herdei isso, e vivia citando uma frase de *O conde de Monte Cristo*. — Ele tosse para limpar a garganta. — "A felicidade é como aquelas fortalezas das ilhas encantadas, cujas portas são vigiadas por dragões. É preciso lutar para conquistá-la."

Respiro fundo para absorver as palavras, e deixo cada uma delas me preencher.

— E ela lutou para conquistar — digo em um fiapo de voz.

— Sim, ela lutou — concorda Matt, e me abraça mais forte. — E conseguiu.

— Sua mãe é feliz? Mesmo depois de tudo que precisou enfrentar?

— Ela é a pessoa mais feliz que eu conheço. — Matt suspira. — Para ser sincero, seria até fácil esquecer que ela sofreu todas essas tragédias se não falasse tanto sobre o assunto.

— Não vejo a hora de conhecer sua mãe, e seu pai também. Ela parece ser uma mulher maravilhosa.

— É, os dois são o máximo.

Matt assente e o silêncio se instala entre nós. Leva alguns minutos para ele voltar a tracejar algumas das tatuagens espalhadas pelo meu braço, antes de parar no meu pulso.

— E esta aqui?

Admiro a tatuagem da rosa e, de repente, me sinto tentada a atribuir um significado mais profundo a ela. Pareço tão sem graça na minha vaidade, mas resolvo ser sincera.

— Gosto de flores.

— As rosas são as suas preferidas?

— Não.

Nego com a cabeça como se isso fosse um absurdo, como se ele devesse saber, o que é uma grande bobeira.

— Vai me fazer adivinhar? Pode demorar um pouco — implica Matt.

— Tulipas.

— Olha só... eu nunca teria chutado essa.

— Por que não?

— Bom, são flores bem... alegres.

— E eu não sou alegre? — pergunto em tom firme, arqueando a sobrancelha ao ver seu sorriso crescente.

— Você é toda roupas pretas, humor irônico e tatuagens... e eu gosto muito de todas essas coisas — argumenta, e beija a rosa no meu pulso. — Mas, não, não é muito *alegre*.

Ele luta contra um bocejo.

Engulo em seco, concordando.

— As tulipas voltam todos os anos na mesma época. Não é preciso replantar nem cuidar. São coloridas e simbolizam a primavera — explico, encolhendo os ombros. — Todo mundo gosta de tulipas.

— Então você gosta da esperança que elas representam — teoriza Matt, me observando com atenção.

— É, algo assim.

Matt assente.

— Elas sempre voltam...

— Sim, e conseguem sobreviver ao frio do inverno — acrescento.

Fico um pouco envergonhada por ter atribuído um significado mais profundo ao meu amor por essas flores.

— Tulipas... É tão óbvio agora. — Matt beija meu rosto, depois deita a cabeça no travesseiro. — Eu não devia ter duvidado de você.

Em seguida sorri com doçura para mim, fechando os olhos.

Apago a luz e continuo sentada contra a cabeceira da cama.

— Boa noite, Matt.

Olho para o lado e vejo o sorriso dele assumir um ar de contentamento, já quase adormecido. Passo o dorso da mão na sua barba, acariciando de um lado para o outro.

— Hum, que gostoso — diz ele, meio acordado.

— Toque físico — recordo.

"Viu? Eu também presto atenção."

— Então amanhã vou te comprar um presente — murmura ele.

Dou uma batidinha suave na ponta do seu nariz.

— Não vai, não.

— Tudo bem. Então não vou.

Faço um beicinho triste na privacidade do quarto escuro.

— Mudou de ideia, né? — pergunta ele, com um sorriso audível.

Rio baixinho.

— Uma lembrancinha não faz mal a ninguém.

— Não está cansada?

Matt estica o pescoço e tenta me enxergar na escuridão. Demora um pouco para se adaptar ao breu, piscando como um recém-nascido.

— Pior que não. Tenho dificuldade para dormir. Quase sempre, levo horas para pegar no sono.

— Vem cá.

Matt estende o braço na minha direção e eu escorrego pela cabeceira, me aninhando no seu peito.

Tento me convencer de que somos apenas amigos preocupados com o bem-estar um do outro. Nada mais. Uma ajuda para dormir, como melatonina em forma humana.

— Já te contei da vez que desafiaram meu irmão Ian a pular dentro de um poço? — pergunta ele.

Solto uma gargalhada.

— Não.

— Bom, então se prepara para ouvir.

Adormeço no meio da história.

18

Eu e Matt entramos em um ritmo excelente nas últimas quatro semanas, e não me refiro apenas ao sexo. Houve alguns percalços com a reforma do ônibus (nunca tentem instalar um sistema conjunto de ar-condicionado e aquecimento por conta própria), mas, se tudo der certo, vamos terminar ainda esta semana, alguns dias antes da viagem para Vancouver.

A w.m. Motors foi oficialmente repaginada. O site já está no ar e o novo letreiro vai ser entregue daqui a alguns dias. Não é uma escolha de nome inspiradora, mas como foi a única opção sugerida pelos dois, nem discuti.

Cumpri a minha parte do acordo, e Warren e Matt estão satisfeitos com o resultado. Agora, só preciso convencer os dois a pintar e decorar a oficina. Algumas demãos de tinta clarinha, uma ou duas placas atualizadas, quem sabe até algumas cadeiras novas para a sala de espera. Mas essa pode ser uma tarefa para Chloe, que tem mais influência.

Sob a desculpa de estar muito ocupada no trabalho, ainda não contei a Chloe e Emily sobre meu novo arranjo com Matt. Ou Warren esqueceu, o que é muito improvável, ou desistiu do ultimato. Seja como for, estou grata. Não quero ser obrigada a justificar ou racionalizar essa decisão. Porque ainda mal me convenci de que é uma boa ideia. A cada troca de olhares, carícias, beijos ou piadas, consigo sentir minhas defesas ruírem, uma a uma. Se não tiver cuidado, tudo vai desmoronar.

Quando não estou apreensiva com possíveis desdobramentos futuros, a rotina segue de forma fácil e repetitiva. Pela manhã, Matt trabalha na oficina enquanto eu restauro o ônibus. Entre um cliente e outro, ele vem me encontrar, às vezes para dar uma rapidinha no banco do motorista, mas na maior parte das vezes apenas para jogar conversa fora ou me ajudar. Ao final do expediente, ou ficamos até tarde para fazer mais ajustes no ônibus, ou ele me leva para casa e, inevitavelmente, é convidado a subir.

Ainda não conheci o apartamento dele, mas estou decidida a dar uma espiada antes de viajarmos juntos na quinta-feira. Porque, depois da viagem, precisamos dar um fim a essa história.

Não tocamos no assunto, mas acho que Matt também sente a inevitabilidade do fim. Seus abraços estão um pouco mais demorados, seus olhares, mais firmes, e as mãos me exploram com mais ardor. Como se tentasse memorizar cada pedacinho meu.

Faz todo o sentido acabar assim. Quando voltarmos, vou me mudar para o ônibus e sair da garagem da oficina, e essa fase terá terminado. A bolha da luxúria e da companhia constante vai estourar. Vamos passar a ser amigos que se viram pelados, e nada mais.

Vou sentir falta, claro. Vou ter saudade dos orgasmos, da sensação de sentir o corpo dele sobre o meu, do som da sua voz ao me ler alguma coisa para dormir ou a cantar mal durante o trabalho. Mas o fim é inevitável, a alternativa menos dolorosa. A intenção sempre foi viver algo temporário. Uma aventura sexual. Uma aventura incrível e maravilhosa.

E vai ser melhor assim.

— Podemos ir para a sua casa hoje? Em vez da minha? — pergunto, rompendo o silêncio do nosso trajeto ao trabalho.

Matt faz uma careta.

— Mas seu apartamento é tão mais legal, e Simone vai sentir a minha falta.

Vai mesmo. Simone se afeiçoou bastante a Matt. Repito com frequência que não é permanente, mas ela não me ouve. Coelhos não são lá muito espertos.

— Não sei se é mais legal ou não. Nunca vi.

— Pode ser amanhã? Para eu ter um tempinho de... arrumar tudo?

— Não é possível que esteja bagunçado. Você arruma até a *minha* cama todo dia. Eu não faço isso desde a época da escola.

— Estou enrolando.

— Por quê?

— Sei lá — responde Matt, e ele parece mesmo apreensivo. — Acho que sou um pouco reservado?

Dou risada.

— Você é a pessoa menos reservada que eu conheço. Sei tudo a seu respeito. Sua infância, seus gostos, suas implicâncias, seus livros preferidos... sua marquinha de nascença sexy bem na...

— Ok, ok, já entendi.

Ele ri enquanto estaciona na vaga, depois me observa com ar aflito.

Já recebi um punhado desses olhares nas últimas semanas, e a cada vez, sinto meu coração endurecer em resistência. A expressão dele se torna sincera e concentrada, seu sorriso fica leve e melancólico. E então ele diz algo que me dá vontade de fugir para as montanhas.

— Eu sou uma pessoa reservada, Lane. Você é a única que sabe metade dessas coisas sobre mim.

Abano o ar para dispensar o comentário.

— Ah, me poupe. Warren com certeza também sabe dessas coisas. Vocês dois se veem todos os dias. São melhores ami...

Matt me interrompe:

— *Você* é a minha melhor amiga, Lane. — Ele passa a mão pelo cabelo, sorrindo sozinho. — Acha mesmo que Warren diria que sou o melhor amigo dele? Se precisasse escolher uma pessoa só...

Não. Warren escolheria Chloe. É a pessoa favorita dele. Sua *manamea*.

Mas eu não sou a pessoa favorita de Matt... ou, ao menos, não serei por muito mais tempo. Um dia, quando essa aventura sexual for coisa do passado e retomarmos as maratonas de filmes em lados opostos do sofá, Matt vai me contar sobre ela. A mulher com quem vai ficar para sempre.

Ela terá um coração enorme e olhos bondosos. Dotada de um senso de humor mordaz, mas sempre disposta a ajudar um amigo. Será mais doce do que eu, mais fácil de lidar, mais sexy. Terá lido todos os livros preferidos de Matt e saberá conversar sobre os escritores renomados, os britânicos mais antigos e os russos também. Seu coração será todo dele. Vão ter bebês gorduchos e dançarão juntos na cozinha. Ela será a mulher mais sortuda do mundo. Se for corajosa o bastante para dar uma chance ao amor.

E eu verei tudo de fora.

— *Manamea*... — diz Matt com tanta delicadeza, com tanta doçura. — Não é possível que você ainda não tenha percebido. Passamos todos os dias juntos há mais de um mês, e eu não estou nem um pouco enjoado de você. — Ele força uma risada. — Claro que você é minha melhor amiga.

— Por enquanto — respondo com frieza, tomada por um ciúme raivoso ao pensar *nela*.

De esguelha, vejo a expressão dele murchar. Saio do carro e atravesso o pátio em direção ao meu ônibus. Quase sempre passo pela oficina para cumprimentar Warren ou tomar um café, mas preciso ficar sozinha. Preciso me dedicar ao trabalho e deixar os pensamentos de lado. Porque, na verdade, sou especialista em me distrair. Da tensão na mandíbula, dos dentes cerrados. Da rigidez no pescoço, um lembrete de que tenho dormido nos braços de Matt, trocando o conforto por sua proximidade. Da sensação, arraigada bem lá no fundo, de que não mereço o título de melhor amiga. Matt merece alguém muito melhor do que eu, seja como amiga ou algo a mais.

Em um universo paralelo, onde eu não tivesse sido arrasada pela dor do luto, eu poderia estar com Matt. Seria tão fácil.

Seria lindo, simples e trivial. Ele me pediria em casamento, e eu marcaria para o dia seguinte. Escreveríamos a lista do supermercado, sentados à mesa da cozinha. Tomaríamos banho juntos sem segundas intenções. Dobraríamos a roupa um do outro e cuidaríamos das nossas feridas e a vida seria fácil. Tão fácil, feliz e calma, o oposto de solitária. Mas isso não vai acontecer. Por minha causa. E eu me odeio por isso.

Estou concentrada prendendo os puxadores no futuro armarinho da despensa, cantarolando ao som do rádio, quando ouço uma voz alegre vinda da janela aberta do ônibus. Espio lá fora e vejo minha amiga, um raio de sol ambulante, atravessar o pátio de mãos dadas com a garotinha mais linda do mundo.

— *Toc, toc* — diz Chloe.

— *Toc, toc* — repete a vozinha da Willow.

— Ah, oi!

Largo a chave de fenda e corro para abrir a porta. Sem perder tempo, já vou logo pegando minha sobrinha no colo.

— Simba! — exclamo, dando um beijinho no rosto dela.

— Naum sô Simba. É a Willow!

Ela dá uma risadinha ao ver como os adultos são *ridículos*.

— Não? Então que juba é essa aí na sua cabeça?

Bagunço seus cachinhos selvagens.

— Você é taum bobinha, tia Lane.

— Veio conhecer o ônibus da tia hoje? — pergunto, olhando para Chloe.

— Warren comentou que já era seguro receber crianças, e a gente estava aqui por perto... Espero não ter atrapalhado nada.

Chloe abre um sorriso doce e me puxa para um abraço.

— Não atrapalhou nadinha. Eu já queria mesmo fazer uma pausa para descansar.

Subo os degraus e sento no banco do motorista com Willow no meu colo, e ela logo começa a futricar os botões e a girar o volante.

— Nossa, faz um tempão que a gente não se vê. Como estão as coisas?

Os olhos de Chloe se arregalam quando admira o interior do ônibus. Ela solta um "uau!" impressionado e tapa a boca, com o sorriso espreitando nos cantinhos da mão.

— Caramba, está ainda mais bonito do que eu imaginava. E muito maior!

Dou uma conferida no ônibus, tentando ver tudo através dos olhos dela. Está mesmo tomando forma. As paredes estão pintadas de um verde bem clarinho, com frisos das janelas em branco vivo. O chão e o teto são de madeira de bétula clara. Há um cantinho de jantar com dois bancos largos e uma mesa dobrável que pode se transformar em cama de solteiro.

Os armários da cozinha são de um verde mais escuro com uma bancada de madeira sólida. Escolhi uma pia quadrada de porcelana, com a cuba bem funda e detalhes dourados para combinar com os puxadores das gavetas.

No fundo do ônibus fica o banheiro, com vaso sanitário compostável, pia de canto e teto solar em cima do chuveiro, todo rodeado de azulejos brancos.

Na parte de trás fica o meu quarto, separado por uma porta de correr que serve também de espelho. A cama de casal foi feita sob medida por Matt, com um baú onde posso guardar roupas ou demais pertences. Instalei um projetor conectado ao notebook ou celular e um telão suspenso para ver filmes no quarto. Acima da cama fica outra claraboia para admirar as estrelas.

É perfeito. Minhas ideias ganharam vida. Sinto o orgulho crescer no meu peito, acompanhado de uma enorme gratidão por Matt.

— *Lane*... — sussurra Chloe. — Olha só para este lugar! É incrível!

Ela se acomoda no cantinho de jantar, ainda sem almofadas, e toca em tudo que está ao seu alcance.

— Já está quase pronto. Só faltam chegar o engate e o compartimento externo. Aí, depois de soldar tudo e resolver os últimos detalhes, já posso fazer a mudança.

— Esta semana?

Abro um sorriso.

— Se tudo der certo.

— Nossa, bem às vésperas da viagem? Pena que você vai passar esses dias longe dele.

— Pois é. Se a gente já não tivesse comprado as passagens, eu ia querer dirigir até lá.

— Ah, *verdade* — comenta Chloe, com ar sugestivo. — *A gente*. Passagens. No *plural*.

— Bibiii — grita Willow, apertando o volante. — Bibiiiii.

— Fala baixinho, Will — pede Chloe com doçura. — Mas e você, como está? Sei que tem andado muito ocupada construindo esta obra-prima, maaas — e dá um pigarro cheio de segundas intenções — tem mais alguma coisa rolando? Talvez com um certo mecânico gato?

Lanço um olhar ressabiado para ela.

— O que ficou sabendo? — pergunto na lata.

— Talvez Warren tenha me aconselhado a perguntar direto para *você*.

Reviro os olhos, dando risada.

— Perguntar o *quê*?

— Por que vocês dois chegam juntos no trabalho todo dia — explica ela, aos pulinhos no banco. — Por acaso Matt tem passado para te *pegar*, se é que você me entende?

Logo me lembro de como ele me pegou no colo e me prendeu contra a parede do chuveiro ontem à noite. Pelo jeito, minha cara de desentendida já não é mais a mesma, porque Chloe começa a rir feito criança.

— *Aimeudeus!* Quando? Como?

Sorrio ao ver sua alegria contagiante.

— Calma, respira. Não é o que você está pensando.

Ela olha para Willow e pensa bem no que vai dizer.

— Estou pensando que o tio Matt e a tia Lane estão... se encontrando sozinhos para brincar.

Enterro o rosto nas mãos, espiando entre os dedos.

— Sim, estão mesmo.

Chloe reprime um sorriso, de olhos arregalados.

— Mas... são brincadeiras sem compromisso, só para se *divertir*. Não combinamos de brincar juntos a longo prazo.

— Brincar parece uma coisa muito errada agora — comenta Chloe, com uma careta. — Mas, calma aí... vocês não estão juntos para valer?

— Não, nada sério.

— Mas estão...

Ela dá duas piscadelas, o que me faz rir.

— Estamos.

— Como é?

Solto um longo suspiro.

— Maravilhoso.

Empolgada, Chloe começa a bater palminhas, mas logo o sorriso morre em seus lábios.

— Não é complicado? Porque vocês dois eram... *são* muito próximos.

— Para ser sincera, isso deixa tudo ainda melhor. A gente se entende. É *muito* bom.

Talvez, se eu tentar manter uma conversa descontraída sobre sexo entre amigas, o assunto não descambe para o lado sentimental das coisas.

— E você não quer algo a mais? — pergunta ela.

Cerro o maxilar. Se eu quero? No momento, essa é uma pergunta complicada. Quero bem mais, claro. Mais tempo, mais orgasmos, mais piadas internas e noites tranquilas. Mas não posso ir além. Não posso e não vou. Se eu explicar isso a Chloe, porém, a maior otimista da história, ela vai nutrir esperanças. Falsas esperanças.

— Não, não quero.

— Mas o Matt…

— Sim, ele é incrível — interrompo. — O problema sou eu. Não quero… me envolver por agora.

— E Matt sabe disso?

A pergunta me atinge como um soco no estômago. Chloe acha mesmo que eu seria capaz de enganar Matt? O doce e amável Matt?

— Sabe, né — respondo com ironia.

— Desculpa, é que… não entra na minha cabeça.

— Talvez você esteja caçando pelo em ovo.

— É, pode ser.

Chloe ajeita o longo cabelo castanho sobre um dos ombros.

— É só que… — "Céus, ela não larga o osso." — Acho que Matt pode estar apaixonado por…

Interrompo na hora:

— Nossa, calma aí. — Forço uma risada indiferente. — Nós gostamos um do outro, claro… e temos muita química, mas… — Chloe me encara como se eu estivesse falando grego. — Também não é para tanto. Tenho certeza de que ele não está *apaixonado* por mim. Mas *sem dúvida* ama minha bo…

— Boneca! — interrompe Chloe, com uma risadinha nervosa. — Tio Matt ama a boneca da tia Lane! — Depois lança um olhar de soslaio para Willow. — Olha, se você está feliz, se está se divertindo, é só isso que me importa. — Ela sorri, mas sua expressão permanece cautelosa. — Mas…

— Podemos deixar o resto para lá? — pergunto, já exausta dessa conversa. — Não vamos mais brincar juntos depois da viagem a Vancouver mesmo.

— Não?

— Não. Nossos dias de brincadeiras estão contados.

— Falando no diabo…

Chloe aponta pela janela, e vejo Matt correr a toda pelo pátio.

— É impressão minha ou eu vi uma Willowzinha atrás do volante? — grita ele lá de fora, me esperando abrir as portas. — Não, é isso mesmo.

Ele bate palmas.

— Matty!

Willow pula do meu colo como se já nem ligasse para mim e se joga na direção dele. Olho para Chloe com uma expressão ofendida, e ela apenas revira os olhos. Essa garotinha tem todo mundo na palma da mão.

Em seguida, Willow salta do último degrau e cai direto nos braços de Matt, parado do lado de fora do ônibus. Ele a rodopia no colo, o que lhe rende uma série de risadinhas.

— Oi, bebezinha.

Depois a joga para cima, e a alma de Chloe sai do corpo enquanto ele não a pega de volta.

— Cuidado — sussurra ela, quase para si mesma.

— E aí, Chlo? — cumprimenta Matt, entrando no ônibus. — Eu tinha acabado de sair para o meu intervalo quando vi seu carro lá fora. Warren já sabe que vocês estão aqui?

— Não, viemos fazer surpresa.

Ela sorri como uma mulher ainda muito apaixonada.

— Matty?

Willow o chama com um tapinha no ombro quando ele se apoia na bancada, ainda com ela no colo.

— Oi, doçura?

— Por que você ama a boneca da tia Lane?

Engasgo com o ar. Matt se alterna entre olhar para mim e para Chloe, que de repente está muito interessada em analisar o tampo da mesa. Os lábios a entregam, porém, franzidos para conter o riso.

— Foi isso que você ouviu? — pergunta ele para Willow, com um sorriso de orelha a orelha.

— Arrã! Você ama bincar com a boneca da tia.

— *Misericórdia* — murmuro baixinho.

Matt se segura tanto para não rir que sua mandíbula parece prestes a rachar ao meio.

— É que a boneca da tia é *muito* boa. Deve ser a melhor com que eu já brinquei.

— Mattheus! — repreende Chloe, em um tom mais alto do que eu julgava humanamente possível.

— Deixa o homem falar! — exclamo, com uma gargalhada.

— A tia e eu somos amigos, meu bem.

— Igual você e o papai?

Mordo o punho e decido esconder meu rosto vermelho entre as mãos.

— Hã... isso, mais ou menos igual ao papai... mas *bem* diferente — explica Matt. — Por falar nisso, quer ir lá fora procurar o papai?

Ele olha para a Chloe para pedir autorização, e ela assente.

— Vem, lindinha. Vamos deixar essas duas à vontade para conversar sobre como os brinquedos do tio Matt são maravilhosos.

— Isso! — exclama Willow, toda empolgada.

Assim que os dois saem do ônibus, Chloe e eu nos entreolhamos e caímos na gargalhada.

Ela cobre o rosto com as mãos.

— Nossa, vocês dois *nunca* vão ficar de babá.

19

Chloe também foi atrás de Warren pouco depois da saída de Matt e Willow, mas não sem antes combinar a melhor hora para ela e Emily me ajudarem a empacotar as coisas mais tarde. Apesar de eu ter avisado que não tinha pressa, pois só preciso entregar as chaves do apartamento no mês que vem, ela insistiu. Tenho a sensação de que não passa de uma desculpa para me botar contra a parede, já que ela ainda não está convencida da minha situação com Matt.

Menos de uma hora depois, escuto o som familiar da porta da oficina sendo fechada, apesar de ainda estar cedo para encerrar o expediente. Aperto o último parafuso do varão da cortina do banheiro e decido sair para investigar, então fecho a porta e levo a bolsa a tiracolo.

Avisto Matt mais adiante, ocupado em rolar os pneus até o galpão dos fundos.

Ele me acena de longe e diz:

— Já ia lá te chamar.

Assim que estou ao seu alcance, ele me puxa para um abraço apertado.

— Não tem mais nenhum cliente marcado para hoje, e Warren queria aproveitar a tarde com a família. Aí falei que ele podia ir embora que eu fechava mais cedo. A gente pode aproveitar para dar um gás no ônibus.

Esboço um sorriso, sem acreditar nas palavras que estou prestes a dizer.

— O ônibus está pronto. — Dou de ombros, olhando para o céu. — Não tem mais nada para fazer. Só falta receber umas coisas e fazer a mudança, mas fora isso… acabou.

Os olhos de Matt se enchem de admiração.

— Você conseguiu — diz ele com delicadeza.

Tamborilo o dedo na ponta do nariz dele.

— *Nós* conseguimos.

— Eu só ajudei.

Ele me solta e começa a rolar um pneu com metade do seu tamanho para o galpão. O movimento realça os músculos dos seus antebraços, e eu me contorço só de olhar. No último empurrão, ele acaba soltando um grunhido, e meu cérebro se enche de imagens ilícitas. Enquanto ele tranca a porta, uma ideia me ocorre.

— Sabe… acho que ainda não agradeci direito.

Tiro um elástico do pulso e prendo o cabelo em um rabo de cavalo.

Ainda de costas para mim, Matt pergunta:

— Não?

— Não.

Avanço alguns passos até pressionar meu corpo ao dele. Matt guarda as chaves no bolso e vira de frente para mim.

Lanço um olhar de inocência fingida para ele, com os lábios franzidos em um beicinho.

— E infelizmente, *senhor*, não tenho como pagar por todo o seu trabalho *duro*.

A ficha dele demora um pouco a cair, e seu rosto é tomado por uma mistura de divertimento e confusão antes de perceber aonde quero chegar. Então, morde o lábio e pigarreia para limpar a garganta. Céus, ele é um péssimo ator. Chega a ser fofo.

— Ora, isso não é problema, minha senhora. Tenho certeza de que podemos encontrar uma *alternativa*.

Ele se esforça para não rir, e eu reviro os olhos.

— Bem — volto a dizer, abrindo o zíper da sua calça jeans. — Acho que posso pagar uma *outra* coisa.

— Aqui fora, em plena luz do dia? Alguém pode ver — argumenta ele, incapaz de esconder a empolgação na voz.

— Espero que seu patrão não venha procurar você.

Fico de joelhos no cascalho.

— Ei, eu sou o dono da oficina — diz ele na defensiva. — Bem, um dos donos, mas...

Com um movimento só, puxo seu jeans até a altura dos joelhos e lanço um olhar de advertência para ele.

Matt entende o recado e fica quietinho.

— Eu *nunca* fiz nada assim — continuo a dizer, alcançando o elástico da cueca boxer. — Mas estou muito grata pela sua ajuda.

Os lábios de Matt se abrem e inspiram o ar com força. Acho que ele já não está com cabeça para continuar a atuação. Com cuidado, começo a tirar a cueca dele e a passar as mãos pela sua cintura até a bunda, minha parte preferida do seu corpo, agarrando-a com gosto enquanto deslizo a língua sobre a ereção.

Ele xinga baixinho e passa a mão ao redor da minha nuca. Dá algumas arremetidas com o quadril, me fazendo relaxar a garganta para levá-lo mais fundo. Contraio as bochechas para dentro e continuo a chupar, apreciando o gosto salgado na língua e a tensão no corpo dele, implorando para ser libertada.

Meus joelhos raspam no chão, e tenho certeza de que vão ficar ralados. Espero que fiquem. Quero essa memória gravada na pele.

Tento memorizar a cena, sem tirar os olhos dele. Um homem lindo que me encara como se nunca tivesse visto nada mais sexy no mundo, o sol banhando nossa pele, meu short enrolado nas coxas enquanto me ajoelho diante dele. Vai ser a imagem que vou reproduzir nas minhas fantasias pelos próximos anos.

— Para, vem cá — grunhe Matt, e agarra minha nuca para afastar meus lábios ávidos. — Preciso de você.

Ele me puxa pelos cabelos, e eu agarro seu pulso para não doer tanto, mas a verdade é que eu adoro. Ver Matt se tornar mais bruto nas últimas semanas, ao descobrir do que *nós dois* gostamos, é sexy pra cacete.

Sua boca encontra a minha em um beijo autoritário, e ele me vira e me põe de costas contra a porta do galpão. Abro o zíper do short e o deslizo pelas pernas. Vai ficar cheio de terra, mas não estou nem aí.

Assim que me livro da roupa, Matt me pega no colo e pressiona o corpo contra o meu, tão forte que não consigo enrolar as pernas ao redor da sua cintura.

— Só preciso ir lá no carro pegar a…

— Não, não consigo esperar.

Ajeito o quadril, tentando me acomodar melhor contra ele.

— Meu bem, nunca conversamos sobre isso. Vamos com calma.

Como ele consegue ser tão prático em uma hora dessas? Meu corpo está em chamas, e ele é o único que pode resolver.

— Eu uso DIU, e faz um tempão que não me relaciono com mais ninguém. Por favor.

— Tem certeza?

Ele engancha minhas pernas ao seu redor, espalmando as mãos enormes na minha bunda.

— Isso, por favor.

Estico a mão entre nossos corpos colados e empurro a calcinha para o lado.

— Pode continuar implorando — rosna Matt.

— Você é cruel.

Ajeito as pernas ao seu redor, tentando encaixar, mas ele resiste. Inclina o torso para o lado, com um sorriso zombeteiro para me provocar.

— Cadê seus bons modos, Lane?

— Para de ser cruel e me come logo, *por favor*.

Mais uma vez, tento deslizar a ereção dele para dentro de mim.

Ele me segura pelo pulso e me obriga a soltar. Quando afrouxa o aperto, agarro a gola da sua camisa e a puxo com toda a minha força. De nada adianta.

— Como você quer? — pergunta Matt, endireitando a postura só para me torturar, pelo jeito.

— Com força — respondo, praticamente saltando para alcançar seus lábios. Ele se curva de leve, e capturo sua boca com a minha. — Tão forte que vamos derrubar essa porta — sussurro enquanto ele beija meu pescoço.

— Você aguenta, *manamea*?

Essa palavra ao pé do ouvido me desencadeia um arrepio na espinha. Chega de provocação.

— Aguento. Se você não aguentar, posso ir atrás de outra pessoa.

O maxilar de Matt endurece, as narinas se dilatam. Está furioso, como eu sabia que ficaria.

E logo está dentro de mim com uma arremetida tão intensa que eu perco o fôlego.

— *Nunca* mais repita essa merda — vocifera ele com os dentes no meu pescoço.

Respiro fundo, cada vez mais ofegante conforme suas estocadas se tornam implacáveis. Meus braços e pernas estão agarrados ao redor do seu corpo, e as mãos dele prendem meu quadril contra a porta.

— Vou te irritar mais vezes — provoco, sem fôlego, antes de ele me agarrar pelo queixo e me puxar para perto.

Matt começa a me beijar de forma lenta e apaixonada enquanto seu corpo faz o completo oposto. Vou ficar toda dolorida mais tarde, mas não estou nem aí. Ele vai cuidar de mim, como sempre faz.

Interrompo nosso beijo com um arquejo ofegante quando o prazer me invade.

— Você é minha — diz ele, com um olhar tão intenso que me dá vontade de fugir. — Entendeu? *Minha*.

O mundo não passa de um borrão à nossa volta, como uma câmera que luta para recuperar o foco. Concordo sem pensar duas vezes, incapaz de raciocinar direito.

— Repete para mim.

A cada arremetida, meus olhos reviram de puro prazer.

— Sou sua — respondo sem fôlego.

— E o que eu sou? — pergunta ele entre grunhidos.

Está quase lá. Nós dois estamos.

— Meu.

— Mais alto.

A voz dele é baixa, como se as palavras saíssem queimando da garganta.

— Você é *meu*! — grito, desesperada pelo alívio.

— Boa menina.

Meu orgasmo se desmancha em meio aos nossos beijos. Matt engole cada som com avidez, e de repente sua mão tateia a parede ao lado da minha cabeça e seu corpo todo se tensiona, me preenchendo pela primeira vez. Eu nunca tinha feito sexo sem proteção, e a sensação do clímax é nova e surpreendentemente erótica.

Nunca me senti tão enraizada e, ao mesmo tempo, tão aérea. Inclino a cabeça para admirar o céu enquanto Matt recupera o fôlego. Um raio de sol encontra meu rosto e eu suspiro de contentamento.

— Está tudo bem? Passei do ponto?

Matt envolve minhas costas com os braços e me levanta para deslizar para fora de mim.

Sorrio, negando com a cabeça.

— Não passou. Foi incrível.

— Consegue ficar de pé por um segundo?

Quando faço que sim, ele me coloca no chão, sobre as pernas bambas. Em seguida, torna a vestir as calças e dá uma olhada em volta, como se agora já não fosse tarde para verificar se tínhamos companhia. Por fim volta o rosto para mim e parece atordoado com a visão.

Inclino a cabeça de lado, curiosa com sua reação, e ele continua a me encarar, com olhos suaves e hesitantes.

Alguns segundos se passam, ou podem ser minutos, mas nenhum de nós fala. Apenas ficamos ali, olhando um para o outro. Vejo o cabelo dele esvoaçando ao vento que passa pelo beco entre as construções da oficina. O tremelicar no seu pescoço quando engole em seco. A marca da mordida que deixei ali no fim de semana passado e que ainda não desapareceu.

Matt se aproxima de mim, me dá um beijo delicado, depois se ajoelha e tira a camisa para me limpar do fruto do seu prazer. É minucioso e gentil, e eu me sinto grata e tímida ao mesmo tempo, enquanto ele me ajuda a vestir a roupa.

— Vamos lá, linda. Vou te levar para casa.

Com um tapinha na minha bunda, ele passa o braço por baixo dos meus joelhos e me acomoda em cima do ombro.

Solto um gritinho.

— *Matt*, estou com a bunda de fora!

Tento me cobrir com as mãos.

— Ah, *agora* ela está preocupada com os bons modos — murmura sozinho, e se abaixa para pegar a camisa suja do chão.

— É tão sexy quando você faz isso — comento, admirando seus ombros daquele novo ângulo inusitado.

— Isso o quê?

— Conseguir se agachar assim enquanto me carrega no colo. Como se eu não pesasse nada.

Dou uma risadinha quando ele começa a atravessar o pátio em direção ao seu carro.

— Você é maluco! Anda, me põe no chão!

— O quê? — grita ele se virando, como se buscasse a origem da voz. — Quem disse isso?

Estou rindo tanto que chego a tremer.

— Assim eu vou vomitar! Ei, me larga!

Quando alcançamos a caminhonete, ele enfim me põe no chão.

— Ah, *agora* ele é um cavalheiro.

Levanto a sobrancelha, imitando suas palavras enquanto ele abre a porta para mim.

— Sou um homem muito versátil — diz, dando a volta no carro.

Fecho minha porta enquanto ele abre a dele.

— Você é um pau no cu, isso sim.

Ele finge estar perdido em pensamentos, tamborilando o queixo com a ponta do dedo.

— Não, acho que ainda não fizemos isso.

Meu queixo despenca.

— *Mattheus!* O que te deu hoje?

Ele abre um sorrisinho travesso.

— Não sei. Acho que só estou muito feliz.

E meu coração se enche e esvazia no mesmo fôlego. A felicidade em si não é ruim, claro, mas pode ser perigosa. Se o cérebro dele passar a me ver como fonte de dopamina, serotonina, seja lá o que for, vai ficar apegado. *Mais* apegado. Ou seja, é uma má notícia.

Sorrio com doçura antes de me virar para a janela, tentando escolher as próximas palavras com cuidado, mas elas não vêm. Preciso contar a ele que essa nossa história está prestes a terminar. Seria egoísmo não falar nada.

Olho para Matt, pronta para dizer o que for possível, quando o vejo retribuir o olhar, com o sorriso mais alegre que já vi em seus lábios. Em seguida estende a mão para segurar a minha.

— Já que saímos cedo — começa a dizer, beijando meus dedos —, quer ir para casa, trocar de roupa e sair para jantar?

— Hã, na verdade... Chloe e Emily vão dar uma passada lá mais tarde.

— Ah, maravilha. Eu posso buscar uma pizza.

Eu me encolho no banco.

— Acho melhor você só me deixar em casa.

Matt assente.

— Ah. Claro, tudo bem.

Ele não consegue disfarçar a decepção, mas fico grata por não dizer nada em voz alta. Faz mais de um mês que dormimos juntos todas as noites.

— Quase não vi as duas nos últimos tempos.

— É verdade.

Ele sorri e assente mais uma vez.

— E temos a viagem para Vancouver logo mais... — Faço uma pausa para dar um pigarro. — Por falar nisso, quando a gente voltar, acho melhor...

— Porra!

Matt buzina e gira o volante com tudo. Os pneus guincham no asfalto e batem no meio-fio antes da freada abrupta.

Meu coração quase sai pela boca, e eu luto contra a sensação formigante que me implora para dar o fora dali. Os airbags não dispararam. Não batemos em nada. Abro os olhos e vejo que por pouco não acertamos o carro da frente, que colidiu contra a lateral de um caminhão em plena curva. Mas Matt conseguiu evitar o acidente. Recupero o fôlego, engolindo o ar como se fosse água.

— Você está bem? — pergunta Matt, com a voz tensa.

Os olhos dele examinam meu corpo com urgência, com o braço estendido à minha frente, como se por instinto tivesse tentado me proteger.

Assinto, bem devagar.

— Estou.

Dou um tapinha no braço dele para avisar que ainda está esticado diante do meu corpo. Mas essa posição é o oposto da indicada para acidentes, não é? Na autoescola, somos ensinados a proteger a cabeça e nos prepararmos para o impacto. Mas não foi isso que Matt fez. Antes de tudo, pensou em mim. O instinto dele foi me proteger.

"Seja egoísta", foi seu conselho. E, de repente, eu me dou conta de que nunca deveria ter levado isso a sério. Matt me protegeu o tempo todo, e quem cuidou dele? Quem o preparou para o impacto?

Sou um lixo de amiga.

Passado um tempo, sem dizer nada, ele abaixa o braço.

Depois de termos certeza de que todos os envolvidos estão bem, seguimos para casa em silêncio. Paramos em frente ao meu prédio.

Matt engole em seco.

— Me desculpe. Está tudo bem? Eu...

— Não, não peça desculpa — interrompo. — A culpa não é sua.

E, para ser sincera, não sei a que "culpa" me refiro.

Ele esboça um sorriso e faz menção de dizer alguma coisa, mas logo desiste e fecha a boca. Solta o ar, afundando os ombros.

Cada parte minha quer encontrar e afastar todas as inseguranças que cruzam seu rosto e alongam sua respiração. Quero que ele as diga, uma a uma, para depois as sanar. Mas isso não é possível. Não nesse momento.

— A gente se vê amanhã — despeço-me.

Ele assente, sem tirar os olhos do chão.

— Tudo bem. Boa noite.

Quando chego ao saguão do prédio, o carro continua parado lá fora. Aceno um tchau e ele também, mas só quando estou lá dentro, fora de vista, é que Matt enfim vai embora.

20

Desmarquei a visita de Chloe e Emily esta noite. Meu cérebro ansioso só quer saber de cama e distração se possível. Eu me convenci de que não sou digna de companhia. Matt vai voltar sozinho para casa, e é isso que mereço.

Para aliviar a culpa por ter cancelado os planos, disse a mim mesma que era para o bem delas. Minhas amigas não iam querer minha companhia nesse estado. Só vinham para cá para me ajudar a resolver a confusão na qual me envolvi com Matt.

E logo sacariam a verdade. São inteligentes e intuitivas. Se viessem aqui, seria para censurar minha hesitação. Para proteger Matt de *mim*. Porque, apesar de eu ser a melhor amiga delas, Matt é a pessoa mais gentil e bondosa do nosso grupo.

Nunca serei como elas. Forte como elas. Altruísta como elas. Corajosa como elas.

Não consigo superar meus traumas, medos e reservas e me abrir à possibilidade de sofrer por amor, como as duas fizeram. Enfrentaram dificuldade atrás de dificuldade e, em vez de sentirem medo, só se tornaram mais fortes. A força e a determinação de Chloe para proporcionar à irmã uma vida melhor do que a dela, sua capacidade de despertar o melhor nas pessoas ao redor porque vê o que há de bom nelas, todos são dons nascidos do sofrimento.

A coragem de Emily para se tornar quem sempre foi, para se assumir como mulher trans perante a família e ter paciência conforme eles passavam pelo processo de luto, seguido pela tolerância, aceitação e, enfim, admiração. A experiência a tornou mais ousada, sem perder a gentileza, a transformou em uma mulher sempre disposta a defender os outros e a si mesma.

Meu único trauma foi fruto das minhas próprias ações. Nascer em berço de ouro e viver uma infância livre de preocupações me transformou em uma pessoa mole, fraca e propensa a decisões estúpidas. Destruí minha própria vida com uma escolha egoísta que afastou meu pai de um jantar de bodas com minha mãe e depois o tirou da nossa família para sempre. Eu não mereço um final feliz. Não mereço as coisas que Emily e Chloe se esforçaram tanto para conquistar.

E embora esteja admitindo tudo isso para mim mesma pela primeira vez, a sensação não é incômoda. É quase reconfortante. Não posso trazer meu pai de volta, mas certamente me entregar ao luto em sacrifício é melhor do que nada. Uma vida de expiação.

Talvez tenha sido isso que me levou a Matt. Autossabotagem pura e simples. Ele é todas as coisas boas que eu nego a mim mesma. A luz no fim do túnel enquanto eu acendo minha própria fogueira. Por isso, mesmo nesses últimos dias juntos, mesmo quando me sentir *completa* ao seu lado, preciso entender que não vai durar. Preciso admitir que vou magoar uma das melhores pessoas que já conheci, e vou *me* machucar no processo.

Como eu sou idiota.

Duas horas depois, ainda estou inquieta. Depois de me revirar de um lado para o outro na cama, enfim decido me levantar e dar vazão a toda essa energia acumulada.

Foram tantas semanas sem ficar sozinha com meus próprios pensamentos, e de repente parece que todos resolveram tirar o atraso. Um ciclo quase perfeito de pavores, empilhados um a um. Ir ao casamento de Liz, ficar com minha mãe, interagir com os parentes, viajar com Matt, conhecer a família dele, estar perto dele. Depois vem Matt outra vez. E mais uma. A expressão dele ao me dizer como estava feliz, seguida pela decepção em seu rosto quando lhe pedi para me deixar em casa.

O carregador dele está na minha mesa de cabeceira. A escova de dentes está na pia. Eu me forço a sair do sofá e começo a andar pelo apartamento, tomada pela fúria. A ansiedade invade meu corpo e pede para ser extravasada. Canalizo cada gotinha dela para montar as caixas da mudança.

Dobrar uma, duas, três, quatro vezes, passar fita adesiva, cortar, mais fita, cortar, virar.

Dobrar uma, duas, três, quatro vezes, passar fita adesiva, cortar, mais fita, cortar, virar.

E assim repito o processo, até ter vinte caixas de papelão montadas e espalhadas pelo apartamento, empilhadas umas sobre as outras ou jogadas de qualquer jeito.

Marco uma delas para guardar os itens para doação e a preencho com uma lucidez maníaca. De repente, os objetos sentimentais já não têm tanto valor. Nada tem.

De que adianta, afinal? Sigo à deriva de uma fase da vida para a outra. Não sou feliz, não sei bem o que fazer, não sei bem quem sou. Uma péssima filha, uma irmã pior ainda, uma amiga horrível. São só coisas. Tralhas que me acompanham de um lugar para o outro.

Já senti essa dor antes, quando fiz as malas para a faculdade. Era uma sensação esmagadora deixar tudo para trás, até ser esmagadoramente necessário ir embora. O pânico se transformou em concentração, o que me levou a decisões impulsivas e levianas em que me desfiz de toda a minha infância. Joguei fora tantas recordações naquele dia, como se me livrar delas pudesse levar a dor embora.

Mas eu estava enganada.

A dor nunca vai embora.

Há dez anos tento fugir dela.

E estou muito, muito cansada.

21

Hoje não fui para a oficina, fiquei na cama.

Chorei algumas vezes. Na maior parte do tempo, apenas encarei a parede.

Na décima ligação de Matt, envio uma mensagem para avisar que estou doente. Ele se oferece para me trazer sopa. Respondo que já tenho bastante sopa. Não como nada.

22

Chloe e Emily me ligaram hoje. Não atendi.

Vi programas ruins na televisão e chorei quando derrubei o balde de pipoca na cama.

A sensação é de que o tempo continua a passar ao meu redor, mas não me afeta.

Eu deveria estar ocupada com a mudança. Deveria estar pronta para viajar para o casamento da minha irmã daqui a dois dias. Deveria estar bem.

23

Tomei banho hoje de manhã, depois fiz chá e torradas. Mastiguei devagar, como se tivesse acabado de sair do dentista. Tudo parece lento, mas estável. Arrumei a mala. Pendurei meu vestido de madrinha perto da porta. Coloquei ração para Simone e pedi desculpas por ser uma péssima mãe. Depois a deixei livre para explorar meu quarto e fazer de banheiro as pilhas de roupas espalhadas pelo chão.

Quando Matt ligou, eu disse que já me sentia melhor.

Ele perguntou se podia fazer uma visita.

Pedi para ir à casa dele.

Ele concordou.

Vou colocar um ponto final nessa história. Não tenho escolha.

24

Falei para Matt que tinha algumas coisas para resolver antes de ir para lá, porque não queria carona e decidi aproveitar a caminhada para colocar os pensamentos em ordem.

Nunca terminei um relacionamento antes, mas tecnicamente não é um relacionamento, certo? O combinado era ser um lance casual, mas já não me parece casual, por isso tem que acabar. Simples assim. Vamos voltar a como era antes.

Não seria justo deixar para contar depois do casamento. Assim, Matt tem a opção de não me acompanhar e não me levar para conhecer a família. Tenho esperança, porém, de que ele não mude de ideia. Quando fizemos esses planos, éramos apenas amigos e nada mais.

Podemos voltar a isso. Como se nada tivesse acontecido. Como se eu não conhecesse o gosto que ele tem ou o tremelicar dos seus olhos antes de gozar ou o beicinho do seu lábio inferior enquanto dorme.

Desço o caminho estreito ao lado da casa de Matt. A entrada do porão alugado fica nos fundos da velha casinha de tijolos. Bato três vezes e ouço um berro vindo de baixo.

— Já vai!

Meu coração tolo acelera no peito, como sempre faz ao ouvir a voz de Matt. Apenas três dias afastados, e já sinto a falta dele. Mais um motivo para ser firme nessa decisão.

— Ah, olha só quem chegou.

Ele me levanta do chão com um abraço. Aproveito, porque pode ser o último.

— Oi.

— Vem, pode entrar.

Ele faz sinal para a porta.

Em seguida, descemos por uma escada íngreme. O ar cheira a umidade, e Matt precisa abaixar a cabeça nos últimos degraus. Chegamos a um porão típico dos anos 1970, com chão de linóleo e paredes de tijolinho bege e castanho com mais estantes do que a livraria do bairro. O cômodo consiste em uma sala grande com cozinha integrada e um banheiro separado por uma porta sanfonada.

Passo a mão pelas estantes, admirando a vasta coleção de livros antigos e lombadas coloridas.

— Já leu todos?

— Menos os daquela prateleira — esclarece ele, apontando para a menor das seis estantes, ao lado de uma poltrona verde. — Só vão para a prateleira principal quando eu termino de ler.

Ele se acomoda na beira da cama.

— Como você os separa na estante?

— Por gênero, depois por autor.

Dou um aceno distraído e leio algumas das lombadas. Tropeço na perna da poltrona e bato na prateleira. Algo cai lá de cima, se esparramando no chão.

— Ah, é sua boneca da preocupação — digo com carinho, depois mostro para Matt. — A minha é mais bonita.

Dou uma piscadinha.

— Fiquei com tanta vergonha depois do seu aniversário.

— Como assim? Por quê?

Matt encolhe os ombros e estende o braço como um convite. Eu me posiciono entre suas pernas entreabertas e ele encosta o queixo no meu peito. Passo os braços ao redor da sua nuca. Se eu tivesse peitos, ele já estaria sufocado a essa altura.

— Posso te mostrar uma coisa? — pergunta baixinho.

Concordo com a cabeça e afasto um pouco o corpo para que ele possa me olhar.

— Não é uma coleção de facas, né?

Matt dá risada.

— Oi?

— Ou dentes? Uma coleção de animais empalhados?

— Quem você acha que eu sou?

Ele continua a rir, incrédulo.

— Ninguém pode ser tão perfeito assim — argumento, e ele revira os olhos de tal forma que chega a ficar vesgo. — Tudo bem, pode me mostrar.

— Só um segundo.

Ele me dá um tapinha na coxa e eu chego um pouco para trás. Em seguida, enfia a mão debaixo da cama e tira uma caixa de ferramentas vermelha, puxando-a pela alça. Abre a tampa, revelando um compartimento superior cheio de ferramentas para, imagino, esculpir madeira. Depois ele tira a parte de cima e, lá embaixo, vejo pelo menos uma dúzia de outras bonequinhas.

— Eu queria que a sua ficasse perfeita — conta ele, coçando a barba.

Afundo no chão, sentada de pernas cruzadas. Pego uma das bonecas e passo os dedos pela superfície. É quase idêntica à que ele me deu. São todas parecidas, na verdade, pelo menos para quem não entende do assunto.

"Mais um motivo para encerrar essa história. Já foi longe demais."

— Viu? Falei que eu era um cara descolado — debocha ele, em tom depreciativo.

— É um pouco irônico você ter ficado *preocupado* com qual boneca da preocupação escolher — brinco, sem muito ânimo.

Matt arqueia as sobrancelhas, surpreso, antes de assentir.

— É verdade.

— Você gosta mesmo de mim, Matt.

Meu tom sai mais preocupado do que alegre, como deveria ser.

Matt suspira, e sua expressão desaba.

— Sim, eu gosto *mesmo* de você, Lane.

Encolho as pernas junto ao peito, depois abraço meus joelhos.

— Está começando a ficar confuso.

— A vida é confusa.

Matt se senta ao meu lado no chão.

— Quem me dera conseguir… quem me dera conseguir me entregar.

Ele inclina a cabeça. Há calma em seu olhar, mas sua expressão é de confusão.

— Mas eu tenho medo — continuo a dizer, esboçando um sorriso. — Tenho muito, muito medo.

— De quê? De mim?

Mordo a língua e depois a passo sob o lábio, para a frente e para trás. Algumas lágrimas escapam, mas já não me preocupo em esconder. Não dele.

— Na noite em que meu pai morreu, eu fui a uma festa — começo a contar, com o queixo apoiado nos joelhos. — Era aniversário de casamento dos meus pais, e eles nos mandaram ficar em casa enquanto saíam para jantar. Liz obedeceu sem questionar, porque precisava estudar ou algo assim… mas eu era teimosa. Era uma festa de despedida da escola, e todos os meus amigos estariam lá.

Eu acharia graça da minha estupidez de adolescente se não fossem as consequências.

— Acabei bebendo demais e comecei a bater boca com uma menina e o namorado dela. Já nem lembro o motivo, juro. Só me lembro de chorar e pedir para meu pai ir me buscar. Quando ele chegou, achei que ia levar uma bronca daquelas, mas não aconteceu. A última coisa de que me lembro foi o som de pneus cantando no asfalto.

Puxo a manga da camisa sobre os dedos e enxugo as lágrimas do rosto.

— Quando acordei, tudo doía. Percebi que estava em uma cama de hospital, com dores no corpo inteiro, como se eu fosse um hematoma gigante. — Engulo em seco. — Minha irmã me deu água com um canudinho, porque minha boca estava tão seca que eu mal conseguia falar. Quando perguntei o que tinha acontecido, ela ficou branca. Tão pálida que eu logo entendi.

Matt leva o polegar à boca e puxa o lábio, com os olhos voltados para o chão.

— A motorista do outro carro estava no celular e passou no sinal vermelho, bem acima do limite de velocidade. Ela tinha acabado de sair do trabalho e queria avisar a babá que ia buscar os filhos, acho. Bateu no lado do motorista. — Minha voz fica aguda, trêmula. — Meu pai morreu na hora com o impacto.

Dou um longo suspiro que nada faz para me acalmar.

— Depois do acidente, minha mãe nunca mais foi a mesma. — As lágrimas pinicam meu nariz até ele começar a tremer. — Ela chorava a noite toda. Tão alto que o cachorro do vizinho uivava de volta. Uma vez, eu a ouvi conversar com uma amiga ao telefone... dizia que desejava que fosse ela atrás do volante, que preferia morrer a viver sem seu Nicky.

Olho para o teto, na esperança de clarear a cabeça.

— Se eu amasse alguém tanto assim... Se eu perdesse alguém desse jeito... — continuo, com a respiração acelerada. — Perder meu pai foi horrível, mas tirou a *vida* da minha mãe. — Não consigo recuperar o fôlego, e minhas mãos tremem sem parar. — Eu não consigo... Eu não posso.

O pânico se apodera de mim, e eu balanço o corpo de um lado para o outro, aos prantos. Em um segundo estou no chão, no outro, estou nos braços de Matt.

— Respira, *manamea*, respira. — Ele envolve meu rosto com delicadeza, me embalando no colo como se eu fosse um bebê. — Pronto, pronto. Está tudo bem — sussurra, várias e várias vezes.

Meus lábios se abrem e me escapa um soluço que parece ter vivido no meu peito durante muito tempo, me partindo ao meio.

— Estou aqui.

Ele beija o topo da minha cabeça. É pior. É pior ouvir isso.

— Não — rebato e luto contra seu aperto, indo para o lado oposto do quarto. — Não, não pode ser assim... — Meu maxilar treme com tanta força que meus dentes chegam a ranger. — Não pode ser assim porque estou por minha conta, Matt. Estou sozinha.

— Não, não está. Só se quiser.

Ele se levanta e se posiciona de frente para mim.

Ficamos parados ali e nos encaramos durante um longo minuto. Conforme meu corpo se acalma, o dele parece ficar mais tenso. À medida que minha respiração desacelera, a intensidade do seu olhar aumenta.

— Não tenho escolha. *Preciso* ficar sozinha.

— Ninguém precisa viver assim — rebate ele, com um meneio da cabeça. — Ninguém precisa ficar sozinho.

— Você é bom demais, Matt — digo, enxugando as lágrimas. — Bom demais, e não é seguro continuar desse jeito.

— Você gosta *mesmo* de mim, Lane.

Matt se aproxima e estende as palmas na minha direção, viradas para cima, como uma oferenda. Como não me esquivo, ele coloca as mãos nos meus cotovelos, me firmando.

— Claro que gosto. Você é *você*. — Rio da minha própria frustração. — Fica quase impossível não gostar.

— Fique aqui comigo, Lane. O que você quer? Agora, neste exato momento?

Gritar, chutar, espernear. Ligar para minha mãe, permitir que meu coração ame Matt como ele merece ser amado. Fugir. Ficar aqui para sempre. Beijar Matt. Esse é o problema. Não faço a mínima ideia.

Quero todas essas coisas e nenhuma delas.

— Quem me dera saber — respondo. — Mas não é isto aqui. Não somos eu e você. Agora não. Talvez nunca.

Ele pisca, surpreso, mas depois se recupera.

— Tudo bem — responde com naturalidade. — Eu entendo.

— Entende?

— Bem, não tudo, mas... Eu tenho oito irmãos, Lane. Sei esperar pela minha vez. Se é de tempo que você precisa, tudo bem. Se precisa de espaço, vai doer, mas tudo bem também. Eu posso esperar.

— Não quero que me espere, Matt. Vou me sentir pressionada. Como se tivesse um tempo determinado para dar um jeito na vida. Para ficar bem.

E graças a isso, enfim percebo que as duas metades do meu cérebro funcionam.

Porque estou dividida ao meio. A parte mais lógica e ponderada disse a ele para não esperar por mim. Matt merece a minha melhor versão, uma versão que pode ou não vir a existir um dia, então seria crueldade fazê-lo esperar. Mas a parte gananciosa e egoísta de mim está desesperada para que ele espere para sempre. A ideia de ele estar com outra pessoa, a ideia de ele querer outra pessoa, me *destrói* por dentro.

— Deveria fazer essas coisas por si mesma, Lane. Você merece se sentir bem.

— E se eu não conseguir?

— Não conseguir o quê?

— Ficar bem. E se eu nunca encontrar a felicidade? E se eu não tiver coragem de enfrentar os dragões?

Matt segura minha mão.

— Você é corajosa. Vai acabar com a raça daqueles dragões.

— Acho que eu poderia viver cem vidas e nunca merecer você, Matt.

— Isso não é verdade. E você é a melhor pessoa que eu conheço.

— Talvez não acabe como nós dois queremos.

— Não faz mal. Pelo menos você se referiu a "nós".

— Podemos ser apenas amigos de agora em diante.

Matt respira fundo, com os olhos cansados pousados entre nós. Dá um leve aceno para si mesmo, e eu quase posso ouvir seus pensamentos.

— Então eu sou um cara de muita sorte.

Ele me olha, hesitante.

— Por acaso você tem resposta pronta para tudo? — pergunto, quase em tom de brincadeira.

— Talvez tenha — responde ele, com um sorriso triste. — Vamos continuar.

Isso quase me faz sorrir.

— Eu *quero* amar você, Matt.

— Eu sei.

— Vai mesmo dar uma de Han Solo para cima de mim?

— *Star Wars*, esse eu conheço.

Matt massageia o pescoço, rindo baixinho. Parece estar prestes a dizer alguma coisa, mas muda de ideia e, com movimentos ágeis, me envolve nos braços com força. Suspira alto, depois tensiona os ombros e os relaxa, como se lutasse contra alguma coisa e tivesse se resignado a entregar os pontos.

— Eu te amo, Lane. Quero que saiba disso, mesmo que não mude nada. Não deveria mudar nada. Mas, para mim, é importante dizer. Sei que você não quer me fazer esperar, mas não consigo imaginar um mundo onde esse sentimento simplesmente desapareça.

Apoio a testa no peito dele, com as lágrimas ardendo os olhos. Deixo seu abraço e limpo o ranho e as lágrimas com a manga da blusa.

— Podemos voltar a ser amigos, por favor? — pergunto com um sorriso fraco.

— Nunca deixamos de ser.

Ele me cumprimenta com um soquinho, o sinal universal da amizade, antes de ir guardar a caixa de ferramentas debaixo da cama. Se não fosse a vermelhidão no nariz e a umidade na barba, eu nem teria percebido que ele tinha chorado.

— Quer ficar aqui de bobeira? — propõe. — Ver um filme?

— Preciso fazer as malas e deixar Simone na casa da Chloe… — Vou até a estante de livros. — Hum, me ajuda a escolher um para levar na viagem?

Matt se levanta e se posiciona a uma distância respeitosa de mim. Apesar de odiar a novidade, fico aliviada por sua fácil aceitação do que precisa ser o nosso novo normal. Ou melhor, o nosso antigo normal.

— Este aqui.

E então me entrega o maior calhamaço que já vi na vida. No começo, acho que é só brincadeira, mas depois viro o livro e leio o título. *O conde de Monte Cristo*.

— Ah, obrigada.

Aceno a cabeça, pensativa.

— Vejo você amanhã? — pergunta ele.

Com o livro debaixo do braço, eu me dirijo para as escadas.

— Claro.

— Que bom.

Matt se aproxima de mim, depois recua, engolindo em seco.

— Tchau, Lane.

Em seguida tapa a boca com a mão, como se tentasse se obrigar a não dizer mais nada.

Ele quer se conter. Por mim. Sinto uma pontada dolorosa no estômago. Uma mistura de gratidão e culpa.

— Tchau, Matt.

Então dou as costas e vou embora sem olhar para trás.

25

Atencioso como sempre, Matt tinha deixado o audiolivro de *O conde de Monte Cristo* preparado para nosso trajeto até o aeroporto. Ele foi me buscar pouco depois das seis, com um café no porta-copos e uma caixa de donuts.

Comemos, bebemos e ouvimos durante noventa minutos, e embora não tenha sido um silêncio dos mais agradáveis, não foi insuportável. Fiquei grata por isso. Respondi a uma enxurrada de mensagens da minha mãe e da minha irmã, detalhes de última hora que precisavam de uma segunda, ou terceira, opinião. Só vamos nos encontrar pouco antes do jantar de ensaio, daqui a dois dias, mas elas sabem que vamos chegar mais cedo para visitar a família de Matt, que mora a cerca de cinco horas de Vancouver.

Ontem à noite, quando deixei Simone na casa de Chloe, nós duas passamos horas discutindo minha situação com Matt. Warren até participou da conversa a certa altura, entre as idas e vindas para buscar água e vinho. Não me ajudou a clarear as ideias, mas ao menos sei que preciso me entender antes de trazer Matt de volta à cena.

Não faço ideia do que esperar desse fim de semana. Estou apreensiva demais para perguntar como vamos dormir na casa dos pais de Matt. Vamos dividir um quarto? Cada um tem o seu? A família sabe sobre nós dois? E sobre ontem?

Minha mente está tão atribulada com pensamentos e perguntas incessantes que mal vejo o tempo passar. Fazemos check-in, despachamos as malas e, faltando apenas duas horas para o voo, Matt passeia pelas lojas do aeroporto enquanto eu me sento junto à janela, encolhida com meu livro.

Uma família se acomoda mais adiante na fileira. As duas criancinhas pulam de um lado para o outro, hiperativas e animadas. Um casal de idosos se senta de frente para eles e, de vez em quando, dá guloseimas aos pequenos. A mãe percebe a movimentação, mas sorri para a revista e deixa os filhos aproveitarem aquele segredinho.

Anúncios de outros voos ecoam pelo terminal. Um grupo de adolescentes tira fotos em um canto mais afastado. Li três páginas, mais ocupada em observar toda a vida ao meu redor. Viajar sempre fez com que eu me sentisse mais próxima do meu pai. Penso nas inúmeras viagens da Irlanda para Vancouver feitas por ele há tantos anos, nas suas tentativas fracassadas de obter a licença de piloto, na forma como insistia em chegar ao aeroporto com cinco horas de antecedência nas viagens de família.

Só vi meus pais brigarem três vezes ao longo da vida. A primeira foi no aniversário de quarenta anos da minha mãe, quando ele esqueceu a esposa que tinha e lhe fez uma festa surpresa. A segunda foi por um motivo bobo. Uma discussãozinha besta sobre um prato quebrado. A terceira foi na viagem para a Disney, no nosso aniversário de dez anos.

Também foi surpresa. Minha irmã nunca se interessou pelos parques da Disney, com exceção do Epcot. Eu, por outro lado, implorava para visitar as atrações desde que me entendia por gente. A certa altura da viagem, minha mãe cochichou alguma bronca sobre ele ter uma filha favorita, e isso o deixou muito irritado.

Os dois foram dar uma volta e fizeram as pazes. Na época, quis muito ter participado da conversa. Tanto para descobrir se meu pai tinha mesmo uma filha favorita, e se era eu, mas também porque sempre quis conhecer todas as facetas dos dois. Sempre tentava desvendar meus pais. Quem eram eles quando estavam longe das filhas? Eu odiava o fato de já serem casados antes do nosso nascimento. Odiava as noites de sexta, quando saíam para jantar juntos e nos deixavam com uma babá. Odiava a ideia de terem um amor além do nosso.

Agora que sou adulta, entendo como isso era especial. Meus pais sempre tiveram um ao outro. Antes das filhas, durante e o que teria sido depois, *eles* eram uma dupla unida. Foi por isso que o casamento deu tão certo, ao contrário do que aconteceu com os pais de tantos dos meus amigos. Porque os dois priorizavam o relacionamento todos os dias.

— Dá uma olhada!

Matt desaba na cadeira ao meu lado. Tiro os fones de ouvido, que só estavam ali de disfarce enquanto eu observava as pessoas.

Os braços dele estão cheios de uma série de coisas sem sentido. Há um bichinho de pelúcia, alguns pacotes de doce, um baralho e bebidas alcoólicas em miniatura.

Dou risada, com a testa franzida em confusão. Ele coloca tudo no chão e começa a vasculhar os itens com a empolgação de uma criança.

— Onde arranjou essas coisas? — pergunto.

— Ganhei tudo!

Ele olha para mim, sorrindo de orelha a orelha. A alegria dele é tão contagiante que eu sorrio de volta.

— Como assim? Onde?

— Tem um fliperama no outro terminal, perto do banheiro. Entrei só de curioso mesmo, mas acho que levo jeito para a coisa.

Volto a rir.

— *Acha*? Que jogo era?

— *Pac-Man*.

— Conseguiu tudo isso com *Pac-Man*?

— Arrã, e bati o recorde da máquina. Basicamente, levei todos os prêmios.

Ele escolhe um dos pacotes de doce.

— Tinha até bebida como prêmio? — pergunto, apontando para as garrafinhas.

— Hã? Ah, não. Isso aqui eu comprei nas lojinhas ali do lado.

Em seguida Matt espalha alguns objetos no banco: um caderno, um lápis de flamingo, um anel de plástico e uma pulseira bate-enrola.

— Para você, minha querida — graceja ele com uma voz boba.

— Oh, que grande honra.

Enrolo a pulseira no braço e deslizo o anel para o dedo mindinho, onde fica bem ajustado. Depois, abro o caderno.

— O que será que eu escrevo?

— Hum... — diz Matt, fechando a mochila depois de guardar todos os seus *tesouros* lá dentro. — Que tal seu discurso do casamento?

— Não vou ser a dama de honra, lembra?

— Ah, droga. Foi mal. Hum...

Quando Matt umedece a boca com a língua, minha mente volta para a noite em que nos "conhecemos", quando eu só conseguia pensar naqueles lábios. Foi a noite do nosso primeiro beijo, o que me faz pensar no nosso último, há menos de uma semana, e na estranheza dessa situação toda.

Consigo sentir a preocupação dele ao me ver perdida em pensamentos.

— Talvez você possa escrever sobre o que te deixou assim tão distraída.

Ele inclina meu queixo com a mão, como se tentasse me enxergar melhor. Um sorriso tímido substitui meu beicinho.

— Ah, assim está melhor — diz, abaixando a mão. — Quer um doce?

Concordo com um aceno de cabeça, e ele tira um chiclete da mochila, todo sorrateiro, como se estivesse contrabandeando um monte de mercadorias para dentro do avião. Assim que ele fecha o zíper, os alto-falantes anunciam nossa chamada para o embarque.

Já acomodados na nossa fileira de dois lugares, Matt me pergunta por cima do zumbido agudo do motor:

— Você tem medo de avião?

— Não muito, e você?

— Nunca andei antes.

Fico boquiaberta.

— Como assim? Vai ser seu primeiro voo?

— Arrã!

A perna dele balança sem parar ao meu lado.

— Você está bem?

— Vou ter que ficar. Não tem para onde fugir depois da decolagem.

Confirmo com um aceno.

— Verdade, mas é bem seguro.

— É?

O olhar dele encontra o meu, e vejo o desespero estampado ali. Matt está olhando para *mim* em busca de segurança. Isso é novidade.

— É, sim. Muito seguro.

Dou uma palmadinha no dorso da sua mão, já com as juntas brancas de tanto agarrar o apoio de braço.

— Quer conversar sobre alguma coisa? Para a gente se distrair? A decolagem é sempre a pior parte. — Pego algumas pastilhas de menta na bolsa. — Toma, chupa isso aqui. Vai aliviar a pressão no ouvido.

Matt assente, enfia um punhadinho na boca e afunda no banco como se quisesse sumir da face da Terra. O avião começa a manobrar na pista e ele agarra minha mão com força.

— Droga, desculpa.

Em vez disso, volta a agarrar o apoio do banco.

— Não, está tudo bem.

Pego a mão dele outra vez. Teríamos feito isso como amigos, tento me convencer. Eu o ajudaria a se acalmar.

— Pode me distrair com alguma coisa? — pede ele, quando as rodas dianteiras do avião decolam da pista. — Puta merda.

Ele fecha os olhos.

— Calma, calma. Está tudo bem. Hum, será que tenho alguma história? Ah, já sei.

— Isso, isso — sussurra com a voz tensa.

O avião embica para cima, e ele xinga baixinho, fazendo o sinal da cruz. Preciso me controlar para não dar risada. Matt não é nem um pouco religioso.

— Já contei de quando minha irmã se passou por mim para fazer uma prova de matemática?

Ele faz que não, com os ombros tensionados.

Começo a contar a história nos mínimos detalhes, até os mais sem graça. Falo sobre como éramos mais parecidas na infância, apesar de não sermos gêmeas idênticas. E como tive que assistir à aula de artes dela e fingir que não era muito boa, com a postura certinha igual à sua para não dar bandeira. Tagarelo sem parar sobre essa história tão simples até a decolagem terminar e os avisos de cinto de segurança serem desligados.

— E vocês foram pegas? — quer saber Matt.

Um pouco da tensão parece ter se dissipado dos seus ombros quando ele solta minha mão para desafivelar o cinto.

— Fomos, a Liz não conseguiu. Chorou na frente da sala inteira quando entregou a prova e teve que ir embora mais cedo para casa. Ficou inconsolável.

Matt solta uma gargalhada.

— Caramba. E você se meteu em encrenca?

— Pior que não, porque ela confessou. Tive que refazer a prova, mas até que me saí bem.

— Então você nem precisava disso.

— É, acho que não — concordo, dando de ombros.

Matt abre o livro no colo e eu coloco os fones para ver um filme.

Cinco horas depois, pousamos no aeroporto. Continuamos sentados no fundo do avião enquanto os outros passageiros começam a se amontoar no corredor, como se isso alguma vez tivesse agilizado o processo de desembarque. Pegamos nossas malas — as minhas, no caso, porque Matt não despachou nenhuma — e seguimos para a saída do aeroporto.

— Acho melhor a gente alugar um carro, né? — pergunto. — Tem uma locadora perto daquela saída ali, se não me engano…

Matt levanta a mão para acenar, depois se vira para mim com um sorriso de desculpas.

— Pelo jeito, já temos carona.

Depois aponta para um grupo composto por quatro sósias dele e um homem branco, todos sorridentes.

— Matty! — grita uma moça bonita, que deve ser uma das irmãs mais novas.

Ela sobe a rampa a toda a velocidade e se joga na direção de Matt. Ele a rodopia no ar, rindo.

— Também é bom ver você, Tabbyzinha.

— Essa é a Tabitha? — pergunto baixinho, e ele assente.

— Você falou sobre mim para ela? — pergunta a garota.

Os olhos dela se iluminam para o irmão mais velho, que a põe no chão e arruma a mochila. Alguns dos cachos escuros de Tabitha estão presos em um rabo de cavalo frouxo, enquanto os outros caem até a altura da clavícula. Ela não tem olhos castanhos como os de Matt, mas sim de um verde suave, e maiores do que os dele. É um pouco mais alta do que eu. Tem nariz largo e queixo arredondado, com o rosto no formato perfeito de um coração. Ela é simplesmente linda.

— Claro que falei — confirma Matt, passando o braço ao redor dela. — Lane, esta é minha irmã mais nova, Tabbyzinha.

— Lane! É tão bom conhecer você!

Ela se afasta do irmão e segura meus ombros, me olha com carinho e depois me puxa para o abraço mais apertado da minha vida.

Não consigo me mexer para retribuir o abraço, e meu cérebro ainda não assimilou tanta informação.

— Você também! — exclamo, tentando igualar seu entusiasmo. — Oi, prazer!

Tabitha dá um passo para trás, com um sorriso largo no rosto.

— Vem cá, está todo mundo doido para te conhecer.

Depois segura a alça da minha mala de rodinhas e sai com ela a toda a velocidade. Pelo jeito, é viciada em correr.

— Os outros são bem mais calmos — cochicha Matt ao meu ouvido.

Fico arrepiada com os lábios dele tão perto do meu pescoço, mas trato de me controlar.

A família dele nos aguarda no final da rampa, organizados em fila. Primeiro a mãe, que cumprimenta o filho com um sorriso caloroso e um carinho na bochecha.

— Senti tanta saudade, querido — diz ela, e acaricia a barba dele. — Você fica bem assim. — Depois se vira para mim, ainda com o mesmo sorriso no rosto. — E essa deve ser a Lane.

— Olá, sra. Tilo-Jones, é um praz…

Ela interrompe:

— Ah, querida, ainda sou muito jovem para ser chamada de senhora. — Ela me dá uma piscadinha e, por um momento, seu rosto adquire toda a leveza de Matt. — Pode me chamar de Fetu, ou Mamã… é o que mais escuto.

Matt e o pai se abraçam, se afastam e voltam a se abraçar, e eu volto minha atenção para os dois.

— Eu, porém, insisto em ser chamado de sr. Jones — declara o homem com uma cara séria, a mão ainda apoiada no ombro do filho.

Fetu revira os olhos e dá um tapinha no peito dele, que cai na gargalhada.

— É brincadeira — acrescenta o pai de Matt, estendendo a mão. — Simon.

Retribuo o cumprimento.

— Lane, muito prazer.

— Aqueles ali são alguns dos muitos irmãos do Matt. Aaron ali é o meu preferido, claro, por ser o mais velho.

De canto de olho, vejo Matt balançar a cabeça e apertar o ossinho do nariz antes de rir baixinho, confirmando que não passa de mais uma brincadeira do pai.

Mesmo sentado em uma cadeira de rodas, Aaron dá um empurrãozinho tão forte no pai que quase o derruba.

— Ele só fala essas coisas porque ainda se sente mal por ter me atropelado — diz Aaron para mim, com um sorriso travesso.

Matt solta um palavrão baixinho.

Olho para os dois e começo a sentir meu rosto ficar vermelho. Tabitha intervém para me salvar.

— É mentira dele, Lane. Como ele não sai muito de casa, decidiu pegar no seu pé.

Dou uma risada incrédula. Estou começando a entender a dinâmica da família de Matt.

— Tudo bem, era mentira mesmo — admite ele. — Na verdade, foi um ataque de tubarão.

Matt se curva para abraçar o irmão.

— Ei, Aaron, trate de se comportar — sussurra ele, alto o bastante para todo mundo ouvir.

— Aposto que você está muito cansada da viagem, então vou fazer as honras. Eu sou a Tabitha. Já nos conhecemos e eu já te amo. — Ela aponta para si mesma e depois para a outra garota ao seu lado. — Essa aqui é a Ruth, mas só a chamamos de Ru. Ela é legal, mas gosta mais de bicho do que de gente. — Passa por trás da irmã e abraça o último da fila, um menino mais jovem. Ele a afasta com uma demonstração irritada de carinho. — Esse é o Ian. É poeta, então também é meio babaquinha.

Para pontuar, dá uma palmadinha no braço do irmão.

— *Tabitha* — repreende Fetu. — Enfim, estamos muito felizes por receber você, Lane. Por favor, não ligue para os meus filhos... Nem todos são tão amáveis quanto Mattheus.

Ela estende a mão para Matt, que a segura por um instante.

— Caso ainda não tenha dado para perceber, ele é o preferido dela.

— Sim, os ratos de biblioteca — acrescenta Ru, quase aos cochichos.

— Não faço diferença entre meus filhos — defende-se Fetu, depois se vira para mim. — Mas você vai ser minha preferida nesse fim de semana.

Em seguida passa o braço ao redor do meu ombro e começa a nos conduzir em direção à saída.

— Venha, vamos deixar esse povo para trás — diz ela para mim, enxotando a família com um movimento do pulso.

Viro o rosto e vejo Matt abraçar os irmãos, já prontos para nos seguir. Ele assente para mim, com um sorriso esperançoso, e eu sinto essa mesma esperança se acomodar no meu peito.

26

Menos de uma hora depois, atravessamos uma ponte de via única entre uma vegetação exuberante. Já tinha me esquecido da beleza da ilha e, quanto mais nos afastamos do aeroporto, mais verdejante e remota ela se torna. Nos últimos dez minutos, passamos por apenas um punhado de propriedades, e Tabitha tinha histórias para contar sobre cada uma delas. Quais dos irmãos se davam bem com os filhos dos vizinhos, quem pôs o ombro de um deles no lugar depois de um salto equivocado do penhasco, quem cria galinhas e distribui ovos para todos uma vez por semana. É tão pitoresco, pequeno e adorável que quase me emociona. Um lugar incrível para se passar a infância.

Vez ou outra, quando há uma breve pausa na conversa, Matt espia por cima do ombro para ver como estou. É um olhar rápido, um aceno breve e um sorriso antes de voltar ao assunto com o pai.

Quando a minivan de doze passageiros enfim estaciona no sopé de uma colina, olho por entre as árvores e consigo ver a frente de uma casa construída ao estilo cabana. Tábuas de madeira no assoalho da varanda, telhado preto de zinco, pedras habilmente colocadas como alicerce. Um cachorro desce a colina para nos cumprimentar, depois outro, e então um terceiro, que tem uma patinha a menos.

Matt abre a porta deslizante e ajuda as duas irmãs a saírem com as mãos apoiadas nas dele ao saltar do veículo. Na minha vez, sinto sua palma estremecer ao meu toque. Pequenos lembretes físicos do que aconteceu entre nós e do que pode nunca desaparecer. Ele me ajuda a descer e vamos todos para os fundos da minivan, onde está nossa bagagem e a rampa para a cadeira de Aaron.

Matt se curva ligeiramente, com os braços de Aaron ao redor dos ombros, e o levanta do banco.

— Ainda bem que você está aqui. A Tabitha sempre me derruba.

— Você é maior que eu — resmunga ela, empurrando a cadeira de rodas vazia atrás dos irmãos.

Faço menção de pegar minha mala, mas Simon é mais rápido.

— Pode deixar comigo.

Ru pega a mochila de Matt e Fetu fecha o porta-malas depois de Ian ter levantado a rampa. Mesmo em muitos, conseguem trabalhar em harmonia. É um caos tranquilo, fascinante de assistir.

Quando chegamos ao topo da colina tenho uma visão completa da casa, e decido que não quero ir embora nunca mais.

A parte da frente consiste em uma ampla varanda de madeira, sem cerca, mas com várias vigas de sustentação, com telhado aparente e algumas cadeiras de balanço espalhadas. A porta foi pintada de um amarelo vivo, a única parte que destoa da cor original da madeira. As janelas não seguem padrão de forma e tamanho, mas quase todas são de pinho claro. Dá para ver quais pontos foram puxadinhos vindos posteriormente, com base no estado do revestimento, e em alguns pontos pela ausência de qualquer revestimento.

Parece um quebra-cabeça inacabado, e eu *adorei* cada pedacinho.

À direita, há um jardim cercado que deve ter o mesmo tamanho da construção principal, além de uma velha casinha na árvore com ares de abandono e um campo aberto de grama alta e fofa mais adiante. Uma fila de macieiras floridas se estende no lado direito, nenhuma ainda com frutos, além de um varal quase transbordando de roupas.

Um lugar mágico. Intocado e quase de outro mundo.

Continuo imóvel conforme absorvo a vista, com os pés fincados na terra relvada abaixo de mim.

— É de tirar o fôlego, não é? — pergunta Simon, me despertando dos devaneios.

Olho para ele e aceno em concordância.

— É... lindo.

— Nós temos muita sorte.

O homem contempla os próprios pés, sorrindo.

Atrás dele, vejo Matt sentado na beira da varanda com Aaron, que lhe mostra uma espécie de canivete ou ferramenta de entalhar madeira. Tabitha e Ru correram para dentro, e Ian ajuda Fetu a recolher as roupas do varal. O garoto segura o cesto a contragosto conforme a mãe atira as peças de roupa na sua direção, muitas vezes acertando os ombros ou o rosto, até ele se animar.

— Matt faz tanto sentido agora — deixo escapar. — É tão confiante. Tão seguro.

— Nem sempre foi assim — conta Simon, com as mãos nos bolsos, antes de soltar um longo suspiro. — Não, ele vivia preocupado com tudo. Ou estava com caraminholas na cabeça, ou com a cara enfiada em um livro. Matt sempre teve dificuldade em sentir as coisas em vez de analisar os sentimentos. Como você já deve ter reparado.

— Matt tende a... — Escolho minhas próximas palavras com cuidado. — Ele tende a priorizar os outros em detrimento de si mesmo.

— E vai ser sempre assim, como a mãe dele. Se estivesse com frio, Fetu lhe daria o próprio casaco antes mesmo de você pedir. — Ele cruza os braços. — Matt contou sobre como nos conhecemos?

Assinto, sorrindo.

— Contou, sim.

— Desde aquele dia, ela vem me lembrando de desacelerar, de ser mais generoso, mais gentil, ao mesmo tempo que me fortalece, e eu preciso disso, claro. Todo mundo precisa. Mas o que ela e Matt precisam é de alguém que esteja disposto a fazer o mesmo. Pessoas atenciosas assim acabam esgotadas. Dão tudo de si para ajudar os outros até ficarem vazios e não sobrar mais nada para eles próprios.

— E como você... Como você consegue?

— Ela não facilita as coisas, por isso é que temos nove filhos — responde, aos risos. — Mas são os pequenos detalhes. Todos os dias, eu digo a ela o quanto sou grato por sua existência. Ajudo com minha parte e a *faço* descansar, lembro a ela que seu valor não vem do que tem para oferecer, mas de quem ela é.

Nunca conheci alguém e tive esse nível de profundidade com uma simples conversa, mas o pai de Matt tem a mesma propriedade calmante do filho, sempre capaz de me deixar à vontade. A paisagem, o balanço da grama no campo, o burburinho alegre da família... é tudo tão relaxante que não sinto a menor estranheza.

— Eu nunca sei se estou exigindo demais de Matt. Por acaso ele chegou a falar do meu ônibus?

Simon abre um sorriso amplo e assente.

— Falou, sim.

— Ele fez muito mais do que eu poderia ter sonhado em pedir. Nunca hesita em ajudar ou fazer mais do que o necessário, mas eu gostaria que não fosse assim.

— Isso virá com o tempo. Quando Matt se sentir mais seguro, vai trabalhar menos. Lembre-se de que eles veem isso como uma garantia de que precisamos deles por perto. E me corrija se eu estiver errado, mas não é por isso que os queremos junto de nós, é?

— Não, não é.

Olho para Matt, que está segurando o cachorrinho de três patas sob o olhar atento de Ru. Não quero contradizer seja lá o que ele tenha dito aos pais, mas tenho a impressão de que estamos prestes a adentrar o território dos conselhos amorosos.

— Não é mesmo — enfatizo.

Simon se detém por um instante, e seus olhos se estreitam de leve à medida que o sorriso suaviza.

— Então, sempre deixe isso claro. Uma hora ou outra ele vai começar a acreditar. — Depois aponta para a porta. — Mas, por ora, vamos arranjar alguma coisa para você comer. Se eu não fizer isso logo, é capaz de Fetu invocar um raio para me incinerar.

Vejo Fetu parada na janela da cozinha e aceno para ela.

— Tudo bem se eu me trocar primeiro? Ainda estou com roupa de aeroporto e avião.

— Claro, claro. Peça para Matt levar você ao antigo quarto dele.

Simon segue para os fundos da casa, e eu vou até a varanda, onde Matt e Ru estão sentados.

— Quem é esse garotão? — pergunto, fazendo carinho no cachorro.

— Humphrey — responde Ru com timidez, evitando meu olhar.

Matt sorri para mim enquanto alisa a pelagem do cão.

— Ru acabou de me contar que vai para a faculdade de veterinária daqui a uns meses.

Humphrey salta do colo dele e sai para dar uma volta.

— Sério? Que legal! Eu tenho uma coelha, Simone, que vive no veterinário. Ela é destrambelhada, e eu sou um poço de preocupações, então já viu...

Ru começa a rir com doçura.

— Eu adoro coelhos, é o *único* bichinho de estimação que não temos aqui em casa.

Depois se levanta e vai atrás de Humphrey, atirando um graveto para o cãozinho ir buscar.

— Seu pai comentou que vou ficar no seu antigo quarto, é isso? — pergunto.

— Ah, sim. Vem, eu te mostro.

Matt abre a porta rangente e logo entramos no corredor cheio de nichos, cabideiros e armários com portinhas entreabertas. Todas as paredes e superfícies são de madeira. O cheiro é divino, a mistura de pinho banhado em sol e qualquer refeição deliciosa que esteja sendo preparada na cozinha. Um gato sibila quando passamos por ele no capacho, e Matt serpenteia por cada cômodo.

As luzes estão todas apagadas, e a iluminação fica por conta das inúmeras janelas. O piso range sob nossos pés, mas está coberto de tapetes coloridos. Alguns parecem feitos à mão, com um aspecto quase acolchoado. A cozinha é o coração da casa, com uma parede repleta de janelas de um lado, uma mesa de jantar do outro e dois corredores em cada canto. Fetu leva uma colher aos lábios de Simon, e ele agarra a cintura da esposa com luxúria ao provar o sabor. Quase parece que estamos invadindo a privacidade deles, mas Matt permanece impassível e apenas continua a avançar pelo corredor.

Há duas portas à direita e duas à esquerda. Uma delas está pintada de roxo, com uma placa onde se lê "Tabitha e Ruth", toda decorada por trepadeiras verdes. Uma porta escancarada revela um cômodo abarrotado de livros. Em outra, a maçaneta foi substituída por um pedaço de pano. Há uma porta fechada, e mais uma onde Matt se detém.

— Chegamos — anuncia ele por cima do ombro, a meio caminho da porta. — Já faz tanto tempo. Eu dividia o quarto com Ian antes de ir embora, mas pelo jeito ele ficou com o da Rae quando ela se mudou.

Caramba, como vou fazer para me lembrar de todas essas pessoas e seus paradeiros? Como os pais dele conseguem?

— Rae é a sua irmã mais velha, certo? — pergunto, entrando atrás dele.

Há duas camas de solteiro em cantos opostos, com uma cômoda bonita e antiga entre elas. Também há duas prateleiras acima de cada cabeceira, uma cheia de livros e outra completamente vazia, e eu me acomodo na beira da cama correspondente, sobre a colcha vermelha.

— Isso, a própria. Ela tem 36 anos e mora na Nova Escócia com a esposa. As duas abriram uma lojinha de conveniência. Aaron tem 33. Está noivo de Natasha, que você talvez conheça nos próximos dias. Ela é o máximo. Aaron tem ficado aqui com meus pais enquanto ela está em missão, mas como deve voltar em breve, os dois vão arranjar uma casa na cidade.

Matt afunda na beira da cama, com a língua pressionada entre os lábios enquanto me repassa a enxurrada de informações.

— Depois vem a Joanna, que acabou de fazer 31. Está na Nova Zelândia para fazer alguma coisa com a embaixada canadense, mas não faço ideia do que se trata. — Ele dá risada, cruzando a perna sobre o joelho. — Oliver tem 29 e está prestes a se formar em direito. Aí tem eu, Matt, 27 anos, já nos conhecemos...

Dá um sorrisinho travesso, descruzando as pernas para se inclinar na minha direção, depois continua:

— Então temos um pequeno salto, quando meus pais acharam que ter cinco filhos já estava de bom tamanho. Mas, pelo jeito, mudaram de ideia. Emma, de 21, está na faculdade e mora com Rae. Depois vêm os gêmeos, Ian e Ru, com dezenove anos, e Tabitha, que tem dezessete. Minha mãe tinha 38 quando a teve, e foi uma gestação difícil, com algumas complicações. Por isso, decidiram fechar a fábrica com nove filhos mesmo.

— Vou ter que anotar tudo.

Matt acha graça.

— Ninguém vai esperar que se lembre de todos. Pode se concentrar só nos que estão aqui em casa.

— Aaron, Ian, Tabs e Ru — enumero, assentindo. — Entendido.

— Vou lá ver se precisam de ajuda com o jantar. Está tudo bem?

Matt caminha até a porta.

— Está, sim. Vou só trocar de roupa e já encontro vocês lá na cozinha.

Quando ele está prestes a ir embora, uma coisa me ocorre.

— Ah! — exclamo.

— O que foi?

Ele volta a aparecer no vão da porta.

— Obrigada. Por me trazer aqui.

Sorrio e tento não deixar meu coração saltar pela boca quando Matt me observa atentamente e me dá o sorriso mais sincero que já vi.

— Você se encaixa muito bem aqui — diz.

Ele pende a cabeça de lado, leva uma câmera invisível ao rosto e tira um retrato imaginário meu. Logo desvia o olhar para o chão, como se estivesse acanhado de repente.

— Hum, o banheiro fica naquela porta com o pano na maçaneta.

E dispara pelo corredor antes que eu possa agradecer outra vez. Desabo com tudo na cama e tento desfrutar de um momento de quietude enquanto os pensamentos e as emoções continuam a passar por mim na velocidade da luz. Normalmente, minha ansiedade estaria no talo a uma hora dessas por estar em um lugar novo, totalmente fora do meu controle e a quilômetros de distância da civilização. Mas, no geral, estou me sentindo bem. A ansiedade, se é que dá para chamar assim essa agitação no meu estômago, está mais direcionada ao que vem depois do casamento, depois dessa viagem. Uma vez que as obrigações estiverem resolvidas, o que vai ser?

Nunca quis viajar no tempo, mas estou desesperada para espiar meu futuro daqui a seis meses. Assim, talvez consiga descobrir qual deve ser meu próximo passo.

27

Apesar de pequena, a casa tem como centro a cozinha e a sala de jantar, com uma grande mesa de doze lugares utilizada tanto para os preparos quanto para as refeições. Fetu fez um guisado com aroma divino e, quando nos sentamos para comer, um cesto com pão fresco é passado de um lado para o outro. Estou sentada entre Tabitha e Ruth, de frente para Matt, Simon, Ian e Aaron, e Fetu assumiu a cabeceira da mesa. Logo atrás dela há uma janelona com vista para as paisagens deslumbrantes nos fundos da propriedade.

Durante a refeição, a família se alterna para contar uma porção de histórias encantadoras. Aaron recordou quando Matt, com três anos, decidiu deixar mel no quintal para os ursos não morrerem de fome. Com isso, acabou por criar um enxame de moscas maior do que uma nuvem de tempestade. Simon riu do fato de Matt ter desmontado e reconstruído o motor do cortador de grama aos nove anos.

É tão confortável aqui. Tenho a impressão de conhecer essas pessoas há anos. E de certa forma conheço, acho, através de todas as histórias de Matt.

— Uma pena que os outros irmãos não estejam aqui — comento entre uma risada e outra. — Eu adoraria conhecer todos.

Aaron limpa a boca com um guardanapo de pano.

— Sério? Porque recebemos ordens para dar uma maneirada e não sufocar você.

Droga, eles foram avisados sobre mim? Matt não tentou filtrar a própria família por minha causa, tentou? Que vergonha. Sinto um nó na garganta e lanço um olhar apreensivo para Matt, que está fazendo cara feia para o irmão. Se ele pediu para a família não me sufocar, o que devem pensar de mim? Que sou uma mimadinha da cidade grande? Não vão querer uma pessoa dessas para o filho, vão? Uma princesinha difícil e exigente?

Ouço um barulho debaixo da mesa.

— Mandou bem, mané. Não adianta me chutar. Não sinto minhas pernas, esqueceu?

Aaron sorri para a colher.

— Eu só queria que você tivesse um fim de semana tranquilo antes do casamento — explica Matt, com o olhar pousado no meu. — Só isso.

— Não se preocupe, Lane. Essa família é incapaz de ser qualquer coisa além de genuína. Somos todos muito birutas para tentar.

Depois de dizer isso, Simon faz um barulho exagerado ao engolir a sopa, observando Matt com ar brincalhão.

Sorrio e dou outra mordida no pão caseiro.

— Vou sonhar com essa comida — digo em tom melancólico, mudando de assunto.

— Fui eu que fiz! — exclama Tabitha, toda feliz. — Não sou boa cozinheira, mas mando bem nos pães e bolos.

— Tabitha é uma mulher renascentista — palpita Simon. — Muito habilidosa com diversas coisas. Especialmente idiomas.

A garota dá de ombros.

— Quando todo mundo na família é bom em alguma coisa, não dá para ficar de fora. Vai saber? Talvez eu tenha o dom da confeitaria.

Matt dá uma grande mordida no pão e elogia:

— Está bom mesmo, Tabs.

— E você, Lane? Qual é a sua especialidade? — pergunta Tabitha, com os olhos arregalados.

— Hã... — Solto um suspiro, trinando os lábios. — Então...

— Ela é fantástica em design gráfico. Repaginou a oficina inteira, criou nosso site, tudo — interfere Matt. Abro a boca para falar, mas ele continua por mim. — Ah, e desenhou as próprias tatuagens. É quase uma galeria ambulante de sua própria arte.

Dou um sorriso educado, assentindo, e assim que me preparo para responder...

— Lane também é incrível para criar playlists e indicar filmes. Ah, e é fluente em língua de sinais.

— E em responder as perguntas por conta própria, como ela se sai? — questiona Fetu, lançando um olhar para o filho.

Matt relaxa na cadeira, sorrindo sozinho.

— Deve ser muito boa também — murmura.

Olho para os dois antes de me virar para Tabitha.

— Não tenho uma especialidade... Ainda estou me descobrindo — respondo, dando outra mordida no pão.

— E esse ônibus de que tanto ouvi falar? — pergunta Fetu para mim.

— Já está pronto. Só falta levar minhas tralhas para lá e encontrar um lugar para estacionar.

— Um feito muito impressionante — comenta Simon.

— É mesmo — diz Matt bem baixinho, como se estivesse proibido de falar.

— Ah, e sua irmã vai se casar. Que emoção! — Fetu espalma as mãos na mesa. — Vocês são gêmeas, não são?

— Somos, sim. Ela se chama Liz.

— São muito próximas? — pergunta Tabitha, engolindo o guisado.

— Hum, mais ou menos.

— Por quê? — quer saber ela.

— Tabs, menos — alerta Ian.

Simon começa a recolher os pratos vazios, fazendo barulho ao empilhar a louça. Eu me levanto para entregar os meus.

— Posso ajudar a tirar a mesa? — ofereço.

— Não, não. Deveria aproveitar o ar livre antes do pôr do sol. Fica lindo a essa hora do dia.

— Se não se importar com a companhia, eu também adoraria tomar um ar — diz Fetu, já de pé.

— Claro, vou adorar — respondo.

Matt faz menção de se levantar, e Fetu o impede com um gesto.

— Pode ficar aí. Seus irmãos estão com saudade de você.

— E você não? — pergunta ele, se fazendo de ofendido.

— Seu pai está! — grita Simon lá da pia.

— Isso, aproveite seu *velho* pai! — sugere ela, enfatizando a penúltima palavra com um sorriso atrevido.

Simon se aproxima a passos largos, atirando o pano de prato no ombro, e puxa a esposa para perto, abrindo um sorrisinho malicioso.

— Nunca se importou de eu ser mais velho, *manamea*. Por acaso pretende me trocar por um homem mais novo?

Fetu dá uma risadinha e continua a brincadeira, mas eu volto minha atenção para Matt, que me observa como se quisesse sanar a mesma dúvida que pipocou no meu cérebro.

Será que me importo por ele me chamar pelo mesmo apelido carinhoso dos pais?

A resposta é que meu coração acelerou, mas meu cérebro ainda não decidiu. Como de costume, meu corpo está dez passos à frente da lógica.

Matt move os lábios em uma pergunta silenciosa:

— Quer que eu vá junto?

E faz sinal para a varanda dos fundos.

Nego com a cabeça, esboçando um sorriso.

— Venha, vamos logo, antes que escureça — diz Fetu, libertando-se do abraço do marido.

Eu a sigo até a porta dos fundos, através de um solário.

— Vê se não demora, hein? Quero mostrar meus álbuns para ela! — grita Tabitha para a mãe.

Quando a porta se fecha, é como se o mundo voltasse à velocidade normal. Menos cor, menos caos, menos conversa. Silêncio. O riacho cintila sob os raios alaranjados do sol, o mato alto balança ao sabor do vento quente.

Fetu enlaça o braço no meu e me dá uma palmadinha no punho.

— Com o tempo, você se acostuma a sair do caos para a calmaria em um piscar de olhos.

Em seguida, nos conduz em direção ao riacho. O caminhozinho de cascalho desemboca em uma trilha ampla de terra batida criada com o vaivém de passos ao longo dos anos. Quando a passagem se torna mais estreita, Fetu solta nossos braços e segue na frente.

— Cresci em uma casa muito silenciosa — conto para ela. — É uma mudança bem-vinda. Dá para ver o quanto vocês se amam.

— Hum, paz e sossego... parece tão bom. — Ela ri baixinho. — Mas, sim, nós temos muita sorte.

— Simon também disse isso, agora há pouco.

— Acho bom mesmo. Afinal, ele é casado comigo.

Ela me dá uma piscadinha por cima do ombro antes de desviar de um galho baixo.

Caminhamos durante quinze minutos, tendo como únicos sons os pássaros nas árvores e o burburinho do riacho ao lado. O sol está se pondo, mas ainda temos muito tempo para voltar antes de anoitecer. De repente, chegamos a dois tocos de árvore esculpidos no formato de cadeiras. Reparo no padrão entalhado no tronco e levo um instante para perceber que são constelações.

— São tão lindas.

Pressiono o polegar contra a madeira.

— Aaron quem fez. Ele é muito habilidoso com a faca... uma frase que nenhuma mãe jamais pensou que teria orgulho em dizer.

Dou risada e me acomodo na cadeira de frente para ela.

— Foi um presente de Dia das Mães de uns quinze anos atrás. É a constelação que estaria acima da minha casa quando meus pais se casaram. Essa outra foi de quando faleceram.

Ela aponta para minha cadeira, depois esfrega as mãos nos joelhos e volta a se apoiar no encosto.

— Ah.

Endireito a postura, sem querer desrespeitar a memória de seus pais.

— Perdi minha família quando ainda era muito nova — começa a contar ela sem rodeios, mas não sem emoção. Há uma robustez em Fetu, apesar do exterior macio e ondulado, e um olhar penetrante, como se pudesse ver dentro de nós. — Matt chegou a mencionar?

Aceno em concordância, inquieta na cadeira.

— Meu filho me contou que você também perdeu seu pai muito nova.

Torno a assentir.

— Sinto muito — diz ela.

— Eu também. — Dou um pigarro silencioso. — Por você, pela *sua* família. É tão triste, tão terrível.

Fetu respira fundo, com os lábios virados para cima, mas não em um sorriso propriamente dito.

— Há um termo para as crenças e práticas samoanas que minha família segue há gerações. Fa`a-Samoa. Graças a ela, encaramos a morte de forma diferente de outras culturas.

Em seguida, olha para o céu. Parece decidida a me dar espaço, sem forçar suas crenças ou assuntos... mas eu quero saber mais.

— Diferente como? — pergunto.

Fetu se endireita, sorrindo.

— Não acreditamos que o espírito daqueles que perdemos se foi, apenas está fora de vista. Eu ainda converso com a minha família como se estivessem ao meu lado todos os dias. Não os vejo, mas acredito que estão à nossa volta. — Ela olha da esquerda para a direita, como se por um momento pudesse ver todos ali, e sorri com ternura. — Foi por isso que meus filhos criaram este lugar especial para mim. Faço essas caminhadas, falo com meus pais e irmãos, com minha avó. Busco orientação ou simplesmente descanso ao lado deles.

Encolho as pernas junto ao peito e assinto, observando os arredores. Gostaria de saber se meu pai também está aqui. Se, de alguma forma, está me vigiando enquanto conversa com a família de Fetu. Pensar nos meus pais conhecendo os parentes dela me faz rir baixinho.

— Acho que meu pai seria um espírito muito divertido. — Sorrio e enxugo uma lágrima perdida na bochecha. — Ele ia achar o máximo não ser visto por ninguém.

— Ele é bem-vindo para se juntar a nós.

Fetu se levanta e vem se ajoelhar ao meu lado. Eu a encaro, confusa, quando ela estende a mão e limpa uma lágrima do meu queixo.

— Deve sentir muita saudade dele.

— Muita.

Suspiro e olho para cima para conter as lágrimas, envergonhada por estar chorando diante de alguém que acabei de conhecer. Alguém que sabe muito mais sobre perdas do que eu. Alguém que eu quero muito impressionar.

Ela me dá uma palmadinha no joelho.

— Que tal eu voltar para casa e você pegar meu lugar emprestado por um tempo? Descansar um pouquinho ao lado do seu pai?

Aceno mil vezes com a cabeça.

— Sim, por favor. Eu vou adorar.

— Claro, minha querida. — Ela se levanta e ajeita a postura com um pequeno grunhido. — Não fique até muito tarde, está bem? Essa floresta é muito escura, e não quero ver meu filho bancar o macho-alfa ao resgate.

Depois ri baixinho, sem tirar os olhos dos meus.

— Obrigada, Fetu.

Ela me dá um leve apertão no ombro antes de se virar e voltar a descer o caminho. Quando já não ouço o estalar de galhos e folhas secas, eu me recosto na cadeira e fecho os olhos.

O vento sopra por entre os pinheiros grossos à minha volta, assoviando entre as folhas. Não consigo explicar, e não faz o menor sentido, mas a cada rajada de vento, sinto o espírito do meu pai voar na minha direção. Abro os olhos quando o vento sopra outra vez e, nesse instante, é como se eu *soubesse* que ele está sentado na minha frente.

Meu coração martela os ouvidos e um soluço me escapa, me fazendo sorrir. Estou ao mesmo tempo radiante e arrasada.

— Oi, pai — sussurro, piscando para conter as lágrimas. — Obrigada por ter vindo.

Dou risada, olho para o céu e depois para a outra cadeira.

— Tenho tanta saudade de você — acrescento, com a voz embargada.

As lágrimas vêm à tona, e eu não faço nada para impedir. Não olho para cima, não pisco, não as enxugo nem respiro fundo. Apenas deixo todas correrem livremente, tal como o riacho na beira da trilha.

— Por favor, me desculpa — sussurro. — Desculpa, desculpa. — Afasto as mechas de cabelo grudadas no pescoço. — Eu não devia ter saído de casa aquela noite e...

Uma rajada de vento forte sopra ao meu redor, folhas voam e caem aos meus pés, e a atmosfera muda, como se fosse chover. Olho em volta.

— Foi você, pai? — pergunto, quase com vontade de rir.

Sinto uma única gota de chuva cair na minha perna, depois outra, e mais uma.

— O que eu faço, pai? — continuo a dizer, coletando as gotas de chuva nas mãos. — Não sei o que estou fazendo da vida. Estou sozinha e assustada, e não sei mais que rumo tomar.

Olho para cima, deixando a chuva cair no meu rosto e se misturar com as lágrimas.

— Deveria ter sido eu no seu lugar — sussurro a confissão que venho guardando há quase uma década. — Não deveria ter sido você. Queria que o carro tivesse batido em mim.

Um relâmpago estrondeia ao longe, e eu estremeço.

— Tudo bem, tudo bem. Já entendi.

Dou uma risada fraca. Como os sinais estão claros, penso nas respostas que mais anseio descobrir.

— Você me perdoa? — pergunto.

De imediato, uma sensação cálida invade meu peito, como se eu tivesse acabado de tomar um gole quentinho de chá.

Os dez minutos seguintes transcorrem entre perguntas e respostas silenciosas. Está tudo bem aí? Você está sempre por perto? Me perdoa? Repito essa algumas vezes, só para ter certeza.

Cada pergunta é respondida com uma onda de amor.

Por fim, sinto esvaziar o peso que durante tanto tempo carreguei. Passo os braços ao redor da cintura, extasiada com a sensação de leveza, sem perceber o quanto doía antes.

Ainda há muito trabalho pela frente. Não fui magicamente curada por um encontro com um espírito da floresta (que frase!), mas agora sei do que preciso.

Preciso de perdão, não apenas daquela presença que pode ter sido meu pai (ou apenas o vento), mas também da minha mãe e da minha irmã, por ter deixado as duas para trás. Mais do que isso, acho que também preciso *me* perdoar por ter ligado para o meu pai naquela noite. Essa vai ser a parte mais difícil. Mas estou disposta a tentar.

Porque estar aqui com Matt, com a família dele, me trouxe a sensação de pertencer a um lugar pela primeira vez em muito tempo. E eu quero isso. E quero Matt.

Enfim me levanto, respiro fundo e fecho os olhos com força. Na imaginação, vejo meu pai se despedir de mim com um beijo no rosto e um aceno conforme retorno pela trilha em direção à casa, antes de ele próprio voltar a se acomodar na cadeira de Fetu, com as pernas cruzadas e um sorriso satisfeito conforme admira o voo dos pássaros.

Dou um último aceno para meu pai por cima do ombro, apesar de me sentir um pouco boba, e volto a caminhar na direção da cabana.

28

— Ela voltou! — grita Tabitha, acenando para mim da varanda.

Aceno de volta e desvio o olhar para observar Matt, ocupado em colocar lenha dentro de um braseiro. Tabitha se aproxima correndo e passa o braço pelo meu.

— Ele resolveu acender uma fogueira. Acho que só quer uma desculpa para ficar grudadinho em você — teoriza ela, aos risos. — Como meu irmão se recusa a me contar, preciso saber: vocês dois estão juntos? Vocês se amam? Matt nunca trouxe ninguém para casa. Falou que eram só amigos, mas *amigos* não se olham como vocês se olham, sabe?

Fico um pouco atordoada, ainda me adaptando à velocidade de Tabitha.

— Nós somos amigos.

— Mas você *quer* ir além?

— O que seu irmão respondeu quando você perguntou?

Ela me conduz para um banco do outro lado do braseiro, de frente para Matt.

— Falou que era complicado. Mas por quê?

Ian se enrosca em uma cadeira dobrável ao nosso lado e nos acena em cumprimento.

— Complicado pode significar tantas coisas, sabe? — continua Tabitha.

— Hã… — gaguejo. — Bom, é… você sabe.

Ian nos observa com ar ressabiado.

— Tabs, por acaso você está atormentando Lane?

— Não! — retruca ela, com uma risada incrédula.

Ele suspira.

— Larga mão de ser intrometida.

— Arrã, até parece que você não está morrendo de curiosidade. — Ela cruza os braços diante do peito. — Já li seus poemas, Ian... Você é um romântico incurável, igualzinho a todos nós.

Matt nos observa com atenção, com os ombros retesados apesar da expressão carinhosa. Como se não soubesse se devia ajudar ou assistir de longe para ouvir a resposta. Decido ser corajosa.

— Preciso resolver algumas coisas complicadas. Assuntos de família... que me tornaram uma pessoa mais fechada. Matt é um dos meus melhores amigos e tem sido muito paciente comigo.

Tabitha leva a mão ao peito e balança os pés no ar.

— Ai, que romântico!

— Ô, muito — comenta Ian com um suspiro, abrindo um livro no colo.

Enquanto Matt acende a fogueira, vejo as faíscas passarem de brasas para chamas vivas. O resto da família se acomoda, e Simon começa a tocar violão. Canta bem baixinho a princípio, mas solta a voz quando alguns dos filhos se juntam ao coro.

Matt está de frente para mim e, de vez em quando, trocamos olhares por cima das labaredas. As chamas projetam sombras brilhantes e tingem seu rosto de laranja e vermelho. Os lábios dele esboçam um sorriso, os olhos se estreitam em meia-lua, e a cada troca de olhares ele faz algum gesto para me tranquilizar. Um piscar de olhos, um aceno, um inclinar de cabeça. Espera para ver meu sorriso e só então se acalma, sabendo que estou bem.

E de repente me dou conta de que não senti um pingo de ansiedade desde nossa chegada. Aquele zumbido no fundo do meu cérebro, constante como música ambiente, enfim cessou. Porque Matt é meu conforto pessoal. Uma bolsa de água quente ambulante. Um cobertor macio. Um moletom quentinho. Uma xícara de chá entregue com um beijinho na testa. Uma sensação cálida começa a se espalhar pelo meu peito, e só então percebo, com uma clareza súbita e certeira, que eu nunca senti isso por ninguém. Acho que estou apaixonada por Matt.

Se não tomar cuidado, essa feliz constatação pode muito bem se transformar em pânico, por isso decido deixar acontecer. Enquanto estivermos aqui, com a família dele, na floresta, na cabana, ao redor de uma fogueira, posso amar Matt sem me preocupar com o que vem a seguir. Posso apreciar a sensação, a certeza de que sou capaz desse sentimento. A confirmação de que ainda tenho salvação. Não estou *completamente* perdida.

Horas depois, as chamas já minguaram e mal consigo ver Matt do outro lado. O crepitar da lenha sob os resquícios da fogueira, o dedilhar suave do violão e os cochichos entre irmãs no banco mais adiante são acompanhados pelo som dos passos de Matt ao se aproximar. Ele se ajoelha à minha frente e amarra meus cadarços.

Quando termina, olha para cima, sorrindo.

— E aí, como você está?

— Bem.

"Ótima, excelente."

— Pronta para dormir?

Dou um aceno, bocejando à simples sugestão de uma cama.

Matt prende uma mecha solta atrás da minha orelha, e então se detém como se tivesse feito algo errado. Abana a cabeça depressa, uma espécie de bronca em si mesmo. Estendo a mão e afasto o cabelo dele, e não resisto a pousar a palma em seu rosto.

— Tem certeza de que está bem? — pergunta ele, envolvendo meus dedos.

— Sinceramente, nunca estive melhor — sussurro.

Ele respira aliviado, como um homem cuja vida acabou de ser poupada no corredor da morte. Uma inspiração pesada e rápida com uma longa expiração.

— Tudo bem.

— Tudo bem.

Engulo em seco quando ele se levanta, e logo vou atrás.

— Boa noite, meninas — despeço-me das irmãs. — Boa noite — acrescento quando passamos pelos pais dele, abraçados enquanto Simon continua a tocar. — Até amanhã — digo para Aaron, que está relaxado na cadeira, admirando as estrelas.

A porta dos fundos se fecha atrás de nós e Matt me conduz pela casa escura em direção ao quarto, com a mão pairando a meros centímetros do meu quadril. Não nos tocamos, mas consigo *sentir* seu calor.

— Já volto.

Ele abre a porta do quarto, acende o abajur e passa por mim a caminho do banheiro.

O interior do cômodo está iluminado apenas pela luz suave do abajur e pelo luar pálido vindo da janela. Tiro a roupa e me apresso em vestir um suéter de gola careca e uma bermuda de ciclista. Durante o processo, minha mente é invadida pela lembrança de Matt me despir dessas peças, e de repente meu corpo fica atento a cada sensação. Ainda estou ofegante quando ouço uma batida suave na porta.

— Pode entrar — aviso.

Matt aparece no vão, olha para mim e logo se vira para fechar a porta, pressionando a testa contra a madeira. Ouço um gemido suave, depois ele endireita a postura e diz:

— Boa noite.

Em seguida praticamente se joga na cama e se enfia debaixo das cobertas, virado de costas para mim.

Tento me deitar com cuidado, bem devagar para não fazer muito barulho. Apesar dos meus esforços, a cama é velha e range a cada movimento.

Depois de alguns instantes, com a mão enfiada debaixo do travesseiro, sussurro:

— Matt?

— Oi?

A voz dele é rouca, como se a garganta estivesse seca.

— Foi por causa da roupa, ou foi *duro* me ver? — tento brincar.

O riso de Matt é sofrido.

— Você é *má*.

— Não é de propósito.

— De forma inconsciente, então — rebate ele.

— Eu não quero fazer você sofrer, Matt.

— Tem certeza? — Ele se vira para mim, e o rangido da cama traz à mente aquela que dividimos no hotel tantas semanas atrás. — Porque até tortura deve ser melhor do que isso.

— Caramba, essa roupa é *tão* poderosa assim? — provoco.

— Não, Lane. Não é a roupa. É rir com a minha família, passear de braço dado com a minha mãe até aquele lugar especial na floresta, cantar as velhas músicas do meu pai, lançar olhares sobre a... — Ele se interrompe. — Quase atravessei a fogueira por causa daqueles olhares, só para chegar a você. — Eu o ouço esfregar o rosto e respirar pelas palmas das mãos. — Desculpa. Vou parar. Sinto muito.

— Não, eu é que peço desculpas, Matt. Não achei que seria tão difícil.

— É, eu também não — admite ele, quase em um lamento.

— Se você quiser, posso ir embora amanhã. É só me ajudar a alugar um carro, aí posso ir sozinha para o casamento. E você fica aqui para aproveitar sua...

— Não quero que você vá embora. Já pensei muito nisso, pode acreditar. Pensei em *todas* as opções viáveis. E a única coisa pior do que estar tão perto e *não* ter você para mim... é a ideia de ficar sem você.

Luto contra a vontade de revelar a constatação que fiz na fogueira, porque sei que não seria certo. Ainda estou com medo. Como um animalzinho assustado, minha reação poderia ser fugir ou atacar. Matt merece a minha certeza. Não posso brincar com os sentimentos dele, não mesmo.

Mas cada parte de mim quer ter a certeza de que ele ainda está disposto a me esperar, apesar de ter lhe pedido o contrário. Porque a ideia de nossas linhas do tempo não se cruzarem, de nosso amor não se alinhar, é desesperadora. Posso simplesmente perguntar com todas as letras, mas...

— A culpa é toda minha — diz ele, interrompendo meu raciocínio.

— O quê? Mas você não...

— Eu não fui honesto com você, e me sinto péssimo por isso.

— Como assim? Honesto em relação a quê?

— Nunca ia ser casual para mim, Lane — declara ele, com um longo suspiro angustiado. — Você disse para eu não me apaixonar, lembra?

— Sim, claro, mas...

Ele me interrompe outra vez:

— Mas eu já estava apaixonado por você. Tentei me convencer de que era uma forma de te deixar ser egoísta, de proporcionar tudo de que você precisava sem me envolver, mas agi errado nessa história. Fui imprudente. Fraco. Não acreditei na sua palavra, achei que poderia convencer você a me amar também... e agora... — Ele faz uma pausa, como se tentasse buscar as palavras certas para não me magoar. — Não sei se posso voltar a ser só seu amigo. A culpa é minha.

Assinto, mesmo que ele não possa me ver no escuro. Porque Matt tem razão. Esse sentimento entre nós é grande demais para ficar limitado ao rótulo de *apenas amigos*. Não somos *apenas* coisa nenhuma.

— Talvez não precise ser assim — sussurro de volta.

O minuto mais longo da minha vida passa em silêncio.

— E o que isso quer dizer, Lane?

Ele não parece zangado, apenas prestes a perder a sanidade. Como se precisasse morder a língua para manter todas as suas dúvidas enterradas. E entendo o motivo. Dois dias atrás, eu disse a ele que precisávamos ser apenas amigos e nada mais, e de repente comecei a falar de forma enigmática. Não é justo, mas... as esperanças só podem ser consideradas falsas se nascerem de uma mentira, certo? E não é o caso. Eu *quero* isso. Já tenho um plano quase formado. *Comece com o perdão, e o resto virá.*

— Eu... caramba. — Pressiono os olhos com as mãos. — A verdade é que não sei muito bem. Ainda preciso de tempo, mas, se vou amar alguém, se vou enfrentar meus medos, se vou entregar meu coração, por mais desgastado e endurecido que esteja... vai ser a você. Só poderia ser a você.

Novamente um silêncio terrível.

E então Matt pergunta:

— Tempo?

— Tempo.

— Alguma estimativa de quanto?

Ele ri apenas uma vez, com desconforto.

— Nenhuma. Acha que consegue lidar com isso?

Eu odeio ter que perguntar, mas a certeza de que ele vai esperar por mim é tão necessária quanto o ar que respiro.

Um suspiro profundo acompanha seu momento de reflexão na outra ponta do quarto.

— Combinado — diz ele por fim, como se tivesse firmado um acordo. — Mas… — *Merda.* — Pode ter todo o tempo do mundo, desde que a gente esteja junto, seja como for. Só… fique por perto.

E eu entendo. As palavras ditas e o que ficou subentendido nas entrelinhas. "Não me deixe para trás. Não vá sozinha enfrentar os dragões. Quero lutar ao seu lado."

— Eu não vou a lugar nenhum.

"Na verdade, se dependesse de mim, estaria ainda mais perto."

Por isso acrescento, hesitante:

— Posso ser seu cobertor esta noite?

— Não sei se essa cama velha vai aguentar.

A decepção me invade por meio segundo antes de Matt se levantar, pegar o colchão e o colocar no chão entre as duas camas.

— Pronto. Como nos velhos tempos — diz ele, enquanto se deita e estende a mão para mim. — Vem cá.

Eu me enrosco ao seu lado, mas ele me faz rolar até estar esparramada sobre seu corpo, quase como um escudo humano. Em seguida seus braços me envolvem pela cintura e me abraçam com uma pressão gloriosa.

— Leve o tempo que precisar, *manamea* — sussurra no meu cabelo cheirando a fumaça.

— Tem certeza? — pergunto.

— Tenho.

As dúvidas de sempre ainda voltam à tona, só que dessa vez parecem mais fáceis de afastar. Não todas, mas quase.

— Quando você foi embora da minha casa, comecei a pensar… — Ele suspira. — Passei a noite em claro pensando, e para falar a verdade…

— Uma frase perigosa — provoco, e me aconchego ainda mais.

— Por mais assustador que seja, talvez a finitude do tempo seja uma dádiva — volta a dizer, enquanto acaricia minhas costas com gestos vagarosos. — Se fôssemos seres infinitos, eu não me preocuparia em buscar seu abraço a cada segundo, a cada momento. Saberia que haveria outras vezes. Mas meu amor por você é urgente. Desesperado, impaciente. Talvez não fosse assim se tivéssemos a eternidade a nosso dispor. Eu ficaria mal-acostumado.

Solto um grunhido, furiosa comigo mesma.

— Vai se ferrar — sussurro, ofegante e prestes a irromper em lágrimas. — Deixa eu falar mais bonito *uma* vez na vida.

Ele ri contra meu pescoço.

— Boa noite, *manamea*.

— Boa noite, Matt.

Enxugo as lágrimas que caíram no peito dele, sem me sentir mal dessa vez.

Passo as horas seguintes embalada pelo oscilar da sua respiração debaixo de mim, sem conseguir pregar os olhos. Apesar de não gostar muito da ideia de meu pai estar *sempre* por perto, em especial nas ocasiões em que Matt e eu estivermos sem roupa, espero que ele possa me ver agora. Segura, confortada, amada.

É, acho que ele ia gostar muito de Matt.

29

Quando nos afastamos da casa dos pais de Matt, duas coisas acontecem:

1. Minha ansiedade aumenta.
2. Meu celular volta a ter sinal.

As duas estão interligadas, graças à enxurrada de mensagens acumuladas da minha mãe e da minha irmã. A florista está doente; o fornecedor do bufê está com um garçom a menos; os aspargos não foram entregues (oh, essa não!); a previsão é de chuva e depois um sol de rachar, qual dos dois é pior?

Ontem, mergulhei de cabeça na rotina da família de Matt. Apesar de terem sugerido várias ideias e atividades mais interessantes, pedi que não mudassem absolutamente nada. Eu só queria viver a vida deles por um dia. Assim, estendemos roupa no varal, cuidamos do jardim, levamos um cesto de legumes para os vizinhos, que ficaram *extasiados* ao ver Matt, e ajudamos a preparar uma refeição deliciosa. Depois do jantar, eu e Fetu voltamos ao lugarzinho no meio da floresta. Dessa vez, levamos Matt e Tabitha junto. Foi mais barulhento, mas igualmente tranquilo.

À noite, eu e Matt voltamos a dividir o mesmo colchão. Não rolou nada além de um beijo casto na testa e mãos dadas por cima do lençol. Adorei cada segundo.

São cinco horas de viagem até a casa da minha mãe, mas temos um audiolivro e a experiência de trajetos passados para embalar nossa jornada. Assumo o volante na metade do caminho, menos do que um *Titanic*, e em um piscar de olhos chegamos ao condomínio fechado onde passei a infância. Parece uma prisão de luxo, um contraste gritante com a cabana rústica e acolhedora da família de Matt.

— Lane?

— Sim?

— Dúvida rápida... você é *rica*?

— Minha mãe é, sim. Muito.

— Ah, ok...

— É tão ruim assim?

— O quê? Não, não. É que eu teria abusado mais do meu charme se soubesse que poderia dar um golpe do baú.

Reviro os olhos.

— Gastei toda a minha herança no ônibus, sinto muito.

O portão só é aberto depois de meus documentos terem sido verificados e liberados pela equipe de segurança.

Pela janela do carro, Matt observa boquiaberto conforme passamos por uma infinidade de mansões.

— *Cara*.

— Não venha com "cara" para cima de mim.

— Tem razão, senhorita. Queira me desculpar o descuido — graceja ele com sotaque britânico forçado.

— Para ser sincera, eu tenho vergonha.

— De ser podre de rica? Está de sacanagem? Fui eu que acabei de te levar para a cabana improvisada dos meus pais. Eles usam um trapo como maçaneta no banheiro, Lane.

— Aqui também não temos maçanetas — provoco. — Os criados abrem as portas por nós.

— Olha, eu sei que é brincadeira e tal, mas não duvido nada.

Quando embico o carro na longa rampa de acesso da casa, ladeada de arbustos milimetricamente aparados, e contorno a fonte para estacionar diante da escadaria, Matt começa a rir quase histericamente.

— Tudo bem aí?
— Eu sou a Cinderela! — diz ele.
— Pelo amor de Deus.
Apoio a testa no volante.
— Sou a Elizabeth Bennet chegando em Pemberley! — Matt continua.
— Quem? — pergunto.
— *Orgulho e Preconceito*?
— Continuo sem saber.
— Tudo bem, depois a gente resolve isso.
Ele abre a porta, de queixo caído ao ver a casa.
— Aja com naturalidade.
— Agir com naturalidade? Lane, você é *rica*!
— Vai ser um looongo fim de... Ah, oi!
Minha mãe praticamente saltita na nossa direção, aos gritinhos.
— Lane! Meu bebê!
Ela me dá um abraço apertado e me balança de um lado para o outro. Depois se afasta, me examina dos pés à cabeça, segura meu rosto e volta a me abraçar com força.
— Estava com tanta saudade, filha.
— Mãe, você vai me esmagar — aviso, ofegante.
Quando ela me solta, recupero o fôlego e aponto para Matt, que ajeita a postura e de fato *abusa* do charme, pois faz questão de cumprimentar minha mãe com um beijo na mão.
— Muito prazer em conhecê-la, sra. Rothsford.
Ele assente uma vez, enfim soltando a mão dela.
— O prazer é meu, Matt. Por favor, me chame de Katherine ou Kathy. — Ela se vira para mim, com um sorriso angustiado. — Sua irmã está no telefone com a tia do noivo, que pelo jeito desenvolveu uma alergia grave a frango e peixe e exigiu comer bife. — Ela arregala os olhos. — Sua irmã está a míseros segundos de um colapso mental. Acha que consegue fazer alguma mágica para resolver a situação?
— Ah, claro, sou mesmo especialista em acalmar a Liz — retruco com mais sarcasmo do que deveria ser permitido.
Minha mãe me lança um olhar.

— Está bem, está bem! Vou tentar! — Ergo as mãos, depois faço sinal para Matt me seguir. — Venha. Você vai ser minha testemunha.

— Então, Matt... — Ouço minha mãe dizer atrás de mim enquanto ele pega nossas coisas no porta-malas. — Você veio de qual país?

— Não é possível — resmungo baixinho, depois grito: — *Mãe!*

— Minha mãe é samoana.

Matt assente com educação e abre um sorriso sincero, depois me alcança e me cochicha ao pé do ouvido:

— Não esqueça que você já me perguntou por que eu estava tão *bronzeado*...

— Eu estava bêbada e não me lembrava de você ser assim quando a gente se conheceu.

Matt solta um risinho debochado.

— Ué, que foi? — retruco.

— Nada, não. Mas você também perguntou meu nome e se apresentou para mim.

— E qual é a graça?

— A graça é que eu só fui naquela festa para ver *você*.

Fico imóvel na hora. O colapso de Liz pode esperar.

— Mentira, sério?

— A gente se conheceu na festa de um aninho da Willow, seis meses antes. Você parecia tão à vontade enquanto circulava pela sala e tirava fotos de tudo e todos que nem acreditei quando Chloe me contou que você ia embora mais cedo e não gostava muito de socializar. Uns tempos depois, fiquei sabendo que você estaria na festa de réveillon deles e aceitei o convite na hora. Cheguei mais cedo para ajudar a arrumar as coisas, só por precaução. Demorei horas para criar coragem para falar com você. Aí, quando achei que você estava conversando comigo, na verdade estava murmurando sozinha.

— Não acredito... e aí eu me apresentei como se a gente nem se conhecesse.

— *Pois é.*

— Nossa, eu sou tão babaca.

— Ufa, ainda bem que essa foi a conclusão que tirou dessa história. Pensei que fosse me achar um maluco perseguidor.

— Olha, agora que você falou...

Avançamos na direção da cozinha e Matt parece se divertir ao ver os detalhes da casa, como se tudo não passasse de uma grande pegadinha. Eu, por outro lado, estou atenta ao som dos saltos da minha irmã reverberando pelo chão de ladrilho.

— Liz? — chamo.

Ela aparece no corredor e aperta o passo ao me ver.

— Nossa, ainda bem que você chegou.

Em seguida me puxa, não sei se para um abraço ou um esganamento. Nem uma coisa nem outra. Apenas me segura com força, como se tentasse recuperar o equilíbrio.

— Tudo bem aí, colega? — pergunto, com a voz hesitante.

— Esse é o Matt?

Com toda a tranquilidade do mundo, ela aponta para o homem que pode ser meu par ou um intruso.

— Arrã.

— Oi, Matt.

— Oi, Liz — responde ele, igualmente sucinto.

Ela começa a roer as unhas da mão que não está me agarrando a ponto de deixar hematomas.

— Caramba, é *tão* a sua cara trazer um cara gostoso para o *meu* casamento.

Matt se limita a assentir e passar a mão pelo cabelo enquanto eu apalpo a testa de Liz para verificar a temperatura.

— Está tudo bem? — pergunto. — Você está toda suada.

— Claro, tudo ótimo. Só preciso organizar uma festa para duzentas pessoas quase sozinha e a desgraça da previsão do tempo não decide se vai chover ou fazer um sol dos infernos.

— Que tal guarda-chuvas? — sugiro. — Serve para as duas coisas.

— Droga, como eu não pensei nisso antes? — queixa-se ela, quase batendo o pé. — Oi, Matt — torna a dizer, como se estivesse com amnésia.

— Hã, oi, Liz.

— Desculpa ter chamado você de gostoso.

— Imagina, não precisa se desculpar.

— Você parece legal. — Ela se vira para mim. — Ele é legal?

— O cara mais legal do mundo — enfatizo, depois a levo até as banquetas da cozinha. — Vem cá, senta um pouquinho — aconselho, acariciando seu cabelo. — O que a gente precisa fazer? Temos miolos e músculos. Pode nos botar para trabalhar.

Olho para Matt, que concorda com um aceno.

— Também temos gostosura, pelo jeito — acrescenta ele com um sorrisinho atrevido.

— Bem, o jantar de ensaio é daqui a... — Ela bate tantas vezes na tela do celular que não sei como não lascou uma unha. — Três horas.

O rosto todo de Liz parece murchar.

— Certo, tudo bem. Podemos ajudar com alguma coisa?

— Não, nada. Só... preciso fazer o cabelo e a maquiagem.

— Ah, beleza. Onde vai ser o jantar?

— *Lane*...

Faço careta.

— Desculpa, eu esqueci.

— Na casa da vó do Phillip.

— Caramba, ela ainda está viva?

A pergunta escapa dos meus lábios e me rende um olhar de advertência de Liz.

— Tudo bem, já entendi... Casa da vovó, aí vamos nós!

Nosso carro luxuoso estaciona faltando exatamente cinco minutos para o jantar. Phillip, que reconheço das fotos, está à nossa espera do lado de fora.

Matt vestiu uma camisa social branca com alguns botões abertos e blazer preto por cima, então estou basicamente no cio. Decido, porém, ignorar os sentimentos, porque minha irmã parece estar à beira de um piripaque.

— Vai dar tudo certo — incentivo. — Você vai arrasar.

Desse jeito, parece até que ela está a caminho do show de talentos da escola, e não do jantar de comemoração na véspera do próprio casamento. Era para ser divertido, não?

— Vamos acabar logo com isso.

Liz pega um cantil na bolsinha branca que deve ser mais cara do que meu aluguel, toma um gole e depois sai do carro. Dá um beijo na bochecha do noivo, que a enlaça pela cintura e a leva para dentro da casa.

— Pelo jeito ele não quer conhecer a cunhada — resmungo para minha mãe.

Ela suspira, mas parece resignada.

— Venha, vamos entrar. Tenta se divertir, hein?

— Ai, mãe, que saco — provoco, fingindo ser adolescente. — Sempre me esforço *tanto* para *não* me divertir!

Ela me dispensa com um aceno e desce do carro.

Matt, nosso belo acompanhante, estende um braço para mim e outro para minha mãe. Os dois jogam conversa fora enquanto eu observo os arredores, e a certa altura até vejo minha mãe dar tapinhas afetuosos no antebraço dele. Meu coração infla de orgulho. Apesar de ainda não saber direito o que tenho com Matt, adoro o fato de ele estar causando uma boa impressão.

Quando encontramos nossa mesa, tenho a sensação de ter ido direto para a festa de casamento. O salão é imenso e todo pintado de branco, com lustres dispostos em fileiras ordenadas. Contabilizo doze mesas redondas com dez convidados cada, e me pergunto quem vai arcar com tanto luxo.

— Que chique — cochicha Matt, ajudando minha mãe a se sentar.

— Não é? — sussurro de volta.

Ele se acomoda ao meu lado e resvala no meu joelho, que começa a balançar freneticamente debaixo da mesa.

— Convidados do noivo ou da noiva? — pergunta uma senhora à minha mãe, sem rodeios, do outro lado da mesa.

— Da noiva. Sou a mãe dela.

A senhora parece um tanto confusa, como se também não entendesse por que a família da *noiva* acabou esquecida no fundo do salão em um jantar tão importante.

— Nossa, que honra — finaliza a mulher, com aquele tipo sutil de malícia que quase passa despercebida.

Minha mãe, uma verdadeira dama, se limita a ficar quieta. O tilintar de talheres e copos chama a atenção de todos os convidados para a frente do salão, onde estão os noivos. Minha irmã mal parece ela mesma, pálida e de olhos arregalados.

— Nós estamos muito felizes com a presença de todos vocês aqui esta noite — começa Phillip.

Em seguida dá uma cutucada na minha irmã, que pelo jeito esqueceu sua parte do discurso e continua de boca fechada.

— Elizabeth e eu estamos radiantes em receber vocês na humilde propriedade da minha avó.

Odeio a forma como ele diz o nome da minha irmã, como se fosse um brinquedo ou um bichinho de estimação.

Ao ouvir a última parte, Matt disfarça a risada com uma tosse, depois pega o copo de água. Mordo o lábio e também dou alguns goles, olhando em volta.

Não reconheço nenhum dos convidados. Não vejo nenhum dos amigos de Liz da faculdade, nem mesmo Sam, de quem ela era amiga desde o jardim de infância.

— A tia Ethel vem? — sussurro para minha mãe.

Ela nega com a cabeça.

— Não foi convidada.

— Tem trilhões de pessoas aqui, mas não convidaram os parentes da noiva? — pergunto com sarcasmo.

Minha mãe suspira ao alcançar a taça de vinho.

— A família do meu pai foi convidada, né? — insisto. — Ninguém quis vir?

— Eu não chamei ninguém.

— Oi? Por quê?

— Porque sua irmã anda *muito* estressada, Lane.

— Quem é essa gente toda? — pergunto em um grito sussurrado.

Minha mãe faz cara feia.

— Lane, esquece esse assunto.

Afundo de volta na cadeira a tempo de ouvir o restinho do discurso arrastado de Phillip. Ele não é o que eu chamaria de… atraente. É arrumadinho e se veste bem, mas tem um rosto comprido, lábios pequenos e queixo saltado.

Durante todo o jantar, minha irmã é arrastada atrás dele de mesa em mesa, e só depois de terem servido a sobremesa é que eles enfim chegam à nossa. Eu me levanto para cumprimentar meu futuro cunhado.

— Phillip, esta é...

— Elaine — cantarola ele, como se falasse com uma criancinha. — É tão bom finalmente conhecer você.

"Por que não esperou para me conhecer lá fora, então?"

— Oi, Phillip. Pode me chamar de Lane.

Eu me preparo para um abraço, mas Phillip apenas me encara, impassível. Matt se posiciona atrás de mim, ainda mastigando e tentando engolir o que presumo ter sido a maior mordida de bolo do mundo. Abaixo os braços.

— E esse, quem é?

Phillip se vira para minha irmã.

— Matt, o acompanhante da Lane.

— Ah. — Ele assente sem muito ânimo. — Prazer.

Phillip estende a mão pálida e ossuda, que parece quase ridícula ao apertar a de Matt.

— O prazer é meu, cara — responde Matt, depois de engolir o bolo. — Bela casa.

— Obrigado.

Phillip olha para nós dois como se não entendesse como poderíamos estar juntos, depois volta a atenção para o resto da mesa logo atrás.

— Com licença — acrescenta com um aceno educado. — Elizabeth, eu gostaria de apresentar você a Gladys, secretária do meu pai.

A velhota rabugenta se levanta, e eu lanço um olhar perplexo para minha mãe. Ela já está na terceira taça de vinho da noite, o que não é do seu feitio.

— Colocaram a gente na mesa da secretária do pai dele, mãe.

— Sim, eu ouvi.

Matt pede licença para ir ao banheiro. Minha irmã se acomoda na mesa enquanto Phillip conversa com vários engomadinhos barulhentos demais para um evento desse porte.

Observo minha irmã esfregar o pulso, com um olhar perdido no prato à sua frente.

— Liz... está tudo bem?

— Nem consegui comer.

— Como assim?

— Passei semanas escolhendo o cardápio e nós nem paramos para comer.

— Ai, que pena.

— Acabei de ser apresentada a mais de cem pessoas.

— Hum.

— Todas vão ao *meu* casamento.

— Sério?

— Tenho três convidados aqui, e os três foram socados em um canto. Isso não é normal, é?

— Jean-Paul teve um compromisso de trabalho, senão teriam sido quatro — palpita minha mãe.

— Quem caralhos é Jean-Paul? — pergunto.

Liz vira toda sua atenção para mim, depois para minha mãe, depois de novo para mim.

— Quem é Jean-Paul, mãe?

Lanço um olhar ressabiado para ela.

— Meu amante.

Chego a engasgar.

— Puta merda — gaguejo.

Liz faz uma careta.

— Podia ter falado namorado, né, mãe?

— Namorado é coisa de jovem — argumenta ela.

— Amante é coisa de gente tarada — rebate Liz, com um suspiro.

— Ou da Taylor Swift… ela adora usar esse termo nas músicas — comento, distraída, até que a ficha cai. — Calma. Mãe, você está namorando?

— Estou.

Ela bebe *outro* gole de vinho.

— Por que ninguém me contou?

— Vamos deixar isso para outra hora? Estou no meio de uma *crise* — sussurra Liz por cima da mesa.

— Ok, tanto faz. Mas… você está feliz? — pergunto para minha irmã.

— O quê?

Liz troca os copos da minha mãe, dando-lhe água em vez de vinho, como um Jesus às avessas.

— Você está *feliz*? — repito. — É uma pergunta simples.

— Está longe de ser simples — retruca minha irmã.

— Phillip te faz feliz?

— Às vezes.

— Às vezes quanto?

Um leve tremor a chacoalha, e seu olhar recai em algum ponto entre o prato de Matt e o da minha mãe.

— Não importa.

— Importa, sim — diz minha mãe, com a voz arrastada. — Importa muito, muito mesmo.

Liz solta um suspiro, e deve ter inúmeras razões para isso, entre elas a possibilidade de minha mãe precisar sair daqui carregada para tomar glicose na veia. Matt dá uma volta pelo salão, sem ter onde sentar, mas sem querer interromper. Aceno para chamar a atenção dele.

Olho para as duas.

— Muito bem, o plano é o seguinte: eu e Matt vamos levar a mamãe para casa e, depois do jantar, quero falar com você, Liz. Temos muito que conversar, e precisa ser *hoje*.

Liz assente devagar.

Sinto a adrenalina de ser a irmã mais velha por meio segundo quando ela pega minha mão e aperta de leve antes de caminhar na direção da comitiva de Phillip.

Matt desaba na cadeira vaga.

— Ei, está tudo bem? As coisas pareciam meio tensas.

— Não esqueça o quanto você gosta de mim, está bem? Porque já, já vai começar a ver um monte de alertas vermelhos envolvendo toda a minha família.

— Amo vermelho, é minha cor preferida — graceja Matt, rindo baixinho.

— Pode me ajudar a levar minha mãe alterada até a porta sem levantar suspeitas?

Ele olha para a minha mãe, que a essa altura já está quase esverdeada.

— Vamos, é bom a gente ir logo.

Fazemos uma contagem silenciosa até três e entrelaçamos os braços com os da minha mãe. E assim avançamos pelo salão, fazendo parecer que ela está apenas sendo acompanhada por duas pessoas gentis, não prestes a ser expulsa de um boteco de esquina.

Nem me dou ao trabalho de me despedir do resto da mesa. Por mim, aquelas velhas futriqueiras podem ir tomar naquele lugar.

Uma vez lá fora, minha mãe, normalmente um poço de requinte, começa a vomitar dentro de um vaso de planta enquanto eu seguro o cabelo dela para trás.

— Mãe, sei que não é uma boa hora, mas preciso dizer que você está ficando bem mais descolada conforme envelhece! Olha só para você, de porre depois de uma festa e com um namoradinho novo...

— Estou regredindo.

— Mas, se for boa nisso, está *progredindo* — comenta Matt.

Eu o encaro como se ele tivesse batido a cabeça, porque não tem outra explicação.

Mas ele apenas encolhe os ombros e cochicha:

— Ué, sei lá.

— Vem, me ajuda a carregar minha mãe até lá.

Faço um gesto para o carro preto onde nosso motorista aguarda.

— Calma, ele espera aqui fora o tempo todo?

— Isso.

Levanto minha mãe com um grunhido, bem menos delicada do que antes.

— Uau, então esse é o mundo dos ricos — murmura Matt, piscando para mim.

Ele abre a porta do carro e eu ajudo minha mãe a se acomodar no banco de trás, com a cabeça apoiada nos joelhos.

— Hã... sua mãe tem problemas com bebida ou...?

— Não, deve ser a primeira vez que fica bêbada. E só tomou duas, três tacinhas de vinho. Simplesmente escolheu *esta noite* para começar a causar.

— Bem, ela foi jogada para escanteio no jantar de ensaio do casamento da filha.

— Estou ouvindo tudo, viu? — rosna a minha mãe. — Eu não estou bêbada. Deve ter sido o peixe, acho que estava estragado.

— Também comemos o peixe e estamos ótimos.

Fecho a cara e bato a porta, depois me acomodo do outro lado e cuido dela por toda a viagem, acariciando suas costas. Enquanto isso, Matt finge estar fascinado com cada aspecto da paisagem.

Quando chegamos em casa, eu a ajudo a tirar a roupa e a se deitar na cama. Posso ter desperdiçado todos os anos de colégios particular, mas pelo menos me tornei especialista em acomodar uma pessoa bêbada na cama, já coberta e deitada de lado para não correr o risco de sufocar com o próprio vômito. Nem seria necessário, já que ela não está embriagada a esse ponto, mas pelo menos ajuda a aliviar meu peso na consciência por deixar minha mãe nesse estado para procurar Matt e esperar por Liz.

30

Eu e Matt nos alternamos entre perambular de um lado para o outro e vigiar a porta até a chegada de Liz. Expliquei todo o ocorrido assim que ele voltou do quarto com suas roupas de ficar em casa (um momento de silêncio pela minha perda), e em seguida assumiu meu posto para que eu também pudesse tirar o vestido de festa.

Horas se passaram sem o menor sinal de Liz. Não respondeu as mensagens. Não atendeu as ligações. Nada.

Desistimos às três da madrugada, pois eu precisava acordar às sete toda disposta para meus deveres de madrinha de casamento. Dormi no quarto de hóspedes com Matt, que está decidido a levar o colchão embora. O cansaço era tanto que simplesmente apagamos na cama, mas adorei acordar nos braços dele. O triste foi ser obrigada a abandonar seu abraço para jogar minhas coisas na mochila e correr porta afora.

O motorista apareceu na hora marcada para nos levar ao hotel onde encontraríamos Liz e as outras madrinhas. Minha mãe escondeu bem a ressaca atrás dos óculos escuros, e eu não paro de pensar que, em algum ponto do dia, vou conhecer o namorado dela. Mais do que isso, serei obrigada a lidar com o fato de ela estar *namorando*. Tento me acalmar. Uma batalha de cada vez. E tenho a nítida sensação de que enfrentarei muitas batalhas nesta manhã, quiçá a guerra inteira.

— Bom dia! — exclamo ao entrar na suíte do hotel.

Esperava encontrar um cômodo agitado, com mulheres, maquiadores e cabeleireiros espalhados por todo canto, mas está tudo calmo. Não se vê nem sinal de Liz.

— Ela fugiu! — teoriza minha mãe, com uma empolgação surpreendente.

— Já vou, mãe — grita a voz de Liz, vinda do banheiro.

Ela abre a porta e passa por nós em direção ao centro da suíte, depois desaba com um gesto dramático no sofá.

— Cadê todo mundo? — pergunto.

— Só vão chegar às nove.

— Ah, entendi... então vai rolar mesmo?

— E tenho escolha? — responde Liz, com sua voz confiante reduzida a um sussurro.

Eu me ajoelho ao lado do sofá.

— Liz... Você quer se casar hoje?

— Quero.

— Com Phillip? — pergunta minha mãe, sentada na beira da cama.

A hesitação de segundos torna a resposta desnecessária.

— Ah, filha...

O tom da minha mãe é familiar. Está prestes a fazer uma lista interna de prós e contras. Prefere ver a filha casada, infeliz e divorciada, ou fugida do próprio casamento como a protagonista de uma música country? Por fim, ela suspira e se endireita.

— Você precisa decidir o que vai fazer — aconselha, e consulta o relógio. — E eu sugiro que tome essa decisão nos próximos 47 minutos.

Liz olha para mim.

— O que você faria?

— Bem, nem estaria noiva.

— Se fosse eu.

— Nunca teria cortado a franja na adolescência.

— *Lane*.

— Tá bom, parei. Eu daria o fora daqui, sem pensar duas vezes. Cadê Sam? Por que ele não veio? Vocês brigaram?

— Sam e Phillip não se dão muito bem, então...

Solto um suspiro. Como uma pessoa tão capaz, tão inteligente, tão lógica, pode ser tão estúpida?

— Liz... Sam é seu melhor amigo desde o jardim de infância. Ele deveria estar aqui.

— Conta para ela. — Minha mãe cruza os braços.

Observo as duas e fico ainda mais confusa ao ver minha irmã evitar o olhar da minha mãe.

— Vai ser assim agora? Caramba, Liz. A gente se fala por telefone todo santo dia e você nunca pensou em me contar sobre o amante da mamãe? Ou sobre a briga com Sam? Qual é o problema?

— O problema, *Lane*, é que nunca sabemos o quanto você consegue aguentar — retruca minha irmã.

Solto uma risada, incrédula.

— É sério isso? Vai *me* tratar como a problemática agora? Enquanto *você* cogita *abandonar seu noivo no altar*?

— Sam se declarou para Liz, disse que a ama — conta minha mãe, com toda a calma do mundo. — Menos de dois meses atrás.

— Oi? O quê? — pergunto, aos berros, olhando para minha irmã. — Como assim? — A expressão dela desaba enquanto eu faço os cálculos. — Ah... o dia que a gente brigou.

Ela solta um grunhido e esconde o rosto nas mãos.

— O que eu faço?

— Nossa, eu amei! Parece coisa de novela!

— Você está maluca, isso, sim! — grita ela.

— Liz, você não pode se casar com Phillip.

— Posso, sim.

— Você não o ama.

— Ele é muito calmo, racional e bem de vida. Vai ser um bom pai.

— Você não o *ama*, Liz. E ele não é um cara muito legal.

— É só um pouco... egocêntrico.

— E controlador — acrescento.

— Um pouquinho.

— E velho.

— Nem é *tão* velho assim!

— É velho pelas atitudes, Liz, não pela idade em si. Trata você como se fosse criança. Deixou nossa mãe escondida no fundo do salão, na mesa da secretária do pai.

— Deve ter sido coisa da mãe dele.

— Mas ele foi criado por essa mulher. Que, aliás, não é *conservadora*, é homofóbica mesmo.

— Me desculpa por ter falado aquela coisa sobre os acompanhantes. Foi difícil, eu odiei.

— Mas Phillip insistiu mesmo assim.

Liz assente uma centena de vezes enquanto as lágrimas começam a cair.

Minha mãe a consola, e aproveito a deixa para começar o plano de nos levar para bem longe daqui.

Matt atende no segundo toque. Eu sabia que ele estaria a postos.

— A operação Alfa está em andamento — aviso.

— Hum, isso é um sinal para eu ir aí buscar vocês?

— Faz de conta que demos um nome para o plano.

— Hã, tudo bem. Operação Alfa, na escuta. Código recebido. Câmbio.

— Já mandei o endereço por mensagem.

— Esse casamento está bem mais divertido do que eu imaginava — confessa Matt, ofegante, enquanto corre para nosso carro alugado. — Pronto, já coloquei no GPS. Chego em uns dez minutos.

— Até daqui a pouco. Quarto 403.

— Entendido. Câmbio, desligo.

Bato o celular contra a palma da mão enquanto observo o cômodo, tentando descobrir qual deve ser nosso próximo passo.

— Onde Phillip vai se arrumar?

— No quarto 311.

— Ele está aqui? — pergunto. — No mesmo hotel?

— Ainda não, mas deve chegar em breve.

— Certo. Prefere contar para ele pessoalmente?

— Não.

— Por mim tudo bem. Vai querer ficar com o vestido?

Aponto para a coisa branca e fofa pendurada na parede.

— Não, odeio esse troço.

— Tudo bem, mas vamos levar *isso aqui* para mais tarde.

E pego o champanhe e a caixa de bombom.

— Filha, tem *certeza*? — pergunta minha mãe. — Ou a conversa com Sam te deixou confusa?

— Não, não é isso. Bem, também não sei se quero ficar com Sam, mas eu já estava com um pé atrás antes da conversa... Phillip é uma escolha segura, sabe? Ganhos baixos, riscos baixos...

— Você estava com medo — murmuro. — De encontrar algo real.

— Já vimos como isso pode acabar, não é?

Ela se encolhe toda.

— É, sim.

Concordo com a cabeça, pensativa. Credo... somos mais parecidas do que eu imaginava.

— Liz? — chamo baixinho.

— Sim?

— Estou muito orgulhosa de você. Pode ser a decisão mais impulsiva e de última hora de todos os tempos... mas estou muito orgulhosa.

— Phillip vai ficar *tão* bravo.

Eu me acomodo no colo dela, com os braços ao redor dos seus ombros.

— Vai mesmo. Mas *você* vai ficar tão feliz.

Exatos dez minutos depois, ouvimos uma batida na porta. A essa altura, já recolhemos todos os nossos pertences e deixamos um bilhete para a irmã e a mãe de Phillip. Liz está no telefone com a companhia aérea para cancelar a passagem da lua de mel e estornar o valor para o cartão de Phillip. Nós, mulheres da família Rothsford, sabemos nos virar na hora do aperto.

Abro a porta e Matt entra.

— Sabe, quando me convidou para esse casamento, imaginei comida grátis e danças.

— Mas assim é bem mais divertido? — pergunto.

— Óbvio. Foda-se aquele cara. Ninguém coloca Kathy de lado.

— Por acaso isso foi uma referência a *Dirty Dancing*? — Levo a mão ao coração, fingindo estar emocionada. — Vou morrer de orgulho.

Matt dá uma olhada no quarto.

— A gente não devia ir logo?

— Ah, verdade. Pega isto aqui.

Entrego a caixa com o champanhe, os acessórios da minha irmã e o kit de banho de cortesia do hotel.

— Liz? Mãe? Nosso piloto de fuga chegou.

— Olá.

Matt acena, com a caixa equilibrada em uma das mãos.

Liz passa direto por mim e, com um movimento fluido, pega o champanhe e estoura a rolha.

— Quando foi que você ficou legal assim? — pergunto, de queixo caído.

Ela coloca os óculos escuros, dá de ombros e começa a beber direto do gargalo.

— Senhor, tenha piedade... — preocupa-se minha mãe, a caminho do elevador.

Saímos do hotel como três seguranças na escolta de um presidente. Minha mãe vai na frente com Matt, e eu vou no banco de trás com Liz.

Partimos em silêncio. Nunca mostram essa parte nos filmes. Neles, o carro arranca a alta velocidade com as janelas abertas e cabelos ao vento, a cena embalada por uma trilha sonora dos anos 1980. Na vida real, a fuga depois de deixar o noivo no altar é recheada de semáforos e mansões luxuosas em um bairro chique.

Liz começa a rir baixinho, depois um pouco mais alto, até virar uma gargalhada histérica.

— Mãe? — chamo, apreensiva. — Acho que minha irmã pirou.

Ela nos observa pelo retrovisor.

— Elizabeth? Está tudo bem?

— Sim! Estou ótima, fantástica — responde Liz, aos risos. — Eu me sinto... livre.

— Bom, então continue assim, porque Phillip está ligando.

Aponto para o celular jogado no banco.

Sem hesitar, ela abre a janela do carro e atira o celular na sarjeta. Depois diz:

— Matt?

— Hã, oi? Sim?

— Pode levar a gente ao McDonalds, por favor?

— Claro. O que a noiva, hã, o que você quiser!

Ele ri, meio sem jeito.

— Já contei que Phillip encomendou um vestido de noiva dois números abaixo do meu? — cochicha ela para mim, um pouco embriagada e muito sorridente.

— Estou tão feliz por você ter mudado de ideia, Pudinho.

Liz dá um aceno, depois segura minha mão.

— Também estou. É por isso que eu te amo. Sua presença sempre me ajuda a ver as coisas com clareza.

— Então por que a *minha* vida está esse desastre todo?

Apoio a cabeça no seu ombro, e ela também se apoia em mim.

— Não sei, Lane. A vida é o que você faz dela.

— Ok, vamos dar uma maneirada.

Tiro a garrafa dela no meio do gole, e o champanhe lhe escorre pelo queixo. Minha irmã, sempre tão certinha, intimidadora e séria, está enchendo a cara e sendo poética antes das nove da manhã, no banco de trás de um carro, depois de ter largado o noivo no altar. E eu estou adorando cada segundinho.

— E agora, como vai ser? — pergunto.

— Agora vou comer um McMuffin — responde Liz.

— E depois?

Ela abre o sorriso mais radiante que já vi.

— Não faço a menor ideia.

31

Eu e Matt esperamos no carro enquanto minha mãe e Liz vão buscar alguns itens essenciais na casa onde ela morava com Phillip.

Inclino o corpo no banco e pouso a mão no ombro de Matt.

— Ei, desculpa e obrigada.

Ele olha para trás.

— Vai ser uma baita história para contar.

— Está tudo bem? — pergunto.

— Tudo certo. E você, como está?

Matt estica a mão e a acomoda sobre a minha, usando o polegar para me acariciar a junta dos dedos.

— Aliviada. E preocupada com o inferno que Liz vai enfrentar nos próximos dias. Ela é dura na queda, mas a família do Phillip é muito bem relacionada. Vai ser difícil para ela continuar na cidade.

— Médicos podem trabalhar em qualquer lugar, certo?

— É verdade.

— Sua irmã vai ficar bem.

— É, vai mesmo.

— Você também vai ficar bem, sabia?

— Aí eu já acho mais difícil de acreditar.

— Mas também achava que sua irmã era perfeita. Achava que ela tinha *tudo* sob controle. Mas quem salvou quem hoje?

Droga... ele tem razão. E é uma sensação tão boa. Ter um propósito. Minha irmã precisa de mim neste momento. Eu me ajeito no banco e coloco o cinto quando as duas retornam ao carro com uma mala e uma única caixa.

— Sabe o que é mais triste? — pergunta Liz depois de jogar as coisas no porta-malas. — Não tem mais nada. Recolhi todos os meus pertences em menos de dez minutos.

— Hum, deixa eu adivinhar... Phillip é minimalista.

— Caramba, como eu pude ser tão idiota?

— É bom ser assim um pouquinho, para variar — brinco.

Depois espio os arredores, esperando ver Phillip a qualquer momento.

— Para onde vamos agora? — acrescento com urgência.

— Mãe, posso ficar com você? — Liz pergunta.

— Claro que pode, filha. — Ela alcança o banco de trás e segura nossas mãos. — Podem *sempre* ficar comigo, as duas.

— Mas e se o nosso padrasto novo não gostar da gente? — pergunto, fazendo beicinho.

Minha mãe olha feio para mim e larga nossas mãos.

— Você é muito pentelha — reclama, depois põe os óculos de sol e se vira para o lado. — Mattheus, querido, leve a gente para casa, por favor.

— Querido — sussurra Liz para mim, rindo baixinho.

Minha irmã ficou sóbria em um piscar de olhos quando o telefone fixo começou a tocar e não parou mais. Por fim, nós o tiramos da tomada e Liz subiu para um cochilo. Minha mãe a seguiu logo depois, e desde então eu e Matt estamos sentados nas banquetas da cozinha, em silêncio, ocupados demais devorando a caixa de bombom do hotel.

— Aquele ali é de coco, cuidado.

Ele aponta para o redondinho com flocos brancos.

— Ah, eu não sou alérgica.

— Eu sei, mas são os meus preferidos. Não quero dividir.

E enfia um na boca, sorrindo. Ao ver que continuo séria, pergunta:

— Você está bem?

— Estou, sim. Só muito preocupada com Liz.

— Vem cá.

Ele se vira na banqueta até estar de frente para mim, depois afasta as pernas para me dar passagem. No instante em que estou nos seus braços, todas as preocupações parecem sumir, como sempre acontece. Meu bom senso vai pelo ralo quando o abraço, levando junto o nervosismo que eu sempre carrego para onde vou.

— Obrigada — murmuro em seu peito. — Eu precisava mesmo de um abraço.

— Eu também.

— Sério?

— Eu sempre preciso dos seus abraços, *manamea*.

— Fico feliz em ajudar — provoco. — Então...

Respiro fundo.

— Então — repete ele por cima da minha cabeça — acho que não vai ter mais casamento.

— Pois é.

Solto um suspiro.

— Pensei em passar o resto do fim de semana na casa dos meus pais se você conseguir arranjar uma carona para o aeroporto. Acho que minha presença não vai ser de muita ajuda para Liz.

Eu nunca teria pedido, e justamente por isso a oferta parece tão generosa. Quero Matt por perto por motivos egoístas, claro, mas ele tem razão. É um momento delicado para minha irmã, e ela mal *me* tolera depois de 27 anos juntas, que dirá alguém que acabou de conhecer. Liz não é muito boa nessa história de demonstrar vulnerabilidade e já passou por maus bocados nos últimos dias.

— Tem certeza?

— Tenho, sim. Pensei até de adiarmos a volta. Já falei com Warren, e ele e os funcionários dão conta da oficina. O movimento está meio fraco. Aí, posso passar a semana com minha família, e você fica aqui com elas. Acho que vai ser bom para nós dois.

Sinto meu corpo tensionar.

— Uma semana? — pergunto, soltando o ar. — Não sei se dá para resolver os problemas da minha irmã, os meus e os da minha família em uma semana.

— Quando esse se tornou o objetivo? — Matt olha para mim, com a testa franzida em confusão. — Resolver os problemas de todo mundo? Nenhuma dessas coisas tem uma solução fácil, *manamea*.

— Acha que eu não sei? — respondo, cheia de sarcasmo. — Só que... não quero fugir outra vez. Não quero continuar com a sensação de que uma parte de mim está presa aqui porque sempre abandono minha família quando a coisa complica.

— Tudo bem, mas não está cogitando ficar aqui... a longo prazo... está?

— Ainda não sei. Talvez. Depende de quando vou me sentir pronta.

— Até se sentir pronta — repete Matt, bem devagar. — Pronta — torna a dizer, com o cenho ainda mais franzido.

— Eu preciso de...

— O que isso significa para nós? — interrompe ele.

Fico quieta e o observo com atenção. Nunca vi alguém com uma aparência tão cansada. A imagem me faz pensar nas lições da catequese que meu pai às vezes nos obrigava a frequentar, como bom irlandês que era. Matt parece um homem exausto depois de ter vagado pelo deserto por quarenta anos. Talvez tenha perdido a fé. Sinto a tensão se espalhar por músculos que eu nem sabia que tinha.

— Acho que minha irmã precisa de mim — apresso-me a dizer, forçando as palavras a saírem. Penso no que vem a seguir e, pela primeira vez em muito tempo, tenho certeza do meu próximo passo. — Acho que vou manter o voo, voltar para casa e fazer as malas, depois venho para cá no meu ônibus. Aí posso ficar por aqui, trabalhar, o que for, enquanto tiro um tempo para resolver as coisas.

Estendo a mão para segurar seu rosto e Matt fica imóvel ao sentir meu toque. O maxilar estremece sob minha palma enquanto ele tenta, e não consegue, se manter firme.

— Tudo bem — diz com uma voz áspera.

Estico o pescoço para ver seus olhos, que ele tenta apontar para todas as direções, menos na minha.

— Matt.

— Hum? — Ele finalmente se vira para mim, com os olhos cheios de lágrimas. — Sim, eu entendo.

— Matt, eu...

Ele levanta uma das mãos, me interrompendo.

— Desculpa, é só que... — Ele começa a andar em círculos. — Lane, não sei mais quantos obstáculos sou capaz de atravessar.

A mandíbula dele se contrai e uma veia se destaca na garganta, saltada como nunca vi.

Dou uma risada confusa.

— Como assim?

— Quanto tempo? — pergunta ele com firmeza.

— Quanto tempo o quê?

— Você vai ficar aqui?

— Acabei de dizer que não sei. Ainda não decidi nada direito, mas acho que devo ir para casa, pegar o ônibus e voltar para cá.

— Então você vai morar aqui — insiste ele, esfregando a barba como se fosse arrancar os pelos.

— Durante um tempo, até eu...

Matt começa a rir. E não é a gargalhada surpresa de sempre, nem o risinho debochado ao fazer uma piada. Também não é a risada divertida de quando decide pegar no meu pé. Está rindo como se não acreditasse nos próprios ouvidos. Como se estivesse prestes a desistir.

— Eu fiz tudo que você me pediu. — Ele faz uma pausa e me observa, incrédulo. — Fui amigo, parceiro na cama, motorista, ajudante... Não saí do seu lado. E agora o quê? Vai me mandar para casa sozinho? Sem ter dia para voltar?

Abro a boca para responder, mas não sai nada.

— Lane, por favor. Por favor, volta para casa comigo. Podemos resolver isso juntos. Vamos fazer tudo do seu jeito, *sempre* do seu jeito. Nem vou te beijar se preferir assim. Mas, caramba, não me obrigue a ficar longe de você. — Os braços dele se estendem para os lados, e o desespero percorre todo o seu corpo. — Se você fizer isso mesmo, de que adiantou todo o resto? O que aconteceu com o medo de perder a nossa amizade?

Levanto o queixo em desafio.

— Isso é um ultimato, Matt?

Ele balança os braços.

— Oi? Como assim? O que seria um ultimato? O fato de eu dizer que não tenho mais nada para oferecer sem receber uma migalha em troca?

— Você me disse para ser egoísta, para levar o tempo que eu precisasse. Disse até que me amava! Então que diferença faz se estou aqui sozinha ou lá com você?

— Porque eu também tenho medo, caramba! Sabe como é finalmente sentir que a coisa que você sempre quis está ao seu alcance, mas pode escapar a qualquer momento? Eu *mal* tenho você. Se continuar aqui e eu voltar para lá, posso te perder. Podemos perder *isso*. E se você não voltar? Como posso convencer você de que precisa de mim se estiver a mil quilômetros de distância?

Eu me jogo em seus braços, e a surpresa quase o faz cair para trás.

— Matt, você não precisa me convencer. Não precisa me conquistar. Não precisa me mimar. Não precisa fazer nada. Você é suficiente para mim. Antes, eu me contentava em ser infeliz. E você me mostrou tudo o que posso ter, e estou disposta a tentar, mas...

— Então tente em casa. Tente perto de mim.

Ele se desvencilha do meu abraço, e de repente me sinto à deriva.

Uma lágrima quente e grossa escorre pelo meu rosto.

— Não posso, Matt. Elas precisam de mim aqui. E eu quero estar aqui. Tenho muitos problemas acumulados para resolver, e preciso fazer isso aqui.

— Por quê?

— Porque já fugi de casa por muito tempo. Porque a ausência do meu pai assombra esse lugar. Porque minha mãe tem um namorado que eu nem conheço, e Liz... acabou de virar a vida de cabeça para baixo! E eu não sabia de nada! Tenho muito medo de me permitir me apaixonar por você, mas, quando estamos juntos, eu me esqueço de todo o resto, e isso não é saudável. Preciso encarar meus problemas primeiro. Nós nunca vamos dar certo se eu não resolver minha própria bagunça sozinha.

Matt passa a mão pelo cabelo e se balança nos calcanhares. Começa a dizer palavra após palavra, mas se interrompe, gagueja, como se tentasse entender o que precisa expressar. Por isso, quando ele se cala e baixa o olhar para o chão, sei que desistiu.

Ele acena lentamente com a cabeça, depois me observa com uma hesitação que me divide ao meio. Matt envolve minha nuca e me dá um beijo delicado na testa, e sinto seu polegar acariciar meu cabelo.

— Tudo bem — sussurra para mim, me dá as costas e sai da cozinha.

— Matt?

— Agradeça à sua mãe por mim.

Ele usa a manga da blusa para enxugar o rosto, com a voz embargada. Perceber que ele está chorando me destrói por dentro.

— Matt... — chamo, e vou atrás dele até a entrada da casa. — Matt, espera.

Ele se detém diante do carro, já com a porta aberta. Parece arrasado, destroçado. Por *minha* causa.

— Quero todas essas coisas para você, Lane. Eu só queria fazer parte delas também.

Matt dá um tapinha no teto do carro, com os lábios trêmulos. Está me dando a oportunidade de impedir sua partida, de dizer que mudei de ideia. E eu quero tanto fazer isso. Estou desesperada para tirar o sofrimento do seu rosto, para abraçá-lo e dizer que o amo. Mas não seria justo para nenhum de nós. Ainda não.

Os ombros dele afundam ao se posicionar atrás do volante. Uma vez lá dentro, não hesita em arrancar. Ouço os passos da minha mãe nos degraus de pedra atrás de mim, enquanto limpo catarro e lágrimas, e Matt desaparece de vista.

— Chegou a escutar a conversa? — pergunto, mas nem me dou ao trabalho de olhar para trás.

— Só uma parte ou outra, mas entendi.

Ela passa o braço ao redor da minha cintura, e eu me aconchego ali.

— Vamos dar um jeito nisso, filha. Nós três temos muita coisa para resolver, mas vai ficar tudo bem.

Enquanto choro em seu ombro, ela me faz carinho no cabelo, nas costas.

— Pronto, pronto. Vai passar.

— Só quero fazer a coisa certa — confesso entre as lágrimas.

— Eu sei disso. E você fez. Venha, sua irmã está jogada na minha cama. Vamos lá ficar com ela.

— Só preciso de um minuto.

Endireito os ombros e me afasto. Quero um pouco de ar. Silêncio. Privacidade para chorar.

— Claro, querida. Leve o tempo que precisar.

32

— Cabe mais uma aí?

Passo pela frestinha entreaberta da porta do quarto da minha mãe, que está esparramada na cama com Liz, fazendo carinho em suas costas. A um sinal dela, eu também me junto ao abraço.

— Minhas garotinhas — murmura minha mãe quando aninhamos a cabeça no seu peito. — Senti tanta saudade disso, de ter vocês duas aqui. — Ela beija o topo da cabeça de Liz, depois a minha. — Que década tivemos, hein?

— Mãe? — chamo, limpando o nariz na manga. Não sei se já estou muito emotiva, ou apenas desesperada para cortar o mal pela raiz, mas sou incapaz de conter as próximas palavras. — Eu sinto muito. Desculpa.

Ela me abraça mais forte.

— Ah, querida. Desculpa por quê? Não precisa disso.

— Porque... o papai ainda estaria aqui se eu tivesse ficado em casa.

— Elaine Marie Rothsford, retire o que disse agora mesmo — declara ela com aquela voz autoritária reservada a coisas sérias, como a vez em que eu quase enfiei um garfo na tomada. — Você não é responsável pelo que aconteceu com seu pai, pelo acidente ou pelo fato de não termos enfrentado o luto direito.

Em seguida me dá uma palmadinha no braço como se quisesse ter dado um tapa, e eu olho para Liz, que parece estar tão confusa quanto eu. Minha irmã não faz o menor esforço para me eximir da culpa, mas sei que teve um dia difícil. Vou deixar essa conversa para depois.

— Preciso confessar uma coisa — avisa minha mãe. — Jean-Paul, bem, ele não é apenas meu amante… — "Eca, eca." — Ele era meu terapeuta de luto.

"Piorou."

— Eca! — reclamo. — Não é antiético?

— Vocês sabem que eu tenho dificuldade nessa parte… emocional. Quando encontramos alguém com quem podemos nos abrir, com quem nos sentimos seguros, às vezes é inevitável confundir as coisas. Só confessei meus sentimentos por ele na nossa última sessão, e ele demorou um tempo para digerir tudo. — Ela abre um sorriso travesso, com os cantos da boca curvados para baixo. — Até daria para dizer que eu o persegui.

Liz começa a rir, e nós duas a encaramos sem entender.

— Qual é a graça? — pergunto.

— Nada!

Ela se esforça para controlar o riso.

— *Liz.*

— Eu ia dizer que a mamãe se sentiu tão à vontade para se abrir com ele que acabou abrindo até as pernas.

Em seguida, ela tapa a boca como se tivesse acabado de falar um palavrão na frente do Papa.

Minha mãe começa a rir quase imediatamente, e eu também deixo escapar uma risada.

— O que deu em você? — pergunto. — Até começou a fazer piada sobre sexo!

— Eu é que te pergunto. Deu para ouvir toda a conversa aqui de cima. Quando você ficou tão madura assim?

Prendo o ar com um suspiro exagerado, depois levanto a mão como se quisesse encostar na dela.

— Já sei! — exclamo. — Nós trocamos de corpo!

Minha mãe abaixa meu braço, e eu o deixo cair frouxo na cama, me aconchegando mais perto dela.

— Vamos as três para a terapia — determina ela e, já antecipando minha pergunta, acrescenta: — Não, não vai ser com Jean-Paul, nem com alguém tão bonito. — Volto a abrir a boca, mas não consigo dizer nada. — E, sim, vão ter que fazer. As duas.

Ela lança para minha irmã aquele olhar severo normalmente reservado para mim, e eu sinto uma pontinha de orgulho no peito.

— Mandona — reclama Liz, de beicinho armado.

— Já passou da hora, meninas. Ficamos tempo demais no fundo do poço. Não pense que não ouvi o que você disse no hotel mais cedo, mocinha. — Ela cutuca o ombro de Liz. — Ou que não entendi o que você está passando. — E me cutuca. — Chega de evitar as coisas boas da vida por medo de perder tudo depois. O pai de vocês ficaria arrasado. Além do mais, esses erros podem levar a decisões muito caras, como reformar um ônibus ou cancelar um casamento.

Nós duas começamos a protestar ao mesmo tempo, mas minha voz é mais alta.

— O ônibus foi uma ótima decisão, na verdade. Ajudou a esclarecer várias coisas. Tenho muito orgulho dele. Logo, logo vocês vão ver por conta própria e entender. — Eu me ajeito no colchão até ficar sentada e conseguir olhar para as duas. — Vou para casa na terça-feira, faço as malas e volto para cá com o ônibus. Quero ficar aqui durante um tempo. Para resolver a vida.

— Sim, a gente ouviu tudo, esqueceu? — comenta Liz.

Minha mãe solta um muxoxo.

— Deixa sua irmã contar as coisas — repreende, olhando feio para Liz. — Vamos adorar receber você aqui em casa, filha. Vai ser muito bom. Para nós três.

Adormecemos juntas na cama da minha mãe pela primeira vez desde a noite do velório, quase dez anos atrás. De certa forma, é como se tivéssemos voltado para aquele momento. Ainda sou uma garota de dezessete anos, aterrorizada com um futuro incerto, desesperada para escapar de mim mesma e, no entanto, o corpo em que me encontro agora tem 27 anos e está pronto para tentar outra vez.

Acordo em uma cama vazia e sinto o aroma de ovos fritos e café fresquinho. Estar envolta no cheiro e na familiaridade da casa da minha mãe depois de um dia cansativo me fez dormir como um bebê. Mas acordar e sair da cama é um desafio.

Já sinto falta de Matt. A saudade vem como uma dorzinha incômoda nos fundos da mente ao lembrar da sua voz rouca quando acorda, do cheiro de sabonete da sua barba, da forma como murmurava elogios no meu pescoço enquanto eu me espreguiçava e bocejava.

Não é mais uma questão de saber se o amo. Eu sei que amo. O importante é descobrir se eu posso me amar tanto quanto amo Matt. Se posso me permitir viver esse amor sem medo, como ele merece. Por isso, enterro a dor da saudade sob uma pilha de votos de felicidades para o dia dele. Penso com carinho em Fetu e Simon e espero que os dois lhe tragam conforto. Imagino o sol nascendo sobre o riacho e uma parte de mim se acalma por saber que Matt também está onde se sente mais seguro.

Liz sai do banheiro de roupão e me expulsa do quarto para trocar de roupa. Avanço pelo corredor na direção das escadas e ouço minha mãe assoviar na cozinha. Hoje é o primeiro dia da nossa jornada de cura e, pelo jeito, vai ser regado a música e café da manhã.

— Bom dia! — cantarola minha mãe, levando um prato de ovos mexidos para a mesa. — Sua irmã já acordou?

— Ela acabou de sair do banho — respondo, afundando na cadeira. — Parece até que estou de ressaca, e nem bebi.

— O nome disso é ressaca *emocional*, meu bem. Com uma pitadinha de coração partido. — Ela abaixa a xícara. — Já está com saudade dele?

— Por acaso *você* está com saudade?

Tomo um gole de café, levantando uma sobrancelha.

— Eu gostei do Matt. Por quê? Não posso gostar dele? — pergunta ela na defensiva, com um sorriso largo.

— Até o chamou de *querido*.

Dou outro gole.

— Mas ele é mesmo um querido — argumenta minha mãe, e estreita os olhos para mim. — Parece ser, pelo menos. Mas eu também fui com a cara do Phillip no início, então talvez seja melhor repensar minha opinião.

— Não, dessa vez acertou em cheio. Matt é a melhor pessoa do mundo.

— Ah, primeiro passo. Tirar esse homem do pedestal.

— Como assim? Por quê? — pergunto com um toque de raiva inesperado na voz, e trato de a engolir com o café. — Ele não fez nada de errado. Só me pediu uma única coisa, para não ir embora, e eu o decepcionei.

— Talvez não, mas ninguém é perfeito, Lane. Enquanto acreditar que ele é a melhor pessoa do mundo, vai continuar se convencendo de que não é digna dele.

— Droga, a terapia já começou? Eu também deveria ter tomado um banho.

— Pode brincar o quanto quiser, mas é verdade. Amar a si mesma é só metade da luta, filha. Enxergar Matt como uma pessoa normal também vai ajudar. Ele não é um homem perfeito e inatingível, então pare de agir como se fosse — aconselha-me ela, com o dedo em riste. — Ele está apaixonado por você. Por cada pedacinho seu, com defeitos e tudo. Você acha que também pode amar as partes de Matt que ele prefere esconder?

— O quanto vocês escutaram ontem à noite?

— A conversa toda. Sempre deu para ouvir tudo nessa casa. Por que acha que fiz você começar a tomar anticoncepcional aos quinze anos? — Ela faz uma pausa. — Para controlar a acne? *Pfff*, fala sério... sua pele é perfeita, sempre foi.

— Ah, que legal, vou embora.

— Não vai tomar café? — pergunta ela quando me levanto.

— Estou sem fome.

A ideia de minha mãe ter escutado minhas aventuras sexuais da adolescência embrulhou meu estômago a ponto de me tirar o apetite.

— A terapia começa às dez e meia! — grita ela atrás de mim. — Lá na sala de estar.

E, apesar de Matt não estar aqui, consigo imaginar sua reação ao ouvir que minha mãe tem um terapeuta disposto a fazer uma consulta domiciliar tão em cima da hora. "Gente rica", murmuraria ele com um misto de admiração e crítica. E teria razão. É mesmo ridículo. Mas também é eficiente, então não vou reclamar.

Antes de qualquer coisa, porém, preciso fazer algumas ligações. Primeiro ligo para Chloe, que atende na hora.

— E aí, como foi o casamento?

Conto todos os acontecimentos das últimas 48 horas nos mínimos detalhes, e nem Chloe parece capaz de se adaptar a cada nova informação. E olhe que ela é a *rainha* da adaptação. Afinal, passou de solteira e sem filhos à vida com um estranho, acolhendo a irmãzinha mais nova no espaço de uma semana e meia.

Depois de alguns sussurros e murmúrios conforme termina de digerir a história, por fim diz:

— Foda-se esse tal de Phillip!

— Não é?

— E eu fico com pena por você e pelo Matt, mas também fico contente. Sei lá, ainda estou um pouco confusa.

— Sei que é clichê, mas é melhor assim. Por enquanto. Só por enquanto.

— E se eu encontrar Matt com outra mulher?

— Mata. Mata na hora.

— Entendido. Vou avisar ao Warren que talvez a gente precise combinar umas visitas íntimas na cadeia.

— Tá bom, tá bom. Não precisa matar, então. Talvez um olhar feio e um meneio de cabeça? Mas você acha que Matt vai fazer isso? Seguir em frente? Assim, ele tem todo o direito, mas...

Chloe solta um barulhinho agudo e choroso vindo do fundo da garganta, como se estivesse prestes a explodir de fofura.

— Não, Lane. Acho que, até você voltar, Matt vai continuar esperando. Ele vai passar mais uma semana por aí, então?

— Pelo jeito vai. Acabei de receber o e-mail sobre a alteração na data da passagem. Acho que ele vai aproveitar mais um pouco com a família. Mas eu volto amanhã para fazer as malas e vir de ônibus para cá.

— É uma viagem longa.

— É mesmo.

— Sozinha.

— Quer vir comigo? — pergunto, *quase* de brincadeira.

— Quem me dera, amiga. Não posso.

— Eu sei — respondo, suspirando. — Preciso ir lá me arrumar. Minha mãe marcou uma sessão de terapia em família para daqui a pouco.

— Muito eficiente.

Dou risada.

— Não é? Pensei a mesma coisa! Ela deve estar desesperada para despachar a gente de casa logo.

— Para aproveitar sozinha com o tal *amante*, talvez? — graceja Chloe. — Vai me dando notícias, viu? Estou sempre aqui. Vou ficar com saudade.

— Quer me encontrar no ônibus amanhã? Você e a Emily?

— Claro, já vou mandar mensagem para ela para combinar tudo.

— Ok, te amo.

— Também te amo.

Escuto um riso abafado e os gritinhos agudos de Chloe enquanto o celular parece ser jogado de um lado para o outro.

— E aí? — diz Warren.

— Oi?

— Eu avisei.

— Warren! — repreende Chloe. — Pode parar!

Solto uma risada fraca.

— Avisou mesmo.

— Ei, se cuida aí, está bem? Ligue se precisar de alguma coisa. Pode deixar que a gente fica de olho no Matt. Só se preocupe com você agora.

Fico sem reação. Warren só diria uma coisa dessas se fosse para valer.

— Tudo bem. Pode deixar.

— Tchau, Lane.

— War... — ouço Chloe começar a gritar, mas a linha fica muda.

— Tchau — respondo para ninguém.

Contemplo meu reflexo no espelho do meu quarto de infância. Estreito os olhos e cerro a mandíbula com determinação.

Está na hora de acabar com a raça daqueles dragões.

33

Querido diário novo, você é tão lindo que tenho até dó de escrever, mas a dra. Kurada me deu instruções bastante rigorosas para anotar meus pensamentos depois de cada sessão. (Sim, o nome da terapeuta é Kurada mesmo... eu sei que parece mentira.)

Vejamos...

Já faz duas semanas que voltei para Vancouver com meu ônibus e Simone, a coelha. A viagem foi... um inferno. Se eu decidir voltar para casa, talvez deixe o ônibus por aqui mesmo (brincadeirinha... ou não). Morar nele, porém, tem sido maravilhoso. Tenho adorado passar mais tempo com a minha mãe, mas é bom ter um lugarzinho só meu ao final de um longo dia. Fico cheia de orgulho por dormir todas as noites em uma casa que ajudei a construir. Simone amou a toquinha nova debaixo do meu banco.

Também me sinto mais próxima de Matt quando estou aqui no ônibus.

Às vezes parece que troquei um fantasma por outro. Nunca me senti tão perto do meu pai quanto agora, na nossa casa, falando sobre ele, revivendo tantas memórias. Mas também me sinto cada vez mais distante de Matt. Ontem percebi que ao longo do último ano, mesmo antes de nos tornarmos um "nós", não tínhamos passado mais de duas semanas sem conversar ou, no mínimo, nos trombar por aí. Resisti à vontade de ligar para ele, e várias vezes meu polegar pairou sobre o contato dele no celular. Mas não vou ligar. Não vou perturbar mais a vida dele até estar decidida sobre o que quero e pronta para fazer acontecer.

A dra. Kurada me incentivou a detalhar minha situação atual no diário para me ajudar a refletir sobre meu progresso. Na opinião dela, estou muito preocupada em ficar boa logo quando, na verdade, preciso encarar o processo como uma jornada para a vida toda. Pelo jeito, essas coisas sempre vão ser parte de mim (uau, que maravilha). A terapeuta chama isso de transtorno de estresse pós-traumático, mas ainda não sei se estou pronta para concordar com ela.

Quando me disse que eu talvez nunca me sentisse mais "resolvida" do que agora, perguntei se isso significava que eu estava pronta para ir para casa. Ela suspirou. Entendi isso como um não.

De acordo com a boa doutora, não se pode formar ou passar na terapia. Por isso, cá estou eu, escrevendo um diário, como se fosse lição de casa. Então, talvez seja possível, sim, me formar?

Enfim...

Hoje estou me sentindo bem. Tive umas conversas muito boas com a minha mãe sobre a culpa que sinto pela morte do meu pai. Ela pediu desculpas por nunca ter deixado claro que não estava chateada nem zangada comigo. E eu me desculpei por ter ido embora de casa antes que ela tivesse a oportunidade de me dizer essas coisas.

Minha mãe fez algumas revelações que levaram a várias sessões de choro madrugada adentro na cama uma da outra, embora ela se recuse a dormir no ônibus. "Nem uma vez", disse ela. "Nem uma única vez eu culpei você por aquele acidente. Nem mesmo por um segundo."

Esse alívio é indescritível.

Mas... Eu e Liz voltamos a nos estranhar um pouco. Quando as ligações de Phillip pararam, cerca de uma semana depois do meu retorno, minha irmã retomou sua velha rotina cheia de padrões. Tem andado mal-humorada e irritadiça e se recusa a responder a quaisquer perguntas sobre Sam ou seus planos para o futuro. Mergulhou de cabeça no trabalho, e os turnos no hospital são longos e árduos, por isso, quando não está lá, ela se tranca no quarto para descansar.

Minha mãe me aconselhou a não me preocupar com Liz, porque só posso fazer a minha parte. Mas não consigo evitar a sensação de que nosso processo de cura está interligado.

Por isso, decidi estabelecer uma meta em vez de simplesmente "deixar para lá". Nas últimas semanas, descobri que é impossível superar a dor de perder alguém. Ninguém consegue. Apenas aprendemos técnicas para lidar melhor com o luto. Como as afirmações que me prescrevi durante anos para lidar com a minha agorafobia. A dra. Kurada sugeriu algumas outras estratégias complementares. O diário é apenas uma delas.

No geral, estou bem. Consigo falar do meu pai sem chorar, uma baita novidade. Conversei com Chloe e Emily algumas vezes ao telefone para me certificar de que não serei uma otária sem amigos quando voltar à sociedade.

As duas nem tocaram no nome de Matt, por isso também fiquei quieta. Não entendo bem o motivo. Sei que eu poderia simplesmente perguntar, mas acho que seria mais doloroso receber informações de segunda mão. Será que Chloe teve notícias dele? Ou, melhor, será que Warren repassou as notícias para ela? Espero que Matt esteja bem. Espero que sinta a minha falta da mesma forma que eu sinto a dele, talvez de forma um pouco menos dolorosa. Mas não muito menos, também.

Bom, acho que por hoje é só. Não sei se achei essa estratégia muito útil, mas por enquanto a dra. Kurada não me decepcionou nem uma vezinha sequer.

Componte-se, diário.
Lane

34

Seis semanas depois, concluí que não gosto mais de terapia.

Por acaso você já visitou aquelas casas dos espelhos de parques de diversão? Porque fazer terapia é como entrar em lugar assim, olhar para todas as versões distorcidas de nós mesmos — mais baixos, mais altos, esticados, tortos e esmagados — e depois descobrir que os espelhos não estavam alterados. Só refletem a realidade. Mostram quem você realmente é. Todas as partes estranhas, esquisitas e repugnantes estão à mostra, de repente tão óbvias.

Apesar disso, eu também estou adorando a terapia. Não gosto nem desgosto da dra. Kurada. (Aimeudeus, será que ela vai pedir para ler este diário um dia? JANE DO FUTURO, ARRANQUE ESTA PÁGINA.) Tenho a impressão de que ela está escondendo o jogo, talvez por ter percebido como estou desesperada para que goste de mim. Ela só riu de uma das minhas piadas até agora, e nem foi tão engraçada assim.

Mas não tem como negar que a mulher é boa no que faz. Tive várias "revelações" sobre diferentes áreas da minha vida nas quais me sabotei. Sempre soube, até certo ponto, que eu me punia por causa da culpa relacionada ao acidente, mas não percebia como isso afetava minha vida.

Se não tivesse ficado amiga de Chloe e Emily na época da faculdade, acho que nem teria me formado. Por sorte, as duas me serviam de estímulo para ir às aulas e passar em todas as matérias. Fora isso, desperdicei muito potencial ao longo dos anos por não me achar digna de um futuro no qual meu pai não estivesse presente.

Isso tem que acabar.

Porque continuar assim não vai trazer meu pai de volta. Não vai me levar a nada.

O foco da sessão de hoje foram meus planos para o futuro. Conversamos sobre a ideia de eu montar minha própria empresa, porque tenho mais facilidade em cumprir tarefas e objetivos quando posso definir meus prazos e escolher projetos do meu agrado, mas para isso preciso alugar uma sala comercial para ter a certeza de que não vou me isolar do mundo. Vou visitar a casa da minha mãe pelo menos duas vezes por ano, para me ajudar a relembrar as origens e manter os pés no chão. Vou morar no ônibus no futuro próximo, mas ainda não decidi onde devo estacionar.

A maior parte de mim vê a ideia de lar como qualquer lugar onde Matt esteja, mas basta eu deitar a cabeça no travesseiro à noite para as preocupações virem à tona. Será que ele já não sente o mesmo? Será que a distância faz mesmo o coração ficar mais apaixonado? Ou será que na minha ausência ele percebeu como dá trabalho me manter por perto? Talvez ele tenha saído de um transe. A névoa da luxúria se dissipou e enfim lhe permitiu descansar, bem longe de alguém que exigia tanto dele.

Nunca imaginei, mas a cada nova sessão de terapia eu me sinto um pouco mais segura e um pouco menos sobrecarregada. Acho que essa confiança recém-descoberta começou a subjugar a culpa, e eu estou adorando a sensação de querer aproveitar meus dias ao máximo.

Já não tenho medo de acordar, de resolver as coisas do trabalho ou mesmo de sair. Ainda não comecei a cantar para os animaizinhos da floresta como em um conto de fadas, mas me sinto bem. Mais do que isso. Ótima, até.

O namorado da minha mãe é muito bonzinho, apesar dos trejeitos de terapeuta. Durante as conversas, faz longas pausas e concorda com sons vindos do fundo da garganta. Mas parece inofensivo, e olha para a minha mãe como se ela iluminasse qualquer cômodo onde estivesse. Como se ela fosse a sua luz guia.

Uma parte de mim sempre vai ficar triste por não ser meu pai ali, mas é bom ver minha mãe ser admirada por alguém. Ela merece. E isso me ajudou a perceber que eu também mereço viver algo assim.

Ah, aliás, finalmente terminei de ler O conde de Monte Cristo. Gostei muito e entendo perfeitamente por que é o livro preferido de Fetu, considerando tudo o que ela passou, e por que Matt o recomendou para mim.

Gostei muito desta parte:

"Aquele que sentiu a dor mais profunda é o mais capaz de conhecer a felicidade suprema. Vivam, pois, e sejam felizes, filhos queridos do meu coração, e nunca se esqueçam de que, até o dia em que Deus se dignar a revelar o futuro ao homem, toda a sabedoria humana está contida nestas simples palavras: 'Esperar e ter esperança'."

Portanto, é isso que vou continuar a fazer: esperar e ter esperança.

Com carinho,

Lane

35

— Lane!

Acordo assustada com o som de pancadas na lateral do ônibus.

— Oi? — respondo.

— Posso entrar? — pergunta Liz, já abrindo a porta.

— Hum, claro?

Ela aparece e se acomoda na beira da cama antes de ajeitar o jaleco. Deve ter acabado de chegar do plantão noturno no pronto-socorro, mas raramente a vejo com as roupas do hospital, pois sempre se troca para evitar contaminações. Na verdade, o jaleco parece imaculado.

— Liz? Está tudo bem? — pergunto quando a vejo arrancar as cutículas.

— Oi.

A voz dela vacila e duas constatações me atingem de uma vez.

1. Nunca tinha visto minha irmã chorar.
2. Ela veio se consolar comigo.

— Oi, Pudinho.

Endireito a postura, passo os braços ao redor dos seus ombros e arrasto seu corpo rígido para meu colchão até estarmos em um abraço desajeitado.

Liz pigarreia.

— Só, hum, queria ver como você estava.

— Eu estava dormindo, Liz. Você espancou minha porta.

Ela funga e coça o nariz.

— Como foi o trabalho? — pergunto.

— Eu não fui hoje.

— Não?

— Bem, até fui. Cheguei lá, entrei. Dei meia-volta e vim embora. Não sei o que me deu.

— Como foi?

— Parecia que meu peito ia explodir.

Assinto, depois apoio o queixo no topo da cabeça dela.

— Não sei como você consegue. Acompanhar tantos casos graves assim, ver as pessoas nos piores dias da vida delas.

O corpo de Liz relaxa contra o meu, seus músculos amolecem. É uma sensação estranhamente reconfortante, como se já tivéssemos feito isso centenas de vezes.

— Detestei ver você em uma cama de hospital no dia do acidente, toda machucada — sussurra ela. — Eu me sentia tão impotente quando via as enfermeiras tirando seu sangue, dando ponto na sua bochecha... Por isso, decidi que eu seria a pessoa responsável por tratar de tudo. Não queria me sentir desamparada daquele jeito.

— Funcionou? — pergunto baixinho. — Agora você se sente melhor?

A risada dela é vazia.

— O que você acha?

Outra fungada, e ela passa a mão na bochecha.

— Bem, você saiu do hospital do nada e veio chorar na minha cama, então... imagino que não?

— Eu não gosto de ser médica, Lane.

— Não?

— Não. Na verdade, acho até que odeio.

Começo a rir, não por crueldade, mas para acompanhar a risada de Liz, tão genuína e melancólica que ficar quieta seria quase falta de educação.

— Parece que passei os últimos dez anos em transe — confessa ela, sentada e com as pernas cruzadas na cama.

— No piloto automático?

— Sim, isso mesmo. Seja lá qual fosse o próximo passo, o mais simples ou o mais estratégico, eu simplesmente ia lá e fazia. Não pensei nas minhas vontades. Nem sei se tenho vontades. Parece que não consigo voltar a como era antes. Como faço para descobrir o que eu quero da vida?

— Sabe, é justamente isso que eu e a dra. Kurada temos feito.

— Eu não preciso de terapia.

Liz foi a duas sessões antes de ficar "muito ocupada" com o trabalho.

— Por que não? — questiono, tentando não parecer ofendida.

— Não quero que outra pessoa me diga o que fazer, o que pensar... Sei lá, é esquisito.

Solto uma risada.

— Ah, ela não te diz o que fazer. Na verdade, eu adoraria que dissesse. Já até pedi com todas as letras.

— Para que pedir uma coisa dessas?

— Porque eu odeio tomar decisões.

— Por quê?

Os lábios dela se contraem até ficarem pálidos e franzidos.

— Porque me parece egoísta decidir o que eu quero para mim — confesso.

— Como, *como* isso pode ser egoísta?

As sobrancelhas de Liz criam um vinco profundo no meio da testa.

— Eu nunca disse que *é* egoísta. Disse que *parece* egoísta. Seja como for, já estou lidando com isso... — comento e arregalo os olhos para dar ênfase, com um toque de atrevimento. — Na terapia.

— Bem, se a terapia estivesse funcionando, você já teria ido embora.

— Talvez eu nunca vá embora — declaro sem rodeios.

— Por quê?

— Caramba, virou a rainha dos porquês.

Ela nem hesita, ainda à espera da minha resposta.

— Tá bom, tá bom. Não é que eu não esteja... melhor. Ok, melhor é um termo relativo. Já me sinto melhor do que dois meses atrás. Estou menos apreensiva, menos apavorada com o futuro, e bem menos culpada em relação ao passado. Já não me sinto como um nervo exposto à espera da próxima pancada, buscando distrações para evitar pensar e causar sofrimento...

— Mas...

Liz faz um sinal para eu continuar, e eu respiro fundo.

— Mas, para isso, eu tive que confrontar aspectos bem feios da minha personalidade. E, apesar de me sentir mais confiante em relação a quem sou, acho que percebi como tenho sido babaca.

— Em que sentido?

— Já não acho que Matt merece alguém melhor do que eu, porque sou até bem legalzinha. O problema é que não tenho sido uma boa amiga para ele. Fui egoísta e peguei mais do que ofereci em troca. Se eu voltar, não sei o que me aguarda. E isso me assusta.

Liz dá um pigarro, e uma expressão estranha domina suas feições.

— Você diria — ela começa a falar com a voz robótica como a de um advogado durante um julgamento — que talvez tenha começado a duvidar do amor dele por você?

— Por que você ficou toda esquisita de repente?

Aponto para o rosto dela.

— Esquisita como?

— Parece até que está me instigando a responder de determinado jeito… Pra que isso?

— Porque recebi instruções rigorosas até *demais*.

Ela cerra o maxilar e desvia os olhos com irritação.

— De quem? — questiono.

— Só me responde logo.

— Sim, não? Qualquer coisa que me leve à próxima pista.

— Concorda que está pronta para reatar com Matt, mas se sente impedida pela incerteza? Que já conseguiu o que pretendia, e por isso qualquer informação adicional não a influenciaria ou pressionaria, mas poderia validar sua decisão?

Pressiono o dorso da mão na testa dela.

— O que aconteceu? Você está doente?

Liz arqueia uma sobrancelha em sinal de aviso.

— Tá bem. Concordo. Eu amo Matt, mas acho que nesses dois meses separados ele pode ter criado juízo e se dado conta de que é melhor ficar bem longe da minha maluquice.

Ela revira os olhos.

— Nesse caso, tenho uma coisa para você.

Sem uma palavra, minha irmã se levanta e sai correndo do ônibus feito uma doida. Na última vez que saiu alucinada do meu quarto assim com a intenção de voltar, tínhamos doze anos e ela tinha ido buscar o calendário para ver se nossos ciclos menstruais estavam sincronizados. Para fins científicos, claro.

Quase me pergunto se dessa vez não vai voltar quando finalmente a ouço subir os degraus e avançar pelo corredor até o fundo do ônibus. Traz nas mãos a mesma caixa na qual empacotou seus míseros dez pertences na casa de Phillip e logo se acomoda ao meu lado.

— Nem quero imaginar o quanto esse homem gastou em selos. — Ela despeja o conteúdo da caixa, e dezenas de envelopes caem sobre a cama. — Esta carta aqui era para mim.

Ela me entrega o único envelope aberto.

Liz,

Não sei se a Lane já mencionou, mas não sou muito fã de redes sociais e não sabia como entrar em contato de outra forma, por isso, já peço perdão pelos garranchos.

Aliás, aqui é o Matt.

Enfim, já comecei bem... Na verdade, eu gostaria de te pedir um enorme favor. Demorei cerca de doze horas depois de chegar na casa dos meus pais para perceber que eu tinha cometido um grande erro ao ir embora daquele jeito.

Ainda assim, acho que ligar para Lane só iria piorar as coisas. Ela precisa de tempo e espaço para esclarecer tudo nos seus próprios termos, do jeito dela. Para isso, eu preciso me afastar. E aqui está a minha solução. Vou escrever cartas para ela. Por favor, não entregue nenhuma até ela estar pronta. Se ela nunca estiver pronta, então que assim seja. Mas não conseguiria me perdoar se Lane interpretasse meu silêncio como desinteresse e desistisse de nós dois.

Se você estiver disposta a me ajudar, anotei meu número no fim da carta. É só me dar o "ok" e eu começo a enviar por correio. A pilha está cada vez maior.

Atenciosamente,
Matt

P.S.: Foi um prazer conhecer você e espero que a gente se encontre de novo em breve.

Começo a tatear os envelopes espalhados sobre a cama, incrédula.

— Não paravam de chegar — comenta Liz, depois escolhe uma, dá uma olhada e devolve à pilha. — Sério, ele deve ter deixado as calças no correio.

— É tão romântico — sussurro, distraída.

— É verdade, a menos que ele tenha mudado de ideia no meio do caminho e anunciado o término em alguma das cartas.

— Liz! Pare com isso!

— Então comece logo a ler.

Ela joga um envelope no meu colo.

— Calma, calma! — Minha mãe entra de supetão, toda ofegante. — Também quero ouvir! Não é todo dia que sua filha recebe tantas declarações de amor.

Em seguida ela desaba no colchão, quase esmagando Liz.

— Mas que...? — começo a perguntar.

— Vi sua irmã correr para cá com a caixa e vim atrás. Estou ansiosa por isso há um tempão.

Balanço a cabeça, incrédula. Mas que belo jeito de acordar!

— Vou ler essas cartas sozinha, com licença!

Arranco um envelope da minha mãe.

As duas se entreolham com ar diabólico, depois minha mãe assente como se estivesse prestes a colocar algum plano em ação.

— Sabe... seu pai e eu adorávamos trocar cartas.

— Ah, pelo amor dos anjos.

Fico boquiaberta e olho para Liz em busca de apoio, mas ela assente, pensativa, e entra na brincadeira.

Minha mãe suspira, melancólica.

— Seu pai era tão romântico...

— Era mesmo — concorda Liz, aos sussurros. — E, sabe, eu ando meio para baixo desde aquele caos do casamento. Ler essas cartas poderia me ajudar... a voltar a acreditar no amor.

Ela tenta esconder o sorriso.

— Vocês duas precisam de umas aulinhas de atuação. Não vou cair nesse teatrinho barato.

— Argh, tá bom!

Minha mãe se levanta e ajeita a roupa antes de fazer sinal para Liz ir atrás. Minha irmã parece contemplar a ideia de afanar uma carta, então arqueio a sobrancelha em desafio. "Ah, mas você não é nem louca."

Ela bufa e sai batendo o pé atrás da minha mãe.

Não há nenhuma indicação da ordem das cartas, nenhum número ou data de entrega no selo, então escolho o envelope que está mais perto de mim.

Manamea,

Não me tornei um homem religioso desde nossa despedida, mas só posso descrever o que tenho feito na sua ausência como rezar. Dada a sua presença tão constante nos meus pensamentos, precisei fazer algo produtivo para afastar todos eles. Por isso, sempre que penso em você, respiro fundo por dez longos segundos, absorvendo o momento, e depois exalo para o éter todo o meu amor por você, na esperança de que o sinta, mesmo de longe. Peço a quem estiver ouvindo que a mantenha segura e a traga para casa quando estiver pronta. Rogo por paciência. Peço que cada dia separados seja acrescentado ao tempo que teremos juntos. Consegue sentir?

Penso no cordão que Rochester descreveu a Jane, amarrado ao corpo um do outro. Penso em como ele tinha medo de se esvair em sangue caso ela fosse longe demais. Eu não entendia essa sensação até conhecer você. Sentir a sua falta é doloroso. Uma dor física, tangível. Talvez, se eu continuar a puxar esse cordão invisível, você o siga até em casa.

Sempre seu,
Matt

Ler o resto das cartas parece subitamente irrelevante e, ainda assim, inteiramente necessário. Abro outra, e mais outra, e mais outra. A maioria consiste em lindas declarações de amor, e o alívio enche meu peito como um balão de ar quente.

Sorrio com carinho ao ler as partes em que ele apenas me conta sobre como foi seu dia. Terminou de ver todos os filmes da minha lista de recomendações. Até arranjou uma conta na Netflix e está feliz da vida por ter a opção de comando por voz no controle remoto. Ruth entrou na faculdade de veterinária, Aaron se mudou para a cidade, Tabitha decidiu viajar por um ou dois anos antes de ir para a faculdade, e começou a aprender mais uma língua. Ele me conta sobre a família como sempre fez. Histórias, mas dessa vez no tempo presente, porque agora eu os conheço. Porque também são minha família. Em uma das cartas, ele menciona que vai visitar os pais uma semana antes de Ruth se mudar para a faculdade. E vai ser por agora, percebo. Matt está a apenas seis horas de distância.

A última carta, por mero acaso, é a minha preferida. Sem prosa poética ou pormenores. Sem a necessidade de me impressionar, de *me conquistar*. São apenas dez palavras em uma folha inteira de papel, nem sequer está assinada.

Porra, sinto a sua falta. Você acabou comigo. Quero mais.

Calço meus chinelos e corro pela entrada da garagem, subo os degraus da frente e sigo na direção da cozinha. Entro, ofegante, e encontro minha mãe e minha irmã à mesa do café, de olhos arregalados de surpresa.

— Vou para a Ilha de Vancouver. Hoje.

— Matt está aqui? — pergunta Liz.

— Matt está aqui — confirmo.

— Matt está aqui! — exclama minha mãe.

Talvez seja um ato totalmente impulsivo, espontâneo, maluco. Mas não importa. Eu nunca tomei uma decisão tão rápido na vida. Nunca tive tanta certeza de alguma coisa.

— Mãe, antes de ir, preciso de um favor.

36

A viagem para chegar a Matt foi uma comédia de erros.

Conduzi o ônibus por duas horas até me dar conta de que seria impossível acomodar aquele trambolho na balsa. Dei meia-volta para buscar o carro que minha mãe não dirigia havia anos. Estava com o pneu furado.

Por isso, troquei um pneu pela primeira vez na vida, com a ajuda de Liz e de um tutorial que minha mãe recitou em voz alta, esparramada em uma espreguiçadeira que encontrou na garagem. Passei um sermão nas duas para tomarem conta de Simone na minha ausência e depois voltei para a estrada.

Quando enfim alcancei a rodovia, pronta para repetir metade da viagem, começou a cair um toró. Dirigi com a ansiedade no talo durante quatro horas, já trêmula no fim da viagem porque estava muito apertada para ir ao banheiro. Mas tinha conseguido um encaixe na balsa das cinco horas graças à minha mãe, e não ia perder nem por reza brava.

Cheguei ao porto vinte minutos adiantada, encontrei um banheiro e deixei o carro na balsa. A chuva piorou, mas tentei não interpretar isso como um mau sinal.

Depois de atravessar, o sinal do celular foi para o saco. Fiz uma captura de tela das instruções para a casa dos pais de Matt e rezei para não me perder no caminho.

Mas me perdi. A tempestade tornava quase impossível ler as placas de rua e minha concentração nunca foi das melhores. Até agora, já fui a uma lojinha de conveniência, a uma tabacaria, a um posto de gasolina e a uma delegacia para pedir informações.

Com isso, uma viagem que deveria ter demorado seis horas foi feita em dez. Estou exausta, encharcada e tentada a rir e chorar ao mesmo tempo quando vejo a ponte familiar e uma casa no topo da colina.

Em dias nublados assim, o chalé tem um ar etéreo. Outras casas pareceriam assustadoras, saídas diretamente de um dos romances góticos de Matt. Mas a deles é apenas acolhedora, aconchegante. Atravesso a ponte de madeira com cuidado, torcendo para que meus olhos não se fechem de puro medo. Já na outra ponta, avisto o carro de Matt ao longe e tento estacionar na vaga ao lado. A lama e meus pneus têm outros planos.

Perco o controle e começo a derrapar por um deslizamento de lama, descendo pela colina de onde vim.

— Merda, merda, merda, merda! — começo a gritar, tentando girar o volante. Enfim consigo, e o carro desacelera até parar, torto e qualquer coisa menos estacionado, em nenhum sentido da palavra. Pelo menos, está em um terreno suficientemente nivelado para não escorregar pelo barranco e cair no riacho, por isso resolvo deixar assim mesmo. Coloco o carro em ponto morto e uso o freio de emergência, porque mal não deve fazer, depois abro a porta para a enxurrada lá fora.

Durante toda a viagem, não parei de pensar nos olhos de Matt. Se conseguisse ver seu rosto, se pudesse imaginar em detalhes, sabia que chegaria inteira ao meu destino.

Com certeza não me sinto inteira depois dessa viagem angustiante, mas consegui. Cheguei. E cá estou, no topo da colina lamacenta.

Droga.

Matt está lá dentro.

A família dele está lá dentro.

E se for tarde demais? Não… Não.

Talvez os pais de Matt estejam furiosos comigo. A mulher que desprezou o filho deles.

Afasto os pensamentos, percebendo como são ridículos. Mesmo se acreditasse nessas coisas, o que eu faria? Voltaria para casa? Não tem mais balsas por hoje, e não vejo como dormir no carro, bem na frente da casa deles, poderia ser melhor. Com certeza me encontrariam ali pela manhã.

Não, vou seguir com o plano.

Matt merece.

É hora do grande gesto romântico.

Quando finalmente saio do carro, levanto o capuz da capa de chuva. Fecho a porta com um estrondo e chego a questionar se o barulho me entregou, mas logo um trovão estala ao longe e todo o resto parece abafado.

Avalio a subida que tenho pela frente e decido seguir pelo caminho de melhor aderência, onde o cascalho absorveu um pouco da chuva. Avanço com cuidado, um passo de cada vez, e sinto a chuva fria e úmida começar a escorrer por dentro da capa.

Meu sapato fica atolado na lama. Protejo o rosto da chuva enquanto tento, sem sucesso, me livrar da poça. Quando finalmente me liberto, não é meu sapato que dá o passo seguinte, mas sim meu pé descalço com um chapinhar na terra molhada.

"Que se dane." Subo o resto do caminho com os dedos dos pés afundando a cada passo. Quando chego aos degraus da varanda, sinto o coração na garganta, como se estivesse prestes a saltar pela boca.

É a sensação que antecede a arrebentação das ondas, as curvas sinuosas de uma montanha-russa ou o embalo mais alto de um balanço. Empolgação e medo reunidos de uma forma excelente que se assemelha à ansiedade, sem ter o mesmo efeito.

Tiro a capa de chuva e a enrolo em volta do pé descalço como uma toalha, mas só serve para espalhar a lama. Reparo em um regador cheio de água da chuva e o despejo no meu pé, tirando a maior parte da sujeira. Já basta.

Estimo quanto tempo posso ficar ali na varanda, porque estou muito ofegante e *extremamente* despreparada. Só Matt leva jeito com as palavras e sabe recitar frases de tirar o fôlego. Estou aqui para dizer *o quê*, exatamente?

Um relâmpago estrondeia tão alto que eu xingo baixinho e me encolho no chão. Quando me endireito, a determinação invade meu peito. Conto até três, reúno toda a coragem e a força que tenho e abro a porta sem nem bater.

37

— Lane? — Ian está parado na sala da frente, com um bloquinho de anotações debaixo do braço e os óculos abaixados até a ponta do nariz. Ele me olha de cima a baixo, e isso basta para eu saber que minha aparência deve estar tão péssima quanto o resto da viagem. — Hum, Matt está...

Tabitha vem correndo da cozinha.

— Lane? Ai, minha nossa, é você mesmo! Achei que o Ian tinha endoidado!

Em seguida, me puxa para um abraço apertado, apesar de eu estar toda suja e enlameada.

— Oi, Tabs — respondo, retribuindo o abraço. — Seu irmão está aqui?

Ela afasta uma mecha de cabelo molhado da minha bochecha.

Simon aparece no corredor e se apoia no batente da porta, depois olha para mim com um sorriso torto idêntico ao do filho.

— Lane? Bem-vinda de volta.

— Oi, Simon, desculpa chegar assim do nada, mas...

— Lane?

A voz de Fetu emerge da cozinha, seguida pelo som de seus passos apressados. Ela abre um sorriso radiante quando me vê e logo vem me abraçar por cima de Tabitha, que ainda não me soltou.

— Bem-vinda de volta, querida. — Ela se afasta e estuda meu rosto. — Tomou muita chuva?

— Sim, um pouquinho... — Hesito, mas *preciso* saber: — Matt está aqui?

— Por que está todo mundo parado aí no...

Matt aparece na outra ponta do corredor abarrotado e fica imóvel na hora. Está vestindo uma bermuda de basquete preta e um agasalho cinza, e seu cabelo está solto, algumas partes trançadas, provavelmente obra da irmã. Está muito lindo, mas resisto à vontade de me jogar nos seus braços, porque ele parece aterrorizado ao me ver ali.

— Oi.

Dou um aceno patético, ciente dos cinco pares de olhos voltados para mim. Ruth desponta no corredor. Seis pares de olhos. Sinto um aperto na garganta, uma leve ardência na pontinha do nariz. Meus pensamentos estão tão acelerados que não tenho certeza do que causou o potencial fluxo de lágrimas. Alívio? Medo? Ansiedade? Pressão? Tudo isso junto e misturado? Sim. A última opção.

Resmungo alguns sons gaguejados na tentativa de formular frases, mas nada parece sair direito. Não consigo tirar o cabelo molhado do rosto. Não consigo fazer meus pés se aproximarem dele, não consigo obrigar meus olhos a piscarem.

— Lane... — Matt me observa com atenção, e a confusão começa a invadir os limites do seu sorriso suave. — Você está bem?

Confirmo com a cabeça, mas nem sei se chego a me mexer.

— Vamos deixar os dois a sós — sugere Simon, batendo palmas, com o corpo curvado para a frente.

A família se enfileira e segue o patriarca até o outro cômodo, mas não tem muito para onde fugir. Com a chuva lá fora, eles não podem nos dar nenhuma privacidade.

Nem deveriam. Afinal, eu apareci sem ser convidada.

Matt usa a mão inteira para cobrir a boca, depois a espalma sobre a barba. "Eu consigo. Eu consigo. Eu consigo."

Quatro piscadelas, um rápido meneio de cabeça e uma gargalhada perplexa e calorosa de Matt me dão a coragem de que preciso.

— Matt...

Sinto duas lágrimas quentes rolarem pelo meu rosto, e outra cai no meu sorriso. Sinto o gosto de sal na ponta da língua.

O peito dele afunda, ainda perplexo. O sorriso cresce, mas os olhos se estreitam, fixos em mim. Ele me encara como se eu fosse um holograma, como se tentasse encontrar as linhas onduladas ou as caraterísticas imperfeitas capazes de mostrar que não sou real. Que não estou aqui. Mas eu estou. Ele precisa saber disso.

Bastam apenas três passos, e então estou nos braços dele.

Matt demora um momento para me abraçar, como se estivesse atordoado. Mas, quando enfim cede, ele me puxa com força, quase me esmaga contra seu peito.

— *Oi* — sussurra no meu ouvido.

Duas mãos firmes agarram meus ombros e me afastam para que ele possa ver meu rosto, depois voltam a me aninhar junto ao peito, com os dedos firmes na minha nuca.

— É tão bom ver você — diz ele com sinceridade.

Preciso me forçar a não fechar os olhos. A não me perder no seu abraço e descansar como não tenho feito desde nossa despedida.

Matt me solta e dá um passo hesitante para trás, coçando a barba como se procurasse conforto. Reparo na tatuagem nova espreitando por baixo da manga da blusa. As marcas tribais sobre as quais comentou certa vez.

Quantas coisas perdi nesse tempo afastados?

Dou um pigarro.

— Então... Preciso falar umas coisas.

Matt assente e espia a passagem estreita e aberta que mal impede o resto da família de ouvir toda a nossa conversa.

— Quer ir lá para o quarto?

Ouço o lamento baixinho de Tabitha e nego com a cabeça.

— Não precisa. A vulnerabilidade se tornou minha praia.

Projeto os lábios e aceno como se estivesse muito confiante.

Matt ri baixinho, apreensivo.

— Tudo bem.

Ele engole em seco e contrai os lábios, concentrado. Como se precisasse lutar contra mil palavras. Como se as cartas já não dissessem o suficiente. Como se não fosse a minha vez.

— Tenho pensado muito esses dias...

Por alguma razão, essa foi a frase que saiu da minha boca. Antes de "Te amo". Antes de "Estou com tanta saudade". Antes de "Caramba, como você é lindo".

Matt assente algumas vezes, com os olhos baixos e pesados. Como se a conversa pudesse seguir por muitos caminhos, como se ele já não tivesse a mesma esperança de antes e pensasse que eu tinha viajado horas e interrompido a noite da sua família para dizer qualquer coisa, menos...

— Eu te amo — sussurro com timidez.

"Não, ele precisa ouvir."

— Eu te amo — repito com todas as forças.

O alívio o invade de uma forma tão visceral que até *me* tira o fôlego.

De novo.

— Eu te amo. Amo seu coração generoso e sua bondade. Amo sua quantidade insana de livros e seus passatempos esquisitos. Amo quando você canta no chuveiro e usa a escova de dentes como microfone. Amo como sempre entorna as bebidas de uma vez. Amo seu cabelo, sua barba e seu rosto *inteiro*, na verdade. O resto do seu corpo também. Tudo, cada pedacinho.

Respiro fundo, percebendo que estou prestes a entrar em uma espiral.

— E agora eu estou pronta. Estou pronta para viver isso. Para nós. Tudo. Para o hálito matinal, e as histórias de ninar, e todas as partes no meio. Quero nossas roupas juntas no cesto de lavar e seus livros espalhados pelas minhas prateleiras. Nunca mais quero me separar de você. Nem quero pensar no assunto, não mesmo. Porque estar longe de você... também foi uma espécie de luto. Senti tanto a sua falta. Como Rochester sentiu a falta de Jane Eyre. Como se algo tivesse sido arrancado de mim. Eu também senti.

— Lane...

Matt enxuga uma lágrima do rosto e começa a rir do gesto. O mais puro dos sorrisos se espalha pelo seu rosto, como se a alegria o tivesse dominado por inteiro e estivesse prestes a irromper do seu peito.

Mas eu não consigo parar.

— Tenho me esforçado muito na terapia. E vou continuar. Porque nós *dois* merecemos. O processo é difícil e doloroso, mas necessário. É necessário, Matt. E eu prometo que não vou parar, assim nunca mais vamos passar por isso de novo, porque...

— Lane — interrompe ele, mais firme dessa vez.

— Calma, espera — insisto, mais enérgica do que pretendia. — Só um segundo, desculpa. Tem mais uma coisa — acrescento, rindo de nervoso. — Se eu não fizer agora, nunca vou ter coragem.

Dou um passo para a frente e estendo a mão para segurar a dele. Fico maravilhada com o toque, acariciando seus dedos com a ponta do polegar.

Sem nem perceber, eu tinha buscado sua proximidade para me acalmar. Porque Matt faz isso por mim. Mesmo um breve toque dele pode deixar tudo mais claro. Um pouco de tranquilidade na minha existência caótica.

Desenlaço nossos dedos, levo as mãos à nuca e solto o colar.

— Tenho uma coisa para você.

Apoio a corrente na palma da mão, enrolada como uma cobra. Em seguida, retiro a aliança de casamento do meu pai pendurada ali e apoio um dos joelhos no chão.

Matt cai de joelhos na minha frente, um gesto tão repentino que, por um breve segundo, acho até que ele tropeçou. Mas basta ver a avidez estampada no seu rosto para perceber que foi intencional.

— Eu aceito — declara ele, com a voz embargada de emoção.

Reviro os olhos, apesar das nossas lágrimas e do sorriso permanente nos meus lábios, e não resisto a implicar com ele.

— Você nem sabe o que eu vou falar. Espera eu pedir antes de responder.

— Bem, acho que o normal é namorar antes de noivar, mas cá estamos.

Empurro sua mão esquerda para baixo, pois ele não para de estender o dedo anelar na minha direção, e começo a rir baixinho.

— Fica quieto — repreendo. — É importante.

Ele assente, mordendo o lábio.

Deixo de lado minhas palavras cuidadosamente escolhidas ao ver a ansiedade nos olhos de Matt. Este homem, este homem incrível, gentil e admirável, está desesperado para ser meu. As palavras saem de mim com um soluço sufocado.

— Mattheus Tilo-Jones, você aceita se casar comigo?

Seguro a aliança entre o polegar e o indicador.

— Aceito, claro que eu aceito.

Antes mesmo de eu registrar a resposta, a mão dele já envolveu minha nuca e me puxou para junto de seus lábios.

Nosso beijo é um reencontro. É correr para os braços de alguém no aeroporto. É encontrar um velho amigo no meio de uma festa cheia de gente. É alívio, alegria, gratidão e surpresa. E é *perfeito*.

Quando nossos lábios se separam, ficamos bem perto, de rosto colado. Respiro seu cheiro viciante e me aconchego contra ele.

"Lar", diz meu cérebro. "Segurança", torna a dizer. "Concordo", respondo pela primeira vez.

— *Manamea*... — sussurra Matt com reverência. — Lane.

— Hum? — pergunto, distraída.

Afasto o corpo e coloco a aliança em seu dedo, um ajuste quase perfeito. Brinco com a superfície metálica, esfregando meu polegar. A mesma aliança de ouro que eu girava e torcia para me confortar quando passeava com meu pai em público, de mãos dadas. A mesma aliança que meu pai procurou por horas no fundo do oceano nas nossas férias em família, porque significava muito para ele.

— Era... era do seu pai?

Confirmo com um aceno, olhando para o teto para evitar outra leva de lágrimas. Mas o soluço choroso de Matt põe tudo a perder.

— Pedi para a minha mãe antes de vir para cá — conto baixinho. — Não queria chegar de mãos abanando, e pareceu a coisa certa.

Ouço um murmúrio suave vindo do outro cômodo, e tenho a impressão de que não somos os únicos aos prantos nesta casa.

Matt enxuga o rosto com força e range os dentes. Franze as sobrancelhas, formando um vinco marcado no meio da testa. Nunca o vi tão sério como nesse instante. Apesar dos olhos marejados, todo o resto parece determinado, feroz.

— É uma *honra* usar a aliança do seu pai. Eu vou... — Ele engole em seco para se recompor. — Eu vou cuidar dela. Vou cuidar de você.

E eu acredito nele com cada fibra do meu ser.

— Sim, eu sei que vai. E eu também vou cuidar de você. Essa relação é uma via de mão dupla, Matt. Dar e receber.

Ele pega minhas mãos e beija uma de cada vez.

— Elaine Marie Rothsford, você aceita se casar comigo?

Sorrio sozinha.

— Hum… — Estalo a língua antes de lamber uma lágrima dos lábios, um gesto quase inconsciente. — Sabe o que é? Eu já estou noiva.

— Lane…

Matt suspira e abre um sorriso de canto.

— Sim. Sim, por favor, aceito. Sim.

Um pigarro alto nos faz olhar para cima. Fetu sorri para nós, tímida na sua abordagem. Vejo quando tira um anel da mão direita e o entrega com delicadeza ao filho.

— Mamã, não.

Matt nega com a cabeça, tentando devolver a aliança.

— Sua avó não vai ficar nada contente se essa linda menina não tiver uma aliança no dia do noivado. — Ela me dá uma piscadinha. — E é um desperdício esse anel continuar escondido aqui. Merece ser exibido para as multidões.

— Multidões? Acho que está um pouco equivocada com a quantidade de pessoas que a gente conhece lá em casa.

Matt dá risada e pousa a aliança no colo, pensativo ao admirar cada detalhe. Fetu dá um passo para trás, já de braço dado com Simon, que acabou de emergir pela entrada em arco.

— Lane?

Ele sorri e enxuga as últimas lágrimas do rosto com o dorso da mão.

Mal sei como reagir diante do anel mais estonteante que já vi. Uma aliança de ouro singela com uma linda pérola negra incrustada no centro. Nunca teria cogitado escolher algo assim, mas agora não consigo me imaginar com outra coisa.

Matt envolve meu pulso, beija a tatuagem de rosa, depois o vira para deslizar o anel no meu dedo. Apenas aceno, incapaz de falar. Como eu poderia expressar o quanto eu quero isso? O quanto eu tinha medo de nunca viver um amor assim? Quantas vezes me convenci de que não era digna dele…

— Estamos noivos, acho — gagueja Matt, com uma risadinha perplexa.

— Sim, estamos mesmo! Muito noivos. — Passo os braços ao redor das costas dele. — Não é ridículo?

Também começo a rir, e minha voz fica abafada no seu ombro.

— Eu sou tão apaixonado por você, Lane. Sabe disso, não sabe?

— Hum, eu meio que saquei depois da terceira carta.

Endireito a postura e me sento de pernas cruzadas no chão.

— Caramba, eu poderia ter parado na terceira?

Ele afasta uma mecha de cabelo ainda úmida do meu rosto.

— Não, eu precisava de cada uma delas, todas as 57.

— Foram 57? — pergunta Matt, aos risos, sem acreditar. — Nossa, que vergonha.

Estendo a mão para pegar a dele.

— Matt?

— Sim?

Ele a beija de novo, bem de leve.

— Acho melhor a gente levantar.

Olho para os pais dele, parados na porta.

— Ainda não estou pronto.

Um sorriso radiante domina as feições dele e enruga o cantinho dos olhos, e eu faço carinho em cada um dos vincos, maravilhada com a demonstração física da sua alegria.

— Vai ser uma história e tanto — sussurro, chegando mais perto.

Matt respira fundo.

— Vai mesmo.

Ele fica de pé, sem soltar minha mão, e me levanta em seus braços. Meus pés balançam no ar.

— Obrigado por ter lutado — sussurra ele de volta, beijando meu rosto antes de me colocar no chão.

O resto da família jorra pela porta como uma represa se rompendo e nos envolve em um abraço apertado. Esperava ouvir um turbilhão de som e caos, gritos de parabéns e exclamações de entusiasmo, mas o que acontece é ainda melhor. Um abraço silencioso e demorado de cinco pessoas ao redor de outras duas.

Ergo o olhar e vejo Simon acariciar o cabelo do filho, com uma expressão orgulhosa que me faz sentir uma dor familiar no peito. Agora, porém, ela vem acompanhada de alegria.

Uma mão macia segura meu queixo.

— Ah, uma dúzia perfeita.

Fetu desliza o polegar por minha bochecha, e eu me aconchego no toque. Em parte em busca de conforto, mas também por curiosidade.

— Nove filhos e três cônjuges — esclarece Simon. — Nossa esperança é conseguir um dezoito perfeito. — Ele pisca um olho. — Até agora, tudo indo de vento em popa.

38

Estou enroscada no colo de Matt na rede da varanda, envolta por uma névoa de felicidade que se assemelha à embriaguez. O pé dele está dependurado na borda e pega impulso na parede dos fundos, fazendo a rede balançar com delicadeza. O telhado de zinco nos protege da chuva e emite um som agradável ao ser atingido pelas gotas.

Tabitha e Ruth estão sentadas logo adiante, em um banquinho de madeira que arrastaram da cozinha. Já começaram a nos bombardear com perguntas sobre um casamento que ainda nem imaginei, quanto mais planejei, mas Matt responde a quase todas elas com evasivas educadas e sorrisos confusos. De tempos em tempos, ele chega mais perto e me beija a testa, o nariz ou a bochecha. Uso a ponta dos dedos para traçar círculos lentos e preguiçosos na sua barriga, e os movimentos o fazem suspirar e fechar os olhos.

Fetu fica parada atrás das filhas e passa os dedos pelos cachos fartos de Tabitha. Quando esticados, são mais compridos do que o antebraço da mãe. Fetu trança, desembaraça, trança e desembaraça enquanto a filha faz muitas perguntas, dá muitos pitacos e fala pelos cotovelos. Observo Fetu assentir, com um sorriso caloroso e sincero, enquanto seus olhos, de alguma forma, são cheios de fogo e sagacidade. Ela deixaria os filhos falarem para sempre, sempre disposta a saborear cada palavra.

Simon e Ian foram preparar alguma coisa na cozinha. O ar cheira a brownies. Não pergunto a ocasião, porque desconfio que seja uma surpresa para mim e para Matt e não quero estragar tudo.

Respiro fundo e sinto o cheiro de chuva, da madeira de pinho do terraço nos fundos, de terra molhada e do chocolate. Ouço o ranger suave da madeira e das cordas quando a rede balança, os suspiros satisfeitos de Matt, as divagações empolgadas de Tabitha e a cantoria sussurrada de Ruth para o cachorrinho aninhado no seu colo. Sinto Matt junto a mim, com seu calor convidativo, com o conforto perfeito do seu corpo.

E a alegria é tanta que começa a transbordar. Suspiro baixinho, enxugando uma lágrima, e Matt arregala os olhos, preocupado.

— Lane... — sussurra para mim. — O que foi?

Meneio a cabeça, sorrindo enquanto as lágrimas continuam a cair.

— Eu nunca estive tão feliz — respondo, aos risos. — Você me faz tão feliz. Tudo isso aqui... a sua família, este lugar. Posso viver todas essas coisas por sua causa. Posso viver ao seu lado, ter a oportunidade de te conhecer, por causa deles. Posso fazer parte disso tudo. Sou muito... grata.

Matt chega mais perto, e eu fecho os olhos por instinto, à espera de um beijo. Mas, em vez disso, os lábios dele pousam no meu rosto, bem em cima de uma lágrima. Em seguida vem outro. Beijinhos delicados para cada lágrima que restou.

Depois de ter beijado todas elas, Matt encosta a testa na minha.

— Acho que hoje deve ser o melhor dia da minha vida. Ainda nem acredito que é tudo verdade. Que você é real. Aqui, nos meus braços, com a aliança da minha avó no seu dedo. É bom demais para ser verdade.

— Senti tanta saudade — respondo com ternura.

Consigo sentir a tensão retesar seu corpo, a contração do seu peitoral sob a palma da minha mão, o cerrar da sua mandíbula ao deslocar a testa contra a minha, consigo ouvir seu suspiro audível.

A energia se altera em nosso pequeno casulo, e eu abro os olhos para espiar os arredores. Estamos escondidos no nosso cantinho, cobertos pelo tecido da rede.

— Também senti saudade *daquilo* — sussurro, tão baixinho que nem sei se ele consegue me ouvir.

— Como adivinhou meus pensamentos?

O sorriso dele se enche de malícia, e a voz fica mais baixa do que a minha.

— Porque estou pensando na mesma coisa.

Puxo meu lábio inferior entre os dentes e depois solto, e o movimento basta para fazer os olhos de Matt escurecerem.

— Hoje não. Aqui não.

— Não? — pergunto.

Agarro a camisa dele com força, confiante de que poderia fazê-lo mudar de ideia.

Matt cerra os dentes.

— Não. Ah, os planos que eu tenho para você... as formas como pretendo agradecer por ter voltado para mim. — Ele solta um grunhido baixinho, balançando a cabeça. — Não, não. Quero fazer você gritar como tenho imaginado todas as noites desde...

— Com quem será, com quem será, com quem será que Matt e Lane vão casar? — cantarola Simon enquanto Ian se aproxima com uma fatia de bolo, a calda de chocolate ainda fumegante por cima.

Matt se endireita na hora, quase derrubando a rede, e eu dou risada, tentando recuperar o equilíbrio para me sentar ao lado dele, com os pés pendurados para fora.

— Obrigada!

Simon me entrega o garfo com um floreio e uma reverência.

— Arrã — murmura Matt, já com a boca cheia de bolo. — Obrigado mesmo.

— E aí... — Simon passa um braço ao redor da esposa e a puxa para perto. — Como vai ser agora?

Eu me viro para Matt, e ele se vira para mim. Nossos olhares se encontram e piscam como se o outro fosse reluzente como o sol. Os sorrisos aumentam em um ritmo tão semelhante, de sutis a escancarados, que me arrancam uma risada.

— Agora vai ser como Lane quiser — responde Matt, sem tirar os olhos do meu sorriso. — Estou nas mãos dela.

— Rapaz esperto — elogia Simon, e Fetu dá uma cotovelada nas costelas do marido.

— Casa? — pergunto para Matt.

Ele assente, depois devolve a pergunta:

— Ônibus?

Assim como Matt, consigo entender o significado daquela única palavra. "Vamos levar o ônibus para casa e morar nele juntos?"

Confirmo com um aceno.

— Acha que consegue se desfazer de alguns livros?

— Acho que consigo arranjar um lugar para guardar todos eles se é isso que você quer dizer.

Reviro os olhos e beijo seu rosto antes de pegar o prato e experimentar o melhor bolo que já comi.

— Mas e aí, Lane, o que sua mãe disse quando você ligou para contar? — pergunta Fetu, toda empolgada.

— Ai, droga. — Dou risada, com migalhas voando para fora da boca. — Esqueci de contar para ela.

Pegamos a balsa logo depois do café da manhã no dia seguinte. Durante a viagem de volta para a casa da minha mãe, passei a apontar todos os hotéis pelo caminho. Começou como uma brincadeirinha sutil e sedutora, mas fui ficando cada vez mais desesperada conforme avançávamos pela estrada.

Aponto outro e abro a boca para falar.

— Já vi — avisa Matt.

— Parece legal! — Espio por cima do ombro para ler a placa. — Ótimo lugar para dar umazinha... Opa, olha só! Tem outro hotel daqui a cinco quilômetros — anuncio, apontando para o outdoor. — Seria o lugar ideal para você me co...

— Elaine.

Matt nunca tinha me chamado pelo nome inteiro antes, sempre usa o apelido. A novidade só serve para me deixar *ainda mais* alvoroçada.

— Sim, a própria.

Ele para o carro no acostamento, liga o pisca-alerta e olha para mim. Mas eu não vou cair nessa. Consigo ver o cantinho da boca dele se contorcer, implorando para rir.

— Aqui? — pergunto com ceticismo fingido, olhando para o banco de trás. — Bom, se é isso que você quer...

— Vou explicar como vai ser. Primeiro, vamos visitar sua mãe e sua irmã e ter um ótimo jantar. Aí vou ajudar a arrumar suas coisas e enfiar tudo no ônibus.

— E depois?

Contenho um sorriso atrevido.

— Depois — diz ele com ironia, tão perto que sinto seu hálito quente na minha bochecha — vou encontrar um lugar bem isolado para estacionar, longe de tudo, e aí sim vou te comer na cama que *eu* construí.

Um gemido vergonhoso escapa dos meus lábios.

Matt revira os olhos, confere o ponto cego no retrovisor e volta para a rodovia.

— Lembre-se dessa sensação na próxima vez que você cogitar ficar longe de mim.

Em seguida me lança um olhar, e eu lhe mostro o dedo do meio.

Com uma risada, ele liga o rádio em uma estação de música antiga e começa a cantar todas as que conhece em voz alta, como se quisesse me irritar. O tiro dele saiu pela culatra, porque tem justamente o efeito contrário.

Quando finalmente chegamos na casa da minha mãe, as duas nos aguardam de braços dados na porta, paradas no último degrau.

— Lane?

Minha mãe parece confusa quando passo direto por ela.

— Ela está muito apertada para fazer xixi — grita Matt de longe antes de cumprimentar as duas, enquanto eu abro a porta e corro para o banheiro mais próximo.

Depois de me aliviar e celebrar o fato de não ter feito xixi nas calças, lavo as mãos e volto para o hall de entrada, onde eles ainda jogam conversa fora.

Dou um beijo no rosto da minha mãe e aceno para Liz, que solta um suspiro ofegante. Sem entender, eu me viro para ela. Está com os olhos cheios de lágrimas. Por instinto, olho para Matt em busca de uma resposta, mas ele apenas sorri com ternura. Parece dizer para não ligarmos para ele, que só está ali para observar.

— Liz? — chamo, para saber se está tudo bem.

— É perfeito. Perfeito para você.

Ela dá outro suspiro, com as bochechas coradas.

— O quê? — pergunta minha mãe, e agarra meu pulso. — Deixa eu ver. Lane... é deslumbrante. Muito bom gosto, Matt.

E lhe dá uma piscadinha.

Matt enfia as mãos nos bolsos, equilibrando o peso nos calcanhares.

— Na verdade, era da minha mãe. Bem, da minha avó.

— É lindo — elogia minha mãe, acariciando meu rosto. — Vamos jantar? Susannah preparou uma bela refeição para nós, e eu comprei champanhe para comemorar.

Aceno para ela, sem tirar os olhos de Liz, que ainda parece à beira das lágrimas.

Travo uma conversa silenciosa com Matt. Um olhar arregalado para indicar minha mãe e outro para a cozinha. "Fica com ela. Eu vou falar com Liz."

— Precisa de ajuda para abrir o champanhe, Kathy?

— Ah, sim, por favor. E pode me chamar de mãe se quiser.

Matt concorda com entusiasmo e a segue porta adentro.

Liz está prestes a ir atrás quando eu a agarro pelo punho. Ela se detém, olha para meu aperto no seu braço e depois volta a fitar meu rosto.

— Eu...

Abro e fecho a boca várias vezes, incapaz de dizer qualquer coisa. Por isso, faço o que me parece correto. Puxo minha irmã para mais perto e a abraço com força.

— Estou tão feliz por você, Lane. — Ela me faz carinho nas costas. — Você conseguiu.

— Não precisei fazer muita coisa. Matt torna tudo mais fácil.

Apesar de nos afastarmos, nosso aperto se mantém. Minhas mãos nos seus cotovelos, as dela nos meus ombros.

— Você é muito mais corajosa do que eu.

Ela belisca a pele do meu ombro bem de leve, como se tentasse se distrair.

— Tenho uma ideia... — começo a dizer. — E se pararmos de nos comparar uma com a outra? E se... celebrarmos as vitórias e nos ajudarmos a superar as derrotas? Sentir inveja ou se achar superior não faz bem a ninguém, e eu já fiz as duas coisas.

Os lábios de Liz se contraem.

— Eu também. Isso... chega de comparação. — Ela me traz de volta para um abraço apertado. — Porque eu preciso de você, Lane. Do seu coração, da sua criatividade, da sua impetuosidade.

Ela se afasta, e nós duas estendemos as mãos, entrelaçando os dedos.

— Amo você, Pudinho.

— Eu também te amo.

Comemos uma quantidade absurda de comida antes de Jean-Paul chegar com a sobremesa. Ele e Matt conversam sobre motos enquanto eu explico para minha mãe por que não vou fazer festona de casamento e por que não vou começar a planejar as coisas tão cedo. O noivado era o compromisso. Estaria disposta a me casar com Matt amanhã mesmo se fosse preciso. Só não estou interessada em véu e grinalda e nos bufês refinados. Isso não é muito a nossa cara.

A não ser, claro, que Matt queira essas coisas. Nesse caso, faço tudo sem pensar duas vezes.

39

— Esse foi seu *terceiro* bocejo, mocinho. Já chega por hoje — determino, massageando os ombros de Matt enquanto ele dirige. — Vamos, vamos. Hora de encostar o ônibus ou me deixar dirigir.

Saímos da casa da minha mãe às nove e meia, e Matt insistiu que tentássemos dirigir por pelo menos duas horas. Mas lá se foram três, e ele está exausto.

— Só mais vinte minutos. Encontrei o lugar perfeito para estacionar.

— Tudo bem. — Dou um beijinho no ombro dele. — Mas, daqui a meia hora, acho bom você estar dentro de mim.

Ele se engasga e começa a tossir.

— Que isso, mulher?

— Hum, sabe de uma coisa? Talvez eu vá lá para o quarto resolver sozinha.

Faço menção de me levantar.

Matt pisa fundo no freio e eu caio de volta no banco.

— Então, onde fica esse lugar *perfeito*? — pergunto com um sorriso tímido.

— Bem, de acordo com um site canadense especializado em motor-homes, é um estacionamento gratuito com pouco movimento e uma vista fantástica das estrelas.

— Aprendeu a pesquisar no Google? Não acredito!

— Claro que aprendi. Você passou três meses fora, e Warren parou de responder minhas perguntas.

— Estou orgulhosa. E um pouco triste.

— Quer que eu jogue meu celular fora? Eu jogo.

Matt se arrepia todo quando beijo sua nuca, mas não tira os olhos da estrada.

— Por favor, gatinho… — choramingo.

— Nunca achei apelidos no diminutivo uma coisa muito sexy.

— Ah, ótimo, tudo bem. Qual apelido bobo ou sacanagem vai te convencer a abandonar esse plano e encostar logo o ônibus?

— Estou tão desesperado quanto você — diz ele com zero humor. — Podemos aguentar mais quinze minutos. Quero que você veja estrelas através da claraboia enquanto eu provo seu sabor.

— Aí já é pura maldade.

Matt me lança um breve olhar por cima do ombro, com um sorriso perigoso nos lábios.

— Caramba, mal posso esperar para sentir seu gosto outra vez.

— Engraçado, você parece muito disposto a esperar — retruco com doçura, cruzando os braços diante do peito.

— Essa vai ser nossa primeira briguinha de casal? — pergunta ele.

— Não existem leis sobre a necessidade de consumar o noivado?

— Vamos consumar esse noivado até dizer chega, *manamea*.

— Para de me provocar.

— Por quê? — ronrona ele. — Aposto que já está toda molhadinha. Tão necessitada.

Em seguida começa a dar seta para mudar de faixa, calmo e controlado, enquanto eu sinto minha respiração cada vez mais ofegante.

— Pode parar.

— Quer mesmo que eu pare? — pergunta ele.

— Não.

Matt se ajeita no banco, endireitando a postura.

"Por que está negando isso a nós dois?"

— Mas me diga uma coisa… — volta a dizer. — Por acaso você se tocou enquanto pensava em mim, Lane?

Quase dou risada, porque a resposta é *óbvia*.

— Sim.

— Foi bom?

Sinto uma onda de calor subir pelo pescoço e aquecer meu rosto.

— Não tão bom quanto você.

— Em que você pensava?

Matt sai da rodovia e eu espio o GPS no painel do ônibus. Dez minutos. Mais parecem dez horas.

— Hum, às vezes... às vezes você estava por trás, como daquela vez na cômoda...

— Quer dizer quando eu te comi apoiada na cômoda? — esclarece ele.

— Isso, isso mesmo — sussurro, cruzando e descruzando as pernas. — Outras vezes... eu imaginava você comigo na cama. Para ser sincera, eu gozava só de imaginar você me assistindo, porque mesmo, quando me tocava e fingia que era você, sabia que não era. Não chegava nem perto. Mas imaginar você ali perto de mim, me chamando de *manamea* e...

Não concluo o pensamento.

— É, eu entendo. Eu... — Matt hesita. — Também fiz isso. Gozei só de imaginar você sorrindo para mim enquanto penteava o cabelo.

— Somos muito tontos?

— Não deveria ser assim mesmo?

Flagro o sorriso dele no retrovisor quando passamos por um poste. De repente, ouço o som de cascalho sob as rodas do ônibus e observo os arredores. Um lugar perfeito. A parte da frente tem vista para um rio maravilhoso, todo banhado pela luz do luar. O coro dos gafanhotos é tão alto que podemos ouvir mesmo com todas as portas e janelas fechadas. As estrelas são um espetáculo à parte.

— É aqui?

De acordo com o GPS, ainda faltam nove minutos.

— É aqui.

Matt se levanta e, com um movimento rápido, sou puxada para os seus braços. Logo nos entregamos a um beijo febril e avançamos aos tropeços pelo corredor estreito do ônibus. Batemos em quase tudo, mas Matt não me solta.

Em seguida ele me joga direto na cama, e a energia turbulenta escapa pela claraboia acima de nós.

— Senti a sua falta, Lane — diz ele segundos antes de se posicionar em cima de mim.

— Senti a sua falta, Matt.

Repito as palavras com carinho, alisando seu cabelo para trás enquanto ele pressiona o corpo contra o meu.

Matt lambe os lábios e estreita os olhos como se tentasse gravar o momento na memória.

Acompanho seus movimentos, lutando contra a vontade de escapar daquele olhar intenso.

— O que foi?

Solto uma risada fraca.

— Você é a pessoa mais linda do mundo inteiro — declara ele com tanta franqueza, com tanta seriedade, que torna impossível não acreditar. — Você é tudo para mim — sussurra, balançando a cabeça.

Eu me aproximo para buscar seus lábios.

Nós nos entregamos a uma sequência lenta de beijos, como os primeiros acordes de uma orquestra. Reverente, como se estivéssemos prestes a invadir um terreno sagrado, mas sem deixar de ser gratificante.

Minhas mãos exploram as linhas do seu maxilar, do pescoço, dos ombros e do peitoral. "Não tem a menor pressa", penso sozinha. E, caramba, como é bom não precisar temer o final por estar tão envolvida com o começo.

Matt é meu. Por agora e por todos os dias que nos forem permitidos. E isso é suficiente. É ganhar na loteria. É um raio cair três vezes no mesmo lugar. É encontrar uma vaga no shopping na véspera de Natal.

E sou digna de viver todas essas coisas. Não se trata de merecer a felicidade, e sim de nunca sentir que preciso fazer por merecer.

— Matt? — chamo quando ele começa a beijar minha barriga, já com a blusa levantada.

— Hum?

— Eu te amo.

Ele se detém por um instante, esfrega o nariz na lateral da minha cintura e se vira para me ver, com o luar refletido nos olhos.

— Quero ouvir mais vezes.

— Agora?

— Sempre.

Ele abandona a blusa e leva seus beijos mais para baixo, tentando arrancar meu short.

— Botão.

— Um momento esquisito para inventar um apelido novo.

Ele mordisca o ossinho do meu quadril, e preciso me esforçar para responder.

— Não, o short é de botão.

— Ah.

Observo quando ele leva as mãos trêmulas ao cós na cintura.

— Está tudo bem?

Matt se endireita na cama, sentado sobre os calcanhares, e passa a mão no rosto.

— Não queria admitir, mas estou bem nervoso, na verdade.

Também ajeito a postura, espelhando a sua posição.

— O que aconteceu?

— Parece a primeira vez de novo, não acha? Pelo menos para mim. Esperei mais de um ano para ter você daquela vez, e de alguma forma, esses últimos meses parecem ter demorado ainda mais.

— Matt, caso não tenha reparado, você é muito bom nisso.

— Posso confessar uma coisa?

— Por favor.

— Aquela primeira vez, no ônibus, quando provei seu sabor… — Ele olha para a claraboia como se torcesse para algum extraterrestre aparecer e o tirar dali. — Eu gozei na cueca. Antes mesmo de você encostar em mim, feito um adolescente. Fiquei morto de vergonha.

O calor se acumula na minha barriga.

— Vergonha? — pergunto, incrédula. — Matt, isso é tão sexy.

— O quê? Sério?

Ele ri, sem acreditar.

— Claro, praticamente me disse que sou gostosa a ponto de te fazer gozar sem nem encostar em você.

— Mas é *exatamente* isso.

— E eu achei sexy.

— Sério mesmo?

— Sério. É uma prova inegável de que todas aquelas palavras bonitas e todos os elogios que me fez são verdadeiros. Evidências tangíveis.

— Bem, vendo por esse lado...

— Não estou preocupada com isso, nem com a gente. Senti tanto a sua falta nos últimos meses, então me contentaria em simplesmente ficar aqui e me deitar nua em seus braços. Só sentir você perto de mim já vai ser suficiente. Mas se não acontecer, tipo, *agora mesmo*, acho que vou explodir.

— Tudo bem... — Matt assente uma vez, com o rosto tomado de determinação. — Combinado. Mas você vai gozar primeiro.

— Ah, bem, já que você insiste...

Mordo o lábio e solto com um estalo enquanto os olhos semicerrados de Matt acompanham o movimento.

Mal tenho tempo de respirar antes de sua mão me agarrar com força pela nuca e me puxar para perto. Joelho com joelho, corpos colados. Deslizo pelo colchão para diminuir nossa diferença de altura e, por fim, ele me levanta para que eu possa enganchar as pernas ao redor do seu quadril.

Decido tirar toda a roupa de uma vez, impaciente como sempre, e Matt segue a minha deixa e se livra da calça jeans.

— Adorei a tatuagem, aliás. — Passo os dedos pelo antebraço já exposto. — Combina muito com você. Parece que sempre esteve aí.

— Fiz duas, na verdade.

— Sério?

— Sim, tem essa e uma outra na bunda.

Rastejo de quatro pelo colchão e só então percebo a pegadinha.

— Babaca! Eu vou...

Ele me interrompe com uma palmada que dói na medida certa. Em seguida massageia a pele atingida com a mão enorme antes de dar outro tapa. Solto um gritinho miado, e ele ri com malícia.

— Nunca vou superar o quanto você gosta de levar umas palmadas, *manamea*. — Outro tapa, dessa vez com o dorso da mão, seguido de massagem enquanto eu gemo baixinho e apoio o peito no colchão. — Aposto que se eu olhasse agora, você estaria toda encharcada.

Mais um tapa.

Bem, agora estou *mesmo*.

— Matt...

Fico sem fôlego quando ele posiciona uma das mãos entre minhas pernas e me envolve com sua palma.

Sibila por entre os dentes, com os dedos contraídos ao meu redor.

— Agora vou comer a minha noiva boazinha.

Estremeço de desejo quando sua língua explora minhas costas, o corpo posicionado sobre o meu como um escudo.

— Quero olhar para você — tento dizer entre respirações ofegantes.

Matt se ajoelha no colchão, eu me viro de costas e abro as pernas para ele, sem o menor pudor.

Vejo a contração no maxilar quando ele começa a puxar as raízes do cabelo, com os cotovelos estendidos para os lados.

— Gostou do que viu? — provoco, juntando os joelhos.

Ele estende a mão e os afasta.

— Quer testar minha força de vontade, é?

Ele começa a coçar o queixo, sem tirar os olhos escuros e semicerrados de mim.

— Quero que você pare de se conter. — Umedeço os lábios e estico o pescoço para encontrar seu olhar, já vidrado de pura luxúria. — Seja egoísta comigo, Matt. Por favor. É isso que eu quero. Faça o que quiser comigo. Sou toda sua.

O sorriso dele se enche de malícia.

— Como quiser.

Sem perder tempo, ele desliza para dentro de mim com uma arremetida tão profunda que minhas pernas começam a tremer. Posiciona meus tornozelos sobre os ombros, um de cada lado, depois me pressiona contra o colchão e dá outra estocada com uma força tão descomunal que me obriga a cerrar os dentes.

Estico a mão entre nossos corpos colados e começo a estimular meu clitóris.

Matt solta grunhidos descontrolados a cada arremetida, e eu fico inebriada com o som do seu prazer desimpedido. Ver como ele decidiu ceder aos desejos basta para me deixar perto do orgasmo, e a sensação se intensifica a cada movimento de vaivém conforme sou preenchida.

— Parece até que você foi feita sob medida para mim — rosna ele entre os dentes.

Matt está quase primitivo. Olhos escurecidos e dentes arreganhados. O ar dominado pelo som de tapas e elogios ásperos.

— Boa menina... Isso... Assim mesmo... Tão apertadinha... Quero você...

Ser a pessoa com quem ele se sente seguro para ser egoísta, talvez pela primeira vez na vida, é mais gratificante do que todos os seus elogios sussurrados.

Eu me desmancho ao redor dele, rangendo os dentes e gritando, animalesca, com uma das mãos no meu prazer e a outra bem apertada em torno do seu pulso, ainda agarrado na minha coxa.

Matt logo me acompanha, com o calor intenso da sua libertação me preenchendo enquanto seus movimentos ficam cada vez mais vacilantes.

Um ímpeto rápido me domina os sentidos antes de eu me sentir esvaziada, e ofego ao perceber sua ausência dentro de mim. Estico a mão, tateio o ar, incapaz de abrir os olhos, e não o encontro.

Mas ele me encontra, ou melhor, sua boca o faz.

Enrosco as mãos no seu cabelo enquanto ele desliza a língua por minha virilha, murmurando sua aprovação ao meu gosto. Ao nosso gosto. É quase demais, mas ao mesmo tempo não é suficiente. Começo a me contorcer, como se tivesse tomado um choque, mas imploro que continue.

Com os dedos bem firmes atrás dos meus joelhos, Matt me mantém imóvel no colchão enquanto me inunda com outra onda de prazer. Prolonga o momento, lambendo e beijando sem pressa até ser quase impossível segurar, até meu corpo todo amolecer. Nem preciso olhar para a claraboia para ver estrelas.

Depois, com uma sequência de movimentos delicados, ele me deita e me aconchega junto ao seu corpo. Com o nariz pressionado na minha testa, ele passa a sussurrar elogios suaves e calmantes.

— Eu te amo. Senti tanta saudade. Você é perfeita. Obrigado. Eu te amo. Eu te amo. Eu te amo.

Quando sinto minha alma voltar ao corpo, afasto o rosto para olhar para ele. Meu homem. Meu Matt. Meu melhor amigo e meu amante. Meu parceiro e meu ajudante. Meu noivo. Minha pessoa. Meu porto seguro.

Percorro o centro do seu peito com carícias vagarosas, acariciando os pelos esparsos e sentindo sua pulsação acelerar na ponta dos meus dedos.

— Meu coração pertence ao senhor por inteiro. E assim permanecerá, mesmo se o destino exilar o resto de mim da sua presença pelo resto da vida.

— *Jane Eyre*? — pergunta Matt, e eu confirmo.

— Reli nos últimos meses. Na verdade, li alguns dos seus livros.

— Leu? Quais? — quer saber ele, tracejando círculos nas minhas costas.

— *Jane Eyre*, *O conde de Monte Cristo* e aquele que vi na sua mesinha de cabeceira na véspera da viagem, *O Hobbit*.

Ele faz cócegas no meu ombro.

— Andou muito ocupada, então.

— Precisava sentir você perto de mim.

Dou um suspiro e apoio o rosto no seu peito. Matt me puxa até eu estar deitada em cima dele, como seu cobertor particular.

— Não gostei muito de Tolkien — confesso, enroscada ao seu pescoço.

— Vou fingir que não ouvi.

E adormecemos ali, abraçados.

40

O TRAJETO DE QUARENTA HORAS para casa, a princípio planejado para ser feito em quatro dias, acabou por se transformar em uma viagem de uma semana.

A preocupação de Matt com a nossa segurança e a de todos na estrada o levou a recusar minhas várias ofertas de sacanagens enquanto dirigia, sempre preferindo parar o ônibus para nos permitir sanar nossas vontades. Fizemos muitas paradas. Muitas. Acho que, a esta altura, já transamos em quase todas as grandes cidades entre Vancouver e Toronto. Como um mapa do sexo para marcar os lugares onde recuperamos o atraso e os estacionamentos vazios onde trocamos cochichos obscenos ao pé do ouvido.

Mas agora, quase em casa, olho para o espelho do banheiro e arrumo o cabelo, cantarolando sozinha, incapaz de parar de sorrir, mesmo se quisesse. Aquele brilho sempre presente nas minhas amigas passou a ser tão evidente no meu próprio rosto, e dá até vontade de registrar com fotos, só para exibir ao lado da minha linda aliança.

Avisei Chloe e Emily de nossa chegada e combinei de nos encontrarmos mais tarde, mas não abri o bico sobre o noivado. Quero contar pessoalmente, na companhia de Matt. Por enquanto, vamos deixar o ônibus no estacionamento da oficina, uma solução temporária. Todos os nossos amigos vão estar lá para uma festinha de boas-vindas com direito a cerveja, vinho e pizza.

— Lane? — grita Matt do banco da frente.

— Sim, ursinho?

Nos últimos dias, tenho testado novos apelidos de casal. Até agora, o único que me parece certo é "lindo", mas Matt fica todo envergonhado. E eu, ao contrário dele, acho essa reação uma gracinha.

— Simone escapuliu outra vez — avisa ele. — Está roendo meu cadarço.

— Qual é, Simone — resmungo, fechando o rímel. — Só um segundo!

Encontro um petisco e a atraio para longe dos pés de Matt, que se esforça para não esmagar a coitada debaixo do pedal do acelerador.

— Você é uma criancinha muito arteira — repreendo quando a pego no colo. — Mas nós te amamos mesmo assim.

Matt estende a mão, com os olhos na estrada, e faz carinho no queixo dela. Quando paramos no sinal vermelho, ele deixa seus olhos passearem pelo meu corpo.

— Você está maravilhosa. Essa cor fica linda em você.

— Gostou? Sempre me lembra da viagem para a casa dos seus pais.

Rodopio no meu vestido verde-escuro, semelhante aos tons de esmeralda da Ilha de Vancouver.

— Eu amei.

Reparo nas suas pernas inquietas.

— Está nervoso?

— Não, só animado.

— Para contar para todo mundo ou por voltar para casa?

— As duas coisas. Contar para nossos amigos, ver você em casa. Ter você de volta.

— Você já me tem de volta há uma semana.

Enrolo os dedos no cabelo dele.

— Sim, eu sei, mas agora é para valer. A vida vai começar, vamos ter nossas rotinas.

Dou uma risada cautelosa.

— Não vai ser muito sem graça? Será que você não vai enjoar de mim?

— Enjoar de você? Não, nunca. Impossível — responde ele, e aponta para o portão da oficina quando dobramos a esquina. — Aqui vamos nós.

Quando estacionamos, vejo nossos amigos sentados ao redor de uma mesa de piquenique que definitivamente não estava lá quando fui embora.

Nem a grama por baixo. Nem as árvores e vasos de flores. Nem os pisca-piscas pendurados entre dois postes de luz.

— Matt...

Solto um longo suspiro, com os olhos marejados.

— Eu precisava fazer alguma coisa para me distrair, sabe? — Ele tira uma das mãos do volante e a entrelaça com a minha, abrindo um sorriso afetuoso. — Uma última surpresa.

Ouço aplausos e vivas quando Matt abre a porta. Nossos amigos invadem o ônibus e, no meio de uma série de abraços e gritos de alegria, um suspiro ofegante ressoa para interromper o barulho.

— *Aimeudeus!* — exclama Chloe, cobrindo a boca. — *Aimeudeus!*

Começa a dar gritinhos, agarrando a minha mão.

— O que foi, o que aconteceu? — pergunta Emily, e Matt também mostra a aliança. — Vocês se *casaram*?

Ela cobre a boca com as mãos.

— Não, ainda não. — Matt dá risada enquanto Chloe puxa a minha mão e começa a analisar a pérola de vários ângulos. — Lane me pediu em casamento primeiro, depois foi minha vez de pedir — esclarece ele.

Gritinhos da Chloe, risadas divertidas da Emily e um sorrisinho malicioso do Warren. Todas as reações foram do jeitinho que eu imaginava.

— Parabéns, irmão.

Amos ri, trazendo Matt para um abraço.

— Lane! — empolga-se Chloe. — Lane!

Ela também ri, ajeitando Willow no colo.

— Tia Lane?

Volto minha atenção para minha sobrinha.

— Oi, Simba?

— Você e o tio Matt vão casar?

— Nós vamos, doçura — responde Matt.

Em seguida ele a pega dos braços de Chloe, que parece prestes a desmaiar de emoção.

— Ah, legal.

Willow dá um tapinha na barba de Matt, e ele ri, aproveitando o carinho.

Depois é a vez de Warren agarrar o ombro de Matt com firmeza e dar uma piscadela, como se estivesse orgulhoso.

— Pizza? — sugiro em um fiapo de voz.

Traduzindo: "Por favor, estou enfurnada neste ônibus há sete horas e preciso ver as mudanças feitas por Matt, porque parecem maravilhosas mesmo de longe".

— Lá fora — avisa Emily, e me abraça por trás. — Mas primeiro isto aqui.

— Ah, abraço grupal de amigas — murmuro.

Agarro a mão de Chloe, ainda presa ao meu punho, para que venha se juntar a nós.

— Ficamos com tanta saudade de você — confessa Emily, com o queixo apoiado na minha clavícula.

— Muita saudade mesmo — concorda Chloe por cima do ombro oposto.

Dou um longo suspiro.

— Também senti saudade de vocês. Mas as coisas estão bem agora. Não vou a lugar nenhum.

"Não perfeitas, mas bem." Ficamos abraçadas durante um bom tempo até as duas me soltarem com um suspiro pesado. Juntas, seguimos nossos homens para fora do ônibus.

Finalmente, posso admirar as mudanças lá fora. Bem ali, no meio de um lote industrial, Matt construiu um quintal para nós. Grama verdinha aparada, um canteiro com flores do campo, algumas jardineiras vazias ao lado. Um banco logo abaixo de um poste de luz alto com pisca-piscas pendurados em ambas as direções, algumas árvores recém-plantadas mais adiante, para fazer sombra. Reparo na plaquinha presa ao banco e levo meus dedos trêmulos ao rosto.

"Em memória de Dominic Rothsford."

— Bem-vinda de volta — sussurra Matt, com um beijo na minha testa.

Sufoco um soluço ao admirar o pequeno oásis que ele construiu para mim.

— Matt... É perfeito — digo baixinho, e ele me abraça mais forte. — Eu nunca mais vou embora.

Ele acha graça e me dá outro beijo.

— Ótimo, então o plano funcionou. — Depois coça o queixo, como se analisasse uma obra de arte inacabada. — Plantei tulipas naqueles vasos ali, não estão vazios. Até pensei em colocar flores falsas, mas...

— Podemos esperar até a primavera. Não há a menor pressa.

Eu me afasto dele para enxugar as lágrimas. Somos cercados pelos nossos amigos, todos de braços dados com seus respectivos pares. Willow se equilibra na borda do canteiro de flores, com os bracinhos estendidos ao lado do corpo.

— Não quero nada além disso — sussurro para ele. — Construir uma vida, pelo tempo que tivermos, ao seu lado.

— Mesmo no meio de um estacionamento? — ele provoca de volta, com a mão no meu quadril ao me puxar para mais perto.

Olho para Matt.

— Para onde você for, eu quero ir junto.

E agora eu sei que nada nem ninguém é perfeito, mas isso chega bem perto.

EPÍLOGO

QUINZE MESES DEPOIS

"A GENTE VAI CHEGAR MUITO ATRASADO."

— Só mais uma partida, por favor.

Matt lambe os lábios e ajeita a dobra do colarinho.

— Não. Aceite que já perdeu.

Abro um sorriso convencido do outro lado da mesa.

— Melhor de seis.

— Mattheus — repreendo, devolvendo as pecinhas de Scrabble ao saco de feltro.

— Poxa, eu tenho praticado no celular e tudo.

Só de birra, ele começa a espalhar as peças em cima do tabuleiro.

— Não sabe perder, é?

Mordo o lábio quando o vejo ajeitar o relógio no pulso, um gesto quase involuntário.

— Mas que tarada — censura ele, e depois me ajuda a guardar o jogo na caixa. — Não temos tempo para isso.

— Ah, que legal. Para outra partida de Scrabble tinha tempo, né? Mas não para trepar com sua esposa em cima da mesa?

— Não diga trepar. — Ele ri e faz uma careta de desgosto. — É tão feio.

Reviro os olhos com um suspiro dramático.

— Tudo bem, desculpa. — Solto um pigarro sarcástico. — Não tinha tempo para *fazer amor* com sua esposa em cima da mesa?

Matt parece considerar suas opções, olhando de um lado para o outro, e por fim assente.

— Arrã, isso mesmo. — Ele fica de pé e se inclina sobre a mesa até seu rosto estar a meros centímetros do meu. — E você não é minha esposa... ainda.

— Verdade, ainda tem essa — gracejo. — É melhor a gente resolver isso logo, então.

Depois de me dar um beijo no rosto, ele oferece ajuda para me levantar. Pouso minha mão na dele, com as unhas ainda perfeitas da manicure, e uso a outra para alisar meu vestido.

Nenhum de nós queria um casamento extravagante. Com smoking e vestido branco, véu e grinalda. Com degustações de bufê, arranjos florais, convites e confirmações de presença. Não fazia nosso estilo. Mas também não queríamos casar só no cartório. Queríamos estar cercados da nossa família, das pessoas que amamos. E, admito, parte de mim queria, sim, um vestido branco.

Por isso, Emily me fez o vestido perfeito. Na verdade, é composto por duas peças. Um vestido branco de seda, com decote profundo nas costas, e uma saia de tule por cima. Bate mais ou menos na altura do joelho e me deixa um absurdo de linda. O véu era da minha mãe, horrendo naquele estilo bem anos 1980. Mas, para mim, não poderia ser melhor.

Matt escolheu um paletó cor de ameixa para combinar com a calça preta e uma camisa social branca bem tradicional. Deixou dois botões abertos a meu pedido, revelando a sombra de pelos escuros no peito.

Emily, Amos, Chloe, Warren, Luke e Willow chegaram a Vancouver ontem de manhã, depois de um voo atrasado por conta da nevasca. Dois dos irmãos de Matt não puderam vir e vão participar por chamada de vídeo, mas, fora isso, todo mundo vai estar aqui.

Saímos do escritório do meu pai e seguimos de mãos dadas para a escadaria dos fundos que leva à cozinha, onde Chloe aguarda nosso sinal.

— Ah, você está tão linda! — exclamo quando a vejo ali.

Meus saltos altos reverberam nos azulejos conforme entro na cozinha. Os olhos de Chloe se enchem de lágrimas.

— Ai, Lane... Está tão linda, tão maravilhosa. — Ela abana o ar e se alterna entre apontar para mim e para Matt. — Lindos, os dois. Esse casamento é tão a cara de vocês. Está perfeito.

— Até que estamos arrumadinhos.

Matt me faz rodopiar.

Chloe suspira, toda emotiva, depois respira fundo para se recompor. Vai até a bancada da cozinha e me entrega um lindo ramalhete de tulipas brancas. São falsas, claro, porque estamos em pleno inverno.

— Tudo bem, vamos lá. Buquê, feito — anuncia ela, e finge riscar algum item de uma lista imaginária. — Convidados, feito. Estão de bobeira conversando, mas já vou lá avisar para todo mundo encontrar seus respectivos lugares.

— E a música? — pergunto.

— Tudo resolvido.

— Obrigada, Chlo — agradeço, e a puxo para um abraço. — E depois? A comida e...

— Emily está cuidando disso — cochicha ela antes de nos afastarmos. — Sua irmã também.

— Muito obrigada.

Dou outro abraço nela, depois me viro para Matt, segurando sua mão.

— Está pronto?

Ele sorri para mim.

— Incrivelmente pronto. Não quero mais nada no mundo.

Até onde sei, noivas sentem um certo nervosismo, às vezes até mesmo apreensão, no dia do casamento. Especialmente segundos antes de caminhar até o altar. Mas eu não sinto nada disso. Estou zonza de empolgação e cheia de confiança, com a cabeça erguida, a postura reta e o sorriso genuíno.

E não apenas porque estou prestes a me casar com meu melhor amigo, que vai me acompanhar ao altar, mas também por saber o que nos espera no cômodo ao lado.

A sala da frente da casa da minha mãe foi transformada no local ideal para o nosso casamento. As paredes brancas singelas, o teto alto e o assoalho de taco deram lugar a um ninho acolhedor.

Cadeiras, bancos e sofás aleatórios dos quatro cantos da casa foram dispostos ali para acomodar os vinte e dois convidados. Um dos tapetes artesanais de Fetu, cuja técnica ela tem me ensinado, foi colocado no chão para marcar o local onde vamos fazer nossos votos. Panos brancos caem drapeados do teto, adornados por pisca-piscas habilmente pendurados pelos meus melhores amigos e seus respectivos cônjuges. Com o cair da noite, o luar deve começar a se derramar pelas claraboias, banhando todo o ambiente com seu brilho suave.

Matt aperta minha mão três vezes. Aperto de volta, uma, duas. Ouço o rangido da porta ao ser aberta ao longe, seguido pelos murmúrios do celebrante ao instruir os convidados a ficarem de pé. Em seguida, "Ain't No Mountain High Enough" começa a tocar.

Antes de avançarmos na direção da porta, Matt me pega no colo e me rodopia no ar, rindo contra meu pescoço. Dou um tapinha brincalhão em seu ombro.

— Temos que ir!

Por fim ele me põe no chão, sorrindo de orelha a orelha, e quase me arrasta pelo braço em sua pressa para chegar ao altar.

Sinto meu sorriso aumentar conforme admiro cada detalhe. Todas as pessoas que mais amo no mundo reunidas no mesmo lugar. Willow acena com entusiasmo quando passamos, dançando ao som da música no colo do tio Luke. Simon está de braços dados com a esposa e acompanha nosso avanço com um olhar de pura adoração. Fetu já começa a enxugar as lágrimas de felicidade com um lenço.

Alcançamos minha mãe na primeira fileira e, quando eu lhe entrego o buquê, ela me abraça como se não quisesse mais me soltar. Liz pigarreia alto e faz carinho nela, e eu lhe dou uma piscadinha cúmplice quando minha mãe finalmente se afasta.

A cerimônia passa em um borrão sublime. O celebrante contratado pela minha mãe, dono de um bigodinho hilário sobre o qual Matt e eu certamente falaremos mais tarde, avisa que chegou a hora de trocarmos nossos votos.

Ao reparar no meu queixo trêmulo, Matt aperta as minhas mãos com força, como se para dizer que está ali, ao meu lado. Aperto de volta, porque eu sei que está.

Desentrelaço nossos dedos com delicadeza e pego os votos estendidos por Liz, que os guardou em segurança desde ontem à noite, quando os escrevemos juntas.

Com cuidado, desdobro a folha de papel e engulo em seco para limpar a garganta. Não posso olhar para Matt, ainda não, ou não vou conseguir dizer nada.

— Matt...

Ah, droga. Vou começar a chorar na primeira frase, pelo jeito. Mas que se dane, é meu casamento e eu posso fazer o que quiser, inclusive chorar. Certo?

— Exatamente três anos atrás, demos o nosso primeiro beijo, e eu entrei em pânico. — Algumas pessoas riem, e isso me dá a oportunidade de enxugar as lágrimas. — Entrei em pânico por várias razões. Primeiro, porque você é, sem sombra de dúvida, a pessoa mais linda que eu já beijei. E, segundo, porque você se sentou ao meu lado naquela noite e conversou comigo como se nunca fosse parar de me ouvir. Você me enxergou. E naquele momento essa era a última coisa que eu queria.

Olho para o teto para me recompor, mas de nada adianta. O polegar de Matt acaricia meu rosto para enxugar uma lágrima, e isso só serve para aumentar o choro.

Solto um longo suspiro. Preciso continuar.

— Você me mostrou que tem paciência, bondade, fidelidade e generosidade de sobra. É um homem bom. Um homem gentil e honrado. Não demonstra essas coisas apenas com palavras, mas com gestos. A forma como cuida de mim e das nossas famílias é tão... linda. — Faço uma pausa para controlar a emoção na voz. — E eu tenho certeza de que meu pai teria adorado conhecer você.

Levanto o rosto quando ouço os murmúrios de Matt, e ele tapa a boca, com o rosto coberto de lágrimas.

— Pelo jeito nunca vamos terminar os votos — cochicho com a voz rouca.

Ele dá uma risada chorosa.

— Somos péssimos nisso.

— Eu prometo te amar para sempre. Simples assim. Meu amor nem sempre será perfeito. E eu nem sempre serei gentil, nem sempre serei generosa, nem sempre serei racional. Mas prometo amar você todos os dias, enquanto eu viver. E prometo sempre demonstrar esse amor com minhas palavras e minhas ações.

Seguro a folha dos votos com mais força e estendo a mão livre para ele.

— Prometo ajudar você a descansar quando sentir o peso do mundo nas costas. Prometo fazer você se lembrar do seu valor mesmo quando não tiver nada a oferecer. Serei sua esposa, sua melhor amiga e sua companheira em todas as coisas. Aqui ou em qualquer lugar para onde a vida nos leve.

Consegui. Eu *consegui*. Dobro o papel e devolvo para Liz, que me observa atenta, com o orgulho estampado no olhar.

Matt pressiona os lábios entre os dentes e estende a mão para o pai, que lhe entrega um caderno inteiro.

— Vamos ficar aqui um tempinho. — Ele ri e bate com a palma da mão no caderno, depois se vira para os convidados. — Brincadeira, pessoal. Lane deixou bem claro que eu não posso me estender muito.

— O tempo está passando — provoco com uma piscadela.

A cabeça dele pende para o lado, o peito sobe e desce quando seus olhos encontram os meus. São calorosos e familiares e tão cheios de amor que parece impossível não me derreter.

— Lane. Minha *manamea*. Minha melhor amiga... Infelizmente, não sobraram muitas palavras que eu já não tenha usado nos últimos dois anos para descrever você ou o amor que sinto. — Ele sorri e coça o queixo, sem tirar os olhos do caderno. — Por isso, falarei apenas das minhas esperanças para esse futuro ao seu lado. Espero que amanhã, quando acordarmos, pareça a primeira manhã de infinitas outras. Espero que nossos dias juntos sejam lentos e nossos anos sejam longos. Espero que o tempo tenha a bondade de passar devagar.

A voz de Matt falha e, por instinto, estico a mão para alcançar a dele, que ao mesmo tempo se estende para buscar a minha.

— Espero que você sinta orgulho do seu marido. Espero que sinta orgulho de ser minha esposa. Espero que nossa chama nunca se apague. E, se apagar, espero que sejamos capazes de reavivá-la. Espero que nos baste construir uma vida à nossa maneira, seja ela qual for ou onde for.

Matt ajeita a postura e projeta a voz ainda mais alto.

— Quero dedicar um segundo para agradecer à família da minha mãe, Anaru, Kalea, Hemi, Melika e Kimo, e a todos os nossos antepassados que, creio, estão presentes aqui esta noite em espírito. Também quero agradecer à minha sogra, Kathy — continua a dizer, e olha para a minha mãe, que mal se aguenta —, por me ter acolhido tão bem na sua família, assim como ao meu sogro, Dominic, por terem criado você, Lane, para ser a mulher corajosa, espontânea e determinada que sempre foi.

Pisco algumas vezes para conter as lágrimas e aperto a mão dele com tanta força que talvez nunca mais consiga soltar. Agora, vão se tornar uma coisa só.

— Lane, eu amo você. Infinitamente. Perdidamente, com cada fibra do meu ser. Você é engraçada, gentil, inteligente e, sem sombra de dúvida, a melhor jogadora de Scrabble que já conheci. — Ele dá risada e enxuga uma lágrima da bochecha. — Não vejo a hora de começar a escrever nossa história. O melhor ainda está por vir.

Com isso, Matt fecha o caderno com ternura e devolve ao pai, que aproveita para segurar os ombros do filho e lhe dar um beijo no rosto.

Voltando a segurar minha mão, Matt se aproxima para sussurrar:

— Deixei algumas partes para ler só para você mais tarde.

Depois, com uma piscadinha, endireita os ombros e volta para o lugar.

— Já posso beijar o noivo? — pergunto ao celebrante, alto o suficiente para arrancar risadas dos convidados.

— Quase — responde o bigodudo, com um sorriso gentil.

Mais palavras são ditas, mas já parei de prestar atenção. Matt e eu estamos tão desesperados para o beijo ao final das ladainhas burocráticas que praticamente começamos a bater o pé com impaciência, marchando sem sair do lugar.

— Eu vos declaro marido e mulher. Podem se beijar.

E assim nos lançamos um sobre o outro como lobos famintos, enquanto os aplausos irrompem à nossa volta.

Ainda não é meia-noite, mas este com certeza é o melhor beijo de Ano-Novo da minha vida.

DOIS ANOS DEPOIS...

Mattheus

Quando chegamos na casa de Emily e Amos, com os braços cheios de enfeites e uma tonelada de comida a tiracolo, somos saudados pelos sons do verão. O riso das crianças, o chiado da grelha, a música do rádio, tudo envolto pelos raios do sol nesse clima perfeito de agosto.

Os garotinhos acolhidos pelos anfitriões nos cumprimentam aos risos, com os rostinhos melecados de algodão-doce espreitando pelos vãos da cerca.

— Mamã Em! Mattilane chegou! — anuncia Caleb, e desata a rir, porque juntar nossos nomes é o auge do humor de uma criancinha de seis anos.

— E trouxeram balões — acrescenta Malachi, o irmão mais novo de Caleb, olhando para Lane com admiração.

"Não posso dizer que o culpo."

— Oi, gente! Venham, podem entrar! — grita Emily do outro lado do portão.

O quintal foi a última parte a ficar pronta na reforma da casa. Na minha opinião, Emily e Amos guardaram o melhor para o final. Um deck novinho em folha, canteiros forrados de flores e um gramado enorme para os garotos brincarem. Há também uma estrutura para fogueira onde já deixamos horas incontáveis de conversa arderem ao lado da lenha.

Lane resmunga baixinho, lutando com o trinco do portão, e a cena aperta ainda mais o nó no meu estômago que tenho tentado ignorar a manhã toda. Ela não está bem hoje. Não me disse nada, mas eu sei. Minha esposa já não é um mistério para mim. Graças aos céus.

— Ei, deixa comigo.

Passo o braço por cima do ombro dela para ajudar. Lane se afasta da cerca e eu solto o trinco.

— É só você pedir e nós vamos embora, ok? — tranquilizo-a.

Afasto algumas mechas de cabelo do seu rosto e acaricio seu pescoço com o polegar, sentindo a pulsação acelerada sob a ponta do dedo.

Ela me dá uma palmadinha no pulso.

— Minha presença é importante aqui hoje. A sua também.

Ao ouvir isso, eu me limito a responder:

— Tudo bem.

Em parte porque Lane já avançou pelo quintal como se não tivesse nenhuma preocupação no mundo, mas também porque preciso confiar na minha esposa para me dizer quando pode enfrentar suas próprias batalhas.

Há pouco menos de dois meses, a menstruação de Lane passou mais de uma semana atrasada. Ao longo dos últimos anos, temos sido cuidadosos para não engravidar, mas vez ou outra nos alternamos no papel de sugerir a ideia de ter filhos. E assim oscilamos entre qual dos dois gostaria de seguir por esse caminho e qual não conseguiria conceber uma mudança na nossa vidinha quase perfeita, que consiste em apenas nós dois, nossa coelha, Simone, e nossa casa, Sherlock MotorHolmes.

Seja como for, nunca chegamos a uma decisão. Mas, com a gravidez de Chloe e os garotinhos acolhidos por Emily, Lane parecia ter começado a se abrir mais a possibilidade. O assunto parecia prestes a voltar à mesa e, dessa vez, a sensação era de que enfim bateríamos o martelo. Porque, a essa altura, eu também me sentia pronto.

Aí, quando veio o atraso, cometemos a tolice de sonhar com o futuro, e assim ficamos nos três dias que antecederam a consulta médica. A cada hora que passava, nossa empolgação aumentava com a perspectiva de ver nossa família crescer.

No dia marcado, tirei a manhã de folga do trabalho e por pouco não sugeri que fôssemos tomar um brunch para comemorar. Escondi um buquê no porta-malas, ao lado da camiseta com os dizeres "Mamãe Gata" que não resisti a comprar na noite anterior.

Mas bastaram três palavras para todos esses sonhos irem por água abaixo. Insuficiência ovariana primária. Também conhecida como *falência* ovariana prematura, como descobri desde então.

Em termos leigos, talvez Lane nunca consiga engravidar. O corpo dela não produz as quantidades esperadas de estrogênio e não libera óvulos com regularidade.

E embora ainda não tivéssemos decidido para valer se íamos ser os tios legais e sem filhos ou se teríamos um ônibus lotado de versões nossas em miniatura, achamos que teríamos tempo de sobra para decidir. Ingenuamente, achamos que cabia a nós decidir qualquer coisa.

Por isso, quando vejo minha esposa colocar um presente embrulhado com papel de bichinhos em uma mesa vazia e começar a montar a decoração com roupinhas de bebê com Emily, meu coração começa a se romper no peito.

Antes de me esquivar do beisebol com os meninos para ver como ela está, sou atingido por uma bola. Caleb abre um sorrisinho arteiro.

— Ai — enfatizo, esfregando o ombro.

O garoto manda bem no arremesso.

— Presta atenção, tio.

Ele bate na luva, pronto para apanhar a bola.

— Calma aí, craque.

Arremesso a bola direto na luva e sou atingido mais uma vez quando, distraído, eu me viro para observar Lane e Emily conversarem aos risos. "Ela está bem. Vai avisar se precisar de ajuda", tento me convencer, repetindo a frase várias vezes até meus joelhos se soltarem e minha concentração voltar para o jogo.

Uma hora depois, os convidados começam a chegar, e eu encontro Lane na cozinha, ocupada cortando melões para o ponche.

— Belos melões você tem aí — gracejo, fechando a porta do pátio.

Ela revira os olhos, sorrindo.

— Precisa de ajuda com alguma coisa? — pergunto.

"Por favor, me deixa ajudar", acrescento na minha cabeça.

— Não, está tudo resolvido. E você já ajudou. Emily está feliz da vida, os meninos estão exaustos de tanto brincar.

Ela pega outra tábua e um saco de limões na bancada.

— Os dois são tão elétricos.

— Já, já, Willow chega para botar os dois na linha.

Lane pisca para mim antes de fatiar um limão ao meio.

— Posso cortar?

— E eu, vou fazer o quê?

Ela arqueia a sobrancelha, com um esboço de sorriso nos lábios. Mas percebo, pelo tom, que alguma coisa está errada.

— Pode me assistir e ficar quietinha sendo linda.

Dou a volta na bancada e enlaço a cintura dela por trás, com o queixo apoiado no seu ombro.

— Por favor, eu quero ajudar — sussurro para o cabelo dela.

Lane encosta a cabeça na minha, ainda cortando limões.

— Preciso me manter ocupada. Não posso parar agora.

Às vezes esse é seu jeito de lidar com as coisas. "Nem as emoções conseguem atingir um alvo em movimento", costuma brincar. Eu não gosto dessa estratégia.

— Tudo bem.

Beijo seu rosto e a aperto ainda mais forte.

— Preciso usar meus braços, Matt.

Ela me dá uma cotovelada de brincadeira, só para mostrar a amplitude de movimento necessária, e eu a solto a contragosto.

— Ok, como quiser.

E, de imediato, também tenho a sensação de que preciso de uma tarefa. Preciso fazer alguma coisa para ajudar, para fazer o dia passar mais depressa até podermos voltar para casa e tirar esses sentimentos a limpo. E, só de pensar nisso, sou atingido por uma pontada de culpa. Nossos amigos não fazem a menor ideia dessa situação toda. Não seria justo desejar que o dia especial deles acabasse por nossa causa.

Warren e Chloe estão à espera do primeiro filho juntos, apesar de terem criado a irmã de Chloe, Willow, como se fosse deles. Os dois merecem essa felicidade, esse novo começo. Merecem um chá de bebê fantástico e amigos dispostos a lhes proporcionar tudo isso. Mas é difícil. E está mais difícil a cada minuto que passa.

Nos últimos oito meses, Warren tem sido tão gentil e agradável no trabalho que chega a dar nos nervos. E, embora nossos funcionários e clientes estejam contentes com a mudança, foi um pouco esquisito ver meu amigo, sempre tão rabugento, de repente se tornar um poço de animação. Ele fala do filho sempre que pode, desde fatos estranhos sobre a gravidez a detalhes sobre quais alimentos fazem o bebê chutar mais forte.

Para ser sincero, desde nosso diagnóstico, já não tenho tanto interesse em saber a qual fruta ou legume o tamanho do bebê se assemelha ou quais são os desejos de grávida de Chloe.

— Está com fome? — pergunto, querendo que Lane também tivesse desejos alimentares que eu pudesse satisfazer.

— Não. Roubei uns biscoitos e queijos da mesa enquanto Emily convencia os meninos a passarem protetor.

— Tudo bem.

— Vai continuar parado aí feito um dois de paus? — questiona ela, sem olhar para mim.

— Provavelmente — respondo, com as mãos enfiadas nos bolsos da calça.

— Vai ficar mais tranquilo se eu jurar que estou bem?

— Talvez.

— Eu estou bem — diz Lane, mas reparo que não jura. — E você? — acrescenta, pousando a faca para colocar os limões no ponche.

"Nem um pouco. Quero que você tenha todas as opções disponíveis na vida. Quero que nunca se preocupe com nada e sempre se sinta no controle da situação. Além disso, comecei a pensar que talvez eu queira, sim, uma versão ainda menor de você para abraçar, confortar e criar ao seu lado. Talvez mais de uma, na verdade. E me pergunto se as coisas teriam sido diferentes se eu tivesse me dado conta disso antes. Estou com muita inveja dos nossos amigos, com receio de ver a barrigona imensa e o sorriso radiante de Chloe. Quem me dera que fosse sua barriga que todos tentassem acariciar, que fosse nosso bebê a ser celebrado. Quem me dera que fôssemos nós dois a viver essa experiência. Não sei como fazer as coisas melhorarem, e tenho medo de que você não me deixe ao menos tentar."

— Sim, tudo certo.

Abro um sorriso e tenho a atenção capturada para o lado de fora quando Warren, Chloe e Willow entram, de mãos dadas, sob os aplausos dos convidados. Sinto meus ombros relaxarem ao ver nossos amigos radiantes de alegria. E logo me acho um pouco idiota por, segundos antes, ter ficado tão apavorado com a chegada deles.

— Está na hora de ir.

Lane equilibra dois jarros de ponche nas mãos e me faz sinal para pegar os outros.

Só então me permito admirar sua aparência. Dá para ver que se esforçou para vir arrumada. Escolheu um vestidinho preto com estampa de passarinhos, muito apropriado para celebrar o filho dos pombinhos, o "Bebê Dove", como temos nos referido a ele desde o início da gravidez. O cabelo lilás de Lane está encaracolado e a maquiagem foi arrematada por um batom cor-de-rosa.

— Está linda, *manamea*. Desculpa por não ter dito mais cedo. Você está deslumbrante.

Ela sorri com orgulho, de queixo erguido, depois se aproxima de mim.

— Obrigada, ursinho. E você está gostoso como sempre.

Antes de sair porta afora, ela beija meu bíceps e, quando já está no quintal, vira por cima do ombro para me chamar.

Pego o resto dos ponches e vou atrás dela.

Horas depois, estou suado e ofegante depois de tanto brincar com nossos três sobrinhos.

— Não — imploro. — Por favor.

As crianças pulam ao meu redor na cama elástica.

— Levanta, tio! — ordena Willow.

Em seguida, ela se joga na direção da minha barriga com tanta velocidade que chego a estremecer, me preparando para o impacto. Os meninos são chamados por Amos e saem correndo pelo jardim.

— Não consigo pular mais — explico para Willow. — O tio Matty já está velho.

Ela se detém, dá um pulinho e aterrissa ao meu lado com um solavanco.

— Tudo bem, então vou ficar deitadinha com você.

— Obrigado.

Suspiro, pondo as mãos na barriga. Não foi prudente pular na cama elástica depois de ter devorado dois hambúrgueres e pratos e mais pratos de petiscos variados, mas meu corpo estava precisando de comida gostosa para afogar as mágoas.

— Está feliz que vai ganhar um irmãozinho?

— Ah, sei lá, acho que sim. É só um bebê.

Willow nunca foi de medir as palavras, igualzinha ao pai.

— Eles vão me deixar escolher o nome — acrescenta.

Vão deixar a criança de sete anos escolher o nome do bebê? Essa eu quero ver.

— Sério? Já teve alguma ideia?

— Rowan.

Projeto o lábio para a frente, acenando com a cabeça.

— Hum, que legal. Gostei mesmo.

— Tinha um Rowan na minha sala ano passado, mas talvez ele mude de escola. Ah, e parece um rugido de leão, então posso gritar "Rowaaaan" bem alto para meu irmãozinho fugir de perto de mim quando estiver com a fralda suja de cocô.

Ela dá uma risadinha.

— Pois é, bebês fazem muito cocô.

"Mas não são muito bons em obedecer a rugidos", penso com meus botões.

— Você e a tia Lane vão ter um bebê?

Willow põe a mãozinha na minha barriga e eu começo a rir. Será que pareço estar grávido?

— Não sei.

Afasto seus dedinhos com cuidado.

— É, talvez seja melhor não ter um bebê. Assim, posso ser a preferida de vocês para sempre!

E logo ela se levanta com uma série de movimentos aleatórios e desnecessários e começa a correr pelo quintal antes mesmo de ouvir as palavras:

— Willow, vem comer bolo! — grita Warren.

— Ela sabia — murmuro sozinho. — Essa menina tem um sexto sentido para doce.

— Ursinho?

Endireito os ombros ao ouvir a voz da minha esposa e a vejo lutar contra um sorriso ao se aproximar.

— Agora que as crianças saíram da cama elástica, você parece um adulto esquisitão que foi aí se esconder da festa.

— É gostoso aqui.

Volto a me deitar.

A cama elástica range quando o corpo de Lane desaba ao meu lado. Ela se aproxima até ficarmos quase grudados, e eu ofereço meu braço como travesseiro.

— Hum, verdade. É bem gostoso aqui.

— Sabia que a Willow vai escolher o nome do bebê?

— Rowan? — pergunta Lane.

— Ah, droga, achei que eu tinha fofoca quentinha.

— Desculpa, esqueci de contar para você. Chloe comentou comigo na semana passada. — Ela fica sentada e pousa a mão no meu rosto. — Vai se chamar Rowan Luke Dove.

Solto um resmungo.

— Ei, trate de se comportar — repreende Lane, e me dá uma série de tapinhas delicados no rosto. — Você ama o Luke.

Mas amava bem mais antes de ter flagrado os dois, Luke e minha irmãzinha mais nova, em uma posição que vai ficar gravada para sempre na minha memória.

— Além do mais, Tabitha parece ter superado essa história — acrescenta Lane, e volta a se acomodar ao meu lado.

— Que tal ela passar o Natal com a gente de novo este ano? Não gosto de imaginar minha irmã sozinha naquela cidade, ainda mais no Natal.

— Mas ela não está sozinha. Tabs faz amigos por onde passa.

— Ela devia estar com a família, isso, sim.

— Tudo bem, claro que ela vai ser convidada para o Natal. Mas talvez prefira não vir se souber que Luke também vai passar as férias por aqui.

— Ele tem que vir mesmo? — pergunto baixinho.

— Mais uma vez, trate de se comportar.

Decido não cutucar velhas feridas e, em vez disso, passo a admirar as nuvens. Ficamos deitados em silêncio por alguns minutos, abraçados naquele cantinho escondido do quintal. Lane começa a tracejar círculos vagarosos em volta da minha barriga, um padrão quase inconsciente e já familiar a esta altura. Afago seu cabelo com o polegar enquanto ela suspira, satisfeita.

— Então, eu andei pensando... — sussurra Lane, bem baixinho.

— Lá vem.

— Rá, rá. Engraçadinho.

Ela se endireita, cruzando as pernas. A posição logo me faz perceber que o assunto é sério, então eu a imito e me sento com as mãos espalmadas na cama elástica.

— Vamos tirar o goleiro de campo.

— Hã? — pergunto. — Goleiro?

— Vamos tentar a sorte.

Eu a encaro confuso.

— Lançar os dados.

— Não estou entendendo bulhufas.

Limpo o suor da testa na manga da camisa.

O som de sua risada ofegante vai direto para meu pau, como de costume. Engulo em seco, tentando resistir. Infelizmente, mesmo depois de todos esses anos, o amigão lá embaixo ainda não aprendeu a se comportar na presença de Lane.

Ela me lança um olhar sugestivo, agitando as sobrancelhas.

— O que eu quero dizer é... vamos abandonar as pílulas, as camisinhas, tudo.

Dou um suspiro surpreso em resposta.

— Mas...

— Sim, eu sei o que o médico falou. Sei que as chances são mínimas. E sei que podemos recorrer a outros métodos, mas não me parece a melhor coisa a fazer. Na minha opinião, a gente deveria simplesmente... parar de evitar. — Ela dá de ombros e busca minha reação. — Vamos tentar do jeito tradicional. Se acontecer, era para ser, não acha?

— Tem certeza? Porque pode *mesmo* acontecer.

— Se este último mês me ensinou alguma coisa, é que não tenho certeza de nada. Mas não tenho certeza nem sobre essa incerteza, se é que faz sentido.

— Quer entregar nas mãos do universo?

Fecho a cara, concentrado, mas relaxo ao ver Lane assentir.

— Abrir mão do controle parece o melhor jeito de assumir o controle. — Ela morde o polegar, depois pousa a mão no colo. — Se entendi bem, Leah também achou que era uma abordagem saudável.

— Conversou com a sua terapeuta antes de falar comigo?

— Ah, meu amor, se eu não fizesse isso com frequência, já estaríamos divorciados.

Dou risada.

— Entendi.

— E então? — pergunta ela, com os olhos esperançosos e arregalados.

Tento conter o sorriso.

— Veja bem... Só se a gente tentar para valer. Afinal, precisamos nos esforçar para não desperdiçar a oportunidade. Levar a sério, sabe? Fazer todos os dias, várias vezes, passar noites em claro...

Um sorriso brota nos lábios de Lane e me atinge em cheio no peito. Se é isso que ela quer, fico feliz em proporcionar. Faria qualquer coisa por aquele sorriso.

— Ah, nós vamos tentar muito — interrompe Lane, mordendo o lábio. — Uma quantidade obscena, imoral e indecente de tentativas.

Ela começa a rir.

— Tantas assim, é?

Luto contra uma risada, chegando mais perto dela.

— Vou te levar à loucura, pode esperar.

Meu corpo reage quando ela me beija e mordisca meus lábios. Vou precisar esperar aqui um tempinho antes de poder voltar à festa.

A língua dela encontra a minha e eu decido interromper o beijo antes de irmos longe demais. Primeiro, tenho algo importante a dizer.

— *Manamea*...

Ela protesta baixinho, tentando pressionar seus lábios contra os meus.

— Lane... — sussurro, e ela se afasta com um sorriso malicioso. — De um jeito ou de outro, vou ser a pessoa mais feliz do mundo. Sabe disso, não sabe?

Com a testa apoiada na minha, ela assente uma vez.

— Sim, eu sei. Eu também.

— Se formos só nós dois, para sempre, ainda é um sonho que se tornou realidade.

Um sorriso vinca sua testa e outro desponta nos meus lábios. Um gemido baixinho escapa do fundo da sua garganta, como sempre acontece quando está excitada, e não sei se tenho força suficiente para resistir ao beijo que ela parece estar prestes a me dar.

— Quer me comer no banheiro novinho da Emily? — sussurra Lane.

Penso no espelho gigante que ajudei a instalar em cima da pia e quase desmaio com a sequência de imagens cheias de luxúria que me invadem a mente. Eu a imagino curvada sobre a bancada, se derretendo nos meus braços...

— Mas com certeza — respondo. — Pelo bem dos nossos esforços, claro.

— Claro.

Lane dá risada e tenta me levantar da cama elástica, apesar de ter metade do meu tamanho.

E, enquanto tentamos nos recompor e atravessar a multidão como se não estivéssemos prestes a batizar um banheiro novinho em folha, um pensamento surge e me relaxa pela primeira vez naquele dia. Seja como for, nós vamos ficar bem.

AGRADECIMENTOS

Muito obrigada por ter lido *Perto de você*! Se você gostou do livro, por favor deixe uma avaliação nas lojas on-line. Essa é uma forma fácil e rápida de apoiar autores independentes como eu.

Quero agradecer aos meus incríveis leitores beta, que ajudaram a aperfeiçoar esta história com comentários úteis e atenciosos: Ray, Flic, Julia, Frankie, Kirsten, Laura, Sophie, Kristen, Nellie, Clare e Marianne. À minha extraordinária parceira de crítica, Christina, e à minha futura empresária, Tabitha, que trabalharam neste livro e me ajudaram a evitar muitos colapsos com todo o amor e carinho. E, claro, à minha esposa de mentirinha, Tarah DeWitt, que sempre me incentiva e escreve livros inspiradores.

Também sou grata a todos os leitores da edição antecipada, aos membros da comunidade literária do Instagram e do TikTok que me receberam de braços abertos após meu romance de estreia. Um agradecimento especial aos brilhantes criadores de conteúdo Janni, Brittany, Lexi, Stacy, Elan, Amani, Ali, Megs, Crystal, Nikki, Kyla, Kelsey, Anna, Carlina, Jaci e Jamie, que têm sido grandes incentivadores do meu trabalho.

Ao meu marido, Ben, que tem mais paciência do que um ser humano deveria ter e fala sobre esses personagens como se fossem nossos amigos, e não pessoas tiradas da minha cabeça. Prometo que em breve vou ler seu livro preferido, *O conde de Monte Cristo*, em vez de apenas escrever sobre ele.

Às nossas famílias, por terem oferecido ajuda com as crianças, apoio e incentivo durante todo o processo. Especialmente ao meu sogro, que se aposentou e logo se ofereceu para tomar conta dos meus filhos enquanto eu escrevia, e à minha mãe, que adora cuidar dos netos e fazer propaganda dos meus "livros sexy" para os amigos (oi, pessoal). E a Abi, que está sempre a um telefonema de distância e também faz parte da minha família.

Um agradecimento enorme à minha editora, Beth (@vb.edits.romance), que é fenomenal no que faz e com quem tenho o prazer de trabalhar.

Desta vez, também quero fazer um agradecimento a mim mesma (tenham paciência comigo). Escrevi este livro no final de uma pandemia, com dois filhos pequenos em casa durante todo o verão, enquanto divulgava meu primeiro romance publicado. Foi muito difícil ser autora e mãe em tempo integral, e tenho muito orgulho dos meus esforços para equilibrar as duas coisas sem ter um colapso.

Por último, para todos que perderam um ente querido, sofreram algum trauma, lidaram com ansiedade, agorafobia, depressão ou qualquer doença mental e continuam a lutar, saibam que tenho muito orgulho de vocês. Continuem a acabar com a raça desses dragões. Seu final feliz espera por você, eu juro.

Este livro, composto na fonte Fairfield,
foi impresso em papel Ivory Slim 65 g/m², na Coan.
Tubarão, maio de 2025.